SCIENCE FICTION

Herausgegeben
von Wolfgang Jeschke

Von **Anne McCaffrey** erschien in der Reihe
HEYNE SCIENCE FICTION & FANTASY:

Der Zyklus
DIE DRACHENREITER VON PERN:

1. *Die Welt der Drachen* · 06/3291
2. *Die Suche der Drachen* · 06/3330
3. *Drachengesang* · 06/3791
4. *Drachensinger* · 06/3849
5. *Drachentrommeln* · 06/3996
6. *Der weiße Drache* · 06/3918
7. *Moreta – Die Drachenherrin von Pern* · 06/4196
8. *Nerilkas Abenteuer* · 06/4548
9. *Drachendämmerung* · 06/4666
10. *Die Renegaten von Pern* · 06/5007
11. *Die Weyr von Pern* · 06/5135
12. *Die Delphine von Pern* · 06/5540

DINOSAURIER-PLANET-ZYKLUS:

1. *Dinosaurier-Planet* · 06/4168
2. *Die Überlebenden* · 06/4347

ROWAN-ZYKLUS:

1. *Rowan* · 06/5622
2. *Damia* · 06/5623
3. *Damias Kinder* · 06/5624
4. *Lyon* · 06/5625

PEGASUS-ZYKLUS:

1. *Wilde Talente* · 06/5987; auch ✏ 06/4289
2. *Der Flug des Pegasus* · 06/5988

EINZELBÄNDE:

Planet der Entscheidung · 06/3314
Ein Raumschiff namens Helva · 06/3354; auch ✏ 06/1008
Die Wiedergeborene · 06/3362
Killashandra · 06/4728

Anne McCaffrey

WILDE TALENTE

PEGASUS 1

Roman

Aus dem Amerikanischen von
Joachim Pente

WILHELM HEYNE VERLAG
MÜNCHEN

HEYNE SCIENCE FICTION & FANTASY
Band 06/5987

Titel der amerikanischen Originalausgabe
PEGASUS 1: TO RIDE PEGASUS
Deutsche Übersetzung von Joachim Pente
Das Umschlagbild ist von Romas Kukalis

Umwelthinweis:
Dieses Buch wurde auf chlor- und
säurefreiem Papier gedruckt

Redaktion: Wolfgang Jeschke
Copyright © 1973 by Anne McCaffrey
Amerikanische Erstausgabe 1973 by Ballantine Books, New York
Als Del Rey Hardcover Edition 1990
Mit freundlicher Genehmigung der Autorin
und Paul & Peter Fritz, Literarische Agentur, Zürich
Copyright © 1986 der deutschen Übersetzung und der Neuausgabe
1998 by Wilhelm Heyne Verlag GmbH & Co. KG, München
http://www.heyne.de
(Der Roman erschien in anderer Aufmachung 1986 in der Reihe
Heyne Science Fiction & Fantasy unter der Nummer 06/4289)
Printed in Germany Oktober 1999
Umschlaggestaltung: Atelier Ingrid Schütz, München
Technische Betreuung: M. Spinola
Satz: Schaber Datentechnik, Wels
Druck und Bindung: Presse-Druck, Augsburg

ISBN 3-453-14876-2

INHALT

Teil 1
Laßt uns Pegasus reiten! .... Seite 7

Teil 2
Ein frauliches Talent .... Seite 83

Teil 3
Ein fauler Apfel .... Seite 171

Teil 4
Ein Zügel für Pegasus .... Seite 219

TEIL 1

Laßt uns Pegasus reiten!

Der glitschige Fahrbahnbelag, überzogen von einem Schmierfilm aus Regenwasser und Motorenöl, das aus Hunderten von schlecht gewarteten Fahrzeugen getropft war, die auf der Nord-Süd-Verbindungsstraße nach Jerhattan verkehrten, war schuld an dem Unfall. Henry Darrow hatte die Geschwindigkeitsbegrenzung nicht übertreten, als er den alten Zweisitzer überholte. Aber er hatte eine Verabredung mit dem Schicksal. Und er hielt sie ein, auf die Sekunde.

Hätte es an jenem Tag nicht geregnet, oder wäre die Fahrbahn wie geplant zwecks Erneuerung gesperrt gewesen, oder hätte der alte Zweisitzer die vorgeschriebene Mindestgeschwindigkeit auf der linken Spur eingehalten, dann hätte Henry Darrow sich nicht zu dem Überholmanöver hinreißen lassen, dann wäre er nicht auf der glitschigen Fahrbahn ins Rutschen gekommen, wäre nicht in die Leitplanke gekracht, hätte sich keine Schädelfraktur mit Knochenabsplitterung und Gehirntrauma zugezogen; wäre der Unfall nur eine halbe Meile weiter nördlich passiert, wäre Henry Darrow nicht in das einzige Krankenhaus in der Umgebung eingeliefert worden, das über einen Spezial-Elektroenzephalographen verfügte.

Es hatte sich alles so zusammengefügt, daß der Unfall genau so stattfinden mußte. So und nicht anders. Sogar den genauen Zeitpunkt hatte er in seinem astrologischen Notizbuch vermerkt: 22:02:50 h. Er hatte sich noch eigens vorgenommen, an dem Tag für den Rückweg nach Jerhattan nicht die Nord-Süd-Verbindungsstraße zu nehmen, aber er hatte nicht die Wartezeit an der Tankstelle vorausgesehen, die ihn veranlaßt hatte, seine Meinung zu ändern und, seiner eigenen Voraussage zum Trotz, die verhängnisvolle Route zu wählen.

Freilich, da der Unfall ein bedeutender Wendepunkt nicht nur in seinem, sondern in dem Leben von Millionen anderer Menschen war, hätte er ihn so oder so nicht verhindern können. Das war auch letztendlich der Grund, warum sein Unterbewußtsein – wenn man so will – ihn daran hinderte, sich im kritischen Moment seiner Prognose zu entsinnen, als er sich nämlich für die vermeintlich schnellere Route entschied:

So fügte es sich denn, daß Henry Darrow schwerverletzt (zusätzlich zu dem schon erwähnten Schädel- und Hirntrauma hatte er noch einen Beinbruch davongetragen) ins Krankenhaus eingeliefert wurde. Wäre Henry während der Operation bei vollem Bewußtsein gewesen, hätte er den Chirurgen versichert, daß er trotz der Schwere der Verletzung am Leben bleiben würde, was sie, eben angesichts der Schwere der Verletzung, stark bezweifelt hätten. Aber Henry Darrow wußte, wann er sterben würde: in fünfzehn Jahren, vier Monaten und neun Tagen. Und zwar an Herzinfarkt.

Doch er konnte es ihnen nicht sagen, weil der Knochensplitter auf sein Sprechzentrum drückte und weil er, erfreulicherweise für ihn, keine Wahrnehmung von seiner Umgebung hatte. Eine Gehirnoperation kann ein qualvolles Erlebnis sein.

Die Operation war technisch erfolgreich, und Henry wurde auf die Intensivstation gelegt und an Monitoren angeschlossen, die seine Herz- und Hirnfunktionen überwachten. Das Southside General Hospital rühmte sich, über die modernsten Apparaturen zu verfügen, einschließlich einem jener hochempfindlichen Elektroenzephalographen, die in der Fachwelt unter dem Namen ›Gänseeier‹ bekannt waren. Das Gänseei-Gerät war in den siebziger Jahren im Rahmen der Apollo-Flüge entwickelt worden, zur Überwachung und Überprüfung der Auswirkungen jener mysteriösen ›Lichter‹, die in regelmäßigen Abständen die Astronauten heimsuchten, und zur Registrierung und Aufzeichnung etwaiger Schäden am Gehirnzellgewebe, die auf kosmische Strahlung zurückzuführen waren. Seither wurde das ultraempfindliche Gerät in erster Linie in Kliniken zur Aufspürung von Hirnschäden bei Neugeborenen eingesetzt, die während der Entbindung an Sauerstoffinsuffizienz gelitten hatten, oder, wie in Henry Darrows Fall, bei Gehirntraumata, bei denen ebenfalls Sauerstoffmangelerscheinungen, Blutungen oder Infarkte zu befürchten waren.

Die Krankenschwester, die zu dem Zeitpunkt als Henry Darrow nach der Operation zu sich kam, auf der Intensivstation Dienst tat, war (wie das Schicksal es vorherbestimmt hatte) Molly Mahony, ein schlichtes, recht unscheinbares Mädchen, das die Hänseleien der Kollegen wegen seiner erklärten Hingabe an den Beruf der Krankenschwester gutmütig über sich ergehen ließ. Molly wurde stets mit kritischen Fällen betraut, weil sie ein ausgesprochenes Händchen dafür hatte, Problemfällen über die unvermeidlich eintretenden Krisen hinwegzuhelfen.

»Dr. Scherman, würden Sie sich bitte einmal den Ausdruck auf Mr. Darrows EEG anschauen«, bat sie den Stationsarzt, als dieser am nächsten Morgen seine Visite machte. »Die Alphas sind ungewöhnlich stark für einen Mann mit einem solch kritischen Trauma, finden Sie nicht auch?« Scherman warf gehorsam einen Blick auf das Diagramm, nickte weise und blinzelte ihr zu. »Ist er vielleicht bei Bewußtsein gewesen und hat Ihnen irgend etwas ins Ohr geflüstert?«

Molly schüttelte mit ernster Miene den Kopf, obwohl

sie wußte, daß er sie necken wollte. Scherman zog sie ständig auf. »Er hat das Bewußtsein noch nicht wiedererlangt Dr. Scherman. Ich soll es sofort Dr. Wahlman melden, wenn er aufwacht. Aber meinen Sie, ich sollte ihm Bescheid geben wegen dieser ungewöhnlichen Werte?«

»Ach, bemühen Sie sich deswegen nicht Molly! Der da kann von Glück reden, daß das Gänseei überhaupt noch was ausdruckt. Man sollte eigentlich meinen, er hätte es besser wissen müssen.«

»Besser wissen? Was? Er hatte doch einen Unfall, oder?«

»Besser wissen, daß er an dem Tag lieber zu Hause geblieben wäre. Der Mann ist Henry Darrow, der Astrologe. Kostet eine Stange Geld, wenn Sie sich von ihm die Zukunft lesen lassen.« Scherman stieß ein Schnauben aus. »Dabei konnte er nicht mal die eigene vernünftig voraussagen.«

Scherman warf einen flüchtigen Blick auf die übrigen Intensivfälle und ging wieder hinaus. Molly schaute sich die Hirnverletzung mit neu erwachtem Interesse an. Sie wußte von Henry Darrow, aber es gab nicht viele, vor denen sie das zugegeben hätte. Genausowenig, wie sie jemandem gestanden hätte, daß sie das Gefühl hätte, sie besäße die Gabe zu heilen. Anders als ihre Großmutter, die nicht die Erfahrung einer Klinik gehabt hatte und sich mit ihrem ›Handauflegen‹ Probleme mit den Behörden eingehandelt hatte, war Molly ausgebildete Krankenschwester und wußte daher am besten, wie und wann sie ihre Gabe anwenden mußte.

Als Besitzerin eines einzigartigen Talents war Molly äußerst interessiert an jeder Art von paranormalen Manifestationen. In ihrem Lexikon bediente sich der Astrologe der Tierkreiszeichen lediglich zur exakten Scharfeinstellung einer präkognitiven Gabe, einer, die zum Glück wissenschaftlich fundierter war als Kaffeesatzlesen oder Kartenlegen. So wie der Beruf der Krankenschwester ihr die Möglichkeit eröffnete, ihr Heiltalent auf einer wissenschaftlichen Grundlage anzuwenden. Daher wußte sie also von Henry Darrow und tippelte nun auf Zehenspitzen wie ein schüchterner, von Ehrfurcht ergriffener Teenager zum Bett des Patienten und starrte auf ein Gesicht, das sie vorher gar nicht wahrgenommen hatte.

Sein Gesicht besaß selbst im Zustand des Komas noch Charakter, trotz der schlaff herunterhängenden Kinnlade. Die Augenhöhlen waren schwarzblaue Abgründe. Hier und da waren noch Blutspuren zu erkennen, die der hastigen präoperativen Gesichtswäsche entgangen waren. Es war unfair von ihr, ihn in solch einem erbarmungswürdigen Zustand anzugaffen. Sie legte ihm den Handrücken sanft auf die Wange; seine Farbe gefiel ihr nicht. Sie schlug die Decke zurück, klemmte eine Falte seiner Brusthaut zwischen Daumen und Zeigefinger und kniff brutal zu. Nun, wenigstens zeigte er Reaktionen. Sie zog die Decke wieder hoch, strich sie glatt und streichelte erneut seine Wange.

Der Kardiograph machte langsame, aber regelmäßige Pieptöne, obwohl die Schwingungskurven winzige Anzeichen einer beginnenden Arteriosklerose aufwiesen. Nicht mehr indes, als man auf dem Diagramm jedes beliebigen zweiundvierzig Jahre alten Herzens abgelesen hätte, das gut und kräftig zu schlagen pflegte.

Sie legte jetzt ihre kräftigen schlanken Finger auf seine Schläfen und drückte ganz leicht dagegen, um zu ›erfühlen‹, wo die eigentliche Verletzung war. Nicht die, die die Chirurgen behoben hatten, als sie den Splitter entfernten und den Druck auf das Hirngewebe milderten. Sondern die psychische Verletzung, jener traumatisierende Schlag gegen die Lebenskraft des Mannes, die einen tiefen Schock erhalten hatte durch die Nähe des Todes, durch den gefährlichen operativen Eingriff –

jene äußerste Verletzung der persönlichen Unversehrtheit.

So oft schon war sie bei der Lektüre von Krankheitsgeschichten auf den simplen Begriff ›Herzversagen‹ gestoßen oder auf die komplexere medizinische Floskel des Herzstillstandes aus verschiedenen medizinisch unerklärlichen und unnötigen Gründen. Schock, so pflegte man es in Ermangelung einer besseren Erklärung zu bezeichnen: »Der Patient starb an Schock.« Angst nannte Molly es. Wenn ein Patient von ihr sich aus der Realität in diese Art von Angst oder Entsetzen zurückzog, dann stellte Molly jene verletzte Unversehrtheit mit Hilfe ihres Talents wieder her.

Die Reaktion bei Henry Darrow auf die Berührung ihrer heilenden Hand war auf verblüffende Weise anders. Das Kardiogramm zeichnete schärfere, ausgeprägtere Spitzen, und das Gänseei machte hektische Sprünge auf allen vier Schreibern.

Henry Darrows Augenlider flackerten, gingen auf, und ein mattes Lächeln huschte über seine Lippen.

»Was, zum Teufel, ist passiert?« fragte er. »Hat mir einer den Schädel eingeschlagen?«

»Sie selbst haben sich den Schädel eingeschlagen, Mr. Darrow«, sagte Molly, »am Türpfosten Ihres Autos, als Sie in die Leitplanke krachten. Kopfschmerzen?«

»Jesus, und wie!« Er stöhnte und versuchte sich aufzurichten.

»Nicht, Mr. Darrow! Schön ruhig liegen bleiben! Sie haben eine schwere Gehirnerschütterung, Kopfverletzungen, Ihr linkes Bein ist gebrochen...«

Schalk blitzte in den klaren grünen Augen auf, die Molly fixierten. »Sie dürfen mir solche Dinge eigentlich nicht sagen, nicht wahr?«

Molly lächelte. »Sie wissen es doch sowieso. Und Sie sollten sich in Zukunft wirklich mehr an Ihre eigenen Voraussagen halten, Mr. Darrow.«

Das Gänseei schnatterte aufgeregt, und Molly wirbelte herum, um zu sehen, was passiert war. Aber Henry Darrow packte ihren Arm, und seine Augen weiteten sich zu einem Ausdruck der Verblüffung und ungläubigen Verwirrtheit.

»Sie sind Zwilling. Wie heißen Sie? Sie werden meine Frau werden.«

Liebe auf den ersten Blick ist ein äußerst seltenes Ereignis, zumal in der sterilen Kulisse eines Krankenhauses, auch wenn uns Ärzteromane oder die ›Schwarzwaldklinik‹ häufig das Gegenteil glauben machen wollen. Etwas noch Selteneres indes ist der wissenschaftliche Zufall, der eine lange vermutete Wahrheit beweist. Denn was der Schreiber des Gänseeis aufgezeichnet hatte, war der unanfechtbare Beweis für die Existenz parapsychologischer Fähigkeiten. Henry Darrow hatte ein präkognitives Erlebnis, als er Molly Mahony als Person, nicht bloß als diensthabende Krankenschwester anschaute und ›wußte‹, daß sie seine Frau werden würde.

Sie heirateten, gleich nachdem ihm der Gips vom Bein abgenommen worden war. Doch ihre Hochzeit war nicht das einzige, was Henry Darrow für Molly voraussah: Er wußte auch ihr Todesdatum, eine Tatsache, die er ihr nie verriet. Talente, so lernte er sehr bald, mußten, wenn sie für andere wirksame Arbeit leisten wollten, derartige Präkognitionen, die ihr eigenes Leben betrafen, aus ihrem Denken verbannen. Molly wurde von ihrem Ehemann jeden Tag ihres Lebens geliebt, umhegt und verwöhnt, weil er wußte, wie wenig von ihrem Leben er mit ihr zusammen genießen konnte.

Die Bedeutung der bemerkenswerten Aktivität des Gänseeis drang nicht sofort in Henrys Bewußtsein. Deshalb gebührt Molly Mahony das alleinige Verdienst, das Wirken parapsychologischer Kräfte aus den Niederungen der Scharlatanerie an das Licht der Wissenschaft gehoben zu haben.

Zunächst einmal war Molly fasziniert von der ungewöhnlichen Stärke und Wellencharakteristik von Henrys EEG-Diagramm. Sie konnte die Abweichungen nicht einfach mit einem Grinsen abtun, wie Dr. Scherman es getan hatte. Begünstigt wurde ihre Neugier von dem naturbedingten Hang, Henry Darrows Geist einer außergewöhnlichen Kategorie zuzuordnen. Hinzu kam, daß sie wußte, daß Henry seine Präkognition von ihrer Heirat genau in dem Moment gehabt hatte, als das Gänseei verrückt spielte. Bei der ersten sich bietenden Gelegenheit nahm sie ein empirisches Experiment vor. Als sich ihr die nächste Gelegenheit bot, ihr eigenes Talent auf der Intensivstation zu erproben, befestigte sie die Elektroden an ihrem eigenen Kopf. Ihr Diagramm zeigte ähnliche Abweichungen; nicht so intensiv wie die von Henry, aber signifikant. Sie machte daraufhin noch ein paar weitere Diagramme von sich und kopierte die Ausschnitte von Henrys Aufnahmen, die diese merkwürdigen Erregungskurven aufwiesen.

Sie war ziemlich überrascht, daß Dr. Wahlman, Henrys Chirurg, die Gehirnstromüberwachung nicht einstellte, als Henry die schwersten Folgen der Gehirnerschütterung überwunden zu haben schien. Dies veranlaßte sie zu der Mutmaßung, daß Dr. Wahlman möglicherweise genauso interessiert an den EEG-Abweichungen war wie sie.

Nachdem Henry zwei weitere präkognitive Erlebnisse gehabt hatte, fühlte sie sich ausreichend gerüstet, Dr. Wahlman auf dieses Phänomen hin anzusprechen und ihm von ihren privaten Schlußfolgerungen zu berichten.

»Dr. Wahlman, mich würde einmal interessieren, was diese Aktivität bei einem EEG zu bedeuten hat.«

»Nun ja«, sagte Wahlman, während er die Diagramme schüchtern entgegennahm und auf eine Art studierte, die Molly verriet, daß er keine Erklärung wußte. »Um ehrlich zu sein, Mahony, ich weiß es nicht. Diese spezielle Art von Wellencharakteristik findet man für gewöhnlich unmittelbar vor Eintritt des Todes vor. Und Darrow ist äußerst lebendig.« Der Chirurg blickte mit einiger Verärgerung auf Henrys geschlossene Tür. Henry hatte darauf bestanden, seiner Nebenbeschäftigung, dem Erstellen von Horoskopen, wieder nachzugehen, ja er hatte sich sogar seinen Computer ans Bett bringen lassen. Die zerebrale Beanspruchung, die mit dieser seiner Tätigkeit verbunden war, wirkte sich zwar keineswegs nachteilig auf seinen Genesungsprozeß aus, im Gegenteil; trotzdem erschien sie Wahlman nicht unbedingt die passende Art von Beschäftigung für einen Mann, der sich gerade von einer lebensgefährlichen Kopfverletzung erholte.

»Und die hier?« Molly zeigte ihm ihre eigenen Diagramme.

»Von wem sind die? Von einem Patienten kurz vor dem Exitus? Nein, das kann nicht sein. Die Alphakurve ist zu stark ausgeprägt. Worauf wollen Sie hinaus, Mahony?«

»Ich bin mir nicht sicher, Herr Doktor, aber ich weiß, daß immer gerade dann, wenn Mr. Darrow – eh – am härtesten – eh – arbeitet, daß immer in den Momenten diese Abweichung auftritt.«

»Jesus, wollen Sie damit sagen, das verdammte Gänseei springt auf Astrologie an?«

Molly lächelte und entschuldigte sich, daß sie den Chirurgen mit Anomalien behelligte.

»Mahony, wenn Sie nicht die beste Intensivschwester wären, die wir haben, würde ich Ihnen nahelegen, sich Ihre Papiere abzuholen. Aber wenn Sie irgendeine Idee haben, und wenn sie noch so verrückt ist, warum diese

Art von Abweichung auftaucht, würden Sie mich dann bitte in das Geheimnis einweihen.«

Zuerst weihte sie Henry ein.

»Als du nach deinem Unfall aufwachtest und mich fragtest, ob ich Zwilling sei, und dann sagtest, ich würde deine Frau werden, hattest du in dem Moment eine Vorausahnung?«

»Vorausahnung? Wissen, meine Liebe – Wissen!«

»Nein, Henry, laß das jetzt mal. Später. Beantworte meine Frage. War in dem Moment dein hellseherisches Talent am Werk?«

»Und wie.« Der Verband um seinen Kopf verlieh ihm etwas Schnittiges, Schalkhaftes, aber er spürte, wie ernst es ihr war, und er hörte auf, sie zu betätscheln.

»Und als Mrs. Rellahan hier war, da sagtest du mir auch, du hättest ein intensives präkognitives Erlebnis...«

»Hmm.« Henrys Mund verzog sich zu einer angedeuteten Grimasse der Abneigung.

»Jetzt zeig ich dir mal, was das Gänseei ausgedruckt hat. Schau mal, hier, die ausgeprägten Linien, und die Höhe der Amplitude... Und bei denen hier...«

»Das Diagramm ist aber nicht von mir, oder? Ich sehe da deutliche Unterschiede.«

»Nein, das sind meine Gehirnwellen. Und schau, das passiert, wenn ich heile.«

Henry blickte langsam zu Molly auf, eine ungläubige Freude leuchtete in seinen Augen auf, ein Strahlen ging über sein Gesicht, das Molly für ihre Mühen und ihre Intuition belohnte.

»Molly, meine Herzallerliebste, weißt du, was wir hier haben?«

Die Welt im allgemeinen blieb skeptisch. Zum Glück scherte sich Henry Darrow wenig um die Meinung der Welt, sondern konzentrierte sich statt dessen darauf, einer ausgewählten Gruppe mächtiger und einflußreicher Persönlichkeiten zu demonstrieren, daß parapsychologische Fähigkeiten bei bestimmten Individuen existierten und auf Wunsch abgerufen werden konnten.

Ein vollkommen neuer Forschungszweig wurde daraufhin von den Privatpersonen und Konzernen ins Leben gerufen, die schon lange auf die wissenschaftliche Würdigung und Anerkennung paranormaler Talente gehofft hatten.

»Ich habe immer eine Vorahnung vom Schicksal gehabt davon, daß ich an der Schwelle eines ungeheuer bedeutenden Durchbruchs stand«, verriet Henry Molly einmal während der frühen hektischen Tage, bevor sie das erste Parapsychologische Zentrum gründeten. »Die meisten Größenwahnsinnigen haben solche Vorahnungen, und auch solche psychotischen Paranoiker wie Nero, Napoleon, Hitler und Kyudu. Deshalb habe ich mich auch von dem Psychotherapeuten-Team mit reinem freudianischem Besteck auf meinen Geisteszustand untersuchen lassen. Dennoch ist es ein nachteiliges Zugeständnis. Weißt du, daß ich jetzt Angst habe, zu weit in meine eigene Zukunft zu schauen? Bestimmte Einzelheiten zu wissen, ist unklug...« Er starrte einen Moment lang abwesend die Wand an, dann lächelte er ihr beruhigend zu. »Ich war bis jetzt ein Dilettant, und meine Kritiker können sagen, daß ich bei dem Unfall entweder meinen Verstand erlangt habe oder aber das wenige, was ich an Verstand besaß, auch noch verloren habe; aber wie auch immer – dieser Unfall war der Wendepunkt in meinem... in unserem Leben.«

»Dann Augen zu, nicht auf die Torpedos geguckt und Volldampf voraus!« erwiderte Molly mit einer theatralischen Geste.

»Und die Torpedos werden angezischt kommen, mehr, als uns lieb ist«, versetzte Henry grimmig.

»Sagtest du nicht, du würdest nicht so weit in die Zukunft vorausschauen?«

»In meine eigene, habe ich damit gemeint. Das gilt nicht für den Teil der Zukunft, der uns betrifft.« Wieder schwieg er einen Moment lang. »Gott wird das Spaß machen!« Molly sah das vergnügte Funkeln in seinen Augen, das spitzbübische Blitzen vorausgenommener Schadenfreude. »Spaß? Für wen?« fragte sie.

Seine Augen leuchteten, als er sie anschaute.

»Für uns«, antwortete er und drückte sie zärtlich. »Für uns alle.« Und er meinte die neu rekrutierten Talente. »Und ich habe noch genügend Zeit, diesen Spaß auszukosten.«

Als seine Genesung so weit fortgeschritten war, daß er sich stark genug fühlte, um sich in Diskussionen mit seinen Chirurgen einzulassen (und nicht zuletzt, weil Molly Wahlman versicherte, daß er ihrer gestrengen Obhut nicht entwischen konnte), gestatteten die Ärzte ihm, wenn auch zähneknirschend, seine Arbeit wieder voll aufzunehmen. Und das tat er auch; aber nicht wie früher in seinem Metier als dilettierender Astrologe, sondern als Manager, Organisator, Geldbeschaffer und Werbetrommler par excellence für das Parapsychologische Zentrum.

»Mary-Molly, mein Liebes, das läßt sich nur in kleinen Schritten bewerkstelligen, das Einbauen und Etablieren der Begabten in das Gefüge der Dinge. Wohlgemerkt, damit meine ich nicht das Gefüge der Gesellschaft, denn wir sind die eigentlichen, sozusagen die Ur-Nonkonformisten schlechthin.« Und dabei tippte er sich an die Stirn, direkt unterhalb der rosafarbenen Narbe seiner frisch verheilten Kopfverletzung. »Und die Gesellschaft wird uns niemals gestatten, uns zu integrieren. Aber was soll's, damit können wir leben.« Mit einem Fingerschnippen beförderte er die Gesellschaft in die Bedeutungslosigkeit.« »Die Begabten bilden ihre eigene Gesellschaft, Brüder unter Brüdern. Nein, nicht Brüder. Geflügelte Pferde, das sollen wir sein! Ha! Ja, das ist es. Pegasus... das mythische Sagenroß, das Sinnbild der Freiheit und der Phantasie. Ein treffliches Symbol für uns. Vom Rücken eines geflügelten Pferdes hat man einen weiten Blick...«

»Ja, aber in einem Flugzeug hat man viele tote Winkel. Wo würdest du den Sattel auflegen wollen?« Mary hatte eine praktische Ader.

Er lachte und drückte sie. Henrys häufige Demonstrationen seiner Zuneigung waren für Molly, deren Stärke ja gerade im Bereich des körperlichen Kontakts lag, stets ein Quell großer Freude.

»Keine Ahnung. Wie würde man überhaupt ein geflügeltes Roß im Zaum halten?«

»Mit dem Herzen?«

»Zweifellos!« Die Vorstellung gefiel ihm. »Ja, mit dem Herzen und mit dem Kopf. Pegasus ist ein viel zu willensstarkes Pferd, als daß man ihn mit irgendeiner der herkömmlichen Methoden zügeln oder gar unterwerfen könnte.«

»Man könnte unsere Art von Pegasus ohnehin nicht brechen«, sagte Molly fest. »Man würde es auch gar nicht versuchen wollen, wenn er sich erst einmal hoch in die Lüfte geschwungen hat...« Sie schmiegte sich in Henrys Arme, plötzlich erschreckt von der Analogie.

»Ja, Liebes. Wenn du erst einmal auf dem geflügelten Pferd reitest, kannst du nicht mehr absteigen. Genausowenig wie du das Talent, das dir in die Wiege gelegt wurde, unterdrücken kannst. Aber ich denke, wir werden unseren Zügel schon finden, mit genügend Zeit, Training und mehr Übung im Reiten.

Dieses Gänseei war der eigentliche wichtige Durchbruch. Jetzt können wir beweisen, daß parapsychologische Kräfte existieren, und herausfinden, wer sie besitzt. Wir können die Scharlatane und Kurpfuscher entlarven, die uns andere in Verruf gebracht haben. Die wirklichen Talente werden beim Zentrum registriert, und wir werden Diagramme vorweisen können, die hieb- und stichfest beweisen, daß sie echte parapsychologische Erlebnisse gehabt haben. Das Zentrum wird sie mit den Jobs versorgen, die genau auf ihr spezielles Talent zugeschnitten sind. Allein von dem, was wir anhand der Stichproben der bisher rekrutierten Talente übersehen können, fallen mir schon auf Anhieb Hunderte möglicher Topjobs ein.«

»Fällt dir auch was für Titter Beyley und Charity McGillicuddy ein?« In Molly Mahony-Darrows Augen blitzte der Schalk. Titter trank ständig, und Charity ging emsig einem alten Gewerbe nach.

»Zum Fangen eines Diebes braucht man einen Dieb, und Titter stiehlt seit Jahren, um sein Trinken zu finanzieren. Und was Charity betrifft, vergiß nicht, daß ihr goldenes Herz in der Brust einer echten Telepathin schlägt.«

»Größe 80-A.«

»Molly!«

»Erzähl weiter von unserer Zukunft, Henry!«

»Ich will Watson Claire als unseren PR-Mann, weil ich verdammt gut weiß, daß er ein Empfangstelepath ist; das muß man sein, wenn man mit Kunden so umgeht, wie er es tut. Claire hat ein absolutes Gespür dafür, wie man einem Kunden ein Produkt schmackhaft macht. Er ist genau der Mann, den wir uns an Land ziehen müssen, um seinet- wie um unseretwillen. Um unseretwillen, weil wir das gottverdammt größte Public Relations-Programm vor der Brust haben und die Öffentlichkeit uns groß oder fertigmachen kann. Um seinetwillen, weil er nicht glücklich damit ist, Produkte zu pushen, die ihn ankotzen.«

Molly nickte mitfühlend.

»Wir starten eine breit angelegte Informationskampagne, die uns helfen soll, weitere Talente zu rekrutieren. Als nächstes werden wir dann Befreiungsoperationen starten müssen für die verborgenen Talente, besonders für die armen Teufel, die in irgendwelchen Anstalten hocken, weil sie Stimmen gehört haben ... was sie auch getan haben ... oder weil sie sich unmögliche Dinge eingebildet haben, was sie nicht getan haben; oder weil ihr Einfühlungsvermögen in ihre Umwelt zu stark war, als daß sie es auf Dauer hätten ertragen können und sie sich deshalb aus der Realität zurückgezogen haben. Und wir müssen die beste Methode finden, wie wir diese Talente ausbilden können, sobald wir sie eindeutig als solche erkannt haben.

Und dann müssen wir uns den richtigen Platz zum Wohnen suchen.«

»Wohnen? Aber dieses Apartment ist ...«

»Ausreichend für uns zwei, zumindest für eine Übergangszeit. Aber nicht für uns alle. Nein, Molly-Liebchen, zerbrich dir nicht den Kopf. Ich weiß schon, wohin wir ziehen.«

Molly schaute ihn eine Sekunde lang fest an. »Aber du weißt nicht genau, wie wir dahinkommen werden, ist es das?«

Henry nickte lachend.

»Das ist eben die Herausforderung, Liebes.«

»Und was steht dann auf dem Programm? Wenigstens das Schlimmste sollte ich vielleicht besser wissen.« Henry kicherte glucksend, um Zeit zum Formulieren seiner Antwort zu gewinnen. »Dann? Dann kommt einer der härteren Jobs ...«

Mollys Augen wurden groß und rund. »Du umreißt ein Programm, das seinem Umfang und seiner Schwere nach einer Lebensaufgabe gleichkommt, und dann erzählst du mir was von ›härteren Aufgaben‹, die dann erst kommen ...«

»Zum Beispiel, berufliche Immunität für die Talente durchzusetzen, damit wir nicht mit Prozessen bombardiert werden, weil wir irgendwas vorausgesagt haben, das passieren würde und das dann noch nicht passiert ist, eben weil wir es vorausgesagt haben. Früher oder später kriegen wir sie, diese Immunität, aber wenn du bedenkst, wieviel Geld solche Prozesse kosten können, dann doch lieber früher. Aber das wird nicht mehr mein Problem sein.«

»Wie meinst du das?«

»Ich lebe nicht ewig, Liebes.«

Sie schmiegte sich an ihn, und er drückte sie kurz und fest.

»Ich werde schon lange genug leben, Mary-Molly-Schätzchen, und du auch.« Er küßte sie zärtlich.

»Meine Herren, die Person, die Sie hier an den Elektroenzephalographen – gemeinhin unter der Bezeichnung Gänseei bekannt – angeschlossen sehen, besitzt die Gabe der Telekinese. Das heißt, sie ist in der Lage, Gegenstände ausschließlich vermittels der Kraft ihres Willens von der Stelle zu bewegen. Ralph, würdest du den Herrschaften jetzt bitte eine Kostprobe deiner Fähigkeiten geben?«

Ralph, vormals allgemein bekannt als Rat die Ratte, Wilson, war mit seinem schlotterdürren Körper, seiner Nagetier-Visage und seinem aufgrund nie behandelter Rachenpolypen stets leicht offenstehenden Mund alles andere als eine einnehmende Erscheinung; aber seine großen grauen Augen verrieten Witz und Intelligenz. Er hatte seine Kunst in einer Reihe von Besserungsanstalten vervollkommnet wo man versucht hatte, ihn auf die Erfordernisse der Gesellschaft zurechtzustutzen. Doch das war irrelevant – jetzt jedenfalls.

Er saß unter dem Elektrodennetz des Gänseeis am Ende eines großen Saales, über sich an der Wand einen großen Bildschirm, auf den eine kleine Fernsehkamera sein Kurvendiagramm übertrug. Siebenundvierzig Wissenschaftler und Geschäftsleute saßen mit erwartungsvollem Blick in einem weiten Halbkreis um einen Tisch in der Mitte des Saales, auf dem verschiedene Gegenstände lagen: ein Hammer, Nägel und ein Holzbrett; ein Tablett mit einer Kaffeekanne, mehreren Tassen, einem Sahnekännchen und einem Zuckerstreuer; eine Gitarre; ein Paar Waldos, die mit ihren schlaff herunterhängenden Handschuhen einen grotesken Anblick boten.

Henry Darrow schritt ans andere Ende des Saales und postierte sich in die Ecke, in größtmöglicher Entfernung sowohl zu Ralph als auch zu dem Tisch.

Im Saal herrschte bedeutungsvolles Schweigen; die Blicke der Zuschauer huschten gespannt zwischen Ralph, dem Tisch und Henry hin und her. Plötzlich bewegte sich mit leisem Klirren eine der Tassen auf dem Tablett, setzte sich auf eine Untertasse, und gemeinsam schwebten beide wie von Geisterhand bewegt unter die Tülle der Kanne, die sich gleichzeitig neigte und Kaffee in die Tasse schenkte. Etwas verspätet schwebte ein Kaffeelöffel herbei und landete klirrend in der Untertasse.

»Wer möchte ihn schwarz?« fragte Ralph und ließ Tasse und Untertasse in Richtung Publikum schweben.

»Ich«, sagte einer der Zuschauer, ein cool wirkender Businessmann, und hob die Hand.

»Dann halten Sie sie schön fest, okay?«

»He!« Der Businessmann haschte nach der Untertasse und packte sie zwischen Daumen und Zeigefinger, aber als Ralph sie losließ, war er so überrascht, daß sie ihm um ein Haar entglitt und der Kaffee über den Rand der Untertasse auf seine Hand schwappte.

Ein Lachen ging durch die Zuschauer, das jäh verstummte, als der Hammer mit wuchtigen Schlägen einen Nagel in das Holzbrett zu schlagen begann.

»Der nächste ist mit Milch!« rief Ralph. »Wer möchte ihn?«

Eine zweite Tasse machte sich in elegantem Flug auf den Weg zu ihrem Empfänger, während der Hammer den Nagel bis zum Kopf glatt in das Brett schlug. Gleichzeitig erwachten die Waldos zum Leben und begannen weitere Tassen mit Kaffee zu füllen. Die Gitarre bewegte sich, und unsichtbare Hände entlockten ihren Saiten ein munteres Zechlied.

Während alle mit offenem Mund gebannt das verblüffende Spektakel verfolgten, ging Henry zurück auf die Bühne, nahm einen Zeigestock und tippte auf das Kurvendiagramm auf dem Bildschirm.

»Wie Sie bemerken werden, wenn Sie Ihren Blick für einen Moment von den fliegenden Untertassen losreißen können, zeigt sich, wenn Ralph sein Talent anwendet eine auffällige Veränderung bei den Alphawellen – hier und hier. Gleichzeitig stellen wir bei den Betawellen eine jähe Erhöhung der Frequenz fest. Beachten Sie bitte die unterschiedliche Schwingungscharakteristik am Anfang des Diagramms, bevor Ralph mit seiner Demonstration begann. Sie sehen, das Diagramm verändert sich in dem Maße, wie er den Output der parapsychologischen Kraft steigert. Hat irgend jemand von Ihnen noch Zweifel an der Echtheit dieser Demonstration? Erkennen Sie diesen Print-out als stichhaltig an, als Beweis dafür, daß Ralph über paranormale Talente verfügt?«

»Sagen Sie ihm, er soll aufhören!«

Henry gab Ralph ein Zeichen, und die Kaffeetassen fielen klirrend zu Boden. Der Hammer polterte auf den Tisch, die Waldos erschlafften, und die Gitarre verstummte mit einem schrägen Mißton.

»Verdammt!« schrie einer der Zuschauer. Der brühend heiße Inhalt einer Kaffeetasse hatte sich über seine Hose ergossen. Er sprang auf und rieb sich mit schmerzverzerrtem Gesicht das durchnäßte Hosenbein. Sofort schwebte die Tasse wieder hoch und füllte sich wie in einem rückwärtslaufenden Film mit dem eben verschütteten Kaffee.

»Tut mir leid, Meister«, sagte Ralph mit einem entschuldigenden Achselzucken, »aber jemand hat gerufen ›Aufhören!‹«

Die jähe Unterbrechung des parapsychischen Kraftstroms war deutlich auf dem Diagramm zu sehen, ebenso wie sein anschließendes Wiedereinsetzen beim Einsammeln und Aufsaugen der verschütteten Flüssigkeit.

»He, meine Hose ist ja wieder trocken!«

»Hat noch jemand Fragen?« fragte Henry, während er dem grinsenden Ralph verstohlen zublinzelte.

»Ja.« Ein breitschultriger, schwergewichtiger Mann im hinteren Teil des Saales stand langsam und schwerfällig von seinem Stuhl auf. »Einen Kaffee kann man sich an jedem Getränkeautomaten ziehen; einen Nagel kann jeder Idiot in die Wand schlagen; zugegeben, einen Waldo gebraucht man für komplizierte, sterile Operationen; Gitarre spielt heutzutage jeder Langhaarige... sicher, nicht alles gleichzeitig, das stimmt schon... aber wie sollte man jemanden wie Ralph sinnvoll einsetzen? Und außerdem kenne ich zufällig seine Vergangenheit und seinen Background.«

»Man könnte sagen«, erwiderte Henry mit einem Lächeln, »daß Ralph ein echtes Produkt seines Backgrounds aus Reformschule und Besserungsanstalt ist. So nämlich hat er sein Talent erworben. Die Gesellschaft war für Ralph oder sein Talent noch nicht reif. Wir sind es.

Wir haben soeben – wie ich meine, eindrucksvoll – demonstriert, daß Ralph in der Lage ist, eine ganze Anzahl von Dingen gleichzeitig zu tun, Verrichtungen, die mehrere Bewegungsabläufe gleichzeitig erfordern, wie das Zusammenstellen von Kaffeeutensilien, das Einschenken des Kaffees und das Teleportieren desselben an den gewünschten Ort; sowie Übungen, die eine gewisse Kraft und/oder eine gewisse Präzision erfordern, wie zum Beispiel das Einschlagen eines Nagels und das Spielen auf einer Gitarre.

Jedoch verfügt Ralph dabei nur über eine begrenzte Reichweite. Wir haben ihn dieselben Übungen, die Sie heute gesehen haben, bei einem vorausgegangenen Versuch bis auf eine Entfernung von einer halben Meile durchführen lassen; darüber hinaus lassen Präzision und Tragkraft rapide nach, und eine exakte Kontrolle ist nicht mehr gewährleistet. Ralph ist also kein Supermann; darauf möchte ich Sie eindringlich hinweisen. Er besitzt ein Talent, aber dieses Talent ist begrenzt geeignet für spezielle, beschränkte Verwendung. Er wäre zum Beispiel eine lohnenswerte Investition für Sie, Mr. Gregory, für Präzisionsmontage unter Strahlung, im Vakuum oder unter sterilen Bedingungen.

Ich sage nicht, daß Ralphs Persönlichkeitsstruktur sich vollkommen gewandelt hat« – Henry warf Ralph ein augenzwinkerndes Grinsen zu –, »aber er ist jetzt in der Lage, die Dinge, die er sich früher durch Diebstahl zu beschaffen pflegte, auf legalem Wege zu erwerben. Er unterliegt – und das weiß er – der mentalen Überwachung durch einen leistungsfähigen Telepathen. Hinzu kommt, daß er an seiner neuen Beschäftigung außerordentliche Freude gefunden hat.«

»Und wie!« bestätigte Ralph, und der schelmenhafte Blick, den er dem Publikum zuwarf, ließ keinen Zweifel daran, daß es dem kleinen rattengesichtigen Mann großen Spaß bereitete, die versammelten Herren von Rang, Namen und Einfluß aus der Fassung zu bringen.

»Wenn du sie nicht heilen kannst, rekrutiere sie und verschaffe ihnen eine sinnvolle Beschäftigung«, meinte Henry.

»Wollen Sie damit sagen, Mr. Darrow, daß die Hälfte der Insassenschaft von Gefängnissen und Heilanstalten aus verkannten Psi-Talenten besteht?«

»Absolut nicht. Ich gebe allerdings zu, daß wir zur Zeit viele sogenannte Asoziale daraufhin testen, ob nicht möglicherweise unerkannte – oder verkannte, wenn Sie so wollen – paranormale Talente zumindest teilweise für ihr soziales Anpassungsdefizit verantwortlich sind. Aber das heißt nicht, daß alle Talente notwendigerweise Insassen von Heil- oder Besserungsanstalten sind.

Talent oder Begabung, meine Herren, kann etwas so Simples sein wie, sagen wir mal, die angebotene Fähigkeit, mit Maschinen umzugehen. Wir alle kennen das Beispiel von dem Mann, der bloß sein Ohr an einen Motor legen muß, um sofort zu wissen, was kaputt ist. Oder das von dem Klempner, der mit einer Wünschelrute die exakte Stelle eines Wasserrohrbruchs lokalisieren kann. Oder das von dem Pyromanen, der ›weiß‹, wann und wo ein Feuer ausbrechen wird, und der so oft beschuldigt worden ist, es selber angesteckt zu haben. Oder die Frau, die durch einfaches Handauflegen Fieber senken oder Schmerzen lindern kann; die Sekretärin, die instinktiv weiß, was ihr Chef braucht; der Mann oder die Frau, die eine Nase dafür hat, verlegte oder verlorengegangene Gegenstände zu finden. Dies sind alltägliche, aber nichtsdestoweniger *gültige* Beispiele, die die Existenz parapsychologischer Fähigkeiten oder Talente beweisen. Das sind die Leute die wir in unseren Zentren zusammenziehen wollen – nicht bloß solche mehr spektakulären Talente wie Gedankenleser und Hellseher. Psi-Begabte sind in den seltensten Fällen Supermänner oder Superfrauen, sondern einfach Menschen, die auf einer anderen Wellenlänge operieren. Setzen Sie sie in ihrem Spezialgebiet ein und nutzen Sie ihr Talent zu Ihrem Vorteil.«

»Abgesehen von Geld, was wollen Sie sonst noch von uns, Darrow?«

»Doktor Abbey, nicht wahr? Ich will von Ihnen und Ihren Kollegen auf der ganzen Welt das öffentliche Eingeständnis, daß das Psi-Talent aus dem Räucherstäbchenmuff der spiritistischen Zirkel herausgetreten und ins helle Licht des medizinischen Labors hineingetreten ist. Wir haben wissenschaftliche Beweise dafür, daß parapsychologische Begabung existiert und zielgerichtet eingesetzt werden kann, mit vorhersagbarem Ergebnis. Und Wissenschaft, meine Herren, ist der Definition nach jede Tätigkeit, die sich nach präzisen Gesetzen und Prinzipien vollzieht. Im Fall von Ralph ist das Prinzip das Bewegen von Gegenständen ohne Zuhilfenahme künstlicher Mittel.«

»Die Teleportation kaufe ich Ihnen vielleicht noch ab, Darrow«, erwiderte Doktor Abbey in verächtlichem Ton, »aber gehen wir noch mal für einen Moment in die spiritistische Hinterkammer zurück und demonstrieren Sie mir mal an einem Beispiel, wie es sich bei der Präkognition denn so mit der ›Wissenschaft‹ verhält.«

»Ich wußte, daß das kommen würde, Doktor Abbey. Und ich sage voraus, daß Sie auf das Problem, an dem Sie zur Zeit mit den Herren Doktoren...« Henry hob beschwichtigend die Hand, als Doktor Abbey ihm aufgeregt ins Wort fallen wollte. »Keine Angst, Doktor Abbey, ich plaudere schon nichts aus... mit den Herren Doktoren Schwarz, Vosogin und Clasmire arbeiten, daß Sie auf dieses Problem eine zufriedenstellende Antwort finden werden. Das, lieber Doktor Abbey, dürfte wissenschaftlich und akkurat genug sein – da Ihre Korrespondenz mit den drei genannten Herren ein streng gehütetes Geheimnis ist –, um Sie zu überzeugen. Richtig?«

Dem völlig verdatterten Gesichtsausdruck Dr. Abbeys, der wie betäubt in seinen Stuhl sank, konnte er entnehmen, daß er einen Volltreffer gelandet hatte und Abbey nun überzeugt war.

»Nun«, wandte sich Henry wieder ans Publikum. »Jeder von Ihnen hat schon Probleme gehabt die, wie ich glaube, einige unserer Talente hätten lösen können. Ich warte auf Ihre Angebote.«

»Warum wollen Sie nach vierzehn Jahren und neun Mieterhöhungen – gegen die ich im übrigen niemals protestiert habe – meinen Mietvertrag nicht mehr verlängern?«

»Mister Darrow, mir ist gesagt worden, Ihr Mietvertrag könnte nicht verlängert werden, und das soll ich Ihnen ausrichten.«

»Was soll denn dieses plötzliche ›Mister Darrow‹, Frank? Hören Sie, ich habe vierzehn Jahre lang meine Miete stets pünktlich bezahlt. Ich habe die im Vertrag festgelegten Renovierungen stets durchgeführt; wieso kann mein Vertrag dann nicht verlängert werden?« Henry kannte das Problem; er hatte diese Situation vorausgesehen, aber er war auch Mensch genug, als daß es ihm nicht Spaß gemacht hätte, sich daran zu weiden, wenn ein Miesling, der ihn ungerecht behandelte, sich vor Verlegenheit wand.

Frank Hummel fühlte sich sichtlich unbehaglich.

»Kommen Sie, Frank. Sie wissen es doch. Versuchen Sie doch nicht, mich zum Narren zu halten – ausgerechnet mich.«

Frank schaute ihn mit kläglichem Blick an. »Das ist es ja, Hank, genau das. Daß Sie es sowieso wissen. Sie wissen zu viel, und die anderen Mieter fürchten sich vor Ihnen.«

Henry warf den Kopf zurück und fiel in brüllendes Lachen. »Haben sie alle so ein schlechtes Gewissen? Mein Gott, Frank, glauben die wirklich, ich interessiere mich für ihre läppischen Intrigen und ihre zweitklassigen Ehestreitigkeiten?« Er sah, daß er Frank beleidigt hatte, und wünschte sich in diesem Moment, er wäre ein Telepath und könne Gedanken lesen und nicht nur Ereignisse voraussehen, die in der Zukunft lagen. »Frank, ich ›sehe‹ nicht mehr als das, was ich geschen habe, als ich mich noch als Astrologe betätigte. Und vor dem spinnerten Sternengucker von nebenan hat doch auch keiner Angst gehabt.«

Frank senkte bei dem Wort ›Sternengucker‹ verlegen den Blick, denn genau dafür hatte er Henry immer gehalten.

»Ich kann keine Gedanken lesen«, fuhr Henry fort, »ich weiß nicht, was vor meiner Nase oder hinter meinem Rücken getratscht wird. Mein Talent bezieht sich nicht auf Individuen, sondern auf Ereignisse in der Zukunft die die Geschicke von Massen beeinflussen. Sicher, auch auf Individuen, aber nur auf sehr wichtige, von deren Tun das Schicksal von Millionen Menschen abhängen kann. Aber ich kann nicht voraussagen, ob Mrs. Walters in 4 C ein Baby kriegt ... jedenfalls nicht, wenn ich ihr nicht ihr individuelles Horoskop stelle ... und sie hat viel zuviel Angst vor ihrem Mann, um ein solches Ansinnen an mich zu stellen.« Henry stieß einen tiefen Seufzer aus, als er merkte, daß sein Versuch, den besorgten Häusermakler mit logischen Argumenten zu überzeugen, genau das Gegenteil bewirkt hatte und dieser jetzt erst recht glaubte, er könne Gedanken lesen. »Schauen Sie, Frank, was Mr. Walters von mir denkt, weiß doch nun wirklich jeder im Haus, und ebenso wissen alle, wieviel Angst Mrs. Walters vor ihrem Mann hat. Dazu braucht man wahrlich kein hellseherisches Talent Frank. Und man braucht auch kein Hellseher zu sein, um sich denken zu können, daß wahrscheinlich Walters derjenige ist, der am eifrigsten gegen mich gehetzt hat, damit ich rausgesetzt werde.«

»Sie werden nicht rausgesetzt, Mr. Darrow.«

»Ach, nein?«

»Nein! Ihr Mietvertrag wird bloß nicht verlängert.«

»Und wieviel Zeit räumen Sie mir ein, um eine neue Wohnung zu finden? Sie wissen ja, wie eng die Situation auf dem Wohnungsmarkt in Jerhattan ist.«

Frank wich Henrys Blick aus.

»Frank... Frank? Frank, schauen Sie mich an!« Widerstrebend, zögernd gehorchte der Mann. »Frank, Sie kennen mich jetzt seit vierzehn Jahren. Wieso haben Sie auf einmal Angst vor mir?« Henry kannte die Antwort, aber er wollte, daß Frank es selbst sagte. Ein Mann, ein Frank Hummel, änderte natürlich nichts an dem Kampf der Begabten um gesellschaftliche Anerkennung, aber es galt trotzdem, um jeden einzelnen Kopf zu kämpfen. Jeder Verbündete war wertvoll.

»Es ist bloß, daß... daß... verdammt, Sie sind nicht mehr ein bloßer Sternengucker, Mr. Darrow. Sie sind... echt.« Die Furcht in Frank Hummels Gesicht war auch echt.

»Danke, Frank. Das hier ist nicht leicht für Sie, und ich sehe auch nicht ein, wieso ich es Ihnen leichter machen sollte. Immerhin sind wir vierzehn Jahre gut miteinander ausgekommen. Ich wußte, daß Sie heute zu mir kommen würden. Ich wußte es schon vor vier Monaten, als Molly und ich diese Graffiti auf der Wohnungstür hatten und man versuchte, bei uns einzubrechen. Deshalb habe ich vorgesorgt. Ich habe eine neue Wohnung angemietet. Morgen ziehen wir um.«

Franks Verstand schien sichtlich überfordert. »Sie meinen, Sie wußten es? Schon seit vier Monaten? Aber ich habe den Auftrag, es Ihnen mitzuteilen, doch erst gestern bekommen, und Sie haben mir vorhin doch selbst gesagt, Sie könnten nicht die Zukunft einzelner Individuen... und trotzdem...«

»Ich habe Sie nicht angelogen, als ich das sagte, Frank, aber ich wäre ja wohl ein feiner Sternengucker, wenn ich nicht einmal die Dinge voraussehen könnte, die mich persönlich betreffen, wie?«

Hummel wich langsam rückwärts aus dem Apartment, noch verstörter als vorher und offensichtlich immer weniger überzeugt von Henrys Aufrichtigkeit. Wieder wünschte sich Henry, er wäre ein Telepath – oder wenigstens ein Empath und könnte die Gedanken lesen, die Frank jetzt durch den Kopf gingen und ihnen entsprechend entgegenwirken.

»Tun Sie mir einen Gefallen, Frank«, sagte Henry. »Gehen Sie am 18. des nächsten Monats auf die Rennbahn nach Belmont und setzen Sie im vierten Rennen alles, was Sie haben, Ihre gesamten Ersparnisse, auf ein Pferd namens Mibimi. Aber erst in der letzten Minute vor dem Rennen, hören Sie? Wollen Sie das für mich tun? Und wenn Mibimi dann gewonnen hat, denken Sie an den guten alten Henry und daran, daß ein Psi-Talent manchmal ganz nützlich sein kann, ja?«

Frank war mittlerweile bis zum Aufzug zurückgewichen, und Henry fragte sich, ob der verwirrte und verängstigte Wohnungsmakler seinen Tip überhaupt mitgekriegt hatte. Er gab solche Tips nicht oft, aber einem Freund kann man schon einmal einen Gefallen tun, so was erhält die Freundschaft...

Henry zog achselzuckend die Tür zu. Die Szene, die sich gerade in seinem Wohnzimmer abgespielt hatte, war in ähnlicher Form schon Dutzende von Malen abgelaufen, mit anerkannten Psi-Talenten als Hauptdarsteller wider Willen ein weiteres in der Reihe der Paradoxa, mit denen sie nun, da das Psi-Talent gewissermaßen hoffähig geworden war, von allen Seiten bestürmt wurden. Seit die Psi-Begabten nicht mehr als Scharlatane galten, seit sie für das Zentrum arbeiteten, konnten sie es sich leisten, ihre Dienste gegen Spitzenhonorare anzubieten. Gleichzeitig aber bekamen sie plötzlich den Stempel ›Paria‹ aufgedrückt, fanden sich in der Rolle von Unberührbaren wieder, fanden sich allenthalben abgelehnt, gemieden, gefürchtet, mit Mißtrauen beäugt, alles aufgrund von Mißverständnissen.

Watson Claire bastelte bereits an einer massiven Informationskampagne für die Öffentlichkeit, wobei ihm seine Kontakte zur Medienbranche, die bekanntlich nach allem giert, was Publikationswert besitzt, sehr zugute kamen. Durch klug eingesetzte und wohldosierte Schmiergeldzahlungen schaffte er es, die schlimmsten Neuigkeitskrämer in Schach zu halten. Aber es würde seine Zeit brauchen, meinte Claire (und Henry verstand das), bis das Programm bis zu der Ebene durchgesickert war, auf der es am dringendsten gebraucht wurde... den Wohnungsgesellschaften, die jetzt jeden hinausdrängten, der im Verdacht stand, ein Psi-Talent zu besitzen.

Nun, das riesige Lagerhaus, das Henry in der Hafengegend angemietet hatte, würde vorerst genügen, bis er sich einen Weg ausgeknobelt hatte, wie er am besten an George Henner herankam. Das Finanzgenie hatte eine Bücherrevision vor sich, und Henry hatte einige Entdeckungen gemacht, die ihm großes Vergnügen bereiteten. Er freute sich jetzt schon auf Henners Reaktionen.

Er nahm das Sprechgerät auf und rief das Lagerhaus an. Die Schutzwände waren seit einer Woche eingezogen, und der Innenanstrich war so gut wie fertig. Vielleicht sollte er die Möbel von Telekineten hinbringen lassen? Nein, das würde sich nicht gut machen, auch wenn es sicherlich eine große persönliche Befriedigung wäre. Es gab Dinge, die erledigten selbst Psi-Talente besser auf normale Art.

»Mein Name ist Henry Darrow, Kommissar Mailer. Das ist meine Frau Molly; Barbara Holland ist unsere Finderin, und Jerry hier hat das Gänseei hertransportiert.

Gehe ich recht in der Annahme, daß das hier Ihre Liste der meistgesuchten Gesetzesbrecher ist?« Er schwenkte ein Blatt Papier.

»Was wollen Sie hier? Was hat das zu bedeuten?« Der Bevollmächtigte für die Durchsetzung von Recht und Ordnung hatte sich mit empörter Miene von seinem leeren Schreibtisch erhoben. »Ich bin mit James Marshall verabredet, nicht mit Ihnen, Darrow.«

»Ich weiß. Jim hat den Termin für uns arrangiert, weil Sie es abgelehnt haben, uns vorzulassen ...«

»Eine Horde von Spökenkiekern!«

»Nun, jetzt sind wir jedenfalls hier, und Sie werden uns zuhören.«

»Nicht, solange ich hier zu sagen habe ...« Der Kommissar fummelte an seinem Tischsprechgerät herum und stieß einen Fluch aus, als die Kontrollampen nicht aufleuchteten.

»Es wird nicht funktionieren, Kommissar Mailer«, erklärte Henry. »Ich habe versäumt, Sie darauf hinzuweisen, daß Jerry Telekinet ist und daß er den Kontakt sofort wieder trennt, sobald Sie den Knopf drücken. Tut mir leid, aber Sie sind von der Außenwelt abgeschnitten, bis Sie sich dazu herablassen, uns anzuhören. Und zuzuschauen. Barbara, wenn du so nett wärst? Hier ist die Liste. Moment, setz dich am besten hier hin! Molly, bist du bereit?«

Der Kommissar forderte sie unter wilden Drohungen und Verwünschungen auf, sein Büro auf der Stelle zu verlassen (»Das wird ein Nachspiel haben, Darrow, darauf können Sie sich verlassen!«), aber sein Gebrüll nützte ihm nicht viel, da sein Büro schalldichte Wände hatte. Er hantierte weiter vergeblich an seinem Sprechgerät herum, unfähig zu glauben, daß es nicht funktionierte, bloß weil irgend so ein nichtssagender junger Mann es anstarrte. Er bemerkte nicht, daß Molly Barbara das Elektrodennetz auf den Kopf setzte. Barbara schob die Elektroden auf die kahlgeschorenen Stellen auf ihrem Kopf und nickte Henry zu.

»Ich nehme an, die Namen sind in der Reihenfolge ihrer Priorität aufgelistet«, wandte sich Henry an den Kommissar. Er hatte auf der Schreibtischkante Platz genommen, unbeirrt von den vielen Flüchen und Drohungen des Kommissars.

»Priorität? Wovon zum Teufel reden Sie da, Darrow? Schaffen Sie Ihren Zirkustrupp hier raus. Dies ist kein Varieté, sondern ein Amt für die Durchsetzung von Recht und Ordnung!«

»Die Sie beide bei den derzeitigen Einschränkungen, die Ihren Leuten auferlegt sind, nicht einmal annähernd aufrechtzuerhalten in der Lage sind«, konterte Henry in einem solch energischen Ton, daß der Kommissar vor Schreck verstummte und Henry verblüfft anstarrte. Solch einen Ton hatten sich bisher nur wenige gegen den RuO-Mann herausgenommen. »Und deshalb bin ich hier«, fuhr Henry fort, nun wieder mit ruhiger Stimme, »um Ihnen die Unterstützung zu erweisen, die Sie von keiner anderen Stelle in der Form kriegen können. Setzen Sie sich hin, halten Sie den Mund und hören Sie zu. Wen sollen wir als erstes für Sie finden?«

»Finden?«

»Ja, finden!«

Die Blicke der beiden Männer kreuzten sich, und in dem Blick von Henry lag etwas, das einen plötzlichen Sinneswandel bei Kommissar Mailer bewirkte.

»Okay«, sagte Mailer mit fester, harter Stimme. »Finden Sie den Mann, den man Joe Blow nennt.«

»Den Glückspillenmann?«

»Genau den.«

Henry zog die zweite IBM-Karte hervor und reichte sie Barbara Holland.

»Reicht dir das, Babs?«

Das Mädchen studierte die Skizze, die der Polizeizeichner anhand von Beschreibungen von Opfern des flüchtigen Joe Blow angefertigt hatte. Es las die Beschreibungen seiner am häufigsten besuchten Aufenthaltsorte und seiner üblichen Arbeitsmethode. Als sie fertig war, schaute sie Henry grinsend an.

»Das ist eigentlich kein echter Test Henry«, sagte sie.

»Ha!« stieß der Kommissar triumphierend hervor, ein unheiliges Frohlocken in den Augen.

»Ich meine das deswegen«, erläuterte Barbara, »weil ich ihm schon einmal begegnet bin und es deshalb ziemlich leicht ist, ihn aufzuspüren.« Sie schloß die Augen, die Karte fest zwischen die Hände gepreßt. Die Nadeln auf den Schreibern des Gänseeis begannen über das Papier zu zucken. Sie lächelte und schlug die Augen auf. »Er ist an der Ecke 4th Avenue New East und 197th Straße. Er trägt einen langen blauen Regenmantel mit imprägnierten Schulterstücken und eine lange blonde Perücke. Einen Schnauzbart hat er heute ausnahmsweise nicht. Er hat keine illegale Ware bei sich, dafür aber eine große Summe Geld und einige zusammengefaltete Papiere.«

Der Kommissar hantierte erneut an seinem Sprechgerät. »Um Himmels willen, geben Sie das Ding endlich frei! Ich muß...«

»Warum?« fragte Barbara. »Sie wollen ihn mit Schnee oder Acid oder Brown Joy, nicht?«

»Ich will ihn so oder so, egal wie.«

»Können Sie ihm was anhängen?«

»Wenn ich ihn erst habe...«

Plötzlich erwachte das Sprechgerät gleichzeitig auf allen Kanälen, die der Kommissar vorher gedrückt hatte, zum Leben, aber Mailer hatte den Wellensalat rasch entwirrt und jagte einen Streifenwagen zu der von Barbara angegebenen Straßenecke, mit der Anweisung, dort einen auf Barbaras Beschreibung passenden

Mann festzunehmen. Als er seine Anweisungen durchgegeben hatte, drehte er sich mit einem säuerlichen Lächeln den Vieren zu. »Warten wir's ab. Wenn dort tatsächlich ein Mann ist, auf den Ihre Beschreibung zutrifft, dann haben wir ihn in spätestens drei Minuten. Meine Leute sind schnell und tüchtig.«

»Meine auch«, sagte Henry und schaute erwartungsvoll Barbara an, die nickte.

»Was ist jetzt wieder los?« fragte der Kommissar.

»Ich bleibe ihm auf den Fersen«, erklärte Barbara, und plötzlich erwachte das dritte Band zum Leben.

»Das ist das Gänseei, das jetzt am Werk ist, Kommissar Mailer«, erklärte Henry.

»Lesen Sie etwa meine Gedanken?« Mailer schaute ihn aufgeschreckt und wütend zugleich an.

»Aber nicht doch!« beschwichtigte ihn Henry. »Ich bin doch kein Telepath. Ich bin bloß ein besserer Spökenkieker ...«

Der Kommissar schürzte die Lippen, als ihm seine eigenen Worte im Ohr hallten.

»Okay, dann sagen Sie mir jetzt, ob meine Leute Glück haben werden.«

»Das kann Barbara Ihnen besser sagen als ich. Ich befasse mich im allgemeinen nicht mit dem Schicksal von Individuen. Meine Spezialität ist das Verhalten von Massen. Aber Barbara kann Joe Blow für Sie finden – jetzt und jederzeit, wann Sie ihn wollen ...«

»Sie haben ihn«, meldete sich Barbara und hielt Henry die geöffnete Hand hin, um eine weitere IBM-Karte entgegenzunehmen.

Der Kommissar starrte sie mit argwöhnischem Blick an.

»Weißt du was, Babs?« fragte Henry. »Am besten, seine Leute erzählen es ihm selbst.«

Sie zuckte die Achseln und lehnte sich in ihrem Stuhl zurück. Dann wandte sie den Blick auf Mailer und sagte mit einem süßen Grinsen: »Sie haben Ihre Pfeife in Ihrer Skijacke vergessen, Herr Kommissar – in der blauen, die Sie normalerweise nicht tragen. Wenn Sie gleich zu Hause anrufen, erwischen Sie Ihre Frau noch, bevor sie zum Einkaufen geht. Und sagen Sie ihr, die Jacke hängt hinter Ihrem roten Bademantel im ersten Schrank.«

Mailer starrte sie an, die Augen zu Schlitzen verengt. »Sagten Sie nicht, Sie könnten keine Gedanken lesen?«

»Das habe ich nie gesagt«, erwiderte Barbara und deutete auf Henry. »Das hat er gesagt. Ich kann nur verlorene Gegenstände aufspüren. Sie vermissen doch Ihre Pfeife, nicht? Und Sie haben vorhin überlegt, wo Sie sie hingelegt haben könnten. Und von Ihrer Frau weiß ich nur deshalb, weil Sie gesagt haben, Sie könnten sie nie erreichen, wenn Sie sie mal bräuchten.« Barbara bemühte sich, einen ernsten, treuherzigen Gesichtsausdruck zu bewahren, aber Henry sah den Schalk, der in ihren Augen blitzte.

Der ›Fund‹ seiner Pfeife schien Kommissar Mailer weit tiefer zu beeindrucken als das Aufspüren von Joe Blow.

Das Sprechgerät summte.

»Sie haben einen Mann geschnappt, auf den die durchgegebene Beschreibung paßt. Was sollen sie mit ihm anfangen? Er besteht auf seinen Rechten.«

Mailer schien für einen kurzen Moment unschlüssig, ehe er entschied: »Durchsucht ihn. Ganz in der Nähe hat ein Einbruch stattgefunden, und am Tatort ist ein Mann gesichtet worden, dessen Beschreibung mit dem übereinstimmt, den unsere Leute gefaßt haben. Ihr werdet vermutlich einen Packen Kreditkarten und Wertpapiere bei ihm finden. Beruft euch auf euer Leibesvisitationsrecht nach Paragraph 12a.«

»Er hat Papiere im Wert von etwa achttausend bei sich, Sir«, warf Barbara ein.

»Die Beute beträgt etwa achttausend.«
Es folgte eine lange, gespannte Stille.
»Er ist es, Sir.«
»Dann nehmt ihn fest!«

Mailers Mienenspiel spiegelte den intensiven Konflikt wider, der sich jetzt in seinem Innern abspielte. Er befand sich in der Lage eines Mannes, dem ein Wunder zuteil wurde und der sich scheute, dieses Wunder wahrhaben zu wollen.

»Barbara ist ein parapsychologisches Talent, Herr Kommissar. Wir haben das Gänseei eigens dazu mitgebracht, um Ihnen auf wissenschaftlicher Basis, ganz ohne Hokuspokus und Kaffeesatz, nachzuweisen, daß ihr Hirn einen speziellen Typus von elektrischem Impuls erzeugt, sobald sie ihr parapsychologisches Talent anwendet. Sie kann Ihre Gedanken nur dann lesen, wenn Sie – oder auch jemand anders – an etwas denken, das verlorengegangen, verlegt oder gestohlen wurde.«

»Gestohlen«, wiederholte der Kommissar wie geistesabwesend.

»Wenn Sie an die geklaute Ladung Gas aus dem Flugzeug denken, Herr Kommissar«, riß ihn Barbara aus seinem Grübeln, »die liegt in einem Lagerraum irgendwo in der Southside. Es ist sehr dunkel da drinnen; das behindert mich stark: Ich kann Dinge, die im Schatten liegen, nicht sehen. Aber ich kann ein paar weiße Luftfrachtcontainer ausmachen... wahrscheinlich aus Plastik, nicht aus Holz oder Stahl... nein, es ist Plastik. Auf der linken Seite unten haben sie einen dunklen Aufdruck: irgendeine geometrische Form.« Sie legte die Stirn in Falten, und das Gänseei ratterte für einen kurzen Moment wie wild drauflos, bevor sich die Kurven wieder auf ihre normale Amplitude einpegelten. »Es tut mir leid, aber es ist einfach zu dunkel da drin.«

Der Kommissar stieß ein Schnauben aus, aber die Information hatte ihm offenbar genügend Material zum Kombinieren geliefert. »Southside... Luftfracht... weiße Container...« Er hieb mit der Faust auf eine bestimmte Taste des Sprechgeräts. »Jack, ich brauche sofort die Namen aller Luftfrachtgesellschaften, die weiße Container mit einem geometrischen Zeichen auf der linken Seite unten verwenden... ja, du hast richtig gehört: ein geometrisches Zeichen in dunkler Farbe. So, und dann brauche ich die Namen der Luftfrachtgesellschaften, die ihre Depots in der Southside haben... Oh. Hmm. Gut, prüf das sofort nach.« Er richtete einen kalten, nüchternen Blick auf Barbara. »Können Sie keine genaueren Angaben machen?«

Barbara warf Henry einen kurzen Blick zu, bevor sie antwortete. »Ich habe die Suche bereits auf ein kleines Gebiet in der Southside eingegrenzt; mehr Einzelheiten kann ich beim besten Willen nicht erkennen. Aber so viele Lagerhäuser für Luftfrachtgut kann es in der Southside doch nun auch nicht geben, Mr. Mailer! Ich habe bereits mehr rausgekriegt, als Sie selbst es je könnten.«

»Moment, junge Frau! Einen Augenblick noch...«

»Sie haben mehr als einen Augenblick gehabt, Herr Kommissar, und meine Zeit ist kostbar.« Barbara war aufgestanden, das Elektrodennetz in der Hand. »Wir verschwenden mit dem nur unsere Zeit, Henry. Außerdem mag ich ihn nicht. Und die Impulse, die er ausstrahlt, sind mies, schlecht und einfach mies!«

Sie verließ den Raum. Molly begann wortlos das Gänseei einzupacken. Der Kommissar starrte erst die offene Tür an, dann Henry.

»Sie arbeitet weit wirkungsvoller, wenn man ihr zwischendurch so gelegentlich mal danke schön sagt, Mailer. Das gilt übrigens für die meisten Menschen.« Henry hakte Molly unter, gab Jerry freundlich lächelnd ein

Zeichen, das Gänseei zu nehmen, wünschte Mailer einen guten Tag und machte sich auf den Weg zur Tür.

»He, einen Augenblick noch...«

Henry blieb stehen und wandte sich im Türrahmen um. »Wie Babs schon sagte, Mailer, Sie hatten mehr als einen Augenblick, und unsere Zeit ist kostbar.«

»Muß Charity wieder beruhigt werden, Gus?« fragte Henry den Arzt des Zentrums. »Wir haben einen Auftrag für sie gebucht. Sie soll rauskriegen, wer der Unruhestifter in der Arrow Shirt Company ist.«

Gus zog den Kopf zwischen die Schultern und verzog das Gesicht zu einer Grimasse, die ausdrückte, daß er gerne ›nein‹ gesagt hätte, aber ›ja‹ sagen mußte. Er lehnte sich gegen die Tür von Charity McGillicuddys Zwei-Zimmer-Wohnung auf der Wohnetage des umgebauten Lagerhauses.

»Hank, trotz der Schutzwände, die wir haben einbauen lassen, haben die Empathen und Telepathen zu wenig Privatsphäre. Verstehst du, zu wenig physische Distanz. Sie haben keine Möglichkeit, sich in sich selbst zurückzuziehen. Wir hocken hier alle aufeinander wie in einem Kaninchenbau, auch wenn dieser Kaninchenbau zugegebenermaßen jeden erdenklichen Komfort bietet. Verstehst du, irgendwie macht einen dieses ewige Lieb-Und-Nett-Zueinander-Sein, dieses Happy-Wohngemeinschafts-Feeling auf die Dauer fix und fertig. Das wirkt wie eine chronische Überdosis Glückspillen. Das ist einfach zuviel für einen Typ wie Charity.« Henry schaute zum Flurfenster, hinter dem sich auf einer grünen, sonnenbeschienenen Wiese eine riesige Buche erhob, deren Blätter sich rostbraun gegen den blauen Herbsthimmel abhoben. Obwohl die Szenerie so realistisch war, daß sich die Blätter im Wind bewegten und sogar die Sonnenstrahlen ihren Einfallswinkel veränderten, war sich Henry stets der

Tatsache bewußt, daß es sich bloß um eine Projektion handelte, und sein Verstand weigerte sich, diese Fiktion zu akzeptieren, die Millionen von Betonsilobewohnern einlullte.

»Ein Talent bedarf zu seiner Entfaltung bestimmter Gegebenheiten, die in diesen Zeiten nicht zu bekommen sind«, fuhr Gus fort. »Und eine der wichtigsten davon ist Ellenbogenfreiheit.« Er schnaubte, denn ihm war schmerzlich bewußt, daß diese Voraussetzung im übervölkerten Jerhattan nicht zu erfüllen war.

»Wir haben das Angebot gekriegt, das alte Wildgehege in ...«

»Viel zu weit abgelegen zum tagtäglichen Hin- und Herfahren, und genau das müssen die meisten von uns.« Molnar war Chefarzt der Neurologischen Abteilung des Midtown Hospital Center, wandte aber inzwischen den größten Teil seiner Arbeitszeit für seine Tätigkeit als Mediziner des Zentrums auf.

»Okay«, sagte Henry. »Ich werde tun, was ich kann.«

»Henry?« Gus beäugte seinen Freund argwöhnisch. »Was führst du im Schilde?«

»Ich? Nichts.« Henry Darrow zog den Kopf zwischen die Schultern und rieb sich die Hände, wobei er spitzbübisch kicherte. »Aber das Schicksal ... haha! HA! Ich weiß, wann wir zwei uns wieder zusammen treffen. Schon sehr bald!« Gus verdrehte seufzend die Augen Richtung Himmel.

»Oh, mach dir keine Sorgen, Gus!« sagte Henry in normalem Tonfall. »Für gewöhnlich rufe ich sie, mußt du wissen.«

Gus nickte säuerlich.

»Tröste dich«, fuhr Henry fort, »mit der verlockenden Vorstellung, mein Hirn zu sezieren, wenn ich sterbe, und vielleicht rauszukriegen, wie ich das bloß mache.«

»Ha!«

»Sie können Barbara Holland nicht zwangsvorladen, Kommissar Mailer, nicht mit der Begründung«, sagte Henry Darrow. »Aber Sie können ihre Dienste selbstverständlich beim Zentrum mieten...«

»Zentrum? Was für ein Zentrum?« fragte Mailer und ließ seinen Blick verächtlich durch die winzige Kammer schweifen, die Henry als Büro diente.

»Das Zentrum, das wir in Kürze mit den Honoraren erwerben werden, die Sie Talenten wie Barbara, Titter Beyley und Gil Gracie und ...«

»Titter Beyley?« Der Kommissar machte ein Gesicht, als bekäme er jeden Moment einen Schlaganfall.

»Ja, Titter. Er trank, weil er es nicht mehr aushielt, ständig irgendwelche Sachen zu finden. Alkohol wirkt sich in verschiedener Weise auf die parapsychologische Fähigkeit aus: manchmal dämpfend, manchmal schärfend.«

»Eine Minute, Darrow ...«

»Meine Minuten sind kostbar, Mailer. Ich habe nur eine bestimmte Anzahl davon zur Verfügung. Sie sind daran interessiert, daß gewisse Sachen und Leute gefunden werden: Barbara besitzt diese Fähigkeit und Titter Beyley auch. Tatsächlich ist Titter sogar erheblich besser als Barbara, wenn es um das Auffinden toter Objekte geht. Er mag keine Menschen. An dem Tag, an dem Sie ihn betrunken im Dienst erwischen, können Sie sich noch immer beklagen.«

»Und Sie kommen so einfach hier reingeschneit, junger Mann, und erzählen mir, daß ich Samstag erschossen werde? Schon wieder!« Gouverneur Lawson lehnte sich in seinem Sessel zurück und fiel in brüllendes Gelächter: eine Übung, die er jäh abbrach, um mit einer Intensität, die nahe an der Grenze zum Haß war, Darrow und den einem Gespenst nicht unähnlichen Steve Hawkins anzustarren. »Und was ist diesmal anders?«

»Eine Kugel vom Kaliber achtunddreißig wird in Ihre rechte Herzkammer eindringen.« Steves Stimme zitterte leicht. Henry fragte sich, ob es ein Fehler von ihm gewesen war, Steve mitzubringen, der sein Talent erst vor kurzer Zeit entdeckt hatte und ganz neu im Zentrum war. »Der Mann wird sich Ihnen von links nähern...«

»Was spielt es für eine Rolle, von wo er kommt?« fragte der Gouverneur scharf, fast feindselig. »Oh, nicht daß ich Ihnen nicht glauben würde, Darrow. Oder Ihnen, Hawkins. Ich habe zuviel von euch Leuten gehört, um noch skeptisch zu sein. Aber was ist, wenn ich einfach nicht erscheine?«

»Sie müssen erscheinen«, erwiderte Henry. »Wir haben sämtliche Alternativen einer Wahrscheinlichkeitsrechnung unterzogen und dabei herausbekommen, daß Ihr Erscheinen auf der Versammlung absolut notwendig ist, um die gegenwärtig 8 % noch unentschlossenen Wählerstimmen für Ihre Partei zu gewinnen. Ohne diese 8 % verfehlen Sie die absolute Mehrheit, was bedeuten würde, daß die Labor-Leute die Stimmenmehrheit zusammenkratzen können, die sie brauchen, um Gegenmaßnahmen in die Wege zu leiten, die verheerende Auswirkungen auf die Wirtschaft haben würden.«

Gouverneur Lawson begann zu kichern. Erst wakkelte der Bauch, dann wanderte seine Belustigung langsam und sichtbar über den rettungsringartig ausgewölbten Mittelwulst hinauf zur Brust und erreichte schließlich den Kopf. Die Lippen öffneten sich und entließen ein schallendes, saftiges Lachen.

»So, das also wird eintreffen, he?«

»Ja, das heißt, falls Ihre Redegewandtheit nicht durch Ihr jetziges Vorauswissen beeinträchtigt werden sollte.«

»He? Wie das?«

»Sie verfügen nun über ein Vorauswissen um die unmittelbare Zukunft. Ein solches Wissen könnte unter Umständen die Zukunft verändern. Wir verfügen nicht immer über das Personal oder die Voraussicht, um die Zukunft zu modifizieren. In Ihrem Fall machen wir eine Ausnahme. Eine Labor-Mehrheit liegt nicht im Interesse der Talente.«

Gouverneur Lawson nickte beipflichtend.

»Ihr Mann wird die Kugel aufhalten?«

Henry nickte.

»Und der Verrückte wird eingeliefert? Das ist besser, als ihn frei herumlaufen zu lassen, damit er bei der nächsten Gelegenheit wieder drauflosballern kann. Gut! Wie viele politische Persönlichkeiten stehen unter dem Schutz Ihrer Gruppe?«

»Die, die ihn brauchen. Übrigens, wir wären Ihnen gewiß sehr verbunden für ein paar freundliche Worte für das Zentrum, wenn Steve die Kugel ablenkt.«

Lawson nickte zustimmend. »Die, die Schutz brauchen? Oder die, die Sie brauchen, Darrow? Nein, Sie brauchen mir auf diese Frage nicht zu antworten. Beantworten Sie mir lieber diese: Werde ich die Wahl gewinnen?«

Henry lächelte gedehnt. »Sie kennen die Antwort auf diese Frage, Herr Gouverneur, aber der Spaß liegt darin, sich zu vergewissern, daß Sie das Spiel richtig gespielt haben.«

»Wie weit treibt ihr Burschen Spaß und Spiel?«

»Gerade soweit wie eben möglich?«

»Nun, Mr. Rambley, wo liegt Ihr Problem?«

»Nicht mein Problem, Mr. Darrow. Ihres!« Der Finanzbeamte setzte ein selbstgefälliges dünnes Lächeln auf und zog einen Packen IBM-Karten aus seiner Kunstleder-Aktentasche.

»Wirklich?«

»Wir haben hier Honorarbelege vom Amt für Recht

und Ordnung, von John Hopkins, Bethel General, Midtown, Dupont Merck Pharmaceuticals ... soll ich noch mehr aufzählen?«

»Wie Sie wollen.«

»Diese Honorarbelege verzeichnen die Einkünfte von Barbara Holland, Titter Beyley, Charity McGillicuddy, Gil Gracie, Frank Negelsco, Augustus Molnar ...« Erneut fixierte der Finanzbeamte Henry Darrow mit einem zufriedenen Lächeln des Triumphs auf seinem fleischlosen Gesicht. »Ich könnte weitere Namen aufzählen ...«

»Ganz wie Sie wollen. Ich erweise jedem Regierungsbeamten die Höflichkeit, die seinem Amt gebührt.« Henry beugte seinen Kopf zu Mr. Rambley hinüber, der, zum ersten Mal, seit er in Henrys winzigen Büroverschlag getrippelt gekommen war, verwirrt schien. »Immerhin arbeiten einige meiner besten Leute für die Regierung.«

Mit einem gereizten Seufzen schob Rambley den Kartenpacken ordentlich zusammen und ließ ihn mit mahnendem Blick auf den Schreibtisch plumpsen.

»Hören Sie, Mr. Darrow. Diese Leute« – er hob den Packen wieder auf, wedelte damit in der Luft herum und legte ihn wieder hin –, »diese Leute streichen riesige Honorare ein, aber es existieren keinerlei Belege über auch nur eine einzige Steuerabgabe ...«

»Sie führen ihre Einkünfte *in toto* an das Parapsychologische Zentrum ab. Sie vermieten ihre Dienste per Einzelverträge an die verschiedenen Auftraggeber. Das Parapsychologische Zentrum wiederum zahlt Körperschaftssteuer. Nach Paragraph ...«

»Kein Mensch, der noch ganz richtig im Kopf ist, würde ...« Rambley sprang erregt von seinem Stuhl auf, Empörung und Unglauben im Gesicht.

»Ich habe nie behauptet, daß irgendeines unserer Parapsychologischen Talente richtig im Kopf ist.« Leise Belustigung schwang in Henrys Stimme mit.

»Mr. Darrow«, sagte Rambley mit mühsam beherrschter Stimme, »haben Sie nicht eben gesagt, Sie würden Regierungsbeamten den Respekt erweisen, der ihrem Amt gebührt?«

»Ja und? Habe ich das nicht getan? Sie verschwenden Zeit, Mr. Rambley, meine und die der Regierung. Die Personen, die da auf Ihren säuberlich gekerbten Karten erfaßt sind, führen, wie ich Ihnen bereits sagte, ihr gesamtes Einkommen an das Parapsychologische Zentrum ab. Unser Buchhalter wird Ihnen jederzeit gern Einblick in die entsprechenden Akten und Verträge gewähren ...«

»Aber ... aber mir ist zum Beispiel bekannt, daß dieser Titter Beyley mit einer 350-PS-Luxuskarosse herumfährt!« Ein derartiges Mißverhältnis schien Mr. Rambley zutiefst zu schockieren.

»Ja, das ist richtig. Titter hatte schon immer den Wunsch, einmal einen dicken Schlitten zu fahren. Das Auto gehört dem Zentrum. Sie können gern einen Blick in die Zulassungspapiere werfen.«

»Und daß ... daß Charity McGillicuddy einen Nerzmantel trägt.«

»Auch das ist richtig. Sie hat ihn als Dienstkleidung vom RuO-Amt angefordert, vor ungefähr vier Monaten.«

»V-vom RuO-Amt?«

»Sie bekleidet jetzt eine gewisse Stellung, und dem RuO-Amt kann ihr äußeres Erscheinungsbild nicht egal sein. Stellen Sie sich vor, wie peinlich es wäre, wenn jemand, der für das RuO-Kommissariat arbeitet, festgenommen werden müßte, weil er in einem gestohlenen Pelzmantel herumläuft. Charity sagt zwar, jetzt da sie sich auch selbst einen kaufen könnte und nicht mehr darauf angewiesen wäre, sich einen zu stibitzen, wäre der Spaß nur noch halb so groß. Aber es gibt ihr einen großen moralischen Auftrieb, einen Nerzmantel im

RuO-Haus zu tragen. Wir sind stets bemüht, unsere Angestellten bei Laune zu halten.«

Rambley hatte Henry Darrow während dieser offenherzigen Erklärung die ganze Zeit still angestarrt, aber seine Empörung war mit jedem von Henrys Worten gewachsen.

»Sie haben heute nicht das letzte Mal von mir gehört, Mr. Darrow. Glauben Sie nicht, Sie könnten die Bundesfinanzbehörde ungestraft zum Narren halten, Mr. Darrow.« Er stopfte die Karteikarten mit vor Entrüstung zitternden Händen in seine Aktentasche. »Sie werden noch von uns hören.«

»Freut mich; ich stehe Ihnen gern zur Verfügung. Rufen Sie nur bitte rechtzeitig an, damit wir einen Termin ausmachen können. Und ziehen Sie bitte in Betracht, daß die Herren Senatoren Maxwell, Abrahams, Montello und Gratz die körperschaftliche Struktur unserer Institution gebilligt haben.«

Rambleys Augen wurden groß.

»Und daß Mr. Killiney, der Präsidentenberater, als unser Finanzberater fungiert hat. Haben Sie *seine* Karte nicht zufällig auch in Ihrer Kartei?«

Rambley ging hinaus, irgend etwas Unverständliches murmelnd.

»Verschaffen Sie sich immer mit solchen Tricks Einlaß in Privathäuser, Mr. Darrow?«

»Nur, wenn es mir nicht gelingt, auf andere Weise ein Treffen zustande zu kriegen, Mr. Henner.« Henry lächelte freundlich, bemüht, mit nicht gar zu neidvollem Blick den riesigen kostbar möblierten Wohnsalon zu begaffen. Eine solche Weitläufigkeit war fast schon archaisch.

George Henner schien eher belustigt als erbost über Henry Darrows Unverschämtheit. Er lehnte sich gelassen in seinen italienischen Brokatsessel zurück. »Wenn

Sie hergekommen sind, um mir Ihre Dienste als Handleser, Stühlerücker, Wahrsager oder Warzenbesprecher aufzuschwatzen, dann können Sie gleich wieder abhauen.«

»Im Gegenteil, Sir. Ich bin gekommen, um Sie zu bitten, sich unserer munteren Riege anzuschließen.« Henry lächelte, als er den überraschten Gesichtsausdruck Henners sah.

»Mich Ihnen anschließen? Ich?« Henner brach in wieherndes Lachen aus. Als er den Kopf zurückwarf, sah Henry eine veritable Goldmine in seinem Mund aufblitzen. »Bei Gott, Darrow, das ist das Beste, was ich seit langem gehört habe!«

»Ich meine es ernst«, sagte Henry ruhig. Er setzte sich und schlug mit gespielter Gelassenheit die Beine übereinander. Er nahm das kurze Aufblitzen von Ärger in Henners Augen wahr, aber der Finanzier stand in dem Ruf, einem Verhandlungspartner stets soviel Seil zu überlassen, daß es reichte, um sich daran aufzuhängen. »Um es kurz zu machen, Mr. Henner, Ihre Fähigkeiten als Finanzgenie beruhen auf nichts anderem als auf einem soliden parapsychologischen Talent. Sie selbst sind – um Ihre eigenen Worte zu benutzen – der Wahrsager... auch wenn Sie, wie ich sehe, anstelle der guten alten Kristallkugel einen modernen Computer benutzen.«

Henner gab ein amüsiertes Grunzen von sich, sagte aber nichts; Henry deutete sein Schweigen als Aufforderung weiterzusprechen.

»Sie sind berühmt dafür«, fuhr Henry gehorsam fort, denn genau so mußte, wie er wußte, das Gespräch verlaufen, »daß Sie die Begabung besitzen, stets zu erspüren, welche Aktien steigen werden, welche fallen werden, und welche Pfandbriefe auf lange Sicht den höchsten Profit versprechen. Und ich kann beweisen, daß Sie ein Psi-Talent sind.« Henner legte den Kopf leicht schief und gab Henry durch ein belustigtes Grinsen zu verstehen, daß er seinen Beweis auf den Tisch legen solle. Henry zog ein Schaubild hervor und entfaltete es auf dem Tisch. »Ich weiß, daß Sie die Berichterstattung in den Medien über uns verfolgt haben und also mit dieser Art von Diagrammen vertraut sind. Was Sie allerdings nicht auf den ersten Blick erkennen werden, ist die Tatsache, daß es sich bei diesem Diagramm um Ihr eigenes handelt.«

Henners Körper straffte sich; sein amüsiertes Grinsen wich einem Ausdruck gespannter Aufmerksamkeit.

»Bei Ihrem letzten Routinecheck vor einem Monat benutzte Ihr Arzt ein Gänseei. Er wußte allerdings nicht, daß es sich nicht um sein eigenes Gerät handelte; ihn trifft also keine Schuld. Während der Untersuchung hatten Sie das, was wir einen ›Vorfall‹ nennen, und dieser Vorfall schlägt sich hier auf dem Diagramm deutlich nieder. Sehen Sie, hier und hier. Ich glaube, daß der Vorfall in Zusammenhang stand mit der Allied Metals and Mining Fusion.«

»Sie wollen mir doch nicht weismachen, daß Sie Gedanken aus einem EEG-Diagramm lesen können, Darrow.«

»Wohl kaum. Aber gleich nach Ihrer Untersuchung riefen Sie Ihr Büro an, und nur wenige Stunden später wurde die Fusion offiziell bekanntgegeben... interessanterweise aber erst, nachdem Sie sich kräftig mit Allied-Aktien eingedeckt hatten. Sind meine Fakten korrekt?«

Henner nickte kaum merklich. Seine Augen, zu Schlitzen verengt, starrten Henry Darrows Gesicht an.

»Das, Mr. Henner«, sagte Henry, während er das Diagramm wieder zusammenfaltete, »beweist, daß Sie ein Psi-Talent sind.«

Henner schaute Henry schweigend an. Offensichtlich sollte sein Schweigen Henry verunsichern, aber es verfehlte seinen Zweck. Eine Weile erwiderte Henry George Henners durchdringenden Blick, dann verschränkte er die Arme und ließ seinen Blick durch den wunderschönen Salon schweifen. Schließlich wandte er seinen Blick wieder Henner zu und lächelte.

»Wollen Sie mich erpressen?« fragte Henner.

Darrow schüttelte den Kopf.

»Nein. Dafür wären Sie viel zu clever. Gut. Dann wage ich einfach mal die Vermutung, daß Sie mein Talent, wie Sie es nennen, für sich ausborgen möchten, um ein Vermögen zu machen. Das aber wäre im Prinzip auch nichts anderes als Erpressung, nicht wahr, Darrow?«

Henry schürzte die Lippen ein wenig, so als verstünde er nicht ganz.

»Nun, was ist es dann, was Sie von mir wollen? Irgendwas ist es doch.«

»Nun gut – es ist das Zwölf-Morgen-Grundstück draußen in Beechwoods.«

Wieder wünschte Henry, er wäre Telepath und könnte die Gefühle lesen, die jetzt durch George Henner stürmten. Er hatte den Finanzmann geschockt; er hatte den hartgesottenen Mann an seinem wundesten Punkt getroffen: seiner großen Liebe zu dem wunderschönen Landsitz Beechwoods. Das Gut, seit hundertvierzig Jahren im Besitz von Henners Familie, war eine berühmte Stätte mit vielen Sehenswürdigkeiten, die nur wenige Auserwählte zu Gesicht bekamen. Und Henner liebte und brauchte Beechwoods ebenso und aus den gleichen Gründen wie Henry Darrow.

»Wie konnten Sie das wissen?« stieß Henner mit heiserer, fast flüsternder Stimme hervor.

»Daß der Staat vorhat, allen privaten Landbesitz im Umkreis von hundert Meilen um das Stadtgebiet von Jerhattan zu enteignen? Ich weiß das deshalb, weil es für mich ebenso wichtig ist, solche Dinge zu wissen, wie für Sie.«

Henner war aufgesprungen und marschierte sichtlich erregt im Zimmer auf und ab, um seine Wut abzulassen. Mit kaum hörbarer, monotoner Stimme verwünschte er den Staat und die Regierung und das Elend der obdachlosen, ungewaschenen Masse im allgemeinen und jene Regierungsbeamten, die es nicht geschafft hatten, den Hennerschen Familienbesitz von der geplanten Enteignung zu verschonen, im besonderen.

»Wenn jedoch das Grundstück im Besitz einer religiösen, medizinischen, pädagogischen oder karitativen Einrichtung ist, die auf ihm einer genügend großen Anzahl unserer ständig wachsenden Bevölkerung Wohnraum bietet, können sie Ihnen Ihr Eigentum nicht wegnehmen, auch nicht nach Paragraph 12, Abschnitt 91 des Wohnungsgesetzes von 1998.«

»Wir haben 1997, Mann. Das Gesetz ist noch nicht verabschiedet. Ich kann es immer noch zu Fall bringen.«

»Nein. Es wird durchkommen.«

Henner starrte Henry an, als wolle er ihm dieses Wissen buchstäblich aus dem Hirn saugen.

»Und Sie wissen, daß jeder Kampf dagegen aussichtslos ist, Mr. Henner. Keiner Ihrer Kontaktleute in der Regierung kann dieses Gesetz verhindern, geschweige denn Beechwoods von der Verstaatlichung ausnehmen.«

»Und jetzt sollen sich also Ihre Stühlerücker und Kaffeesatzleser in meinen Haus breitmachen.«

»Ihr Gesundheitszustand ist erbärmlich, Mr. Henner, und Ihre Nerven sind verdammt kurz vor dem Zusammenbruch. Die Einsamkeit und Abgeschiedenheit dieses Hauses und seiner Umgebung sind lebenswichtig für Sie. Das wären sie für jeden psi-talentierten Geist, der gezwungen ist, ob er will oder nicht, sich auf das emotionale Chaos einzustimmen, das buchstäblich die Luft erfüllt, die wir atmen. Sie wissen, daß Sie seit einem Jahr von geborgter Zeit leben. Sie wissen, wie gut Ihnen eine andere Umgebung täte.«

»Kennen Sie zufällig«, fragte Henner wie beiläufig (er hatte sich mittlerweile wieder voll unter Kontrolle), »das exakte Datum meines Todes?«

»Genauso, wie ich mein eigenes kenne, Mr. Henner. Sie werden an Herzinfarkt sterben. Ein Pfropfen von dem arteriosklerotischen Material, mit dem sich Ihre Adern mehr und mehr zugesetzt haben, wird um 21.21 Uhr in genau einem Jahr, neun Monaten und vierzehn Tagen die Aorta verstopfen.«

Ein Funken Trotz loderte in Henners eisig starrenden Augen auf. »Und wenn ich nicht sterbe?«

»Wenn Sie nicht sterben, dann widerrufen Sie die Übertragung von Beechwoods auf das Zentrum. In der Zwischenzeit aber haben Sie sich auf jeden Fall Ihren Lebensabend im Haus Ihrer Väter gesichert, was im Augenblick Ihr wichtigstes Anliegen ist.«

»Ich könnte eine Herzverpflanzung machen lassen...« Henner schien das Spielchen Spaß zu machen.

»Nicht mit einer kaputten Leber und bei dem Zustand Ihrer Arterien.«

»Und das ist Ihre Prophezeiung, Darrow?«

»Eine medizinische Gewißheit«, sagte Henry. »Ich habe selbst mit dem Gedanken an eine Herztransplantation gespielt, da auch ich an einem Infarkt sterben werde, an einem zwölften Mai um 22.52 Uhr. Aber bis zu jenem zwölften Mai beabsichtige ich den größten Teil der Arbeit geschafft zu haben, die nötig sein wird, um ein lebensfähiges, wirtschaftlich unabhängiges Parapsychologisches Zentrum in Nordamerika aufzubauen...«

»Auf dem Beechwoods-Anwesen?«

»Auf dem Beechwoods-Anwesen. An jenem zwölften

Mai möchte ich in Ruhe und Zufriedenheit sterben können.«

Henners Blick löste sich von Darrows und zog sich in irgendeine unbestimmte Ferne in seinem Innern zurück; die harten, zynischen Linien in den Zügen des Finanzmannes wurden sanft.

»›Ruhe nach dem Krieg, Tod nach dem Leben, dahin geht unser Streben‹?« Die Worte waren leise und sanft gesprochen, aber es lag kein Pardon in dem harten Blick, mit dem Henner Henry Darrow dabei anschaute.

»Was wird Ihren Plänen nach eines Tages aus diesem Haus?«

»Ein wesentlicher Bestandteil des Zentrums.«

Henners Gesichtsausdruck wurde ironisch. »Und aus meinem Geld? Ich habe keine direkten Verwandten.«

Darrow lachte. »Sie fangen immer wieder von Ihrem Geld an, Mr. Henner. Wir *brauchen* Ihr Geld nicht. Sie können gern in unsere Bücher schauen. Aber nur das Zentrum kann einem seiner eigenen Mitglieder das bieten, das ihm sein ganzes Geld nicht verschaffen konnte.«

Lange schaute Henner durch die französischen Fenster hinaus auf die mit Steinplatten belegte Terrasse und den herrlich gepflegten Rasen mit den wunderschönen Buchen. Als er sich schließlich zu Henry umwandte, war seine Hand ausgestreckt. Henry ergriff sie, und die zwei Männer schüttelten sich nach alter Sitte zur Besiegelung ihres Handels dreimal die Hand.

»Beantworten Sie mir eine Frage, Darrow! Haben Sie vorausgesehen, daß Sie gewinnen würden?«

»Ich wußte, daß wir Beechwoods kriegen würden, Mr. Henner«, antwortete Henry, und er ließ zu, daß ein Unterton von Bedauern in seiner Stimme mitschwang. »Aber ich wollte Ihre Kooperation.«

»Kooperation? Sie wissen verdammt gut, daß ich keine andere Wahl hatte!«

»Wirklich nicht?«

George Henner war gerade in den Diagrammraum gekommen, als der erste der drei Vorfälle aufgezeichnet wurde. Er hatte die Angewohnheit, in den verschiedenen Abteilungen aufzutauchen – aus, wie er sich auszudrücken pflegte, ›perversem Interesse‹ an der letztendlich doch stattfindenden Vertreibung des Zentrums aus Beechwoods. Tatsächlich aber hatte Henner Molly Darrow gegenüber zugegeben, daß das Zentrum ihm etwas gegeben hatte, wofür es sich zu leben lohnte. Seit Henry ihm Beechwoods abgeschwatzt hatte, fühlte er sich zusehends besser. Und trotz seiner erklärten Absicht, Henry auf die Nerven zu gehen, waren seine beiläufigen Vorschläge und Anregungen für gewöhnlich solide und fundiert. Und trotz seiner schrulligen, kantigen Art begannen die Talente ihn rasch zu mögen.

»Habe einen starken Vorfall«, meldete Ben Avedon, der im Diagrammraum Dienst hatte, Henry über die Sprechanlage, als George Henner hereingeschlendert kam. »Patsy Tucker.«

Henry und Molly kamen in dem Moment herein, als Patsy gerade anrief, um die Einzelheiten zu schildern, die sie ›gesehen‹ hatte.

»Ich bin wieder auf dem Wasser«, berichtete sie mit atemloser, hastiger Stimme, in dem angestrengten Bemühen, ihre Visionen in Worte zu fassen, bevor ihr die Einzelheiten wieder entschwanden. »Da sind Boote. Vier. Die Sonne steht tief, links von mir, später Nachmittag, das bedeutet, daß ich nach Norden gucken muß. Hinter den Booten ist Land zu sehen... Nadelwald... steiles Felsenufer. Auf dem Wasser ist Öl; ich sehe es in allen Regenbogenfarben schimmern. Das Öl macht mir Angst. Es wird sich entzünden, und dann wird das Wasser ein einziges Flammenmeer sein, und die Boote werden verbrennen... oh, Ben, es wird schrecklich sein! Kannst du die Stelle lokalisieren? Habe ich dir genug Anhaltspunkte gegeben? An mehr kann ich mich nicht erinnern, und die Flammen lassen keine näheren Einzelheiten erkennen.«

»Wird es bald eintreffen?«

»Schrecklich bald. Noch heute. Da bin ich ganz sicher. Aber es ist erst Morgen, und ich habe späten Nachmittag gesehen ... ist noch genügend Zeit?«

»Aber klar doch. Jede Menge Zeit. Ich gebe die Daten sofort in den Computer, und in Null Komma nichts haben wir die genaue Stelle, Pat. Aber hast du eine ungefähre Vorstellung, wie groß die beteiligten Boote waren?«

»Ach ja, natürlich. Wie dumm von mir! Ich habe vor Schreck ganz vergessen, daß du sie ja nicht gesehen hast. Eins war klein. Ein Vergnügungsboot ... keine Segel ... also ein Motorboot. Das ist das, das in Flammen aufgeht. Zwei lange flache Boote, oder besser gesagt Schiffe ... ich vermute, Tanker oder so was. Und ein Schiff, das höher aus dem Wasser ragt ... und sie sind alle sehr dicht zusammen. Das ist das Problem, weil sie dadurch alle in Brand geraten.«

»Ein Vergnügungsboot, zwei Tanker und ein viertes Schiff, vermutlich ein Frachter, und das Ganze am späten Nachmittag. Prima, Pat. Und die Tannen und die Steilküste und die Tatsache, daß die Schiffe dicht beieinander sind, deuten auf einen Kanal oder eine Meerenge oder so was in der Art hin. So ... jetzt überleg noch mal ganz scharf, Pat. Hast du irgendwelche Markierungen auf den Schiffen gesehen, vielleicht Flaggen oder so was, oder Streifen auf den Schornsteinen oder vielleicht irgendwelche Namen?«

Nach einer kurzen Pause des Schweigens gestand Pat zerknirscht, daß sie nichts dergleichen habe ›sehen‹ können; das Feuer und der Qualm hätten alles verhüllt.

»Setz einen der Pyros darauf an«, sagte Henry zu Ben. »Patsy, hier ist Henry. Das hast du prima gemacht, Mädchen. Du hast keinen Grund, dir Vorwürfe zu ma-

chen, hörst du? Wir setzen uns wieder mit dir in Verbindung, sobald wir mehr wissen. Gute Arbeit, Pat!«
Henry hängte ein und schüttelte den Kopf. Er wußte, wie sehr sich das Mädchen jetzt quälen würde, bis sie ihm würden durchgeben können, daß es ihnen gelungen wäre, die Kollision zu verhindern. Wenn es bloß irgendwelche näheren Hinweise gäbe, Namen, Flaggen oder dergleichen, die ihnen die Identifizierung der Schiffe erleichtern würden, und wenn sie die beteiligten Schiffe nach erfolgter Identifizierung auf irgendeine Weise davon abbringen könnten, zu dem betreffenden Zeitpunkt an der vorausgesehenen Unglücksstelle zu sein ... Er ging bedächtig zum Computer und begann die entsprechenden Informationen einzutippen. »Zweifellos handelt es sich um eine Schiffahrtsstraße. Es könnte zum Beispiel im Gebiet der Sheepshead Bay sein ... nein, nicht da. Oder einer der Kanäle vielleicht...«

»Vielleicht der St.-Lorenz-Strom«, meinte Ben. »Auf dem verkehren Tanker *und* Frachter ...«

»Oder die Großen Seen ...«, schlug Molly vor.

Bevor der Computer einen Printout über in Frage kommende Stellen oder über den augenblicklichen Schiffsverkehr auf dem St.-Lorenz-Seeweg ausgeworfen hatte, begann ein weiteres Band loszuschnattern.

»Genau zur rechten Zeit«, sagte Ben. »Hier ist Terry, unser freundlicher, stets zuverlässiger Pyro.«

»Wie kommt's, daß Sie es nicht wissen, Hank?« fragte George Henner und ließ sich auf einem Schemel in der Ecke nieder.

»Nicht genug Menschen beteiligt, George, und zu geringe Entfernung für mich. Das ist Patsys Spezialität – Cliff-hanger. Außerdem, finden Sie nicht auch, daß ein guter Geschäftsführer alle weittragenden Entscheidungen treffen und die Kleinarbeit seinen Mitarbeitern überlassen sollte, damit sie was zu tun haben?«

George grinste, sagte aber nichts mehr, sondern hörte ebenso gespannt wie die andern Terry Cle zu, der seine Vision beschrieb. Sie entsprach im großen und ganzen der von Patsy, mit dem Unterschied, daß er das Unglück aus einer anderen Perspektive sah. Die Einzelheiten, die er an einem der Tanker und dem Vergnügungsboot erkannte, reichten zur Identifizierung beider Schiffe durch die Schiffahrtsbehörde aus. Sofortige Nachforschungen ergaben, daß in der Tat ein Tanker der Iricoil Line auf dem St.-Lorenz-Seeweg mit Zielhafen Toronto unterwegs war, erwartete Ankunftszeit 19.48 Uhr im Hafen von Toronto. Das kleinere Schiff, die *Aitch Bee*, war auf einen gewissen A. Frascati registriert und lag zur Zeit noch in einem kleinen Bootshafen auf der amerikanischen Seite des Seewegs vertäut.

Eine rasch durch den Computer gejagte Wahrscheinlichkeitsrechnung bezifferte die Kosten der Kollision und des Brandes auf mehrere Millionen. Hinzu kam eine sechsunddreißigstündige Vollsperrung des Seewegs für jeglichen Schiffsverkehr, ganz zu schweigen von den Folgekosten, die die daraus resultierende Verzögerung des Frachtverkehrs mit sich brächte: Zweiundneunzig Firmen würden sämtliche Terminpläne über den Haufen werfen müssen, was wiederum den Verlust von rund achtzehntausend Arbeitsplätzen zur Folge hätte.

»Okay, Ben, schick die übliche Warnung raus! Mal sehen, ob Iricoil auf uns hört.«

»Und wenn Iricoil uns nicht glauben will?«

»Dann versuchen wir, Kontakt mit diesem Frascati aufzunehmen. Ohnehin werden wir mit dem leichter klarkommen als mit Iricoil, aber warnen müssen wir Iricoil auf jeden Fall auch.«

Iricoil reagierte mißtrauisch und unkooperativ und lehnte in einer Form, die einer Beleidigung nahekam, ein Umdirigieren des Tankers ab. Das Öl, das er geladen hatte, werde, so Iricoil, dringend in Toronto erwartet. Frascati war weder zu Hause noch in seinem Büro zu erreichen. Man hinterließ ihm die Nachricht, unbedingt Kontakt mit dem Zentrum aufzunehmen, bevor er mit seinem Boot auslief. Henry wählte gerade die Nummer der Schiffahrtsbehörde, als George Henner von seinem Hocker aufstand und die Hand auf die Gabel legte.

»Ich habe eine Idee, Hank«, sagte er zu Henry Darrow. »Ich habe diese Situation jetzt schon so oft miterlebt und fast jedesmal mit ansehen müssen, wie man Sie für einen Spinner erklärt und mit beleidigenden Worten abwimmelt. Keiner traut heutzutage mehr einem Altruisten, ob er nun ein Psi-Talent ist oder nicht. Sie haben getan, was in Ihrer Macht steht: Sie haben Iricoil gewarnt; Sie haben versucht, Ihnen einen Gefallen zu tun. Sie aber kaufen Ihnen Ihre Warnung nicht ab. Nun, was halten Sie davon, wenn wir sie einfach mal mit der Nase in die eigene Scheiße halten?«

»Sie meinen, wir sollen das Unglück geschehen lassen?«

»Mehr oder weniger. In Anbetracht dessen, was in puncto Geld und Arbeitsplätzen auf dem Spiel steht und in Anbetracht der Tatsache, daß ich Aktien bei vier von den Firmen habe, die von dem Unglück betroffen werden – wollen wir es da nicht diesmal auf meine Weise tun, dieses eine Mal?«

Henry atmete einmal tief durch. »Was haben Sie vor, George?«

»Der genaue Zeitpunkt Ihrer Warnungsbotschaften an Iricoil und Frascati ist doch vom Computer festgehalten, nicht wahr, Henry?«

Ben Avedon tippte auf den Computer. »Alles hier drin, mit genauem Wortlaut und exaktem Zeitpunkt, George.«

»Sehr gut. Als nächstes geben Sie jetzt per Telex eine

Warnung an die Schiffahrtsbehörde durch. Dann brauche ich ein paar Leitungen und Molly zur Unterstützung. Irenee von Dupont hat mir neulich von einem völlig neuartigen Ölvertilgungsmittel erzählt, das man entwickelt hat. Jetzt hat er eine gute Gelegenheit zu zeigen, was das Zeug taugt. Eine bessere PR könnte er sich gar nicht wünschen. Alten Freunden erweise ich gern eine kleine Gefälligkeit. In dem Zusammenhang fällt mir ein: Rufen Sie Jim Lawson an... unser verehrter Herr Gouverneur ist Ihnen noch eine kleine Gefälligkeit schuldig, für die Kugel, die Steve für ihn aufgehalten hat. Und bitten Sie ihn um ein paar weitere VTOLs und zwei Froschmänner.«

»Warum?«

»Das fragen ausgerechnet *Sie* mich?«

Henry grinste. »Soll ich mal raten?«

Henner kicherte. »O je, so tief sind die einst Mächtigen gesunken... Raten!«

»Okay, George, erledigen Sie die Sache auf Ihre Art.«

»Ja, Henry Darrow, lassen Sie sich mal von einem Profi zeigen, wie man so was macht. Sie sind einfach zu soft. Sie reden zuviel. Taten sprechen deutlicher als hundert Ihrer klugen Worte.«

Um genau 16.32 Uhr an einem hellen Frühlingsnachmittag geriet ein Iricoil-Tanker auf dem St.-Lorenz-Seeweg mit seiner Schraube in ein Knäuel aus Stahlkabeln unbekannter Herkunft. Der Tanker drehte sich mit der Strömung quer in die Fahrrinne. Zur gleichen Zeit fuhr ein Frachter der United Line aus der entgegengesetzten Richtung in die an dieser Stelle sehr enge Wasserstraße. Ein zweiter Tanker, ebenfalls von der United Line, der es sehr eilig hatte (man wollte noch vor Einbruch der Dunkelheit in Toronto ankommen), kreuzte ebenfalls in die Gefahrenzone, obwohl nicht zu übersehen war, daß der Iricoil-Tanker in Seenot war. Beide Schiffe der

United Line setzten jedoch ihre Fahrt mit unverminderter Geschwindigkeit fort, offenbar in der Hoffnung, den manövrierunfähigen Iricoil-Tanker noch passieren zu können, bevor er die Fahrrinne völlig blockierte – das eine Backbord, das andere Steuerbord. Sehr wahrscheinlich wäre ihnen dieses Manöver auch geglückt, wäre nicht im selben Moment die *Aitch Bee* aufgetaucht, die ebenfalls mit voller Kraft versuchte, sich noch an Backbord an dem Havaristen vorbeizuquetschen. Wie Frascati später beharrlich behauptete, hätte er nichts anderes im Sinn gehabt, als bei dem Iricoil-Tanker nachzufragen, ob er irgendwie dabei behilflich sein könne, einen Notruf an Land zu übermitteln. Ein mehr als dümmliches Alibi, da der Tanker selbstverständlich über Funk und Telefon verfügte. Jedenfalls verfing sich Frascati bei seinem halsbrecherischen Manöver in demselben Kabelknäuel wie zuvor der Iricoil-Tanker, und zwar genau in dem Moment, als der Frachter auf gleicher Höhe war. Der Sog seines Kielwassers erfaßte die kleine Jacht und schmetterte sie gegen den Iricoil-Tanker. Genau in dem Moment war der United Line Tanker auf gleicher Höhe mit dem Iricoil-Tanker, dessen Bug sich inzwischen bedrohlich weit in die noch verbliebene Fahrrinne geschwenkt hatte. Der United Line-Tanker versuchte noch, mit einem verzweifelten Manöver nach Steuerbord auszuweichen, aber die Kollision war nicht mehr zu vermeiden. Das Heck des United Line-Tankers krachte in die Iricoil und schlitzte den Achteröltank auf eine Länge von mehreren Metern auf, während gleichzeitig Frascatis *Aitch Bee* zwischen die beiden Tanker geriet und von den mächtigen Rümpfen zusammengestaucht wurde. Durch den Aufprall stürzte der Gaskocher in der Kombüse der Jacht um, an der Flamme entzündete sich altes Fett, das Feuer breitete sich rasch in der Kombüse aus und fand neue Nahrung in dem Benzin, das aus dem geborstenen Treibstofftank der Jacht leckte. Jeden Moment konnte sich das aus dem Iricoil-Tanker auslaufende Öl an dieser Flamme entzünden.

An diesem Punkt traten die bereits über der Unglücksstelle in Wartestellung verharrenden Rettungshubschrauber in Aktion, begleitet von den surrenden Kameras der inzwischen ebenfalls aufgetauchten Fernsehstationen, die das Ereignis live aus allen erdenklichen Blickwinkeln in die Wohnstuben übertrugen. Löschschaum erstickte das Feuer auf der Jacht, ehe es auf den sich ausbreitenden Ölteppich überspringen konnte, der gleichzeitig von dem neuen Wundermittel regelrecht aufgesogen wurde, während Telekineten den Ölfluß aufhielten, bis die Teleporter das Leck mit Stahlplatten abgedichtet hatten. In der Zwischenzeit befreiten andere Telekineten in Zusammenarbeit mit den Froschmännern die Schrauben der beiden festgelaufenen Schiffe von dem Kabelknäuel und schafften es an Land. ›Kapitän‹ Frascati und die zwei Besatzungsmitglieder der beschädigten Jacht (es handelte sich bei den beiden um seine Söhne) wurden an Land gebracht, und ein anderes Telekinetenteam hielt das kleine Schiff über Wasser, bis der mit einiger Verspätung eintreffende Küstenwachtkutter es in Schlepptau nahm.

Das Ganze ging so schnell, daß es nicht einmal zu einer Blockade des Seewegs kam; alle vier Schiffe waren von der Unglücksstelle fort, noch ehe andere sie erreicht hatten. Es gab keine Verluste an Menschenleben zu beklagen, und die drohende Ölpest war ebenfalls abgewendet worden. Die Psi-Teams wurden mit Dank regelrecht überschüttet, und alle waren froh und glücklich, daß eine größere Katastrophe hatte verhindert werden können, besonders Patsy Tucker und Terry Cle.

Die Glückwunscheuphorie dauerte zwölf Stunden;

da begann der Schiffahrtsbehörde allmählich zu dämmern, daß die Abwendung der Katastrophe am seidenen Faden gehangen hatte.

»Wieso haben Sie uns lediglich mit einem Telex über die bevorstehende Katastrophe in Kenntnis gesetzt?« donnerte der Amtsleiter der Schiffahrtsbehörde in einer solchen Lautstärke durchs Telefon, daß George Henner, der mit in Henrys Büro saß, auch ohne Einschalten des Nebenlautsprechers jedes Wort hätte verstehen können.

»Wir haben Sie per Telex informiert, wie immer«, erwiderte Henry ruhig.

»Per Telex! Wo unzählige Millionen auf dem Spiel standen? Und die Blockierung der wichtigsten Wasserstraße in Nordamerika? Und ist Ihnen klar, daß wir nur um ein Haar eine Umweltkatastrophe von unübersehbaren Ausmaßen verhindert haben? Wenn das Öl ...«

»Sie waren informiert ...«

»Schön, und ich informiere Sie hiermit, daß Sie sich auf ein Verfahren wegen grobfahrlässiger Unterlassung einer Hilfeleistung gefaßt machen können ...«

»Unterlassene Hilfeleistung, Herr Kommissar? Sie sind neun Stunden und achtunddreißig Minuten vor dem Unglück von unserem Zentrum informiert worden. Wir sind kein regierungsamtliches Institut oder eine von der Regierung bevollmächtigte Agentur. Wir handeln im öffentlichen Interesse. Aber wir sind personell unterbesetzt und arbeitsmäßig überfordert. Sie hätten uns anrufen und sich nach näheren Einzelheiten erkundigen können, wobei ich anmerken muß, daß alles, was wir wußten, bereits in dem Telex stand. Ihre Behörde hätte Zeit genug gehabt, jedes der vier betroffenen Schiffe aufzuhalten und so die Kollision zu verhindern ...«

»Wollen *Sie* der Schiffahrtsbehörde Fahrlässigkeit vorwerfen?«

Henry hielt den Hörer vom Ohr weg, schüttelte den

Kopf und erwiderte in seinem sanftesten Ton: »Rechtzeitig gewarnt ist rechtzeitig gewappnet, Herr Kommissar.« Aus dem Augenwinkel sah er George Henner anfeuernd den Daumen in die Luft recken.

»Sie werden von uns hören, Darrow. So kommen Sie uns nicht davon.«

Ein scharfes Knacken verkündete, daß der Kommissar eingehängt hatte.

»Hatten Sie einen Prozeß bei Ihrem Plan mit einkalkuliert George?« fragte Henry.

Henner rieb sich vergnügt die Hände. »Wenn sie uns verklagen, gewinnen wir. *Wenn...*«

Henry mochte Henners diebische Vorfreude nicht so recht teilen. Er als Präkog wußte, wie groß die Anzahl von Prozessen war, die in den kommenden Jahrzehnten gegen die Talente angestrengt werden würden, und der schiere Gedanke an die Anwaltskosten ließ ihn erschauern. Gewiß, das nötige Geld würde vorhanden sein, aber dieses Geld konnte man wahrlich nutzbringender anlegen, indem man es für die Aufspürung und Ausbildung von Talenten verwendete, statt für ihre Verteidigung gegen Vorurteile, Mißgunst und Habsucht. Bereits am späten Nachmittag sollten sich Henrys düstere Vorahnungen bewahrheiten: Sowohl die United Line als auch Iricoil und A. Frascati kündigten Prozesse gegen das Zentrum an.

»Lassen Sie mich das in die Hand nehmen«, sagte George Henner zu Henry und dem hastig zusammengerufenen Führungsstab. »Ich brauche keine Kristallkugel und kein Gänseeidiagramm, um zu wissen, wie man mit solchem Quatsch fertig wird.«

Noch ehe er Henrys ausdrückliche Zustimmung hatte, hing er schon am Telefon und schwatzte in vertraulichem Ton mit den Intendanten, Programmchefs und Chefredakteuren der wichtigsten Fernseh- und Rundfunkstationen. Und zu dem Zeitpunkt, als die

Filme über die Rettungsaktion des Parapsychologischen Zentrums über die Bildschirme im Lande flimmerten, begleitet von überschwenglichen Kommentaren, die sich in Lobeshymnen ergingen über die Art und Weise, in der das Zentrum die drohende Katastrophe verhindert hatte, waren die angedrohten Klagen gegen die Talente bereits zurückgezogen. Statt dessen wurden Klagen gegen die Schiffahrtsbehörde wegen grober Fahrlässigkeit angestrengt. Zusätzlich flatterten Frascati, United Line und Iricoil Tankers auf George Henners Rat hin (»Wer nicht hören will, muß fühlen«) saftige Rechnungen über die Kosten der Rettungsoperation ins Haus.

»Und von jetzt an, Henry«, fuhr George Henner fort, »belassen Sie es bei einer einmaligen Warnung per Telex. Das reicht. Keine persönlichen Telefonanrufe mehr hinterherschicken. Bringen Sie sich nicht immer in die Position des Bittstellers, verdammt noch mal! Das haben Sie nicht nötig! Die brauchen unsere Hilfe, nicht wir ihre!«

Henry schaute mit einem inneren Grinsen zu, wie George Henner im Zimmer auf und ab schritt. Seine Augen blitzten, und selbst sein Schritt war fest und aggressiv und vermittelte Henry eine Ahnung von der Kraft, die in diesem Mann steckte, die Kraft, die es ihm ermöglicht hatte, sein beträchtliches Vermögen anzuhäufen, und mit der er weniger entschlossene Gegner in der Geschäftswelt besiegt hatte.

»Sie haben es nicht nötig, sich den Mund fusselig zu reden!« George Henner steigerte sich in Hochform. »Sie haben Ihren Wert und Ihre Zuverlässigkeit oft genug bewiesen, und dieser Vorfall auf dem St.-Lorenz-Seeweg sollte Beweis genug sein, daß eine fundierte parapsychologische Warnung das Papier wert ist, auf dem sie gedruckt ist, selbst bei den horrenden Papierpreisen, die wir heutzutage haben.«

»Ein stichhaltiges Argument, George, und ich weiß Ihre Hilfe sehr wohl zu schätzen...«

George hielt mitten im Schritt inne und starrte Henry aus zusammengekniffenen Lidern an.

»Ha, ich helfe Ihnen also, nicht wahr? Sollte ich wohl nicht oder?«.

»Mein freundlicher Feind«, erwiderte Henry mit einem Lachen.

»Ha! Sagen Sie mir das noch einmal, wenn meine Testamentsvollstrecker Ihnen den Teppich Beechwoods unter Ihren Telepathenfüßen wegziehen...«

»Und wir brauchen Sie, George.« Henry hob die Stimme ein wenig, um Henners sarkastische Bemerkungen zu übertönen. »Wenn ich einen Skeptiker wie Sie überzeugen kann, dann habe ich gute Aussichten, auch die öffentliche Meinung für mich zu gewinnen. Sie ist schwankender als Sie, und sie auf unsere Seite zu kriegen, wird das härteste Stück Arbeit sein.«

Die öffentliche Meinung indes befand einmütig, daß die Schiffahrtsbehörde sich dumm und töricht verhalten hatte, indem sie die Warnung des Parapsychologischen Zentrums in den Wind geschlagen hatte. Die Behörde wurde von allen Seiten mit Kritik überschüttet. Später, vor Gericht, wurde diese Kritik insofern ein wenig abgemildert und die Behörde von der Hauptschuld freigesprochen, als der Richter befand, daß jeder der drei betroffenen Schiffsführer es genausogut in der Hand gehabt hätte, das Unglück zu verhindern, und die Schadenersatzklage der drei abwies. Der offizielle Abschlußbericht hob die hervorragende Rolle des Parapsychologischen Zentrums hervor und bescheinigte ihm, umsichtig und korrekt gehandelt zu haben. Allein seinem entschlossenen Eingreifen sei es zu verdanken, daß eine unübersehbare Katastrophe verhindert worden sei und der materielle Schaden sich in Grenzen gehalten habe. Gleichzeitig wurde allen Verkehrsbehörden zur Pflicht gemacht, Warnungen seitens des Zentrums, die sich auf Gefährdungen der Personen- und Güterbeförderung bezogen, unbedingt ernstzunehmen und unverzüglich alle entsprechenden Maßnahmen zu ergreifen.

In den darauffolgenden Wochen wurde auf alle Warnungen des Zentrums vor Verkehrsunglücken, Feuer, Sturm- oder Springfluten auf der ganzen Welt unverzüglich reagiert. Das Zentrum sah sich regelrecht belagert von besorgten Anrufern, die wissen wollten, ob Mr. X unbesorgt von A nach B fliegen konnte oder ob Mrs. Y bedenkenlos ihre Urlaubsreise nach Wisconsin antreten konnte oder ob es bei der Überführung von Cyanid-Zylindern zur Sondermülldeponie in Alaska irgendwelche Probleme geben würde. Tausende von Bürgern meldeten sich hoffnungsfroh zu den vom Zentrum entwickelten Tests an, um herauszufinden, ob sie irgendein nützliches Psi-Talent besaßen.

»Des einen Unglück ist des anderen Glück«, sagte Henry eines Abends, nachdem er wieder einmal den ganzen Tag nichts anderes getan hatte, als besorgte Anrufer zu besänftigen, mit einem Seufzen zu Molly.

»Das kann man wohl sagen«, bestätigte sie mit einem matten Nicken und sank erschöpft in den Sessel ihrer Privatwohnung im Haupthaus. »Ich wünschte, wir hätten mehr Gänseeier oder eine sicherere Methode, die Echten herauszupicken.«

»Waren heute welche dabei?« Henry mixte Molly einen Drink.

»Ja.« Ihre Miene hellte sich auf, als hätte sie das Ereignis schon fast wieder vergessen. »Ein sehr starker Empfänger-Telepath, unter fünfundvierzig Bewerbern.« Sie nahm den Drink entgegen und drehte das Glas langsam in der Hand, als hielte die bernsteinfarbene Flüssigkeit noch irgendeine weitere Antwort parat. »Henry, sie kommen so hoffnungsvoll herein ... und einige von ihnen gehen so wütend und enttäuscht wieder raus. Als ob wir schuld wären, wenn wir etwas nicht finden, das nicht existiert...«

»Nicht deine Schuld, Liebes. Jeder will auf irgendeine Weise einzigartig sein, und kaum einer begreift, daß einzigartig zu sein, nicht nur ein Privileg, sondern auch eine Verantwortung ist. Das kannst du nicht heilen. Wie stark ist der Telepath denn?«

Molly strahlte übers ganze Gesicht. »Ich glaube, er ist sehr stark, aber bisher hat er seine Gedanken immer abgeblockt, so wie sie es alle tun. Aus Angst. Er wird eine Menge Training brauchen.«

»Nein, gar nicht mal so viel«, sagte Henry ruhig, rückte seinen Sessel ganz dicht neben den von Molly und ergriff ihre freie Hand. »Er ist noch ein junger Kerl, nicht wahr? Walisischer Abstammung, mit einem walisischen Namen, stimmt's?«

»Ich habe eben erst den Bericht...«, begann Molly verblüfft dann hielt sie mitten im Satz inne, festgehalten von Henrys wissendem Blick. »Nicht schon wieder einer, Henry?«

»Sie scheinen tatsächlich pünktlich nach Plan aufzutauchen«, sagte Henry grinsend, aber in seinen Augen lag ein Schatten. »Pünktlich nach Plan. Eines Tages werde ich mich irren.«

»Nicht Henry.« Sie drückte seine Hand fest und warm; sie wußte, welche Bürde seine unglückselige Unfehlbarkeit für ihn war; sie wußte, daß er viele der Ereignisse, die er voraussah, lieber nicht vorausgesehen hätte. »Und er ist, wie du es vorausgesagt hast, walisischer Abstammung«, fuhr sie fort. »Sein Name ist Daffyd op Owen. Sehr liebenswürdiger Kerl. Ist er wichtig?«

Henry nickte. »Er wird nicht mehr als ein paar grundlegende Tips und einige Wochen Ruhe hier im Zentrum brauchen, um den ›Lärm‹ aus seinem Kopf zu spülen, und dann wird er auch rasch lernen, ebensogut zu übertragen wie zu empfangen.«

»Nun, das wäre dann also einer auf der Plusseite der Tagesbilanz.« Sie machte ein paar Lockerungsübungen mit den Armen, um die Anstrengungen des Tages abzuschütteln, aber nach Henrys Eröffnung bezüglich des jungen op Owen fühlte sie sich ohnehin schon wieder viel besser.

»Wann zieht er ein?«

»Das weißt du nicht?« fragte sie ihn in neckischem Ton.

»Was ich weiß, wüßte ich lieber nicht. Und das, was ich für mein Leben gern wüßte, nun, da muß ich abwarten und Tee trinken.«

Sie lächelte ihn liebevoll an. »Du meinst, ob wir Beechwoods behalten?« Als er nickte, schalt sie ihn sanft: »Wie oft hast du auch nur im kleinsten Detail schiefgelegen?«

»Es geht nicht darum, ob ich so und so oft richtig gelegen habe, Mollyschätzchen, die Frage ist: Irre ich mich diesmal, dieses eine Mal? Dieses so wichtige, entscheidende eine Mal? Bei dem es um so viel geht. Es ist eine schreckliche Gabe, Liebchen. Es ist schrecklich, wenn dein Wissen den Verlust eines Freundes bedeutet...«

»Henry, die Tatsache, daß du dich durchgesetzt hast, daß du öffentliche Anerkennung gefunden hast, die Herausforderung, die das Zentrum darstellt«, – und ihr Arm beschrieb eine Geste, die ganz Beechwoods umfaßte –, »das ist es, was George Henner am Leben gehalten hat... und am Strampeln und Auskeilen.« Sie schaute ihm in die Augen, beruhigend und aufmunternd zugleich. »Er ist entschlossen, dich aus Beechwoods rauszuschmeißen. Allein aus dieser Entschlossenheit schöpft er seinen Überlebenswillen. Ich habe mir die Befunde seiner letzten ärztlichen Untersuchungen angeschaut. Ich weiß Bescheid, Henry.« Sie lehnte sich in ihrem Sessel zurück. »Du hast ihm einen großen Gefallen getan, und das weiß er. Ich wäre nicht überrascht, wenn er Beechwoods nicht ohnehin an das Zentrum überschrieben hat.«

»Hat er nicht. Er hat mir das Testament gezeigt.«

Molly öffnete den Mund, um etwas zu sagen, besann sich jedoch eines Besseren.

»Okay«, fuhr Henry fort, dem der skeptische Ausdruck in ihren Augen nicht entging. »Er könnte also heimlich ein zweites schreiben ... Nein, wir haben eine Wette laufen und ...«

»Ich weiß, was du meinst: Die Wette zu gewinnen, heißt gleichzeitig, einen Freund zu verlieren.«

»Ich kann weiter über den Horizont schauen als gewöhnliche Sterbliche, aber ich kann nicht immer den Spatz auf dem Dach sehen.«

»Der junge op Owen wird also Ihr Nachfolger werden?« George Henner war in ziemlich gereizter Stimmung an jenem Morgen.

»Ja, aber natürlich noch nicht so bald ...«

»Sie haben alles vorausgesehen, nicht?«

»Die grundlegenden Probleme gewiß ...«

»Ha! Ich dachte, Sie hätten die grundlegenden Probleme schon alle gelöst ...«

»Keineswegs, mein Freund.« Henrys Lachen klang freudlos. »Gerade mal die leichtesten. Nein, wirklich. Die Errichtung des Zentrums – und weiterer Zentren zu gegebener Zeit an strategischen Punkten des Erdballs ... ist nur der erste Schritt und kaum der schwerste.

Als es uns erst einmal gelungen war, die Existenz und Wirksamkeit parapsychologischer Talente wissenschaftlich zu demonstrieren, war es nur mehr eine Frage der richtigen Organisation, uns auf eine wirtschaftlich und politisch unabhängige Basis zu stellen. Wir haben uns dem Versuch der Regierung, uns unter ihre Fittiche zu nehmen, erfolgreich widersetzt, weil wir erstens überzeugt sind, als private Agentur wirksamere Arbeit leisten zu können, und zweitens... können Sie sich das Gezeter vorstellen, das der Verein der Steuerzahler anstellen würde, wenn er erführe, daß die Regierung einen obskuren Verein von Stühlerückern und Kaffesatzlesern unterhält, mit den Steuergroschen der Arbeitnehmer? Die Finanzierung war nicht mehr das Hauptproblem, nachdem wir erst einmal bewiesen hatten, welch ungeheure Möglichkeiten der Einsatz unserer Fähigkeiten in sich birgt. Die Ausbildung der Talente... das ist ein echtes Langzeitprogramm, und darin liegt unser jetziges, viel größeres Problem. Wir müssen effizientere Techniken und Methoden zur Erkennung und Ausbildung von Talenten entwickeln, und dazu brauchen wir talentiertes Schulungspersonal. Die Industrie und die Regierung dazu zu kriegen, uns anzuerkennen, war im Vergleich zu dem, was wir jetzt vor der Brust haben, ein Kinderspiel.« Henry seufzte. »Den Argwohn und das Mißtrauen der gesamten Öffentlichkeit können wir wohl niemals völlig ausräumen, aber mit Hilfe eines gezielten langfristigen PR-Programms bringen wir die Leute vielleicht zumindest dazu, sich an die Existenz der Talente zu gewöhnen.

Nein, George, die größten Probleme liegen noch vor uns. Und das verzwickteste von allen ist eine vernünftige gesetzliche Absicherung für unsere Arbeit zu kriegen, wirksamen gesetzlichen Schutz. Ohne eine solche gesetzliche Absicherung droht sonst ständig die Gefahr, daß alles, was wir uns mit viel Mühe und Einsatz aufgebaut haben, durch Geldbußen, Schadenersatzprozesse, Wiedergutmachungsforderungen und dergleichen wieder zerstört wird. Am meisten bedroht von solchen Klagen sind natürlich die Präkogs. Oh, mir ist schon klar, daß man uns früher oder später Berufsimmunität zugesteht. Aber ich bin ungeduldig. Ich will sie möglichst schnell. Und deshalb ist ein Telepath wie Dai op Owen genau der richtige Mann als Direktor. Er ist sensibler für die unmittelbare Situation. Bei Gott, wie oft ich mir schon gewünscht habe, Telepath zu sein ...«

George Henner stieß ein Schnauben aus.

»Es ist leichter für einen Mann, der in Gedanken herumstöbern kann, als für einen, der in die Zukunft blicken kann. Das ist sicher.«

»Ha!« Ein Funkeln blitzte in George Henners Augen auf. »Noch ist es nicht soweit. Noch nicht. Sie haben noch drei Tage, vier Stunden und fünf Minuten.«

»Nein«, erwiderte Henry sanft, »nein, alter Freund. Sie haben noch drei Tage, vier Stunden und fünf Minuten. Und ich werde Sie vermissen.«

»Auch dazu kann ich nur *ha!* sagen! Können Sie irgendwelche neuen Spuren von Verfall erkennen?« Er drehte den Kopf nach links und rechts.

Henry schüttelte langsam den Kopf. »Ich werde Sie vermissen. Sie alter Bastard.«

»So? Werden Sie das? Werden Sie mich auch noch vermissen, wenn ich wider Ihre Prophezeiung weiterlebe und Sie und Ihre Talente an die Luft gesetzt werden?«

Henry raffte sich zu einem Lachen auf. »Warum sind Sie dann nicht schon längst gestorben?«

George Henner starrte ihn mit durchdringendem Blick an. »Ich habe die Absicht, Sie schwitzen zu lassen, Henry Darrow. Bluten. Ein bißchen sterben.«

»Und da wundern Sie sich, daß ich einen Telepathen als Direktor haben will?« Er packte George Henner fest an der Schulter und schüttelte ihn freundschaftlich. »Spielen Sie meinetwegen den Feind, wenn es Ihnen gefällt: Wenn der Zorn dazu beiträgt, daß Sie sich wohl und lebendig fühlen. Sie sind mehr unser Freund als unser Feind. Und ich weiß es.«

»Ha! Sie sind nervös. Sie haben Angst, daß Sie sich geirrt haben! Und ich werde Ihnen beweisen, daß Sie sich geirrt haben, und wenn es das letzte ist, was ich tue.«

Henry legte den Kopf schief und grinste George Henner ironisch an. »Vielleicht schaffen Sie es ja, Sie alter Bastard. Ich habe nie behauptet, daß ich unfehlbar bin, George. Und Sie selbst wissen, daß ich immer wieder betont habe, daß das Wissen um die Zukunft selbige verändern kann...«

»Ha! Rückzugsgefechte!« rief Henner triumphierend. »Sie gestehen Ihre Niederlage ein. Ha!«

»Habe ich Ihnen damit den Tag gerettet, George? Prima, das freut mich. Ich muß jetzt los, diese Finanzbeamten wieder mal besänftigen. Wir sehen uns dann.«

»Verschwenden Sie nicht Ihre Zeit mit dem Kerl. Er ist ein Dummkopf. Und wenn die sich auf den Kopf stellen, die werden keine Lücke finden, die Talente zu besteuern – nicht bei der Gesellschaftsform, bei deren Aufbau *ich* Ihnen mitgeholfen habe. Und verpassen Sie die Party nicht! Die Todesparty!«

»Puh, Hank!« beklagte sich Gus Molnar bei Darrow. »Er hat sich den ganzen Tag lang von mir durchchecken lassen! Und das alles unter den prüfenden Blicken dieser Bagage von ›unparteiischen ärztlichen Zeugen‹, die er eigens einfliegen ließ.« Molnar fuhr sich nervös mit der Hand durch das lange blonde Haar; sein Blick war ruhelos vor Besorgnis und Reizbarkeit. »Und dann will er plötzlich Molly keine Sekunde mehr aus den Augen lassen. Sagt, ihre heilenden Hände würden es schon abwenden. Rede du mal mit ihm! Dieser gottverdammte alte Bastard!«

»Beruhige dich, Gus! Genau das brauchte er, um sich

am Leben zu halten.« Henry lachte leise in sich hinein, zog sich das Jackett glatt und überprüfte den Sitz seiner Krawatte.

Gus gab ein ärgerliches Räuspern von sich. »Bist du wirklich so verdammt sicher?«

»Überhaupt nicht. Zu meinem Leidwesen.«

»Zu deinem Leidwesen? Wo die Zukunft des Zentrums sozusagen am Herzschlag eines einzigen Mannes hängt?«

»Ich habe gesehen, daß wir Beechwoods schließlich und endlich kriegen. Ich bedaure, daß das verbunden ist mit dem Tod eines alten und geschätzten Freundes. Ich wünschte mir fast, er würde über die vorherbestimmte Minute hinaus weiterleben.«

»Übrigens, Minute ... Der alte Bastard hat einen riesigen Wecker aufstellen lassen, eingestellt auf die mittlere Greenwich-Zeit!«

»Komm, Gus! Gehen wir zum Totenfest, und feuern wir die Leiche ein bißchen an!«

»Mein Gott, Darrow, wie tust du das?«

Die Gäste der Todesparty versammelten sich zögernd und widerstrebend im Foyer des Herrenhauses von Beechwoods. George hatte nur ein paar wenige Auserwählte eingeladen, zur ›Feier meines Todes‹, wie er sich ausdrückte.

Ohnehin, so sagte er, habe er die meisten seiner Zeitgenossen überlebt, und die drei heute anwesenden seien eigentlich mehr Feinde als Freunde. Geschäftsfeinde, witzelte er, gehörten nun einmal zu einer ordentlichen Todesparty. Zur Feier des Tages hatte er sich in seinen Kampfanzug aus dem Vietnamkrieg geworfen, mit der Begründung, er hätte Ihm als zwanzigjähriger Jüngling ein Schnippchen geschlagen, also fühle er sich verpflichtet, Ihm nun in angemessener Kleidung entgegenzutreten. Die meisten der Anwesenden waren Talente oder sonstwie zum Zentrum Gehörige. Der junge Daffyd op Owen war ebenso eingeladen wie Kommissar Mailer, der sich krampfhaft bemühte, nicht allzu betreten dreinzuschauen, Gouverneur Lawson, einige Senatoren, Vertreter von vier wohltätigen Organisationen (die, wie Henry vermutete, im Testament bedacht waren) und die vier Ärzte, die George nach dem Zufallsprinzip aus dem Branchenverzeichnis ausgewählt und nach Jerhattan hatte einfliegen lassen. Dies war George Henners Art, medizinische Probleme zu lösen. Mit einem Anflug von Galgenhumor hatte er verfügt (nicht, daß er den Talenten nicht traute, aber man mußte sich doch absichern), daß die Autopsie unmittelbar nach Eintritt seines Todes durchzuführen sei.

Verständlicherweise kam nicht eben heitere Stimmung auf, trotz des reichlichen Angebots an Alkoholika und des erlesenen Buffets. George selbst aß wenig und trank langsam. Alles, was er in den letzten Tagen verzehrte, klagte er, schmecke sauer oder fade und verursache Brennen in der Herzgegend.

Gespräche wurden nur in gedämpftem Ton geführt und versiegten immer wieder sehr rasch. Hier und da aufkommendes Lachen wurde sofort unterdrückt. Nur Henry Darrow brachte es irgendwie fertig, einigermaßen fröhlich dreinzuschauen, wenngleich Molly an der Art, wie er ständig Daumen und Zeigefinger aneinanderrieb, durchschaute, daß er in Wirklichkeit in einem Zustand hochgradiger Erregung war. Sie wagte jedoch nicht, ihn zu berühren, da sie nicht minder erregt war und seine innere Spannung dadurch nur vergrößert hätte. Am meisten jedoch litt der junge Daffyd op Owen. Molly hatte den sensiblen jungen Mann sehr rasch ins Herz geschlossen und bedauerte, daß er anwesend sein mußte. Er hatte noch nicht die Zeit gehabt zu lernen, wie man sich abschirmte, und schon gar nicht in einer emotional so aufgeladenen Situation wie dieser. Daffyd schwitzte aus allen Poren, und sein tapferes Bemühen, sich nichts anmerken zu lassen, rührte sie.

Je näher der vorausgesagte Zeitpunkt von Henners Tod heranrückte, desto spürbarer schwand der krampfhaft aufrechterhaltene Anschein von Normalität; die Versuche, irgendwelchen Smalltalk in Gang zu setzen, scheiterten bereits im Ansatz. Alles schielte mit einem Auge auf den Wecker und mit dem anderen auf George Henner.

»Ihr solltet froh und glücklich sein«, polterte George Henner, als auch nach einer geschlagenen Minute immer noch keiner der Anwesenden Anstalten machte, das Schweigen zu brechen. »Mein Tod bedeutet schließlich, daß ihr hier endlich eine sichere Heimstatt gefunden habt.« Sein finsterer Blick wirkte indes eher zweideutig. Er zeigte mit dem Finger auf Henry. »Sag, Hank, wenn du die Wette verlierst, wohin geht ihr dann? Ich«, – und er lachte hohl –, »oder meine Testamentsvollstrecker erwarten, daß ihr das Haus in dem Fall sofort räumt.«

»Und das werden wir auch. Ich habe alle Telekineten kommen lassen, die wir haben... und zusätzlich eine ganze Schwadron Möbelpacker. Wir können das Haus innerhalb einer knappen Stunde räumen. Wirst du uns soviel Zeit geben?«

Henner grunzte, dann fragte er heiter, wo denn das neue Zentrum liegen werde.

»Ich habe ein Gelände siebzig Meilen von hier landeinwärts; mit einem kleinen Wald ringsherum und einem kleinen See, sehr ländlich und idyllisch. Der Nachteil liegt in der Entfernung. Du weißt, wie dicht und unzuverlässig der Hubschrauberverkehr über der Stadt ist, und die Talente müssen nun einmal pünktlich an ihrem jeweiligen Einsatzort sein... egal, was passiert.«

Henners Stuhl war an ein EKG und ein EEG angeschlossen, und die Diagramme seiner Hirn- und Herzfunktionen erschienen für jedermann sichtbar auf einem großen Bildschirm in der Ecke des Raums. George warf einen gleichgültigen Blick auf den Bildschirm.

»Alle Systeme okay?« fragte er den ihm am nächsten stehenden Arzt, der zusammenzuckte und nickte. »Noch drei Minuten, Henry?«

»George, darf ich dich daran erinnern, daß jegliche Aufregung Gift für dich ist?« fragte Henry.

»Aufregung und Gift für mich? Verdammt, Darrow, ohne dieses Gift hätte ich nicht um Monate über die Zeit hinaus gelebt, die diese Witzbolde mir gegeben haben. Du hast mich am Leben gehalten, verdammt noch mal!«

Henry lachte. »Das ist es ja, George, und du hast es hiermit vor unparteiischen Zeugen zugegeben.«

Henner schürzte die dünnen, blutleeren Lippen und starrte nacheinander mehrere der im Raum Anwesenden an, unzufrieden mit den Reaktionen seines derzeitigen Opfers und unfähig, jemand Besseres zu finden, an dem er seine Gefühle auslassen konnte. Sein ruheloser, suchender Blick blieb für einen kurzen Moment an Molly hängen, ehe er wieder zu Henry schweifte.

»Wenn du hier raus mußt, wirft das dein Programm erheblich zurück, nicht wahr?«

»Für dieses Jahrzehnt vielleicht«, erwiderte Henry mit einem Achselzucken. »Der neue Standort wird für viele, die sich testen lassen wollen, zu abgelegen sein. Wir können mobile Einheiten bilden... wenn wir erst das nötige Personal dafür haben. Das Problem ist, daß diese mobilen Einheiten nach speziellen Kriterien zusammengesetzt sein müssen...«

»Ja, ja, das hast du mir alles schon erzählt.« George wand sich unbehaglich in seinem Sessel, so als suche er eine bequemere Sitzposition und gleichzeitig ein neues Opfer. Aber dann wandte er sich erneut Henry zu. »Es wird dir leid tun, daß du mich am Leben gehalten hast. In genau zwei Minuten und vier Sekunden...«

»Nein, George, es wird mir niemals leid tun, wenn du weiterlebst. Es wird mir sehr leid tun, wenn du stirbst.«

»Ich kann das nicht glauben!«

»Das kannst du wohl!« schrie plötzlich Molly dazwischen, die Georges bitteren Hohn nicht mehr ertragen konnte.

»Molly...« Der flehende Ton in Georges Stimme erweichte sie, und sie trat instinktiv auf ihn zu, die Hände ausgestreckt, um ihm den Trost zu spenden, der ihn so oft besänftigt hatte. Aber er wandte sich ab, plötzlich auch gegenüber ihr mißtrauisch geworden. Die Abfuhr verletzte sie; zitternd zog sie ihre Hände zurück. Nun konnte Henry nicht mehr an sich halten.

»Verdammt, George«, brüllte er, »sie will dir doch nur helfen!«

»Mir helfen? Zu leben? Oder zu sterben?«

Molly brach in Tränen aus und wandte das Gesicht ab. Henry nahm sie in den Arm und streichelte ihr zärtlich den Kopf.

»Das hat Molly wirklich nicht verdient, daß du sie so behandelst! Du hast die Wette mit mir abgeschlossen, George, nicht mit ihr!«

»Er hat es nicht so gemeint, Henry!« rief plötzlich der junge op Owen dazwischen. Die Worte platzten aus ihm heraus, als hätte er schon die ganze Zeit über den Wunsch unterdrückt, endlich zu sprechen.

Henner nickte, puterrot im Gesicht – vor Scham und Reue über sein Verhalten, wie Dai op Owen später sagte. Im selben Moment zeigten die Diagramme auf dem Bildschirm erste Warnzeichen.

»Molly«, begann George mit erstickter Stimme, »ich

wollte dir nicht weh tun. *Dir* mißtraue ich ganz bestimmt nicht.« Der Wecker begann zu schrillen. »Ha! Der Moment ist gekommen... Und ich lebe noch! Du hast dich geirrt, Henry Darrow. Du und alle deine Kaffeesatzleser, Stühlerücker und Kristallkugelglotzer...«

Um genau 9 Uhr und dreißig Sekunden krampfte George Henners Herz sich zusammen und blieb stehen. Die Kameras, die auf den Toten gerichtet waren, hielten noch fest, wie seine rechte Hand sich ganz leicht in Richtung Henry und Molly hob, bevor er endgültig in sich zusammensackte.

Selbst die anwesenden Mediziner, für die die Konfrontation mit dem Tod eines Menschen wahrlich nichts Ungewöhnliches war, standen sekundenlang wie gelähmt in Bann geschlagen von den dramatischen Umständen, unter denen George Henners Ableben sich vollzog. Gus Molnar reagierte als erster; seine Hand fuhr zur Adrenalinspritze.

»Nein!« schrie Dai op Owen und sprang vor, die Arme abwehrend vorwärtsgestreckt. »Er will sterben. Er will die Wette nicht gewinnen.«

»Mein Gott!« schrie einer der Ärzte und zeigte auf den Bildschirm. »Seht euch das Gänseei an! Es spielt verrückt. Sein Gehirn lebt noch... Nein. Er ist nicht mehr bei Bewußtsein. Aber mein Gott, schaut euch das Diagramm an!«

»Laßt ihn sterben! Er will sterben«, sagte Daffyd op Owen.

Molnar schaute zuerst Henry an, dessen Gesicht ausdruckslos war, dann die anderen Ärzte, die gebannt auf das Diagramm starrten.

»Das bedeutet doch, daß das Gehirn tot ist, nicht wahr?« fragte Kommissar Mailer und deutete auf den Schreiber des Gänseeis, der jetzt nur noch gerade Linien zeichnete.

Zwei der Mediziner nickten.

»Dann ist er tot«, sagte Mailer und suchte den Blick des Gouverneurs, der bestätigend nickte. »Ich würde sagen, Sie haben die Wette gewonnen, Darrow.«

»Soweit ich weiß, war doch in der Wette auch von ›Minute‹ die Rede, nicht von ›Sekunde‹, nicht wahr?« fragte einer der Senatoren.

»Er hätte sich nicht so aufregen dürfen«, murmelte einer der Doktoren. »Diese Party war ein Fehler. Aber uns hat man vorher ja nicht zu Rate gezogen. Dieses ganze Drumherum mußte ja zwangsläufig zu einem Zustand hochgradiger Überreizung führen – für einen Mann in Henners Gesundheitszustand der sichere Tod.«

»Oder der sogenannte Voodoo-Effekt«, sagte ein anderer Mediziner nüchtern und ohne Groll in der Stimme. »Sagen Sie einem Opfer nur oft genug, es werde dann und dann sterben, und es setzt sich so sehr in seinem Unterbewußtsein fest, daß es tatsächlich zu dem vorausgesagten Zeitpunkt stirbt.«

»Das trifft in diesem Fall nicht zu«, sagte Gus Molnar laut und entschieden. »Und es liegen ausreichend medizinische Indizien dafür vor, einschließlich Ihrer eigenen Bemerkungen«, – er zeigte auf den Voodoo-Anhänger –, »daß es der mit der ursprünglichen Wette verbundenen stimulierenden Wirkung zu verdanken ist, daß Henner überhaupt so lange überlebt hat, jedenfalls weit über die Zeit hinaus, die ihm seine behandelnden Ärzte noch gegeben haben. Die Wette hat also nicht seinen Tod verursacht, sondern sein Weiterleben.«

Niemand wagte, dieser Behauptung zu widersprechen. »Sollte nicht die Autopsie sofort nach Eintreten des Todes vorgenommen werden?« meldete sich einer der Anwälte zu Wort.

Wie auf ein Stichwort hin tauchten zwei Männer aus dem Flur auf, die eine fahrbare Trage vor sich herschoben. Sie näherten sich schweigend; hastig machten ihnen die Gäste Platz. Totenstille herrschte, als sie den Leichnam aufhoben und auf die Trage legten. Doch als sie sich anschickten, die Trage hinauszurollen, löste sich Molly aus Henrys Umarmung und trat zu dem toten George Henner. Sanft drückte sie ihm die Augen zu. Dann beugte sie sich mit tränenüberströmten Gesicht zu ihm hinab und küßte ihn auf die Stirn. Lautlos glitt die Bahre aus dem Raum. Niemand sprach ein Wort, bis die Schritte der Männer verhallt waren.

»Mr. Darrow«, sagte der Anwalt, und die Stimme klang nach der Totenstille unnatürlich laut. »Ich bin von Mr. Henner beauftragt worden, an dieser Stelle folgendes zu verkündigen: Ich soll Ihnen mitteilen, daß er *diese* Wette nicht zu gewinnen wünschte, daß er vielmehr hoffte, sie zu verlieren, gleich welchen Anschein er auch immer erweckt haben mag, als wolle er sie gewinnen. Er sagte, Sie seien Sportsmann genug, Mr. Darrow, um anzuerkennen, daß er zumindest versuchen mußte, sie zu gewinnen.« Der Anwalt wandte sich an den Arzt, der die obskure Voodoo-Theorie ins Spiel gebracht hatte. »Er beauftragte mich auch, jedwedem Versuch, Beschuldigungen vorzubringen, die aus einer Misinterpretation der traurigen Ereignisse des heutigen Tages resultieren, auf das entschiedenste entgegenzutreten. Er hat mich ausdrücklich ermächtigt zu betonen, daß er unbeschränktes Vertrauen in die Integrität aller Angehörigen des Parapsychologischen Zentrums hatte. Wir«, – und er deutete auf seine Kollegen –, »sind die Testamentsvollstrecker von Mr. Henner. Mr. Henners gesamter Besitz, ausgenommen dieses Grundstück, das unwiderruflich in den Besitz des Nordamerikanischen Zentrums für Parapsychologische Talente übergeht, wird in einen Treuhandfonds überführt, der ausschließlich dem Zweck dient, die Bestreitung von Anwalts- und Gerichtskosten für Angehörige des Zentrums sicherzustellen, die infolge der beruflichen Ausübung ihres Talents in Haft geraten oder auf Schadenersatz verklagt werden, so lange bis entsprechende gesetzliche Regelungen in Kraft treten, die die berufliche Immunität der Talente sicherstellen.« Der Anwalt grinste Henry schief an. »Er sagte, und ich zitiere wörtlich: ›Wenn man auf einem geflügelten Pferd reitet, sollte man besser ein großes Netz haben, falls man runterfällt. Und so ein Netz kostet Geld.‹

Außerdem sagte er, sobald er tot sei, sollte die Party erst richtig beginnen. Es sei schließlich ein fröhlicher Anlaß ...«

»Er *war* fröhlich«, sagte Daffyd op Owen, und sein nicht gerade hübsches Gesicht strahlte vor Freude. »Das war so verblüffend. Sein Geist, seine Gedanken waren so unglaublich fröhlich und glücklich im Augenblick des Todes. Wirklich, er war richtig glücklich. Ich *weiß* es!«

»Gott sei Dank!« stieß Henry Darrow erleichtert hervor. Er erhob seinen noch unberührten Drink. »Einen Toast, Ladies und Gentlemen!« Gehorsam erhoben die anderen ihre Gläser. »Auf die, die das geflügelte Pferd reiten!«

Ein Glas nach dem andern folgte dem von Henry in das Kaminfeuer von Beechwoods, zur Bewahrung des Andenkens an George Henner.

TEIL 2

Ein frauliches Talent

»Wenn du nur einen Deut weniger ehrlich wärst, Daffyd op Owen«, rief Joel Andres hitzig, »dann könnten du und dein ganzes Zentrum... einen telekinetischen Drachen steigen lassen!«

Der Senator war einer jener ruhelosen Energiebolzen, die den Eindruck ständiger Bewegung vermittelten, selbst in den seltenen Momenten von Erstarrung. Und Joel Andres war in diesem Moment starr – vor Ärger. Das Objekt seines Zorns, Daffyd op Owen, Direktor des Ostamerikanischen Parapsychologischen Forschungs- und Trainingszentrums, war der genaue Gegensatz von ihm, physisch wie emotional. Beide Männer jedoch besaßen dieselbe undefinierbare Kraft und Zielstrebigkeit, Eigenschaften, die sie von unbedeutenderen Männern unterschieden.

»Ich kann keine Unterstützung für meinen Gesetzentwurf gewinnen«, fuhr Andres fort, wobei er aufgeregt auf dem dicken grünen Teppichboden in op Owens Büro auf und ab stapfte, »wenn du mit deinem verdammten irrationalen Drang, jedem das zu erzählen, was du weißt, Mansfield Zeusman ständig in die Hände spielst. Auch wenn es nur mit der Begründung ist, daß das, was du ›weißt‹, in den meisten Fällen nicht als gesichertes ›Wissen‹ zu verstehen ist.

Und erzähl mir nicht, daß allzu große Vertrautheit zur Geringschätzung führt, Dave! Die Nichttalentierten werden die parapsychologischen Fähigkeiten niemals geringschätzen oder gar verachten, sie werden auch weiterhin Angst vor ihnen haben. Es liegt in der Natur des Menschen, sich vor dem zu fürchten – und dem zu mißtrauen – was ›anders‹ ist. Sicher«, – Andres warf die Arme in die Höhe –, »kennst du dich gut genug in der Verhaltenspsychologie aus, um diesen grundlegenden Fakt zu begreifen.«

»Mein Talent gestattet mir, unter die Oberflächenrationalisierungen zu blicken und ...«

»Aber du kannst *nicht* hinter die Stirn jedes einzelnen der Männer gucken, die über diesen Gesetzentwurf abstimmen müssen, Dave. Und ihr Denken kannst du auch nicht beeinflussen. Nicht mit deinem Denken und deinen ethischen Grundsätzen.« Joels Miene war fast höhnisch, als er mit seinem nikotingelben Finger vorwurfsvoll auf seinen Freund zeigte. »Und komm mir jetzt bloß nicht mit dem albernen Spruch, Parlamentsabgeordnete seien intelligente, verantwortungsbewußt denkende Menschen!«

Op Owen lächelte seinen Freund nachsichtig an, unbeeindruckt von der Theatralik des jüngeren. »Nicht einmal seit Senator Zeusman uns mit seinem so wunderbar passenden Zitat von Pope zuvorgekommen ist?«

Andres stieß ein gereiztes Grunzen aus, doch dann sah er den Ausdruck in den Augen op Owens und lachte.

»Ja, da hat er mich echt auf dem falschen Fuß erwischt.« Er räusperte sich und versuchte den affektierten Baß von Mansfield Zeusman zu imitieren:

»›*Wer sieht mit gleichem Aug', als Gott von allen
Den Helden sterben und den Sperling fallen* ...‹

Welch ein Schlachtruf! Warum bin ich nicht als erster darauf gekommen? Glaub mir« – Andres wurde wieder todernst –, »dieses Zitat ist genial ... für die Opposition.

Die Ironie daran ist, daß wir mindestens genausoviel Wirkung damit erzielt hätten, wenn wir als erste darauf gekommen wären. Dave, willst du dir wirklich nicht noch einmal überlegen, ob wir nicht doch die Präkogs aus dem Gesetzentwurf rausnehmen sollten? Nur wegen dieses einen strittigen Punktes blockiert der Ausschuß doch den Entwurf. Ich bin sicher, ich würde es durchkriegen, wenn...«

»Die Präkogs brauchen den gesetzlichen Schutz am nötigsten von allen«, erwiderte op Owen mit ungewohnter Heftigkeit und für einen Sekundenbruchteil spiegelten seine Züge Unruhe und Besorgnis wider.

»Ich weiß, ich weiß«, sagte Andres beschwichtigend und warf resignierend die Hände hoch. »Aber das ist nun einmal die Facette der Parapsychologie, die die Menschen am meisten ängstigt – und fasziniert.«

»Und das ist exakt der Grund, weshalb ich darauf bestehe, daß wir so offen und ehrlich wie möglich bezüglich aller Stufen und Schattierungen von extrasensorisch wahrnehmenden Talente sind. Dann werden sich die Leute bald ebenso an sie gewöhnen wie an die Finder, Teleporter und Telepathen. Henry Darrow hatte so recht, als er das prophezeite.«

Joel Andres wirbelte zurück zum Schreibtisch und umklammerte die Kanten so fest, daß seine Knöchel weiß hervortraten. »Egal, was Prophet Darrow gesagt hat; du kannst nicht daherkommen und mißtrauischen, verängstigten Leuten alles erzählen. Sie nehmen automatisch an, daß du etwas zurückhältst, weil *sie* es so täten. *Niemand* wagt es heute mehr, so offen und ehrlich zu sein. Deshalb sind sie sicher, daß das, was du ihnen ihrer Meinung nach vorenthältst, viel schlimmer ist als das, was du bereitwillig zugegeben hast.« Er gewahrte den harten Glanz in Daffyds Augen und kapitulierte unerwartet. »Okay, okay. Aber ich bestehe darauf, daß wir weiterhin herausstreichen, was die *anderen* Talente schon alles können... *auf ihre eingeschränkte, spezielle Weise.* Wenn die Leute erst einmal kapiert haben, daß auch Psi-Talenten Grenzen gesetzt sind, daß nicht alle Talente Gedankenleser und Telekineten und Rutengänger und Kristallkugelseher auf einmal sind, also keine furchterregenden Supermonstren, dann werden sie auch allmählich anfangen, sie so zu behandeln und als das zu sehen, was sie sind: hochqualifizierte Spezialisten in einem bestimmten Bereich eines weit gefaßten Metiers, mit einem Rechtsanspruch auf berufliche Immunität *in ihrem speziellen Zweig* dieses Berufes, *sofern sie lizensierte Mitarbeiter eines der Zentren sind.* Und sag ihnen bloß nicht« – die Hand fuhr wieder hoch, als Daffyd Anstalten machte, ihn zu unterbrechen –, »sag ihnen nicht, daß ihr daran experimentiert, herauszufinden, ob und wie man die Fähigkeiten jedes einzelnen Talents auf andere Psi-Bereiche ausweiten kann! Verlang nicht zuviel auf einmal, Dave! Du kriegst nicht alles auf einmal. Was du kriegst, ist gesetzlichen Schutz für deine Leute bei der Ausübung ihrer individuellen Spezialität – auch für deine Präkogs. Ich werde mit größtem Nachdruck auf die wissenschaftliche Erhärtung verbürgter Zukunftsvoraussagen hinweisen.« Andres begann erneut vor op Owens Schreibtisch auf und ab zu marschieren, seine Worte mit ausdrucksvollen Gesten untermalend. »Auf den Gebrauch von Computern bei der Korrelierung von Details, auf die Tatsache, daß manchmal drei oder vier Präkogs dasselbe Ereignis aus verschiedenen Blickwinkeln beschreiben. Und das wichtigste: daß das Zentrum niemals eine offizielle Warnung an die Öffentlichkeit gibt, ehe nicht der Computer bestätigt, daß zwischen Vorfall und Realität eine ausreichende Menge an übereinstimmenden Daten vorliegt...«

»Bitte unterstreiche, daß wir die Fehlbarkeit des Menschen in Rechnung stellen und Computer benutzen, um *menschliches* Versagen auf ein Minimum zu reduzieren.«

Joel zog angesichts von op Owens Einwurf die Stirn kraus. »Dann werde ich zeigen, wie ein Blick in die Zukunft das schlimmste aller Ereignisse verhindert oder abgewendet hat. Das Erdbeben von Monterey ist ein Beispiel, das uns der Himmel geschickt hat. Es kamen keine Helden dabei zu Tode, wenn auch ein paar Spatzen vom Himmel fielen.«

»Ich dachte, es wäre gerade der Fall des Spatzen, der Senator Zeusman so beunruhigt«, bemerkte Daffyd mit einem schiefen Grinsen. »Aus Mangel an Samen wird das Korn nicht sprießen...«

»Hmmm, ja. ›Was sein wird, wird sein‹«, äffte Andres erneut Zeusmans Stimme nach.

»Da er es war, der Pope ins Spiel brachte«, sagte op Owen, »würde ich darauf erwidern: ›Was immer ist, es ist richtig.‹«

»Willst mich jetzt wohl zum Papisten bekehren, he?« Joel grinste schalkhaft.

Daffyd kicherte, als er fortfuhr: »Pope gibt auch den Rat: ›Seien wir offen, wo wir können, aber respektieren wir die Wege des Herrn!‹«

Das mit ruhiger Stimme aufgesagte Zitat hatte eine unmittelbare Wirkung auf den Senator, ähnlich etwa wie wenn man ein Streichholz an eine Lunte hält. Kurz vor der Explosion ließ Andres den Kiefer zuschnappen, stieß einen ungezügelten Seufzer aus und verdrehte die leicht gelblichen Augäpfel himmelwärts.

»Es gibt wirklich kaum einen Mann, dem schwerer zu helfen ist als dir, Daffyd op Owen!«

»Das ist nur, weil ich mir im klaren darüber bin, wie behutsam und umsichtig wir bei der Promulgation dieses Gesetzes vorgehen müssen, Joel. Ich möchte vermeiden, daß es zu einer Frühzündung kommt, zum falschen Zeitpunkt, wenn einige Ergebnisse der Grundlagenforschung, die wir zur Zeit betreiben, sichtbar werden. Es darf nicht dazu kommen, daß den Talenten durch veraltete, auf einer wackligen Kompromißbasis zustande gekommene Statuten die Hände gebunden sind.«

»Dave, willst du rennen, bevor du gehen kannst?«

»Nein, aber es ist Ärger vorausgesehen worden.«

»Schon wieder Darrow, he? Oder hast du dich in deiner eigenen Falle gefangen?« Joel wackelte triumphierend mit dem Finger. »Ärger, der von dem gegenwärtigen Fehlen von gesetzlicher Immunität herrührt. Mach eine Voraussage, nachdem der Gesetzentwurf verabschiedet ist.«

»Ah-ha«, äffte diesmal Daffyd Joel nach, »aber wir sehen nicht, daß das Gesetz verabschiedet wird!«

Das machte Andres sprachlos.

»Und wir sitzen in der Tat in unserer eigenen Falle gefangen«, fuhr der Telepath mit einem Unterton von Mutlosigkeit in der Stimme fort, »weil alle unsere Vorbeugungsmethoden ja tatsächlich die Zukunft beeinflussen, ganz so wie Senator Zeusman das Syndrom ja in seiner Rede dargestellt hat. Wirklich, eine wahrhaft meisterhafte Rede«, fügte op Owen neidvoll hinzu. »Und überdies stichhaltig, denn so sicher, wie das Zentrum eine Warnung rausgehen läßt und so den Leuten die Möglichkeit gibt, eine Tragödie zu verhindern oder abzuwenden, haben sie die Ereignisse durch ihr Vorurteil schon so beeinflußt, daß sie nicht mehr so geschehen, wie sie vorausgesagt wurden. Das ist das Paradoxon. Nur – wie kann ein ethisch denkender und fühlender Mensch abseits stehen und einen Helden sterben lassen oder meinetwegen einen Spatzen fallen lassen, wenn er *weiß*, daß er in der Lage ist, das zu verhindern.«

»Das Erdbeben von Monterey hätte *nicht* verhindert werden können«, erinnerte ihn Joel, dann blinzelte er verwundert. »Du verheimlichst mir doch etwas, oder? Du hast doch nicht etwa einen Telekineten entdeckt, der so stark ist, daß er die Erdoberfläche zusammenhalten kann?«

Daves herzhaftes Lachen war ein spontaner Ausbruch des Entzückens über das verwirrte Gesicht des Freundes.

»Nein, nein. Zumindest... noch nicht«, fügte er hinzu, bloß um den schockierten Ausdruck auf Andres' Gesicht zu sehen.

Es gab nur wenige Leute, bei denen Daffyd op Owen seine Anflüge von Humor so ausleben konnte. »Aber mal im Ernst Joel, das Erdbeben von Monterey ist ein spektakuläres Ereignis und ein Paradebeispiel dafür, wie der konzentrierte Einsatz von Talenten Sach- und Personenschäden auf ein Minimum reduziert hat. Noch nie zuvor wurden so viele Präkogs in ihrer jeweiligen Affinität stimuliert. Und es ist das konkreteste Beispiel dafür, warum gerade Präkogs gesetzlichen Schutz brauchen. Bist du dir darüber im klaren, daß das West-Zentrum überhäuft wurde mit Schadenersatzklagen wegen der Tsunami, die durch das Beben ausgelöst wurde?«

»*Das* war vorauszusehen.«

»Aber *wir* haben keine Warnmeldung rausgehen lassen. Und um gegen solcherlei irrationales Verhalten geschützt zu sein, brauchen gerade die Präkogs gesetzliche Immunität mehr als alle anderen Talente. Ihr Talent wird durch mentale Wahrnehmungen stimuliert, die so flüchtig und unberechenbar sind wie ein Dufthauch in der Morgenluft oder ein flüchtiger Blick auf ein verschwommenes Foto oder der Klang eines Namens. Mit anderen Worten, präkognitive Wahrnehmung ist in höchstem Grade unzuverlässig, weil sie nicht bewußt eingesetzt werden kann, wie zum Beispiel Telepathie, Teleportation oder Telekinese. Und um sowohl die Talente als auch das Zentrum abzusichern, bestehen wir darauf, erst einmal alle Details im Computer auszuwerten. Wir geben niemals eine Warnmeldung an die Öffentlichkeit, solange der Computer nicht sein Okay gibt... und dann greift man uns an, weil wir etwas ›gehört‹, aber nichts gesagt haben. Natürlich, eine Anzahl unserer Präkogs sind aufgrund ihrer ganz speziellen, besonders gefragten Affinität ins Geschäft gekommen. Zum Beispiel« – Daffyd zog ein Band aus der Kartei und hielt es hoch – »dieser junge Mann, der gerade einen Antrag auf Genehmigung von Nachkommenschaft gestellt hat, ist ein Feuer-Präkog. Er ist einer der Gründe, warum diese Stadt mit die niedrigsten Feuerversicherungsprämien im Land hat: Mit seinem Talent verhütet er das Ausbrechen von Feuer – ein Segen, der indirekt jedem Bewohner der Stadt zugute kommt...«

»Hmmmh, aber kaum spektakulär genug, um den durchschnittlichen egozentrischen Otto Normalverbraucher groß zu beeindrucken«, erwiderte Andres säuerlich. Er kannte die Fakten, die Daffyd hier so ernsthaft ins Feld führte, selbst gut genug. »Trotzdem, Dave, auch Kleinigkeiten bringen uns ein Stückchen weiter, und die Öffentlichkeit ist sehr schnell zu überzeugen, wenn es sich in ihrem Geldbeutel niederschlägt.«

»Genau. Und sie reagiert verdammt sauer, wenn wir versuchen, ihr Kosten zu ersparen, und sie nicht versteht, daß eine wohlbegründete Vorwarnung automatisch die Zukunft verändert.«

»Womit wir wieder am Ausgangspunkt angekommen wären«, sagte Joel angewidert. »Das ist das, was Mansfield als ›ungebetene Einmischung‹ bezeichnet und weshalb er den Gesetzentwurf aus der tiefsten Tiefe seiner moralistischen, neoreligiösen, pseudoethischen Grundhaltung heraus bekämpft. Und vergiß nicht, er wird dabei nach Kräften von der Transport-Lobby unterstützt, und jedesmal, wenn diese nette kleine Bruderschaft Adressat einer deiner Präkogs ist, was dann los ist, weißt du ja: hektische Überprüfungen, Verspätungen, heilloses Durcheinander in den Fahrplänen und so weiter –, kriegst du den dicksten Ärger. Wenn die Voraussagen nämlich nicht so eintreffen, wie ihr sie vorausgesagt habt, schimpfen die Transportgesellschaften, ihr wärt an dem ganzen Durcheinander schuld, sie hätten euch nicht um euren Rat gebeten, und es wäre sowieso nichts passiert.«

Daffyd seufzte matt. »Wie oft haben wir schon Bomben entdeckt? Tanklecks? Wie oft haben wir Flugzeugentführungen verhindert? Wie oft haben wir Materialermüdungen aufgespürt und dadurch Katastrophen verhindert?«

»Fällt alles nicht ins Gewicht, Dave, nicht, wenn es an den Geldbeutel der Transportgesellschaften geht. Du mußt eins bedenken, Dave: Jede Warnung, jede Voraussage bedeuten zwangsläufig, daß irgendwo ein Fehler steckt, egal ob es sich dabei um mechanisches oder menschliches Versagen handelt. Und ob menschlich oder mechanisch, die Öffentlichkeit verliert auf jeden Fall das Vertrauen in eine Gesellschaft, der ein solcher Ruch von Unzuverlässigkeit anhaftet. Und wenn es einer Firma an die Profite geht, wird sie wild und verklagt den Präkog, der ihr diese Suppe eingebrockt hat, wegen Rufschädigung.«

»Das heißt im Klartext, wir sollen die potentiellen Benutzer von öffentlichen Verkehrsmitteln in ihrem eigenen Saft schmoren lassen oder vielleicht gar tatenlos mit ansehen, wie sie an einem Berg zerschellen, weil ein Präkog einen Crash vorausgesehen hat, sich aber vornehm zurückhält, um nur ja nicht Gefahr zu laufen, einer Transportgesellschaft auf die Füße zu treten?« Op Owens gewöhnlich sanfte Stimme klang rauh vor

Empörung. »Verdammt, Joel, wir müssen unsere Unbefangenheit bewahren und auch weiterhin jeden warnen, dem ein Unglück droht, oder wir maßen uns die Rolle des Allmächtigen an, indem wir unser Wissen zurückhalten. Es ist mir egal, wenn die Transportgesellschaften dann beschließen, die Warnung in den Wind zu schlagen – das ist dann nicht mehr unser, sondern ihr Problem. Aber ich will, daß meine Leute rechtlich abgesichert sind, wenn sie – in gutem Glauben und gestützt auf valide Computerberechnungen – die Warnung rausgeben. Wir verfolgen keine eigennützigen Zwecke, das haben wir dank der Darrow-Stiftung nicht nötig, aber wir müssen auch weiterhin unbefangen und unparteiisch bleiben dürfen.«

»Ich hoffe, dein Altruismus bedeutet nicht noch einmal deinen Untergang«, sagte Joel mit ungewöhnlichem Ernst in der Stimme.

»Bis jetzt hat es diesbezüglich noch keine Warnung gegeben«, erwiderte Daffyd leicht gereizt.

»Du bist zu ehrlich und aufrecht, um gegen uns windige Politiker anzukommen«, erwiderte Joel grinsend und schaute auf seine Armbanduhr. »Mensch, ich muß los!«

»Du stellst dich zu sehr unter Stress, Joel. Du siehst nicht gut aus.«

»Ich hab's ein bißchen mit der Leber, das ist alles, und laß das Rumschnüffeln.«

»Ich schnüffle nicht ohne Erlaubnis rum, und das weißt du.«

»Ha! Unter Freunden gesagt, ich traue Telepathen nicht. Sag mal, wie läuft denn das Rekrutierungsprogramm?« fragte Joel, während er seinen Mantel über den Arm warf und nach seiner Aktentasche griff.

»Wir haben jede Woche ein paar vielversprechende Talente dabei«, antwortete Daffyd auf dem Weg zum Fahrstuhl. »Manchmal haben wir sogar ein paar junge darunter, die noch nicht gelernt haben, eine vollkommen normale Fähigkeit zu unterdrücken.«

»Das ist auch so eine Phrase, die du in Zeusmans Gegenwart tunlichst vermeiden solltest«, sagte Joel. »Er kauft dir nämlich deine Prämisse, daß jeder Mensch Psi-Talent besitzt, nicht ab.«

»Aber Joel, das ist wissenschaftlich erwiesen. Wir wissen, daß die, die über Psi-Talent verfügen, ein starkes, gesundes einundzwanzigstes Chromosomenpaar besitzen. Und es gibt sicherlich hinreichende Gründe für die Annahme, daß, wenn das einundzwanzigste Chromosomenpaar unscharf oder beschädigt ist, die Gehirnfunktion in irgendeiner Form eingeschränkt oder gestört ist. Und beim Downs-Syndrom hast du sogar mentale Retardation.«

»Mich brauchst du nicht zu überzeugen«, sagte Joel mit großen unschuldigen Augen. »Ich glaube es dir ja.« Er legte die Hand auf sein Herz. »Ich könnte gar nicht mehr daran zweifeln. – nicht mehr, nachdem dieser ›Finder‹ meinen Bruder in dem Zechenstollen entdeckte, als er kurz vorm Verbluten war. Wenn wir Mansfield Zeusman nur auch einmal mit einem solchen Erlebnis konfrontieren könnten, dann wäre er bestimmt nicht mehr so skeptisch. Könnte nicht eines deiner jungen Talente da mal was tun? Sie haben doch immer ein wachsames Auge auf exponierte Persönlichkeiten gerichtet, um sie vor möglichen Anschlägen rechtzeitig warnen zu können.«

Op Owen stieß ein Schnauben aus. »Würde Senator Zeusman es wohl toll finden, wenn ein Präkog seinen eigenen Tod voraussähe?«

»Hmmm. Wahrscheinlich nicht. Sag mal, ihr werdet nicht zufällig aus dem Forschungsprogramm der Regierung unterstützt?«

»Gott sei Dank nicht. Dank des Hennerschen Erbes haben wir das nicht nötig. Warum fragst du?«

»Hmm. Ich frage das bloß deshalb, weil Zeusman seine Argumentation gegen den Gesetzentwurf auf alle, wie er es nennt: ›Scheinformen‹ von Forschung, die aus Regierungsmitteln gefördert werden, bezogen wissen will. Und im Frühling werden, wie du sicher weißt, die Mittel bewilligt.«

»Zum Glück haben wir damit nie was zu tun gehabt.«

»Wie talentiert von euch!« erwiderte Joel mit einem Grinsen.

Die Tür des Fahrstuhls hinter ihm glitt auf, und eine junge Frau, die es offenbar sehr eilig hatte, kam herausgerannt und prallte mit dem jungen Senator zusammen.

Sie plapperte hastig eine Entschuldigung und wurde puterrot vor Verlegenheit, als Andres den Arm ausstreckte, um sie aufzufangen. Ihre Augen wurden ganz groß, als sie op Owen erkannte, und sie fuhr sich erschrocken mit der Hand an den Mund. »Es tut mir schrecklich leid, Sir.«

Im gleichen Moment als Daffyd Ruth Horvath erkannte, identifizierte er auch die verschiedenen Gefühle, die sie in diesem Moment beherrschten: Scham wegen ihres tolpatschigen Auftretens, Reue ob ihrer Impulsivität, zu dieser ungewöhnlichen Stunde in den Turm zu kommen, und die Mischung aus Hoffnung und Furcht, die sie zu ihrem Kommen getrieben hatte. Instinktiv berührte Daffyd sie mit einem beruhigenden Impuls; aber Joel Andres' liebenswürdiger und bewundernder Blick war genau das Tonikum, das die hübsche Frau jetzt brauchte.

»Schon gut; ist ja nichts passiert. Ich versichere Ihnen, Miss ...?«

»*Mrs.* Horvath ... Senator Andres«, sagte Daffyd und beobachtete, wie sich Joels Gesichtsausdruck von entzücktem Interesse in Enttäuschung verwandelte.

»Ich darf nochmals um Entschuldigung bitten, Herr Senator«, beharrte Ruth und errötete erneut.

»Und ich muß mich dafür entschuldigen, daß ich zur falschen Zeit am falschen Ort aufgetaucht und ...« – ein tiefer Seufzer – »... zu spät gekommen bin.« Er machte eine tiefe Verbeugung vor Ruth und trat mit sichtbarem Widerstreben zur Seite, um sie vorbeizulassen.

Anstatt vorbeizugehen, drückte sie auf den Aufzugknopf.

»Ich habe gerade meine Mittagspause«, stotterte sie verlegen. »Ich muß wieder zurück.«

Die Tür glitt auf, und Andres trat zusammen mit ihr in den Aufzug. »Ich auch«, sagte er grinsend.

»Ihre Akte liegt gerade auf meinem Schreibtisch, Ruth«, sagte Daffyd, der mit einem Schlag den Grund ihres Besuches begriff und weshalb sie sich sträubte, das Thema in Andres' Gegenwart anzusprechen. »Ich spreche morgen mit Ihnen darüber.«

Ihr Gesicht hellte sich auf, ein Leuchten trat ihr in die Augen, und als sie den Blick abwandte, glaubte Daffyd Tränen auf den Wangen zu sehen.

»Paß auf dich auf, Joel! Du arbeitest zuviel.«

»Es macht mir Spaß, ganz bestimmt.« Joels Lachen wurde von der zugleitenden Aufzugstür abgeschnitten.

Daffyd op Owen starrte noch einen Moment geistesabwesend auf die Anzeigetafel, bevor er sich langsam abwandte und zurück in sein abgeschiedenes Turmbüro ging. Er hatte über vieles nachzudenken. Nicht, daß er erwogen hätte, auch nur einen Zentimeter von seinem Kurs abzuweichen. Was ihm die Kraft dazu gab, war allein sein fester Glaube in die Richtigkeit seines Handelns, denn es bedurfte keines präkognitiven Talents, lediglich intelligenter Extrapolation (welche einige Uninformierte für das Wesen der präkognitiven Fähigkeit hielten), um die Schwierigkeiten zu sehen, mit denen die Talente auf der ganzen Welt noch zu kämpfen hatten. Der Gesetzentwurf bedeutete einen so entscheidenden Schritt nach vorn, erhob er doch die Talente aus der Kategorie der ›mentalen Chiropraktik‹ (Senator Zeusmans spöttische Bezeichnung, obwohl die Chiropraktik seit langem ein anerkannter Zweig der Medizin war) in die Position eines ehrbaren, ernstzunehmenden Berufsstandes. Mansfield Zeusman blockierte das Gesetzeswerk nun schon seit Monaten im Ausschuß, und er war durchaus in der Lage, es noch den ganzen Sommer hindurch zu blockieren und das gleiche Spielchen im nächsten Jahr von vorn anzufangen. Der Senator hoffte auf irgendein diskreditierendes Ereignis, das die Hoffnung auf gesetzlichen Schutz für die Talente ein für allemal zunichte machen würde.

Der schiere Genius jenes Pope-Zitates war ein Maßstab für das geistige Kaliber ihres Gegenspielers, dachte op Owen, während er sich dem Aktenstapel zuwandte, der auf ihn wartete. Der Jammer dabei war, daß das Zitat viel besser in ihre Argumentation gepaßt hätte als in die der anderen Seite. Überhaupt traf vieles aus Popes ›Essay on Man‹ den Nagel genau auf den Kopf.

Weitere zu der Thematik passende Zeilen kamen ihm aus der Erinnerung hoch. Kaum etwas von dem, was Daffyd op Owen einmal gesehen oder gehört hatte, konnte seinem Gedächtnis entschlüpfen... gleichermaßen eine Gnade wie ein Handikap.

> *Für einen Skeptiker ist er zu klug,*
> *für einen Stoiker nicht stolz genug.*
> *Er hängt dazwischen, ist des Zweifels voll,*
> *ob er nun handeln oder nichts tun soll,*
> *ob er mehr Geist, mehr Leib, mehr Tier, mehr Gott.*
> *Im Denken irrt er, lebt nur für den Tod.*

»Genug!« op Owen riß sich aus seinem Grübeln. Er griff nach dem nächstliegenden Band und schob es in den Recorder. Es schien irgendwie passend, daß es sich bei dem Band um den Antrag der Horvaths auf Nachkommenschaft handelte. Wäre op Owen abergläubisch gewesen, hätte er es als ein gutes Omen werten können; ein günstiges Vorzeichen für das Werk, das er und seine Mit-Direktoren auf der ganzen Welt in Angriff nahmen: gleichgeartete Talente miteinander verpaaren, starke genetische Psi-Anlagen herauszüchten und eine Spezies von Menschen herausbilden – keine Superrasse von allwissenden, omnipotenten Supermenschen, was Zeusman so sehr fürchtete –, eine Spezies von Menschen, die von Kindesbeinen an dazu ausgebildet und darauf konditioniert waren, ihr Talent zum Nutzen der Menschheit einzusetzen und dadurch die Welt zu zwingen, endlich die Augen zu öffnen für den Schatz, der in dem unbenutzten, noch unangezapften Teil des menschlichen Gehirns schlummerte und nur geweckt werden mußte.

Ein heftiges, grelles Präkog-Erlebnis durchzuckte Lajos Horvath genau in dem Augenblick, als die REM-Schlafphase vorüber war und sein Geist zum Bewußtsein erwachte.

Sein gequältes Stöhnen weckte seine Frau sofort auf. Mit in langem Training eingespurtem Reflex schaltete Ruth den Recorder ein und zog ihrem Mann das Elektrodennetz des Gänseeis über den Kopf. Fachmännisch befestigte sie die Metallscheiben an den dafür vorgesehenen kreisrund ausrasierten Stellen seines Schädels.

Sie kniff die Augen zusammen und spähte auf die Anzeige: Das Diagramm zeigte klar und eindeutig das Schwingungsmuster eines Psi-Vorfalls. Das Zentrum war bereits auf Empfang und zeichnete den Vorfall auf. Er dauerte knappe elf Sekunden; dann pendelten sich die Wellen wieder auf ihre normale Amplitude ein. Sie lehnte sich zurück und machte die vorgeschriebene Entspannungsübung, die verhindern sollte, daß sich ihre Aufregung auf Lajos übertrug. Sobald er wieder aufwachte, mußte sie sich so weit gefaßt haben, daß sie in der Lage war, ihn ruhig und gelassen über den Vorfall zu befragen.

Es gelang ihr relativ rasch, die Erregung zu unterdrücken und sich zu entspannen. Sie schaffte es jetzt schon viel leichter als früher, ihre Aufwallungen von Neid zu unterdrücken, daß Lajos ein valides Talent besaß, während ihr eigenes so unausgeprägt und nebulös war, daß es sich einer exakten Identifizierung entzog. Inzwischen hatte sie sich so weit damit abgefunden, daß es ihr genügte zu wissen, daß sie durch das tiefe Einfühlungsvermögen, das sie miteinander verband, durch ihre Weiblichkeit, dazu beitrug, seine Entwicklung rascher voranzubringen. Lajos brauchte sie als Puffer, als einen Quell des Trostes gegen die scharfen Kanten des Talents. Auch die stärkste Persönlichkeit konnte dem Kassandra-Komplex erliegen, der die geistige Gesundheit des unwachsamen Präkogs zerstörte. Warum, grübelte Ruth, hatte das Unglück die boshafte Eigenschaft, immer aus dem Nebel der Zukunft hervorzutauchen: wie ein Fallender, der blind nach jedem Strohhalm greift, um das Gleichgewicht wiederzuerlangen?

Wieder zuckte die Nadel über das Diagramm. Ruth nahm ein leises, kaum hörbares *Wuusch* wahr; sie blickte auf, um sich zu vergewissern, daß der Vorfall ins Zentrum überspielt wurde, und bemerkte das Lächeln im Gesicht ihres Mannes. Ein Lächeln? Ein angenehmes Vorgefühl? Sie versuchte, sich zur Ruhe zu zwingen, von einem Gefühl kaum bezähmbarer Neugier bestürmt. Lajos hatte so selten angenehme Präkognitionen, und einen kurzen, flüchtigen Moment lang bedauerte sie, daß er ein Präkog war.

Lajos begann sich unruhig hin und her zu wälzen. Er würde jeden Moment aufwachen. Sie schaltete das Mikrofon des Recorders ein und beugte sich über ihn.

»Was ist es? Was siehst du?« fragte sie ihn in dem sanften, einschmeichelnden Ton, den sie in solchen Situationen zu benutzen gelernt hatte. Ihre Fähigkeit, ihn zu präzisen Äußerungen zu stimulieren, wurde im Zentrum hoch gelobt; es war in aller Regel sehr schwierig für einen Präkog, seine oft verschwommenen Visionen so zu artikulieren, daß man verwertbare Details daraus gewinnen konnte.

»Flammen!« stöhnte Lajos. »Müssen es denn immer Flammen sein?« Er saß kerzengerade im Bett und starrte mit weitaufgerissenen Augen auf die Szenerie seiner Vision. Das Elektrodennetz war ihm vom Kopf gerutscht. »Das Schiff brennt!« keuchte er. »Es explodiert! Brennende Trümmer überall! Die Wucht der Explosion schleudert sie weit über den Hafen hinaus in die Vorstädte! Ihr müßt sie dämpfen, irgendwie ablenken! Die Passagiere abschirmen! Achtung! Der Treibstoff wird auslaufen! Jetzt gerät er in Brand!«

»Irgendwelche Zeichen auf dem Schiff zu erkennen?« kam eine leise, aber eindringliche Stimme aus dem Intercom-Lautsprecher.

Lajos schüttelte den Kopf und kniff verzweifelt die Augen zusammen, um die verblassende Vision festzuhalten. »Es ist alles in Flammen gehüllt. Moment! Ich glaube, ich erkenne eine Acht, eine Vier und eine Drei – oder noch eine Acht, ich kann es nicht mit Sicherheit sagen. Es ist ein Reynarder-Schiff. Es muß ein Schiff von Reynarder sein. Sie sind die einzigen, die diese Schiffsklasse haben.«

»Welche Klasse?« wollte die unerbittliche Flüsterstimme wissen.

Ganz plötzlich sackte Lajos in sich zusammen, vor

Anstrengung und Entsetzen heftig keuchend. Kalter Schweiß stand ihm auf der Stirn. Erschöpft ließ er sich zurücksinken.

»Es ist weg«, stöhnte er. »Es ist weg.«

»Du hattest eine zweite Vision«, sagte Ruth. »Was hast du da gesehen?«

Lajos zog die Brauen zu einem angedeuteten Stirnrunzeln hoch und strich sich das glatte schwarze Haar aus dem Gesicht. Er trug es überlang, um die kahlrasierten Stellen für die Elektroden zu kaschieren. Seine Lippen krümmten sich zu einem schiefen Grinsen. »War es was Gutes?« fragte er hoffnungsvoll.

Ruth unterdrückte ein Seufzen. Lajos erinnerte sich selten an positive Visionen.

»Vorfall bestätigt ausgeprägtes Diagramm, Lajos«, kam die Stimme aus dem Intercom. »Melde dich, sobald du dich in der Lage fühlst.«

»Sie werden es überprüfen, nicht wahr?« fragte Lajos.

»Sind schon dabei.«

Lajos lag so still da, daß Ruth wußte, daß es keine passive Ruhe und Entspannung war, sondern äußerste innerliche Anspannung. Sie wußte, daß die Talente sehr unter der niederschmetternden Erkenntnis litten, daß ihre Warnungen oft ignoriert wurden und sie gezwungen waren, mit anzusehen, wie sich ihre Voraussagen auf schreckliche Weise bewahrheiteten. Ruth wischte ihrem Mann den Schweiß von der Stirn und begann ihm Nacken und Schultern zu massieren. Nach einer Weile grinste er sie matt an.

»Was für eine Art, den Tag zu beginnen, hm?«

»Wenigstens hattest du eine zweite, offenbar positive Vision. Vielleicht bedeutet das, daß sie die Katastrophe abwenden.«

»Wenn die Zeit reicht und sie genügend Daten miteinander korrelieren können«, sagte er düster. »Und

wenn Reynarder sich dazu herabläßt, sie anzuhören!«
Er drehte sich auf den Bauch und hieb ohnmächtig mit den Fäusten auf die Matratze.

Ruth wandte ihre Aufmerksamkeit jetzt auf seinen muskulösen Rücken. Sie liebte die kräftige Rundung seiner Schultern, das breite Doppelplateau seiner Schulterblätter mit den kleinen Hügeln aus hartem Muskel, die sanft geschwungene Kurve, die sich hinunterzog zu seiner schmalen Taille, die Höhlung seiner Lenden, die griechische Schönheit seines Hintern. Sie unterdrückte rasch die aufkeimende Lust. Dies war nicht der Augenblick, ihn mit sexueller Begierde zu behelligen. Und sie wußte, daß ihr übergroßes sexuelles Verlangen nach ihm aus ihrer Sehnsucht nach einem Kind, einem Kind von ihm, herrührte. Eine Tochter, groß und blond, mit Lajos' Grübchen in den Wangen. Ein Sohn, stark, mit Lajos' kräftigem Rücken, arrogant und mit dichtem glatten schwarzen Haar.

Dieser Hunger nach einem Kind von ihm war so ursprünglich, daß er ihre gesamte erziehungsbedingte Ratio und intellektuelle Kultiviertheit, ihre erworbenen sozialen Reflexe ausschaltete und außer Kraft setzte. Heutzutage erwartete man von einer Frau, daß sie mehr als die althergebrachten weiblichen Pflichten auf sich nahm. Heutzutage, und ein Lächeln huschte über Ruths Gesicht, hießen die Talente der Frau Wartung, Instandsetzung und Nachschub, statt wie früher, Haushalt, Küche, Kinderkriegen, aber die Bezeichnungen veränderten nicht die Pflichten, noch bändigten sie die alten, immer wieder aufs neue lebendigen Wünsche und Bedürfnisse. Und wenn man genau hinsah, war es noch immer so wie ehedem, daß die Männer neue Horizonte erforschten und in Besitz nahmen, auch wenn es fremdes Land war, und ihr Heim und ihre Familie verteidigten. Man konnte Lajos' präkognitives Talent als eine Art Frühwarn-Verteidigungssystem bezeichnen. Nun denn, sie würde ihre Alltagspflichten einer Zerebralaufzeichnungssekretärin schon mit den Pflichten der Wartung und Instandsetzung in Einklang bringen, aber man sollte sie auch bald für Nachschub sorgen lassen, sonst ...

Sie konzentrierte sich auf weniger aufwühlende Gedanken und setzte ihre latente Empathie zur Linderung seiner Gewissensbisse ein. Als er anfing, tiefer zu atmen, wußte sie, daß er im Begriff war, die Nachwirkungen des Vorfalls zu verarbeiten und das destruktive Gefühl von Niedergeschlagenheit und Mutlosigkeit zu überwinden. Er hatte alles getan, was in seinem Vermögen gestanden hatte. Er konnte unmöglich den Lauf eines jeden dem Untergang geweihten Lebens beeinflussen oder korrigieren. Manche Ereignisse mußten nun einmal ihren vorgezeichneten Weg bis zum schrecklichen Ende nehmen, denn aus dem Unglück der Gegenwart erwuchs so oft der Triumph der Zukunft; das Ergebnis kummervoller Anklagen und Beschuldigungen war oft der Katalysator des Fortschritts. Ein oft wenig tröstliches Grundprinzip im Denken der Talente, aber wahr genug, um sie vor Verzweiflung und Wahnsinn zu bewahren.

Es war, das wußte Ruth, bitter, ein Talent zu sein: bitter und wundervoll zugleich. Aber noch schlimmer war es, Hinweise dafür zu haben, daß man Talent besaß, aber nicht zu wissen, welcher Art dieses Talent war. Unsinn! schalt sie sich selbst streng und schob diese Gedanken beiseite. Man kann nicht sein, was man nicht sein kann.

»Aah, jetzt hast du genau die richtige Stelle«, schnurrte Lajos wie ein zufriedener Kater, und mit doppeltem Elan massierte sie seine Schultermuskeln.

Und doch, wenn sie seine Wünsche und Bedürfnisse erspürte, ja sogar manchmal seine Worte vorausahnte, dann fragte sie sich jedesmal verwundert, wie das zu erklären war; wessen es bedurfte, um das in ihr schlummernde Talent zu erwecken.

Das Zentrum war der Auffassung, daß Psi-Fähigkeiten in jedem Menschen latent vorhanden waren; daß ihr Fehlen auf eine Fehlfunktion der notwendigen Hirnsynapsen oder auf eine Unterentwicklung aufgrund von Proteinmangel im Gen zurückzuführen war. Wenn Chromosomen im einundzwanzigsten Paar beschädigt oder nicht voll ausgebildet waren, lag kein Talent vor. Obwohl bei Ruth keine Chromosomenaberration feststellbar war und obwohl die Testergebnisse sie als talentiert auswiesen, war ihre Psi-Fähigkeit nicht identifizierbar. Es war ihr niemals geglückt, einen Psi-Vorfall zu stimulieren, der einer der bisher bekannten Talent-Kategorien zugeordnet hätte werden können. Sie hatte Lajos während der Tests kennengelernt: Nach Abschluß ihrer Schulausbildung war das Ostamerikanische Zentrum an sie herangetreten, und sie hatten sich beide für das sechsmonatige Trainingsprogramm qualifiziert. Ihre genetische Geschichte war bis in die vierte Generation zurückverfolgt und aufgezeichnet worden. Sie hatten ungezählte Stunden unter dem Elektrodennetz des Gänseeis verbracht, den verschiedensten Stimuli ausgesetzt. Ruth war schließlich als ›unbestimmbar‹ eingestuft worden, während man bei Lajos starke Präkog-Tendenzen diagnostiziert hatte.

Ruth hoffte immer noch insgeheim, daß ihr Talent sich noch entwickeln würde. Man hatte ihr versichert, daß das durchaus im Bereich des Möglichen läge; man hatte auf ihre hohen Empathiewerte verwiesen, auf ihre Fähigkeit, das Verhalten und die Handlungen von Personen vorauszuempfinden, die ihr nahestanden und die ihr lieb und teuer waren. Sicher, es wäre nicht auszuschließen, daß sie niemals mehr als eine rezeptive Telempathin sein werde, daß sie niemals fähig sein würde, selbst zu senden. Deshalb schwankte Ruth zwischen Hoffnung und Verzweiflung. Und da sie ein praktisch veranlagter Mensch war, der sich lieber auf den Augenschein und auf schlüssige, handfeste Beweise verließ, statt sich in illusionären Wunschträumen zu wiegen, verweilte sie meistens auf der pessimistischen Seite des Pendels. Zusätzlich bestärkt in dieser Haltung wurde sie, wenn sie miterlebte, wie sehr Lajos litt, wenn er eine seiner schlimmen Visionen hatte; sie war dann jedesmal heilfroh, daß sie ein solch schreckliches Talent nicht besaß.

Lajos Horvath war eins von mehreren tausend Talenten, die beim Zentrum eingeschrieben und von ihm lizensiert waren, die sich mit Leib und Seele seinen Zielen und Idealen verschrieben hatten und ihre gesamten Einkünfte an das Zentrum abführten. Das Zentrum behandelte seine Mitglieder weder mit väterlicher Fürsorge, noch forderte es kindliche Unterwerfung oder überschwenglichen Dank. Die Talente zogen es aus sich heraus vor, unter ihresgleichen zu leben, wenn irgend möglich, in Beechwoods selbst, oder aber möglichst in der Nähe von Beechwoods. Die räumliche Nähe vermittelte ihnen das Gefühl von Zusammengehörigkeit und Geborgenheit, das sie brauchten.

Ruth hatte keine spezifischen Einwände gegen ihre Lebenssituation; sie hatte bereitwillig den Kursus mitgemacht, in dem Untalentierte auf das Zusammenleben mit ihren psi-begabten Partnern vorbereitet und orientiert wurden. Sie hätte noch ganz andere Mühen auf sich genommen, so sehr liebte sie Lajos. Aber in jüngster Zeit hatte das Bewußtsein ihrer Abhängigkeit vom Zentrum sie immer häufiger mit Ärger und Unbehagen erfüllt, und ihr war bewußt, daß daran nicht das Zentrum schuld war.

Das leise Summen des Intercoms weckte sie beide. Lajos richtete sich halb auf und verharrte einen Moment reglos, den Oberkörper auf die Ellbogen gestützt. Ruth studierte sein Profil. Sein zu einem schmalen Strich zusammengepreßter Mund verriet ihr, daß er sich sammelte.

»Lajos!« Es war Daffyd op Owen. »Du hattest recht. Ein Class-7 von Reynarder hatte auf dem Jethafen von Buffalo ein Treibstoffleck.«

Etwas in der schleppenden, tiefen Stimme des Direktors sagte ihnen, daß Lajos' Information das Unglück nicht abgewendet hatte.

»Und?« Lajos' Stimme klang fest und fordernd; er wollte die ganze Wahrheit.

»Wir mußten die variablen Details mit allen Flügen der Reynarder-Linie korrelieren, die auf Jethäfen abgewickelt werden, die in der Nähe von Wasser liegen. Wir hatten nur einen einzigen weiteren Präkog, der auf denselben Vorfall angesprungen ist, aber deine Daten allein – besonders die Registriernummer – waren ausreichend. Ohne deine Warnung wäre es zu einer Katastrophe gekommen. Unsere Teleporter von der Rettungsstaffel haben die meisten brennenden Wrackteile in den See abgelenkt, bevor sie über der Vorstadt niedergehen und dort Unheil anrichten konnten. Gleichzeitig gelang es den Telekineten, das Passagierdeck abzuschirmen, bis der auslaufende Treibstoff unter einem Schaumteppich erstickt werden konnte. Die Passagiere und die Besatzung erlitten zwar fast alle Verbrennungen durch die enorme Hitzeentwicklung, aber es steht jetzt schon fest, daß alle überleben werden. Ruth, braucht er ein Beruhigungsmittel?«

»Nein!« stieß Lajos entschlossen hervor.

»Prima! Gut gemacht, mein Junge!« Op Owens Stimme klang warm und herzlich. »Wir haben den Vorfall authentiziert. Er hat eine schwere Katastrophe abgewendet: ein weiteres Argument für uns im Kampf für die Durchsetzung des Gesetzentwurfs. Und die Passagiere und das Personal des Jethafens *wissen*, von wem die Warnung kam.«

Lajos ließ sich erleichtert zurücksinken, als der Direktor sich mit einem erneuten Glückwunsch verabschiedet hatte. Er wandte das Gesicht ab, und Ruth war sich einen Moment lang unsicher, ob sie ihn trösten sollte oder nicht. Sie wartete. Schließlich gab er einen langen Seufzer der Erleichterung von sich und rollte sich entspannt auf den Rücken. Seine Hand rutschte über die Bettkante und hing schlaff hinunter, so daß die Adern unter der blassen Haut blau hervortraten.

»Dann ist also das, was ich gesehen habe, nicht eingetreten, Ruth. Das Schiff hat sich nicht in einen Flammenball verwandelt und ist nicht explodiert. Was habe ich also gesehen? Oder anders gesagt: Was ist deshalb nicht eingetreten, weil ich es gesehen habe? War also die Tatsache, daß ich etwas gesehen habe, ausreichend, um es nicht eintreten zu lassen?«

Er schüttelte den Kopf, und sein Stoppelbart kratzte über das strammgezogene Bettlaken, aber seine Stimme klang nicht mehr gepreßt und heiser; sie war ganz ruhig und entspannt: Seine Philosophie bestätigte sich, und das beruhigte ihn.

Ruth spürte, wie die Muskelanspannung in ihren Schultern sich löste; erst jetzt merkte sie, wie sehr sie sich auch körperlich verkrampft hatte, während sie seine Reaktion abgewartet hatte.

»›Ein Paradox, ein Paradox, ein ingeniöses Paradox‹«, sang sie leise vor sich hin, während sie mit den Fingerspitzen über seinen Rücken streichelte. »Mein lieber Schatz!« Sie beugte sich über ihn und küßte ihn zärtlich auf den Nacken.

Lajos schwang sich aus dem Bett und reckte sich; dabei rutschte ihm seine Schlafanzughose hinunter. Er bückte sich und zog sie sich wieder hoch, nicht aus

Schamgefühl, sondern um auf dem Weg zum Badezimmer nicht über sie zu stolpern.

»Vielleicht war die gute Vision, die du hattest... sie kam nur knapp eine Minute nach der ersten«, sagte Ruth später, als sie ihm das Frühstück auftrug, »die Bestätigung, daß doch noch alles gut ausgegangen war.«

Lajos überlegte einen Moment, dann schüttelte er den Kopf. »Nein. Die beiden Präkognitionen standen in keinerlei Zusammenhang.«

»Wie kommt es eigentlich«, fragte Ruth in gespieltem Meckerton, »daß du immer nur die negativen Visionen so exakt und detailliert schildern kannst, aber die positiven nie?«

Er wußte es nicht und wandte sich statt dessen seinem üppigen Frühstück zu. Der herzhafte Appetit, mit dem er zulangte, war ein deutliches Zeichen dafür, daß er sein inneres Gleichgewicht wiedererlangt hatte.

»Ich muß mich ranhalten, Schatz. Wird ein anstrengender Tag heute. Und das ist keine Präkog, das ist Realität.« Er grinste, dann beugte er sich über sie und gab ihr einen langen, innigen Kuß. »Jahresüberprüfung der Versicherungsverträge – eine Heidenarbeit, wie du dir vorstellen kannst, besonders da die Firma alle Versicherungen der Regierung hier in der Stadt vertritt – trotz Zeusman.«

Auch Ruth mußte sich beeilen. Sie kam nicht gern zu spät, auch wenn der Job, den sie ausübte, nicht gerade hoch dotiert war. Sie fügte Fasern für Speiseleitungen zusammen, eine knifflige Arbeit, die höchstes Fingerspitzengefühl erforderte und eine absolut ruhige Hand. Ihre Chefs sahen über ihr gelegentliches Zuspätkommen großzügig hinweg, da sie Teleporter und Telekineten für den Transport der hochempfindlichen Teile und für die Montage der ›heißen‹ Komponenten einsetzten, die für die Instrumentierung der Jupitersonden bestimmt waren. Ruth hätte eigentlich nicht zu arbeiten brauchen, da Lajos sehr gut verdiente, aber sie wollte sich sinnvoll beschäftigen, bis ihr Antrag auf Nachkommenschaft genehmigt war. Danach wollte sie nur noch Mutter sein.

Daß ihr Antrag abgelehnt werden würde, war sehr unwahrscheinlich, aber hundertprozentig sicher konnte man nie sein: Wie leicht konnte man sich aus purem Zufall irgendwo eine Strahlendosis einfangen, die die Chromosomen schädigte. Sie wußten, daß ihre genetischen Muster einwandfrei waren, und sie hatten die dreijährige Probezeit erfolgreich hinter sich gebracht. In den letzten sechs Monaten hatten sie sich in regelmäßigen Abständen eingehenden medizinischen Untersuchungen unterzogen, bei denen ihre Ei- und Samenzellen auf mögliche Aberrationen untersucht worden waren. Diese Untersuchungen waren zeitraubend, aber wer wollte schon ein behindertes Kind? Es hatte Jahre gedauert, die psychedelischen Schäden auszumerzen, die zu den Mißgeburten der späten siebziger und frühen achtziger Jahre geführt hatten. Noch immer kam es zu Mutationen und Mißbildungen, als Spätfolge der heftigen Sonnenwinde des ersten Jahrzehnts des zwanzigsten Jahrhunderts. Da war es nur vernünftig, wenn man das Risiko einer Mißgeburt mit allen zur Verfügung stehenden Mitteln der modernen Medizin auf ein Minimum zu reduzieren versuchte.

Aber Ruth fand es anstrengend, geduldig zu sein. Es machte ihr nichts aus, ein unidentifizierbares Talent zu sein; sie hatte sich damit abgefunden. Sie litt auch nicht mehr so sehr wie früher unter der oft lästigen und nervenaufreibenden Rolle der passiven Beobachterin von Lajos' Höllenqualen, die er bei seinen Vorfällen durchmachte; sie liebte ihn, und sie half ihm. Was ihr jedoch sehr zusetzte, war das immer stärker werdende Gefühl von Sinnlosigkeit. Heutzutage, da jeder ein Dach über dem Kopf und satt zu essen hatte, da es für einen wachen Geist genügend Dinge gab, mit denen er sich beschäftigen konnte (allein die immer weiter voranschreitende Erforschung des Weltraums bot ein weites Feld von Möglichkeiten, an denen sich die Phantasie entzünden konnte), da die Menschen Zeit wie nie zuvor hatten, ihren Interessen und Hobbys zu frönen, stand jedem die Möglichkeit offen, seine ganzen Fähigkeiten zum Nutzen der Menschheit anzuwenden. Und doch war sie, Ruth Lajos, ständig frustriert. Könnte sie Lajos nur endlich eine richtige Frau sein und nicht nur eine, die für ihn sorgte und ihm das Essen kochte und die Hemden bügelte, sondern die seine Kinder großzog, am besten seine psi-begabten Kinder! Sie würde alles tun, was in ihren Kräften stand, um dazu beizutragen, daß sie Erfolg haben würden, wo sie selbst versagt hatte.

In der Personalliste seiner Firma war Lajos Horvath aufgeführt als ›Vertragsanalytiker und Assekurant‹ des Büros Ost der Versicherungsgesellschaft. So konservativ gerade das Versicherungswesen auch in vielen Bereichen war; als einer der ersten wichtigen Geschäftszweige hatte es die Vorteile erkannt, die der Einsatz von Präkogs bot, besonders von solchen wie Lajos, dessen Zuverlässigkeit und Treffsicherheit bei der Voraussage von Bränden sich immer wieder auf frappierende Weise bestätigte.

Die meisten seiner präkognitiven Vorfälle hatten mit brennenden Substanzen zu tun, so wie andere Präkogs eine Affinität für Wasser, Autos, Metalle oder bestimmte Typen von Personen zu haben schienen. Innerhalb des Zentrums gingen noch immer die Meinungen darüber auseinander, ob man die ›Finder‹ nun als Präkogs oder Hellseher einstufen sollte. Fest stand jedenfalls, daß sie eine Affinität für ›verlorene Gegenstände‹ hatten, gleichgültig, ob es sich um organische oder anorganische handelte. Sie waren zu viert in Lajos' Firma, und sie ersparten ihren Arbeitgebern jährlich Riesensummen.

Früher hätte man Lajos' Präkognitionen als Scharfsinn oder Vorahnungen oder scharfsichtige Extrapolationen zu erklären versucht. Und in der Tat war auch er selbst durchaus geneigt, die vageren seiner Vorahnungen in diese Kategorie einzuordnen. Aber umfassende Ausbildung und Sensibilisierung hatten viele dieser ›Vorahnungen‹ zu definitiven Wahrnehmungen geschärft: Durchsucht den Keller dieses Gebäudes nach gefährlichen Abfällen, der Hausmeister ist faul und hat nicht alles brennbare Material weggeschafft. Die elektrischen Leitungen in dieser Wohnung sind teilweise blank, und die Bewohner neigen dazu, sie mit Geräten, die viel Strom verbrauchen, zu überlasten. Manchmal gingen die Visionen auch genauer ins Detail: Das Haus wird von Einbrechern verwüstet; anschließend werden sie Feuer legen. In dem Fall wurde die Polizei gebeten, das betreffende Gebäude zu bewachen. Die Bewachung reichte aus, um den Einbruch zu verhindern, den Lajos vorausgesagt hatte, womit natürlich gleichzeitig auch die Brandstiftung abgewendet war. Die Versicherung hatte sich nach anfänglichen Protesten gegen solche ›unnötigen Kosten‹ sehr rasch eines Besseren belehren lassen und hütete sich seither, die Vorbeugemaßnahmen zu kritisieren, die von ihren Präkogs eingeleitet wurden. Versicherer sind wie kaum jemand anderes mit Statistiken vertraut, und die Kosten, die durch einen Polizeischutz zu Buche schlugen, waren per Saldo lächerlich gering gegenüber den Kosten, die das Eintreten des Versicherungsfalles nach sich gezogen hätte. Manchmal, wie an jenem Morgen, hatte Lajos eine unspezifische Präkognition, ausgelöst durch den drohenden Ausbruch eines schweren Feuers oder das plötzliche Auftreten von Brandgefahr in Folge eines Autounfalls. Es gab Tage, an denen nichts sein Talent aktivierte. Und Tage, und der heutige war einer von denen, da alles nach Qualm zu riechen oder von geisterhaften Flammen umzüngelt zu sein schien. Er mußte fast ein Dutzend solcher vager Eindrücke mit Hilfe seines kleinen Büro-Gänseeis auf ihre Validität hin überprüfen. Zum Glück entpuppten sie sich allesamt als Blindgänger. Er hatte gelernt, mit dem Gänseei die validen von den falschen Präkognitionen zu unterscheiden – eine der Grundvoraussetzungen für die Erteilung der Lizenz durch das Zentrum.

Er beendete die Durchsicht der Versicherungsverträge und versah diejenigen mit einem Vermerk, bei denen ihn Empfindungen beschlichen, die ihm sagten, daß eine abermalige Überprüfung angebracht war. Auf dem Nachhauseweg spürte er plötzlich eine geistige Leichtigkeit, eine fast überschwengliche Heiterkeit für die er in Anbetracht des anstrengenden Tages, der hinter ihm lag, so gar keine rechte Erklärung fand. Er versuchte gar nicht erst, dieses Gefühl zu analysieren; er war viel zu froh, es zu haben, als daß er den Wunsch verspürt hätte, seiner Ursache auf den Grund zu gehen. Jedoch, als er die Tür zu seiner Wohnung aufmachte, kam Ruth ihm buchstäblich in die Arme geflogen.

»Unser Antrag ist genehmigt!« jauchzte sie und drückte ihn überglücklich an sich. »Direktor op Owen hat es mir persönlich erst vor ein paar Minuten am Telefon gesagt. Du hättest eigentlich zu Hause sein sollen, als er anrief.«

»Was beweist, daß op Owen kein Präkog ist«, erwiderte Lajos grinsend und streichelte ihr zärtlich über den Rücken. Dann vergrub er die Lippen in der sanften Krümmung ihres Nackens. »Das ist eine Schmerzpille für heute morgen«, sagte er leise.

»Wieso für heute morgen? Wie meinst du das?« fragte sie überrascht. Sie löste sich aus seiner Umarmung und musterte besorgt sein Gesicht.

»Oh, es ist schon alles in Ordnung, Süße, aber er wußte, daß ich alle Details hören würde. Reynarder wurde in dem Augenblick gewarnt, als mein Vorfall das Schiff identifizierte, aber sie lehnten es ab, ein allgemeines Startverbot für alle Schiffe mit der Ziffernkombination zu verhängen. Reynarder ist eine der federführenden Firmen der Transport-Lobby, und die unterstützen Zeusman, wie du weißt. Die können einfach nicht zugeben, daß Psi-Vorfälle, gestützt auf Computerberechnungen, validiert durch das Zentrum, KEIN abergläubischer Nonsens sind. Aber eine Menge Leute ziehen heutzutage, ehe sie in ein Schiff oder Flugzeug steigen, erst einmal einen lizensierten Präkog zu Rate.«

»Dann sage ich, daß Firmen wie Reynarder es eben nicht besser verdient haben!«

»Hey, wir können es uns leisten, nicht kleinlich zu sein. Und übrigens, ich möchte jetzt viel lieber über uns sprechen: über unser Kind. Was sollen wir zuerst kriegen? Einen Jungen oder ein Mädchen?«

Ruth wurde plötzlich steif in seinen Armen und schaute ihm mit ernstem Blick in die Augen.

»Ist das so wichtig? Muß das unbedingt vorher feststehen?« fragte sie leise, und noch während die Worte aus ihr herausplatzten, wurde ihr bewußt, wie vorwurfsvoll ihre Stimme klang. »Entschuldige, ich habe es nicht so gemeint. Es ist nur so ... wenn man es schon vorher weiß, dann nimmt es einem irgendwie das ganze Geheimnis, das in der Mutterschaft liegt.«

»Ruthie!« Lajos' sanfte, neckende Stimme ließ ihr ein wohliges Kribbeln über den Rücken laufen. »Du bist ja richtig romantisch. Aber okay, lassen wir die Natur ganz einfach ihren Lauf nehmen.«

»Aber können wir vorher noch essen?«

Lajos warf den Kopf zurück und lachte jungenhaft über ihre Koketterie. Dann nahm er sie in den Arm und drückte sie, bis er ihre Rippen knacken und das Abendessen auf dem Herd brutzeln hörte.

Es war eine magische Nacht. Ruth reagierte auf sein Eindringen mit einer Leidenschaft, wie er sie nie zuvor bei ihr empfunden hatte: eine Hingabe, ein Sich-Ausliefern, das ihm den Atem raubte und ihn fast ein wenig mit Ehrfurcht erfüllte. Es war, als ob sie, befreit vom Hemmschuh der Verhütung, es zum ersten Mal ganz und wirklich zuließ, daß er bis in die tiefsten Tiefen ihres Seins vordrang.

Wenn die Schönheit und Vollkommenheit ihres Liebesaktes irgend etwas mit dem Endprodukt zu tun hatten, dann mußte ihr Kind einfach vollkommen werden, dachte Lajos, als sie schließlich eng ineinander umschlungen einschliefen. Es gab keine Garantie dafür, daß in dieser Nacht tatsächlich eine Empfängnis stattfand. Lajos ertappte sich sogar bei der ein wenig eigennützigen Hoffnung, daß, wenn dies nicht der Fall war, Ruth sich ihm bei ihren Liebesakten auch in Zukunft so leidenschaftlich und inbrünstig hingeben würde, wenigstens solange, bis sie schwanger war.

Diese Spekulationen erwiesen sich indes als gegenstandslos, denn schon kurze Zeit später stellte sich heraus, daß es in jener Liebesnacht tatsächlich schon ›geklappt‹ hatte. Ruth erblühte zu einer strahlenden Schönheit, die alles um sie herum in Harmonieschwingungen versetzte. Jerry Frames, der Arzt des Zentrums, ein Heil-Talent, ließ op Owen in einem privaten Gespräch wissen, daß es ein Mädchen werden würde und daß in Anbetracht von Ruths hervorragender gesundheitlicher Verfassung keine Probleme zu erwarten seien.

Das Mädchen wog bei der Geburt etwas mehr als sieben Pfund und wurde von den Krankenschwestern im Hospital des Zentrums sogleich auf den Namen ›Kleine Prinzessin‹ getauft. Seine Eltern gaben ihm den Namen

Dorotea und waren vom ersten Augenblick an völlig vernarrt in das kleine rosig-goldene Wesen, so sehr, daß sie die neugierigen Blicke und geflüsterten Kommentare der Schwestern überhaupt nicht wahrnahmen. Bis Ruth in ihrer natürlichen Sensibilität für alles, was ihr Kind betraf, die verstohlenen Blicke zu bemerken begann.

»Du verheimlichst mir irgendwas«, sagte sie vorwurfsvoll zu Jerry Frames. »Irgendwas ist mit Dorotea nicht in Ordnung, stimmt's?«

»Ihr fehlt nicht das geringste, Ruth«, entgegnete Jerry fast ein wenig heftig und hielt ihr die Tafel mit den medizinischen Daten des Babys hin. »Du verstehst genug von Pädiatrie, um die Daten verstehen zu können. Also, lies selbst.«

Ruth überflog die Blätter kurz, ehe sie sie dann Wort für Wort und Schaubild für Schaubild noch einmal eingehend studierte. Sie überprüfte die Laborergebnisse sämtlicher Körperfunktionen, die Gehirn- und Herzwerte, ja sogar die Nahrungsaufnahme- und Ausscheidungsmengen. Sie konnte beim besten Willen nichts Unnormales feststellen. Auch die Chromosomen waren völlig normal. Erleichtert reichte sie Jerry das Klemmbrett zurück und widmete sich zufrieden wieder dem Stillen ihrer Tochter.

Frames sagte später, in dem Augenblick, als er ihr die Tafel gereicht hätte, wäre er um ein Haar in Panik geraten, weil er sich nicht mehr genau hätte erinnern können, wieviel Ausbildung in Genetik Ruth gehabt hatte, beziehungsweise, wieviel sie davon behalten haben mochte. Op Owen versicherte ihm, sein instinktiver Impuls, ihr die Tafel zur Einsicht zu geben, sei unter den Umständen und in dem Moment das einzig Richtige gewesen.

»Es ist ein außerordentlich glücklicher Umstand«, fügte der Direktor mit nachdenklicher Miene hinzu,

»daß sie bereits unter der Obhut des Zentrums sind, Jerry. Das Kind muß so gut wie nur eben möglich geschützt und abgeschirmt werden. Ich will, daß alle notwendigen Geräte in seinem Zimmer aufgestellt werden, und ich möchte Tag und Nacht über jedwede Veränderungen in seinem Muster auf dem laufenden gehalten werden. Wenn das stimmt, was wir vermuten, dürfte es sich in den ersten sechs Lebensmonaten manifestieren. Kannst du dir ausmalen, was für einen Sprung nach vorn wir machen, wenn es uns gelingt, ein Kleinkindprogramm zu formulieren, mit einem so hervorragenden Exemplar?«

»Ein reiner Fall von Vorwegnahme dessen, was auf natürliche Weise ohnehin kommt.«

»Wir müssen die Entwicklung des Kindes vor jeglichen störenden Einflüssen von außen abschirmen.«

»Trotzdem sehe ich noch immer nicht ein, warum wir es den Eltern verheimlicht haben. Hast du deine hehre Maxime, alles was du weißt, auch zu sagen, nun doch aufgegeben?«

Op Owen hielt dem zynischen Blick des Arztes stand. »Ich bin kein Präkog, aber ich spüre einen starken inneren Widerstand dagegen, Lajos in Kenntnis zu setzen.«

»Warum? Er würde vor Stolz aus den Nähten platzen bei dem Gedanken, daß er ein solch talentiertes Kind gezeugt hat.«

»Haben wir nicht die Seiten gewechselt, Jerry?«

»Es ist eine Sache, Informationen vor der Öffentlichkeit zurückzuhalten, aber es ist eine andere Sache, sie vor einem von unseren eigenen Leuten zurückzuhalten.«

»Wir wissen nicht mit absoluter Sicherheit, ob Dorotea Horvath...«

»Ach, hör doch damit auf, Dave! Cecily King ist eine starke TP, und sie hat *gehört*, wie das Kind gegen seine

Geburt protestiert hat. Oh, ich weiß wohl, daß manche von ihnen manchmal im Mutterleib aufschreien, aber das, was Cecily gehört hat, war kein physischer Schrei, sonst hätten ihn die anderen im Kreißsaal ja auch gehört. Ist dein Hindernis Ruth Horvath?«

Op Owen nickte langsam.

»Okay, das ergibt schon ein bißchen mehr Sinn, obwohl ich annehme, daß Ruth sich riesig freuen würde, wenn sie vom Talent ihres Kindes erführe, schon allein deshalb, weil ihr eigenes nie genau identifiziert werden konnte. Es sei denn, du bezeichnest die Vererbung starker genetischer Merkmale als Talent.«

Op Owen schüttelte den Kopf, die Lippen nachdenklich geschürzt. »Sie hat sich das Kind von ganzem Herzen gewünscht. Eben so, wie eine Frau sich ein Kind wünscht, nicht so, wie eine psi-begabte Person die Weitervererbung ihres Talents sicherstellen will.« Er sprach langsam; bedächtig kamen die Worte aus seinem Mund, so als prüfe er jedes einzelne ganz sorgfältig, bevor er es zum Aussprechen freigab. »Lajos sagt, obwohl Ruth ihm eine große Hilfe und sehr verständnisvoll sei, würden seine Vorfälle sie manchmal mehr beunruhigen, als sie zugäbe. Lassen wir die Dinge erst einmal ihren Lauf nehmen. Wir werden die beiden gut im Auge behalten.«

»Was sie nicht wissen, macht ihnen auch keine Kopfschmerzen – nach *dem* Motto, he?« sagte Frames seufzend. »Ich wünschte mir, du würdest diese Einstellung auch auf andere Bereiche ausdehnen, Dave.«

Op Owen schaute dem Arzt lange und tief in die Augen. »Ich kann im kleinen, privaten Bereich ein bißchen was drehen, zum Wohl derer, die unter meiner Obhut sind, aber im großen Bereich, den ich nicht überschauen oder kontrollieren kann, geht das nicht so einfach.«

»Okay, Dave, aber ich meine, und Joel Andres meint das auch, daß private Reaktionen eine gute Basis für das Voraussagen von öffentlichen Reaktionen sind. Es widerstrebt dir, Ruth Horvath, einer Frau, die darauf konditioniert und trainiert ist, die Existenz von Psi-Talent als etwas Selbstverständliches, Alltägliches zu sehen, zu beichten, daß ihr Kind ein außerordentlich starkes TP-Talent zeigt. Andererseits aber scheust du nicht davor zurück, Informationen, die selbst mir – und ich bin ein Talent – angst machen, in eine Öffentlichkeit hinauszuposaunen, die in keinster Weise darauf vorbereitet ist auch nur Bruchstücke dieses Wissens zu akzeptieren. Ich finde, das läßt sich nicht miteinander vereinbaren.«

»Die ethische Position der Talente darf niemals in Frage gestellt sein.«

»Dave« – in Jerry Frames' Stimme schwang ein fast beschwörender Ton mit –, »du bist unfähig, unethisch zu sein. Wissen zurückzuhalten, das schädlich ist für die breite Öffentlichkeit, ist nicht unethisch, sondern ganz schlicht und einfach gesunder Menschenverstand. Den du ja in Ruth Horvaths Fall auch vernünftigerweise an den Tag legst. Wie oft ich schon überlegt habe, ob ich einem Patienten die Wahrheit sagen soll, und wie selten ich es dann doch getan habe. Nur ganz wenige Leute können die ganze, reine, ungeschminkte Wahrheit vertragen.«

»Ich hänge dazwischen; ich weiß nicht, ob ich es ihnen sagen soll oder nicht«, sagte op Owen resigniert.

»Was soll das heißen?«

»Entschuldige, Jerry, du hattest recht. Ich habe mich geirrt. Aber es stimmt – meine Haltung gegenüber Ruth Horvath *ist* eine merkwürdige Abweichung von meiner Maxime, geradeheraus und offen zu sein. Trotzdem weiß ich, daß es gute Gründe gibt, in diesem Fall ein bißchen unaufrichtig zu sein.«

»Das heißt, du schwenkst wieder auf deine Immer-offen-und-ehrlich-Routine ein?«

»Ja, ich schwenke wieder ein, wie du es ausdrückst.«

»Trotzdem« – Jerry zog die Stirn ein wenig kraus –, »es ist nicht so, als würden sie es nicht noch früh genug selbst herauskriegen.« Er meinte die Horvaths.

»Sie brauchen Zeit, um sich an den Gedanken zu gewöhnen.«

»Woher in aller Welt hat sie nur diese blauen Augen?« fragte Lajos, während er verzückt die Versuche seiner drei Monate alten Tochter beobachtete, nach ihren kleinen Zehen zu grapschen. Fröhlich vor sich hin glucksend, plumpste sie dabei auf die Seite.

»Dafür gibt's doch eine ganz einfache Erklärung«, erwiderte Ruth und lächelte, als sie in die Augen ihrer Tochter schaute und das strahlende Blau sah. »Ich habe graue Augen und du braune, aber wir haben beide Vorfahren mit blauen Augen – vier Generationen zurück.«

»Ich habe ja schon immer gesagt, du bist rezessiv, Honey.«

»Hm. Das stört mich nicht im geringsten, solange dabei eine blonde blauäugige Tochter mit Grübchen rauskommt. Und genau so eine habe ich gekriegt, nicht Liebchen? Du bist ganz allein mein kleines Schätzchen, nicht?«

»Bis auf die dreiundzwanzig Chromosomen von mir.«

Dorotea wandte das Köpfchen über die Schulter und prustete ihrer Mutter ins Gesicht.

»Liebe auf den ersten Biß«, murmelte Lajos in einem Ton gespielter Beleidigtheit. »Ich sehe schon, hier läuft eine Verschwörung der Weiber gegen den einzigen, armen, hilflosen Mann.«

Dorotea gluckste ihn fröhlich an, mit großen, strahlenden, glücklichen Augen.

»Du hattest es noch nie so gut«, sagte Ruth.

Und Lajos mußte insgeheim zugeben, daß das stimmte. Ruth war so bezaubert von ihrer Tochter, daß sich ihr Hochgefühl in allem, was sie tat, niederschlug.

Noch nie war die Atmosphäre in ihrer Wohnung so anheimelnd und wohlig gewesen wie jetzt. Er selbst fühlte sich gelassen und entspannt wie nie zuvor, und obwohl sich in jüngster Zeit seine Psi-Vorfälle häuften, litt er weit weniger unter den Depressionen und Erschöpfungszuständen, die unweigerlich mit ihnen einhergingen.

An dem Tag, an dem Doroteas Talent erblühte, sichtete Daffyd op Owen gerade die Materialien, die er teils offen, teils versteckt, aus der Wohnung der Horvaths hatte aufzeichnen lassen. So hatte er von Lester Welch, seinem Elektronikchef, ein Elektrodennetz in Ruths Matratze installieren lassen, für den Fall, daß das Baby instinktiv zuerst mit seiner Mutter telepathischen Kontakt aufnehmen sollte. Lester hatte ihn auf die leichte Abweichung in Ruths Diagramm hingewiesen. Sie war so geringfügig, daß man auf den ersten Blick hätte glauben können, es handle sich um eine Unreinheit im Millimeterpapier, an dem die Nadel des Schreibers sich beim Hinübergleiten für einen Moment festgehakt hätte. Auf dem Diagramm des Babys war eine derartige Abweichung nicht festzustellen. Welch hatte zunächst beschlossen, dieser Abweichung keine weitere Bedeutung zuzumessen. Doch als er die Diagramme mit denen von Lajos verglichen hatte, hatte er festgestellt, daß die winzigen Schwankungen in Ruths Diagramm jedesmal exakt in dem Moment auftauchten, in dem Lajos' Vorfälle begannen.

»Sie könnte durchaus ein latenter ›Empfänger‹ sein«, interpretierte op Owen diese Übereinstimmung gegenüber Welch. »Und ihr Talent beginnt sich erst jetzt langsam zu entwickeln, ausgelöst und begünstigt durch die ständige Nähe zu ihrem Mann und die Geburt des Kindes. Eine andere Erklärung habe ich dafür nicht.«

»Das wäre schön, Dave. Ruth ist eine feine kleine Person: heiter, intelligent und vernarrt in ihren Mann und in ihr Kind. Genau die Sorte von ausgeglichener, verständnisvoller Mutter, die wir ...«

Lester hielt mitten im Satz inne und starrte verdutzt auf seinen Chef. Op Owen war wie von der Tarantel gestochen aufgesprungen und rannte den Flur hinunter zum Aufnahmeraum. Lester Welch war kein Psi-Talent, obwohl sein Einfallsreichtum und seine Improvisationskünste auf dem Gebiet der Elektronik oft ans schier Geniale grenzten, aber man brauchte kein Telepath zu sein, um zu wissen, daß op Owen nicht ohne guten Grund so reagierte. Als Welch die Tür des Aufnahmeraums erreichte, sah er, daß Charlie Moorfield, der diensthabende Ingenieur, mit dem Oberkörper über der Konsole lag, offenbar bewußtlos, aber op Owens Interesse galt nicht ihm, sondern einem speziellen Diagramm.

»Guck dir mal Doroteas Diagramm genau an«, sagte op Owen mit einem Grinsen, das so breit war, daß es ihm fast den Kiefer ausrenkte. Bevor Welch etwas antworten konnte, war er schon wieder zur Tür hinausgestürzt.

Sein gesunder Menschenverstand sagte op Owen, daß, trotz der Dringlichkeit des Rufes, eigentlich keine Gefahr für das Baby bestehen konnte. Trotzdem konnte er den Ruf nicht ignorieren. Während er die Treppe hinunterstürmte, überlegte er, was passiert sein mochte. Plötzlich fiel ihm auf, daß er nicht der einzige war, der den Ruf vernommen hatte: Aus allen Teilen des Gebäudes kamen die Leute angerannt. Und jeder lief in dieselbe Richtung. Plötzlich brach der Ruf ab, genauso abrupt, wie er angefangen hatte. Die Leute verlangsamten ihren Schritt, blieben stehen, schauten sich ratlos grinsend an.

»Was war das?« – »Wer hat da gerufen?« – »Was ist passiert?«

»Alles in Ordnung«, beruhigte op Owen sie. »Eine

neue Technik, deren Abschirmung wir noch nicht richtig im Griff haben«, erzählte er den Telepathen. Und grinste über sein schauspielerisches Talent, als er seinen Weg zur Wohnung der Horvaths fortsetzte.

Im Flur vor ihrer Wohnung hatte sich bereits eine Menge versammelt. Op Owen bahnte sich, höflich Entschuldigungen murmelnd, einen Weg durch die aufgeschreckten Mitbewohner des Hauses. Ruth stand vor der Tür und hielt das Baby hoch, so daß es jeder sehen konnte, daß ihm nichts passiert war. Mit noch immer tränennassem Gesicht kicherte und gluckste es fröhlich die lächelnden Gesichter um es herum an. Op Owens Erscheinen war das Signal zum allgemeinen Aufbruch, und kurz darauf war er allein mit Ruth und dem Baby.

»Es ist mir wirklich fürchterlich peinlich, Sir«, sagte Ruth, während sie, ihr Baby zärtlich an die Brust gedrückt, nervös in ihrem Wohnzimmer auf und ab ging. »Ich bin eingeschlafen, während das Tonband vor sich hin plärrte, und ich habe nicht mitgekriegt, daß Dorotea aufgewacht ist... Ich habe so was noch nie gemacht, und wir haben sie nie lange schreien lassen...«

»Aber Ruth, keiner denkt auch nur im entferntesten daran, daß Sie Dorotea schlecht behandeln.« Op Owen lächelte, als das Baby mit ihm zu flirten anfing. »Davon abgesehen ist eine kleine Frustration sehr nützlich. Sie hat mit Sicherheit geholfen, ihr Talent zu identifizieren.«

»Oooooooooooh!« Ruth ließ sich auf das Sofa plumpsen. Mit weit aufgerissenen Augen starrte sie op Owen an, als ihr die Tragweite dessen, was er soeben gesagt hatte, bewußt wurde. Sie selbst war so sehr damit beschäftigt gewesen, Dorotea zu beruhigen, daß sie gar nicht auf eine solche Idee gekommen war.

»Sie hat ein *sehr* lautes Signal ausgesendet. Ich wäre absolut nicht überrascht, wenn jedes Talent in der Stadt es aufgefangen hat.«

Er hatte kaum zu Ende geredet, als Lajos zur Tür hereingestürzt kam.

»Was ist passiert? Wie ist sie verletzt worden? Mein Kopf ist fast am Zerspringen!« Lajos schnappte Dorotea vom Schoß ihrer Mutter weg, um sie in Augenschein zu nehmen. Sie begann zu wimmern; offensichtlich spürte sie seine Angst.

»Nur ihre Gefühle sind verletzt worden«, erwiderte Ruth, plötzlich ganz ruhig. Op Owen registrierte das mit Genugtuung: Sie unterdrückte ihre eigene Aufregung, um die anderen zu beruhigen. »Ich war eingeschlafen, während das Tonband dudelte, und habe einfach nicht gehört, wie sie hungrig und mit nasser Windel aufwachte.« Sie nahm ihre Tochter wieder auf den Schoß und wiegte sie, bis sie wieder zu strahlen begann. »Sie hat geweint, weil sie sich vernachlässigt und allein fühlte, nicht, mein kleiner süßer Schatz?«

»Mein Gott!« Lajos sank auf die Couch und wischte sich den Schweiß von der Stirn. »Ich habe so etwas noch nie gehört Sir«, sagte er, zu op Owen gewandt. »Hören Sie, das kann doch nicht... ich meine, kann so etwas jedesmal passieren, wenn meine Tochter Angst kriegt?«

»Oh, ich bin sicher, daß sie wahrscheinlich noch oft protestieren wird, wenn sie sich schlecht behandelt fühlt, Lajos. Babys müssen einige Frustrationen ertragen, das brauchen sie für ihre Entwicklung. Wir geben euch einfach eine Wohnung mit Schutzwänden, dann werden die andern nicht von dieser süßen lauten jungen Stimme gestört.«

»Sie sind überhaupt nicht überrascht über Dorotea«, sagte Ruth und schaute op Owen mit mißtrauischen großen Augen an. »Deshalb also waren im Kreißsaal alle so aufgeregt wegen ihr.«

»Nun, ja«, stimmte der Direktor ihr zu. »Die TP-Schwester hat sie bei der Geburt gehört.«

»Aber ich dachte, Psi-Talent zeigt sich gewöhnlich erst im Jugendalter...«

»Bewußtes Psi-Talent«, korrigierte op Owen sie.

Ruth schaute hinunter auf das zufrieden glucksende Baby in ihrem Arm. Ein Ausdruck von Bedrücktheit trat in ihr hübsches Gesicht. »Aber ich will, daß Dorotea eine normale, glückliche Kindheit hat!«

»Und Sie meinen jetzt, die wird sie nicht haben, weil sie Psi-Talent besitzt? Ist es das, meine Liebe?« Op Owen wurde in diesem Moment schmerzlich bewußt, daß sein Instinkt Ruth nicht sofort von dem Talent ihres Kindes zu erzählen, nur allzu begründet gewesen war. »Bis auf diese Fähigkeit, und das könnte genausogut, sagen wir, zeichnerisches Talent sein, *ist* sie ein normales, gesundes Kind, das sich nicht im geringsten der Tatsache bewußt ist, daß es über eine bemerkenswerte Gabe verfügt...«

»Aber ich weiß, daß Sie sie testen werden wollen, und all dieses Zeug, mit Stimuli und...« Ruths Kummer war so akut, daß ihre Stimme ihr den Dienst versagte.

»Ruth!« Lajos beugte sich über sie, um sie zu trösten, überrascht von ihrer Reaktion. Sie preßte ihre Tochter fest an sich.

»Meine liebe Ruth!« sagte op Owen sanft. »Testen und Stimuli sind für Leute, die zu uns kommen, nachdem sie lange Zeit ihr Talent verleugnet und unterdrückt haben. Bei Dorotea liegt der Fall aber doch ganz anders. Wir wissen bereits, daß sie ein starker Telepath ist. Und ›getestet‹, wie Sie es nennen, haben wir sie auch bereits. Und was die Stimuli angeht, das versichere ich Ihnen« – in op Owens Lachen lag nichts Gekünsteltes –, »ist *sie* diejenige, die welche produziert... für uns.«

Lajos lachte und strich sich das Haar aus der Stirn. Er spürte, wie Ruth sich in seinem Arm entspannte. Ein Lächeln huschte über ihre Lippen.

»Dorotea wird eine außergewöhnliche Gelegenheit haben, meine Liebe«, fuhr op Owen fort. »Eine, die Lajos und Ihnen und mir und so vielen anderen potentiellen Talenten verwehrt war. Sie hat die Chance, mit ihrem Talent aufzuwachsen, zu lernen, es so natürlich zu gebrauchen, wie man laufen und sprechen lernt. Wir werden ihr alle helfen, es zu verstehen... so, wie wir unser eigenes Talent verstehen«, fügte er mit schiefem Lächeln hinzu. »Wenn man es genau betrachtet, Ruth, sind wir so ziemlich in der gleichen Lage wie Ihre Tochter. Wir alle sind noch dabei zu lernen, auf eine für die Öffentlichkeit akzeptable Weise mit dieser neuen Facette der menschlichen Evolution umzugehen. In gewisser Weise stecken auch wir noch in unseren Kinderschuhen.

Man könnte die Analogie, wenn man will, sogar noch auf den Andres-Gesetzentwurf ausdehnen, der, wie wir alle hoffen, uns Talenten endlich gesetzlichen Schutz und einen gesetzlich verankerten beruflichen Status bescheren wird. Wir müssen gewissermaßen der Öffentlichkeit, unseren ›Eltern‹, wenn man so will, beweisen, daß wir keine ›schlechten‹, ›bösen‹ oder ›launischen‹ Kinder sind. Dorotea hat dazu schon einen Teil beigetragen. Dorotea braucht Liebe und Bestätigung, Disziplin und Verständnis. Und all das, Ruth, werden Sie ihr geben, mit Ihrer Wärme und Liebenswürdigkeit. Ich wünsche mir, vielleicht mehr als Sie selbst, daß sie eine normale, glückliche Kindheit verlebt, damit sie später ein normaler, glücklicher Erwachsener wird.«

Er stand auf und lächelte, angesteckt von dem fröhlichen Gesicht des Babys.

»Sehen Sie, sie weiß schon, wie zufrieden wir jetzt mit ihr sind, der kleine Fratz.«

Bevor op Owen wegging, versicherte er ihnen noch einmal, daß sie innerhalb einer Woche eine neue Wohnung bekommen würden. Ruth war so still und nachdenklich, daß Lajos den Rest des Tages zu Hause blieb. Auf ihn wirkte op Owens Eröffnung, daß Dorotea Telepath war, genauso schockierend wie offenbar auf Ruth. Doch schon am darauffolgenden Morgen war er ganz von Vaterstolz erfüllt, und an den folgenden Tagen ertappte er sich immer häufiger dabei, daß er von nichts anderem als Doroteas Talent schwatzte. Als sie schließlich in die größere, abgeschirmte Wohnung zogen, hatte er sich schon an den Gedanken gewöhnt, und da Dorotea keine neuen Rufe mehr aussendete, gelang es ihm schließlich, nicht mehr daran zu denken. Bis er die allmähliche Veränderung bemerkte, die in Ruth vor sich ging. Anfangs war es nicht mehr als ein plötzliches Stirnrunzeln, das ebenso rasch wieder verschwand, oder ein nervöser Blick zum Kinderzimmer, wenn sie länger als normal schlief. Doch dann ertappte er Ruth eines Tages, wie sie das Kind mit jenem wachsamen Gesichtsausdruck anschaute, den er einmal als den ›Freak-Blick‹ bezeichnet hatte, den neugierigen, mißtrauischen, sensationslüsternen Blick, mit dem Untalentierte ihn gelegentlich anschauten, wenn sie erfuhren, daß er einer vom Zentrum war.

»Du mußt damit aufhören, Honey«, platzte er heraus. »Du mußt immer wieder fest daran denken... ganz fest... daß Dorotea nicht anders ist als andere Babys. Du impfst ihr sonst Vorurteile ein. Und das ist genau das, was wir unbedingt verhindern müssen.«

Ruth wies den Vorwurf vehement von sich, aber sie wurde so bleich um die Nase, daß Lajos sie schnell in die Arme nahm.

»Ach, Süße, sie hat sich nicht verändert, bloß weil wir erfahren haben, daß sie Talent hat. Aber sie hat nun einmal ein stark entwickeltes Wahrnehmungsvermögen, und sie kann die Gefühle, die du ihr entgegenbringst, genau spüren. Tu mir den Gefallen und unterdrück dieses ›Freak-Gefühl‹ sofort wieder. Denke positiv. Denk einfach, daß sie unser süßes kleines Baby ist, unser schönes, kluges Töchterchen. Dann wird sie von sich selbst genauso denken, und es wird nicht weiter stören, daß sie nebenbei auch eine starke TP ist. Sie wird das lediglich als einen Teil des Ganzen ansehen. Wenn sie aber Kritik und Hemmungen und Heuchelei spürt, dann werden wir Probleme bekommen. Ich mußte mich auch daran gewöhnen, Ruthie. Sag mal« – er zog ihr Kinn hoch und lächelte sie ermutigend an –, »warum bitten wir nicht op Owen, daß er uns ein bißchen dabei hilft? Sprich mal mit ihm darüber. Er kann dir eine Blockierung geben, wenn du eine brauchst.«

Allein die Vermutung, sie könne ihr Kind nicht richtig lieben und verstehen, erfüllte Ruth mit Empörung. Sie hatte ein jahrelanges Elterntraining hinter sich. Sie kannte jede Phase der frühkindlichen Entwicklung. Sie liebte Dorotea über alles, und sie würde niemals etwas tun, was das Glück ihrer Tochter gefährden konnte. Nach diesem offenen Gespräch fühlten sie sich beide wieder etwas besser, und sie beschlossen, das Problem erst einmal beiseite zu schieben.

»Ich dachte mir, du solltest dir einmal die Diagramme der Horvaths anschauen«, sagte Lester Welch zu op Owen. »In Ruth Horvaths Diagramm taucht immer wieder diese kleine Schwankung auf. Siehst du's?« Welch entrollte den Millimeterpapierstreifen und zeigte auf die kaum wahrnehmbaren Veränderungen in Ruths Diagramm. »Sieh mal, hier ... und da auch, siehst du? Da ist sie ein paar Mikrosekunden länger und breiter. Hier fängt sie an, breiter zu werden, und hier berührt sie schließlich die Linie, die bisher konstant geblieben ist. So, und wenn du jetzt ihre Zeitsequenz mit der von Lajos vergleichst ... und denk dran, wir zeichnen ihr

Muster überall in der neuen Wohnung auf, so wie wir seins vom Büro aus aufzeichnen.«

Op Owen sah die Korrelation sofort.

»Er hat seit sechs Wochen keine Präkog beendet?« Welch begnügte sich mit einem Nicken, während op Owen die Diagramme studierte.

»Wenn ich nicht denken würde, daß das unmöglich ist, würde ich sagen, Ruth hat ihn gehemmt. Aber wie?«

»Meinst du nicht eher: warum?«

»Das natürlich auch, aber ›wie‹ ist die wichtigere Frage.«

»Wenn du den Typ des Musters meinst, Dave, kann ich's dir nicht sagen. Es ist einfach zu wenig da, um es als eine bekannte Abweichung zu identifizieren.«

»Das war eigentlich nicht das, was ich meinte, aber ich hätte trotzdem gern eine Vergrößerung hiervon. Könntest du nicht ein empfindlicheres Meßgerät einbauen – oder vielleicht eine schnellere Nadel –, damit der Ausschlag länger wird?«

»Hmmmm.« Welch überlegte. »Irgendwas werd ich mir schon einfallen lassen.«

Op Owen grinste. »Eines der tröstlichsten Dinge an dir ist, daß es für dich kein ›unmöglich‹ gibt, Les. Das Wort ›Versagen‹ scheint nicht zu deinem Wortschatz zu gehören.«

Welch sah seinen Vorgesetzten überrascht an. »Versagen ist das Unvermögen, über das nachzudenken, was man nicht sofort weiß. Wie Ruth Horvaths Diagrammabweichung?« Und dann fügte er hinzu: »Oder Senator Zeusmans Strategie?«

Op Owen wischte letzteres mit einer Handbewegung weg und fuhr fort, die Diagramme der Horvaths zu betrachten. »Doroteas erster Vorfall hat ihn ganz schön mitgenommen, nicht?«

»Ja. Es schlägt sich in seinem Schlafmuster als ungewöhnliche Ruhelosigkeit nieder, besonders hier, in den ersten Nächten. Aber wie du siehst, ist er in der dritten Nacht schon wieder ruhiger.«

»Und genau von dem Datum an beginnen seine Präkogs nachzulassen.«

»Tatsächlich, du hast recht. Ich dachte, er wäre zu stabil für eine solche Abweichung.«

»Ja, dafür war er bisher ein zu beständiger Präkog. Ich denke, ich rufe ihn mal zu mir und stelle ihm ein paar Suggestivfragen. Mal sehen, wie er darauf reagiert.« Op Owen überlegte einen Moment, dann beschloß er, Lajos sofort kommen zu lassen.

»Es ist doch nicht irgendwas mit Dorotea, oder, Sir?« fragte Lajos, kaum daß er das Büro op Owens betreten hatte.

»Großer Gott, nein«, beruhigte ihn op Owen und bot ihm einen Stuhl an.

»Dann ist es, weil meine Präkogs nachgelassen haben, nicht?«

Op Owen blickte seinen jungen Kollegen einen Moment lang prüfend an und ließ dabei die peripherischen Emotionen, die Lajos erzeugte, auf sich einwirken. Man brauchte kein Talent zu sein, um zu spüren, wie nervös er war.

»Auch das ist es nicht, strenggenommen. Präkogs haben immer mal Perioden der Ruhe, für die es eine Anzahl triftiger Gründe gibt, in Ihrem Fall zum Beispiel, wenn nirgendwo ein Feuer ausbricht. Der eigentliche Grund, warum ich Sie hergebeten habe, ist, daß auf Ihren Diagrammen mehrere Vorfälle auftauchen, die, kaum, daß sie eingesetzt haben, abrupt wieder abbrechen.«

»Das stimmt. Ein paarmal im Büro hatte ich das Gefühl, als ob irgendwas mich behindern oder blockieren würde...«

»Blockieren...?«

»Ja, Sir«, fuhr Lajos langsam fort »es ist, als ob irgendwas mich am Sehen hindern würde. Wie... wie, als ob man in ein fremdes Zimmer schaut, und plötzlich kriegt man die Tür vor den Kopf geknallt.«

»Ein treffender Vergleich. Haben Sie irgendeine Vorstellung, warum... oder vielleicht, was... Sie da blokkiert.«

»Sie glauben, es ist eine psychologische Hemmung oder Verdrängung, nicht wahr?«

»Das ist mein erster Gedanke.«

Empörung und Ungläubigkeit waren Lajos spontane Reaktion.

»Warum sollte ich plötzlich meine Präkogs verdrängen wollen?«

»Weil es irgendwas ist, das Sie selbst nicht sehen *wollen*. Präkognition ist nicht das leichteste Talent, Lajos. Oft passiert es, daß ein Präkog sich selbst blockiert, weil er den psychischen Druck nicht mehr aushält.«

»Wenn Sie glauben, daß die Möglichkeit besteht, daß ich den Kassandra-Komplex kriege...« Der junge Mann war jetzt richtig wütend.

»Nein, nein. Der verläuft nach einem völlig anderen Muster.«

»Vielleicht... daß Dorotea mich blockiert.«

»Wenn diese Blockierungen nur in Ihrer Wohnung auftreten würden, müßten wir diese Möglichkeit ernsthaft in Betracht ziehen. Aber das ist unwahrscheinlich, aus einer Reihe von Gründen, primär dem, daß Doroteas Zimmer abgeschirmt ist, erstens damit sie gegen die Obertöne Ihrer Präkogs geschützt ist, und zweitens, damit wir nicht von ihren Rufen irritiert werden.«

»Ruth?« Lajos' fast im Flüsterton hervorgestoßene Frage hatte die Intensität eines Schreis. »Sie ist immerhin selbst ein Talent. Aber warum sollte sie mich blockieren wollen? Sie liebt mich. Ich weiß, daß sie mich liebt. Sie hat mir bei meinen Vorfällen immer zur Seite gestanden. Das gab ihr das Gefühl, ein Teil...« Lajos starrte op Owen an. Dann schüttelte er den Kopf, die sich aufdrängende Schlußfolgerung auf das heftigste verwerfend. »Nein! Ich sehe keinen Grund, wieso sie mich blockieren sollte. Was würde ihr das bringen?«

»Gibt es irgend etwas anderes, das sie verwirrt oder aufgeregt haben könnte? Die Blockierungen tauchen zum ersten Mal kurz nach Doroteas erstem Vorfall auf.«

Lajos schlug die Hände vors Gesicht und stöhnte auf. Doch er sammelte sich sofort wieder und erzählte op Owen von Ruths merkwürdiger Unsicherheit wegen Dorotea.

»Ja, jetzt glaube ich zu wissen, was passiert ist. Sie hat Sie zu ihrem Prügelknaben gemacht.«

»Moment Sir. Ruth ist weder kleinlich noch rachsüchtig.«

»Ich habe auch nicht einen Moment behauptet, daß sie das ist, Lajos. Versuchen wir mal gemeinsam, uns in ihre Konflikte hineinzudenken. Sie hat so viele Abstriche machen müssen. Sie hatte solche Hoffnungen, als sie mit dem Trainingsprogramm anfing. Ich erinnere mich noch so gut daran, wie lustig und lebhaft sie war. Es war nicht leicht, ihr die Illusionen nehmen zu müssen. Dann habt ihr beiden geheiratet, und sie entwickelte großes Geschick darin, Ihnen zu helfen. Doch selbst das größte Herz ist nicht gegen die Stiche des Neids gefeit. Sie freute sich auf die Ehe, weil sie darin ein Ventil und Betätigungsfeld für ihre natürliche Veranlagung sah, und zugleich erhoffte sie sich davon auch Linderung, Trost und Entschädigung für ihr Versagen. Und was passiert? Sie kriegt eine Tochter, die so außergewöhnlich ist, daß sogar der Direktor des Zentrums gesprungen kommt, wenn sie einen Pieps von sich gibt.« Lajos erwiderte matt op Owens Lächeln. »Ich glaube, den größten Kummer bereitete ihr damals der Gedanke, einen Teil der Obhut über Dorotea an das Zentrum abtreten zu müssen, Dorotea sozusagen Allgemeingut werden zu lassen. Ich glaube nicht, daß wir ihr diese Angst ganz haben nehmen können. Sie fürchtet, daß das Zentrum ihre Rolle als Erzieherin und Bezugsperson des Kindes an sich reißen will. Können Sie jetzt nachempfinden, warum sie indirekt vielleicht Sie für die Umstände bestrafen will, die ihr Glück bedrohen?«

»Ja. Ich kann das nachvollziehen.« Lajos schaute niedergeschlagen zu Boden.

»Kopf hoch, so schlimm ist es nun auch wieder nicht!« sagte op Owen aufmunternd. »Hören Sie auf, sich schuldig zu fühlen, und sehen Sie einmal das Positive an der Sache – Ruth hat es tatsächlich vermocht, Ihr starkes Talent zu blockieren.«

»Und das soll positiv sein?«

»Ja. Das eigentliche Problem ist Ruths fehlendes Talent. Doch jetzt können wir schlüssig beweisen, daß sie sehr wohl über eins verfügt. Sie hat es hervorragend demonstriert. Schwere Frustrationserlebnisse brechen oft Blockierungen auf. Und das war bei ihr der Fall.«

»Natürlich.« Lajos' Miene begann sich aufzuhellen. »Hey! Sie sagten doch, sie weiß nicht, daß sie es tut.«

»Ich habe Beweise für sie. Und ein weiterer Beweis wird sein, daß Sie wieder Präkogs haben. Ich werde mich gleich heute mit ihr darüber unterhalten und die Sache klären.« Er rief sie sofort an, als Lajos zur Tür hinaus war. An Ruth Horvaths Problem war mehr dran, als daß es nur die kleine Familie berührt hätte. *Wenn du nicht alles sagst, was du weißt, wieviel ist dann genug?* fragte sich op Owen.

»Gut, ich muß Ihnen glauben«, sagte Ruth, und ihre Abwehrhaltung schwand unter op Owens einfühlsamem Lächeln. An den Diagrammen, die er ihr vorgelegt hatte, gab es nichts zu deuteln: Die winzigen Schwankungen waren eindeutig Hinweise auf Psi-Vorfälle.

Daffyd op Owen fühlte, wie die Spannung aus ihm wich. Er hatte gewußt, daß es eine stürmische Konfrontation werden würde: einer der Gründe, warum er sie nicht auf die lange Bank geschoben hatte. Ruth war von der Eröffnung, daß sie Lajos unbewußt blockiert hatte, regelrecht schockiert gewesen. Schließlich hatte sie gestanden, daß Dorotea ihr angst machte; daß sie alle Freude an ihrer Tochter verloren hatte und sich davor fürchtete, das Kind zu sehr für sich einzunehmen.

»Ja, ich muß Ihnen glauben«, wiederholte sie, ohne sich die Mühe zu machen, ihren Groll zu unterdrükken. »Aber es ist schon ein recht armseliges Talent«, fügte sie bitter hinzu, »wenn alles, was ich damit anfangen kann, darin besteht, das Talent meines Mannes zu blockieren, und wenn ich nicht einmal weiß, daß ich es tue.«

»Im Gegenteil«, erwiderte op Owen lachend, »es ist genau das, das Sie am meisten brauchen. Sie müssen es nur richtig anwenden.«

Ruth starrte ihn erstaunt an, auf eine Erklärung wartend. »Sie haben einen strengen Moralcodex, Ruth. Sie würden sich niemals gestatten, gegen Ihre Tochter zu handeln, obwohl ihr Talent Ihnen angst gemacht hat. Aber Sie werden dieses höchst lobenswerte Prinzip fahrenlassen müssen. Bis Dorotea genügend Umsicht und Urteilsvermögen entwickelt hat, um mit ihrer Begabung richtig umgehen zu können, werden Sie sie sogar blockieren *müssen*.«

Ruth blinzelte ihn irritiert an, doch dann begann sie ganz plötzlich zu begreifen, und ihre Augen begannen zu leuchten.

»Natürlich. Na klar, jetzt verstehe ich.« Tränen der

Erleichterung quollen ihr aus den Augen. »Oh, natürlich.«

Op Owen lächelte ihr zu. »Ja, Dorotea muß lernen, daß sie nicht nach Gutdünken in jedermanns Geist herumstochern kann. Sie müssen ihr die Grenzen setzen, mit Ihrer Fähigkeit sie zu blockieren. Sie werden nicht viel Druck ausüben müssen, um sie am Senden oder Lauschen zu hindern.«

»Aber wird mir Dorotea das nicht übelnehmen? Ich meine, sie wird doch spüren, daß ich es bin, der sie blockiert, nicht wahr?«

»Alle Kinder müssen ihre Grenzen gesteckt bekommen. Sie wollen sie sogar gesteckt bekommen. Solange diese Grenzen fest und vernünftig sind, wird sich ein Kind, das sich der Zuneigung seiner Eltern so bewußt und sicher ist wie Dorotea, nicht dagegen sträuben. Und wenn sie erst soweit ist, daß sie in der Lage wäre, sich dagegen aufzulehnen – vorausgesetzt, sie würde es überhaupt wollen –, werden wir ihr genügend Urteilsvermögen und Ihren Moralkodex eingeflößt haben, so daß sich das Problem dann gar nicht mehr stellen wird. Sie, Ruth, haben alles, was Sie brauchen, um zu verhindern, daß aus Dorotea ein Quälgeist oder ein freches Balg wird.«

Ruth reagierte sofort mit Unwillen auf op Owens kalkulierte Kränkung, doch dann erkannte sie den Köder und mußte lachen. Sie verließ sein Büro mit einem Gefühl erheblicher Erleichterung, wieder ganz im Einklang mit sich selbst und ihrer Situation.

Op Owen beneidete sie um dieses Wohlgefühl. Er wußte immer noch nicht recht, wie er das, was sie getan hatte, nennen sollte. Ja, sie hatte Lajos' Präkogs während der vergangenen sechs Wochen blockiert, aber in den vier Monaten davor hatten Lajos' Fähigkeiten an Stärke und Effizienz zugenommen, trotz Ruths unbewußter psionischer Störversuche. Was bewirkte ihr Talent tatsächlich? Und würde es wirklich, wie er ihr so großspurig versichert hatte, Dorotea ›blockieren‹ können?

Nun, wenn sie glaubt, sie kann es, dann wird sie es auch. Zumindest hat sie keine Furcht mehr vor ihrem frühreifen Kind, überlegte er. Er schwenkte seinen Stuhl herum und schaute hinaus auf das friedvolle Panorama von Beechwoods. Im Hintergrund sah er die Stadt mit ihren Türmen, Wolkenkratzern und Wohnblocks.

Lag ich richtig mit meiner Analogie, daß das Psi-Talent sich noch in seiner frühkindlichen Phase befindet und daß die Öffentlichkeit sein Vater und seine Mutter ist? Die die Pflicht haben, das ungezogene Kind am Zügel zu halten? Die Talente sind disziplinierter als der Durchschnittsbürger, den wir so oft aufstöbern und tadeln, beschützen und behüten müssen. Es wäre katastrophal für die Eltern, das Kind zu fürchten. Wieviel von der ganzen Wahrheit würde sie beruhigen, so wie Ruth?

Die, die die psionischen Kräfte wirklich begreifen, brauchen keine Erklärung. Die, die eine Erklärung brauchen, werden sie niemals begreifen.

Zwei Vormittage später, mitten beim Durchsehen von Verträgen von Institutionen, die staatliche Forschungsaufträge hatten, erlebte Lajos einen seiner bisher stärksten Vorfälle. Die Flammenfurcht war so überwältigend, daß er nichts anderes tun konnte, als sich das Elektrodennetz des Gänseeis über den Kopf zu ziehen und die Taste zu drücken, die die aufgenommenen Impulse zurück ins Zentrum übertrug.

»Flammen!« stieß er keuchend hervor. Die Vision war so intensiv, daß sich alles in seinem Kopf zu drehen begann.

»Wo?«

»Eine Flammenwand, vor einem riesigen Fenster ... das auf eine Gartenanlage hinausgeht. Rhododendren.

Rote. Die Kirchturmuhr ... es ist kurz vor zwölf. Wahnsinnige Hitze! Der Konverter hat einen Riß. Er wird explodieren. Da stehen so viele Leute und gaffen. Sie gehören da nicht hin.« Geistesabwesend registrierte Lajos, daß in seiner Stimme Empörung mitschwang. »Sie haben das Feuer verursacht. Ich kenne einen von ihnen! Den da!« Lajos bemühte sich verzweifelt, ein klares Bild von dem Gesicht zu bekommen.

»Du kannst ihn nicht leiden. Wer ist es?«

»Ahhh ... die Flammen. Sie lassen alles verschwimmen.« Lajos sank erschöpft und schweißüberströmt in seinen Stuhl zurück.

»Kannst du zum Zentrum kommen? Ich lasse dich abholen«, sagte der diensthabende Ingenieur.

Als Lajos im Computerraum eintraf, arbeitete das System bereits auf Hochtouren: Es wurden die Laboratorien herausgesucht, die vormittag Besucher empfingen, und zwar solche Laboratorien, die Wärmekonverter benutzten. Die Kirchturmuhr deutete auf ein College hin, was den Kreis der in Frage kommenden Labors weiter einengte. Eine weitere Hilfe bei der Suche waren die roten Rhododendren.

Op Owen begrüßte Lajos mit einem Grinsen der Anerkennung. »Das war das stärkste Muster, das Sie jemals projiziert haben. Haben Sie irgendeine Vorstellung, warum gerade der Vorfall eine so starke Wirkung auf Sie hatte?«

»Nein, Sir, mir fällt nichts ein«, antwortete Lajos und nahm auf dem Stuhl Platz, den op Owen ihm anbot. Er stand noch immer ganz unter dem Eindruck des Erlebnisses. »Der Mann, den Sie erkannten: Es handelte sich um jemanden, den Sie offenbar nicht mögen. Haben Sie den Eindruck, daß Sie ihm schon einmal persönlich begegnet sind?«

»Nein. Ich habe sein Gesicht wiedererkannt, das ist alles. Dann kamen die Flammen und verdeckten alles.«

»Wir haben nicht mehr viel Zeit«, sagte op Owen und warf einen kurzen Blick auf die Wanduhr. Sie zeigte 10.45 Uhr an. »Ihre Präkog kam um zehn nach zehn. Unglücklicherweise scheint fast jedes Laboratorium im Land um diese Zeit Besucher zu empfangen. Ich möchte Ihnen Ihre Antwort noch einmal vorspielen, Lajos. Zwei Dinge fielen mir dabei auf, und wenn Sie die exakter bestimmen können, wissen wir vielleicht wenigstens schon einmal, *wo* das Unglück passieren wird.«

»Okay.« Lajos sah im Geiste noch einmal die Flammen auflodern, sah die Kirchturmuhr, die Rhododendronbüsche, das Gesicht, das von den Flammen eingehüllt wurde, und wieder versuchte er, durch die Flammenwand hindurchzuschauen.

»Und eines Tages müßt ihr mal rauskriegen, wieso ich eine Affinität ausgerechnet für Feuer habe.«

»Das hält die Versicherungsprämien niedrig, Horvath«, sagte Welch trocken, während er das Band zurückspulte.

Lajos lauschte so objektiv wie möglich der Bandaufzeichnung seiner Warnung, und er erschrak, als er hörte, wie seltsam hölzern seine Stimme klang, als er die Flammen erwähnte.

»Ich hab's, Sir!« stieß er aufgeregt hervor. »Der Konverter, das Labor, der Kirchturm. Die Gewißheit, daß die Leute nicht dorthin gehören. Wo immer es auch ist, es ist mir irgendwie bekannt.«

»Charlie«, rief Welch über die Schulter dem Programmierer zu, »geben Sie sofort Horvath's Stammkarte in den Computer!«

Sekunden später kam der Print-Out.

»Sir, es ist die North East University. Rhododendronbüsche, Kirchturmuhr, Forschungslabor, das einen Wärmekonverter benutzt.«

»Irgendwelche Besucher für heute erwartet?«

»Darüber liegen keine Angaben vor, Sir, aber man arbeitet an einem von der Regierung unterstützten Forschungsprojekt über Neo-Protein und Subzellulartechnik.«

»Rufen Sie den Rektor an!« befahl Welch auf ein Nicken von op Owen hin.

»Aber beschränken Sie sich auf die Frage, ob sie heute Besucher erwarten«, fügte op Owen hinzu. »Da war noch was anderes, was ich zuerst abchecken möchte.«

»Entschuldigen Sie, Sir!« rief Charles, als op Owen gerade im Begriff war, den Hörer seines Sprechgeräts abzunehmen. »Sie erwarten mehrere Besuchergruppen im Laufe dieses Tages. Dr. Rizor möchte selbst mit Ihnen sprechen.«

»Wenn Ihr Büro mich anruft, dann werde ich sofort hellhörig, Daffyd op Owen. Raus mit der Sprache, was ist los?«

»Henry, wir sind keine Bangemacher...«

»Eben. Also, was ist los?«

»Wir hatten einen Vorfall, der sich auf die North East University zu beziehen scheint. Mehrere Details stimmen jedoch nicht überein. Wir sind nicht unfehlbar, wie Sie wissen.«

Rizor gab ein abfälliges Schnauben von sich. »Was war der Inhalt der Präkog?«

»Sie konzentrierte sich auf den Wärmekonverter im Laborgebäude gegenüber dem Kirchturm.«

»Und? Mein Gott, Dave, lassen Sie sich doch nicht jeden Wurm einzeln aus der Nase ziehen!«

»Es könnte sein, daß der Wärmekonverter einen Defekt hat. Die Präkog besagte, daß er kurz vor Mittag, ausgelöst durch ein Laborfeuer, explodieren wird, während sich Besucher auf dem Gelände aufhalten.«

»Der Konverter, sagen Sie? Das hätte mir gerade

noch gefehlt, Dave. Gerade jetzt, da wir kurz vor dem Durchbruch bei unserem Neo-Protein-Projekt stehen. Die derzeitigen Testergebnisse sind vielversprechend. Aber Besucher werden dort heute nicht erwartet.«

»Dann hat eine Variable die Präkog bereits verändert.«

»Das ist mir zu oberflächlich, Dave. Wieso sollte ein Laborfeuer Ihren Präkog überhaupt stimulieren.«

»Unser Präkog erkannte einen der Besucher wieder.«

Welch signalisierte op Owen durch aufgeregtes Winken, daß er ihm etwas Dringendes mitzuteilen hatte.

»Hören Sie, Dave«, sagte Rizor, »ich gehe kein Risiko ein. Ich werde den Konverter überprüfen und das Gebäude räumen lassen. Das wird die Umstände ebenfalls verändern. Abgesehen davon will ich sowieso keine Besucher in dem Gebäude haben, bis wir das Programm durchgezogen haben. Ein Durchbruch würde uns Regierungszuschüsse für das ganze nächste Jahr garantieren. Vielen Dank, daß Sie angerufen haben, Dave. Wenn ich Ihnen wieder mal behilflich sein kann, lassen Sie mich's wissen.«

Welch stand schon fast vor dem Schlaganfall, als op Owen endlich einhängte.

»Washington wünscht dringend eine persönliche Präkog für Mansfield Zeusman!«

»Das war der Mann, den ich erkannt habe!« schrie Lajos und sprang auf.

»Rufen Sie Senator Zeusmans Büro an, Charlie«, befahl op Owen. »Aber sagen Sie nicht, von wo der Anruf kommt.«

»Dave«, sagte Les Welch, und ein seltsamer Ausdruck lag auf seinem Gesicht, »Zeusman ist der letzte, den ich warnen würde. Erstens wird er dir sowieso nicht glauben. Zweitens ist er unser Hauptgegner. Soll der verdammte Held doch draufgehen!«

»Les, du hast einen ausgeprägten Sinn für unangebrachten Humor.«

»Und einen ebenso ausgeprägten für praktische Lösungen«, fügte Welch trocken hinzu.

»Können Sie mir sagen, ob Senator Zeusman heute vormittag noch in seinem Büro erwartet wird?« Charlies Stimme hallte laut durch die gespannte Stille. »Oh, ich verstehe. Können Sie mir denn vielleicht sagen, wo er heute morgen Termine hat? Danke.« Charlies Stimme war so ausdruckslos wie seine Miene. »Er ist nicht in seinem Büro. Sein Assistent ist ein ungehobelter, aufgeblasener Idiot.«

»Wenn er nicht in seinem Büro ist«, sagte op Owen, »dann ist er auf College-Tour – er und sein Bewilligungsausschuß für Forschungsgelder. Er ist einer von den ganz Schlauen, dieser Zeusman; liebt es, unangemeldet zu kommen.«

»Er könnte demnach zur North East University unterwegs sein«, sagte Lajos.

Op Owen bat Charlie, Rizor noch einmal anzurufen.

»Sir«, meldete Charlie sich beunruhigt, »Dr. Rizor hat sein Büro verlassen.« Dann fragte er in den Hörer: »Hat er irgendeine Nachricht hinterlassen?«

Op Owen nahm den Zweithörer. »Miss Galt? Daffyd op Owen hier. Wir haben Grund zu der Vermutung, daß Senator Zeusman noch vor Mittag zu einem unangemeldeten Besuch bei Ihnen auf dem Campus erscheinen wird. Würden Sie bitte Dr. Rizor sofort Bescheid geben? Gut. Vielen Dank. Ich bin jederzeit im Zentrum zu erreichen. Ja, man könnte die Situation als kritisch bezeichnen.«

Lajos spürte, wie die Spannung ein wenig von ihm abfiel, aber ganz legte sich seine Nervosität nicht. Er lächelte op Owen unsicher an.

»Zeit-Paradoxon.«

»Wieso?«

»Dr. Rizor glaubt uns. Er ist bereits dabei, die Umstände, wie ich sie gesehen habe, zu verändern. Vielleicht haben wir uns schon überflüssig gemacht.«

Op Owens Augen blitzten auf. »Und was ist mit Zeusmans Leben und dem von soundsoviel anderen, die Sie in der Präkog gesehen haben?«

»Nein, Sir, so habe ich es nicht gemeint«, erwiderte Lajos, gekränkt von op Owens Entrüstung. »Ich meinte, das Feuer kann jetzt nicht mehr kommen, weil Rizor Zeusman daran hindern wird, das Labor zu betreten.«

»Mir wäre es immer noch lieber, den Spatzen fallen zu sehen.« Welchs trotzig hingemurmelte Worte waren im Raum nicht zu überhören.

Op Owen schwenkte sich lässig in seinem Drehstuhl hin und her, aber sein Blick blieb fest auf Welch ruhen.

»Ich verspüre nicht die geringste Versuchung, meine Herren«, sagte er mit seiner gewohnt ruhigen Stimme. »Wir sind nicht Gott. Und wir versuchen auch nicht, Gott zu vertreten. Die Kunst des in die Zukunft Vorausschauens ist dazu da, Unheil zu verhindern, nicht dazu, Wunder zu wirken. Wir sind fehlbar, und wegen dieser Fehlbarkeit sind wir verpflichtet, strikte Unparteilichkeit zu bewahren und zu versuchen, jedem zu helfen, den unser Talent berührt, *jedem*, unabhängig von seiner Person. Lajos hat recht. Wir haben schon ...«

»Sir«, unterbrach ihn Charlie höflich, aber bestimmt. »Zwei weitere Gefahr-Präkogs bezüglich Mansfield Zeusman. Eine von Delta und eine in Quebec. Sie sind beide nicht zu Zeusman durchgekommen und wenden sich deshalb an uns, mit der dringenden Bitte um Hilfe.«

Op Owen machte ein Gesicht, als würde er stumm vor sich hin fluchen. Er warf einen raschen Blick auf die Wanduhr. Ihre Zeiger rückten unerbittlich auf halb zwölf vor.

»Wir haben die Zukunft nicht genügend verändert«, sagte Lajos mit einem Stöhnen.

»Charlie, alarmieren Sie alle Rettungsteams im Nordosten«, befahl op Owen. Die Worte kamen knapp und präzise, aber seine Stimme blieb ruhig und gelassen. »Ich versuche, Rizor an die Strippe zu kriegen. Les, gib Lajos ein Beruhigungsmittel! Ah, Henry, gut, daß ich Sie erreicht habe...«

»Alles geregelt, Dave, kein Grund zur Sorge«, sagte Dr. Rizor fröhlich. »Ich lasse gerade den Konverter überprüfen, und das Gebäude darf ab sofort keiner mehr betreten. Was war das, was Miss Galt mir da vorhin erzählt hat, von wegen Senator Zeusman würde unangemeldet hier aufkreuzen?«

»Alle Anzeichen deuten darauf hin, und wir haben inzwischen neue Gefahr-Präkogs bezüglich seiner Person reinbekommen.«

»Hören Sie, Dave, wir haben hier alles im Griff«, sagte Rizor mit einer Stimme, die leicht affektiert klang. »Niemand kommt hier rein, ohne sich vorher in meinem Büro zu melden, und... O nein! *Nein!*«

Die Verbindung brach ab. Op Owen blickte von einem zum anderen.

»Das nennt man den Stall abschließen, wenn das Pferd schon abgehauen ist«, sagte Welch mit einem Seufzen. »Ich bin kein Hellseher, aber wette meinen Hut, darauf, daß Rizor soeben festgestellt hat, daß Zeusman für seine Spritztouren einen Heli-Jet benutzt.«

»Charlie, verbinden Sie mich mit einem der Rettungs-Lkws!«

»Sir, sie sind alle schon am Campus angelangt. Sie sind aber am Tor aufgehalten worden«, meldete Charlie mit ruhiger, trauriger Stimme, nachdem er einen Moment hektisch hin und her telefoniert hatte.

Welch kratzte sich am Kopf und strich sich das Haar glatt, sichtlich bemüht, nicht in op Owens ausdrucksлоses Gesicht zu schauen. Lajos fragte sich, wie der Direktor so still dasitzen konnte, doch ganz plötzlich – und er spürte, daß nicht die Beruhigungspille dafür verantwortlich war – löste sich seine innere Spannung.

»Sir«, sagte er zu op Owen, »ich glaube, es ist alles gut ausgegangen.«

Alle im Raum blickten auf die Wanduhr, deren Minutenzeiger auf die Zwölf vorrückte. Der Sekundenzeiger glitt langsam weiter, vollendete eine Umdrehung, eine zweite, und dann summte das Telefon. Alles schrak zusammen. Op Owen drückte auf Empfang und Sendung.

»Ich möchte den Direktor dieses sogenannten Zentrums sprechen«, forderte eine herrische Baßstimme.

»Op Owen am Apparat, Senator Zeusman.«

»Ich hatte nicht erwartet, *Sie* an der Strippe zu haben.«

»Sie verlangten, den Direktor zu sprechen; der bin ich.« Op Owen hatte den Bildschirm nicht eingeschaltet.

Die Gelassenheit, mit der op Owen geantwortet hatte, schien den Senator für einen kurzen Moment aus dem Konzept zu bringen. Er hatte den Bildschirm an seinem Apparat ebenfalls nicht eingeschaltet.

»Sie haben sich mit Ihrer heutigen Kaffeesatznummer selbst überlistet, op Owen. Ich hätte Sie wahrlich für klüger eingeschätzt. Sie haben doch wohl nicht im Ernst geglaubt, Sie könnten mich mit so einem dilettantisch inszenierten Spektakel dazu bringen, an diesen Psi-Quatsch zu glauben.« Die Stimme des Senators troff vor Hohn und Selbstzufriedenheit. »Ein Wärmekonverter, der explodiert, daß ich nicht lache! Wärmekonverter sind so konstruiert, daß sie nicht explodieren können. Die sicherste, sparsamste Methode, große Gebäude zu beheizen. Und eine *wissenschaftliche* Methode, muß ich noch dazusagen.«

»Hören Sie, Herr Senator«, unterbrach ihn Rizor, »wir haben tatsächlich einen Defekt im Konverter gefunden, und zwar an einem der Widerstände. Die Techniker, die ihn untersucht haben, haben mir das vorhin gemeldet.«

»Gehen Sie gefälligst aus der Leitung, wenn ich spreche, Rizor. Mit Ihnen rede ich gleich noch! Wirklich, es ist kaum zu glauben! Da beansprucht dieser Mann staatliche Gelder für ein Forschungsprogramm, und dann unterbricht er es in der entscheidenden Phase kurz vor dem Durchbruch, weil ein paar Spinner und Kaffeesatzleser anrufen und ihm was von explodierenden Konvertern vorfaseln! Ihre Universität ist ungeeignet für den weiteren Umgang mit öffentlichen Geldern, über deren Verwendung ich zu bestimmen habe, damit Ihnen das klar ist, Rizor!« Zeusman hatte sich so sehr in Rage geredet, daß seine Stimme regelrecht schnarrte.

»Ich denke nicht daran, aus der Leitung zu gehen, Zeusman. Dies ist immer noch meine Universität, die, wenn ich mich nicht irre, in einem freien Land steht, und ich bereue nicht im geringsten, daß ich auf Dr. op Owen gehört habe. An dem Konverter war erwiesenermaßen ein Defekt, und er wäre unter den vom Zentrum vorausgesehenen Umständen mit Sicherheit explodiert...«

»Verteidigen Sie nicht Owen, Rizor!« schnarrte Zeusman. »Seine unerbetene Einmischung kommt seine Verteidiger teuer zu stehen. Wie geht's denn Joel Andres so, Owen? Macht seine Amyloidose Fortschritte? Wenn Sie demnächst seinen Tod voraussagen, dann vergessen Sie dabei nicht, daran zu denken, daß das Forschungsprogramm, daß Sie hier mit Ihrem Affentheater unterbrochen haben, ihm vielleicht das Leben gerettet hätte.«

Ein lautes *Klack* ertönte, als Zeusman einhängte.

»Dave?« Rizors Stimme klang niedergeschlagen.

»Ja, ich bin noch dran«, antwortete op Owen. »Was hat er da geredet von wegen Joel Andres?«

»Ihr wißt nichts? Ich dachte, ihr habt immer ein waches Auge auf wichtige Leute ... wie Zeusman.« Er spuckte den Namen regelrecht aus.

»Uns liegen keine Meldungen bezüglich Joel vor. Präkognition ist höchst unsicher und unberechenbar, wie Sie ja gerade erlebt haben.«

»Aber der verdammte Konverter *war* kaputt!« Rizor war jetzt richtig wütend und trotzig. »Er wäre bei der nächsten Überlastung durchgegangen. Sie haben Zeusman gerettet, und Sie haben auch andere Menschenleben gerettet.«

»Und was ist denn nun mit Joel? Stimmt das mit seiner Leber?«

»Soweit ich verstanden habe, ja«, antwortete Rizor mit bedrückter Stimme. »Und unser Forschungsprogramm drehte sich um ein Neo-Protein, durch das das mangelhafte endogene Protein ersetzt werden soll, um einen normalen Stoffwechsel wiederherzustellen. Aber machen Sie sich keine Sorgen. Wir werden das Experiment fortsetzen.«

»Wie wollen Sie das bewerkstelligen, wenn Zeusman Ihnen die Gelder sperrt?«

»Es gibt auch noch andere Geldquellen, und ich beabsichtige, mir Ihre sogenannte ungebetene Einmischung zunutze zu machen. Verdammt noch mal, der Konverter wäre durchgegangen!«

Lajos war völlig erschöpft, als er in seine Wohnung zurückkam. Ruth schaute ihm kurz ins Gesicht und machte ihm einen steifen Drink. Er leerte das Glas in einem Zug und ließ sich mit einem müden Lächeln aufs Bett sinken.

»Schläft Dorotea?« fragte er hoffnungsvoll. Er war zu aufgedreht, um keine emotionale Unausgeglichenheit auszustrahlen, und zu müde, um sie zu unterdrücken.

»Sie schläft ganz fest. Mindestens noch ein paar Stunden, Darling«, antwortete Ruth, während sie begann, mit kräftigen Händen seine verspannten Rückenmuskeln zu massieren. Sie verzichtete darauf, ihn über die Geschehnisse des Vormittags auszufragen. Bald spürte sie, wie er sich unter ihren sanft massierenden Händen zu entspannen begann. Kurze Zeit später schlief er ein.

Er wachte rechtzeitig zum Abendessen auf, offenbar wieder recht gut erholt; er lachte herzhaft über Doroteas possierliche Späße und spielte mit ihr auf dem Fußboden, bis sie müde war. Erst als das Baby fest in seinem abgeschirmten Zimmer schlief, erzählte er Ruth alles, was sich ereignet hatte.

»O nein, nicht Mr. Andres!« sagte sie, als er seinen Bericht beendet hatte. Lajos hatte nicht bemerkt, daß sie bei der Erwähnung seines Namens errötet war. Ihre kurze und einzige Begegnung mit dem anziehenden Senator war ihr noch in guter Erinnerung. Er war so, so... nett zu ihr gewesen, und sie war so schrecklich verlegen gewesen...

»Wie konnte ich ahnen, daß Senator Andres von der Sache betroffen war? Ich habe doch nur noch die Flammen gesehen. Und wie konnte ich wissen, daß ich ausgerechnet Zeusman das Leben retten würde, auf Andres' Kosten?«

»Du darfst dir keine Vorwürfe machen, Darling«, redete Ruth beschwichtigend auf ihn ein, besorgt über seine Zerknirschtheit. »Du konntest es doch nicht wissen! Du hast dir nicht das geringste vorzuwerfen, hörst du? Du hast heute vielen Menschen das Leben gerettet, denk doch auch einmal *daran!*«

Lajos seufzte niedergeschlagen. »Aber warum, Ruthie... warum muß ausgerechnet Andres der Leidtragende sein? Wenn Rizor den Konverter nicht hätte abschalten lassen, hätte das Experiment erfolgreich abgeschlossen werden können. Das einzige, was sie wirklich tun mußten, war, Besucher von dem Labor fernzuhalten.«

»Das stimmt doch nicht, was du da sagst«, widersprach ihm Ruth heftig. »Du hast selbst gesagt, daß der Wärmekonverter tatsächlich defekt war. Dieser Defekt wäre ohne deine Präkog nicht bemerkt worden. Das Ding wäre also aller Wahrscheinlichkeit nach bei der nächstbesten Gelegenheit explodiert. Wer weiß, wieviel Menschen dann erst umgekommen wären?«

»Aber Andres ist derjenige, der das Neo-Protein am dringendsten braucht!«

»Bestimmt entwickeln sie dieses Neo-Protein auch noch anderswo«, versuchte Ruth Lajos zu trösten. »Du wirst sehen, wie schnell das geht. Die sind heute auf dem Gebiet der Organverpflanzung schon so weit fortgeschritten...«

»Bloß nicht bei Lebern! Dieses Neo-Protein sollte irgendeine abnorme Proteinvermehrung in der Leber korrigieren... schädliche endogene Proteine... das ist es, was Andres umbringt... das Zeugs sammelt sich in seiner Leber und Milz, bis sie immer stärker anschwellen, und die Medizin hat bisher noch keinen Weg gefunden, diese Eiweißkörper, Amyloiden heißen sie, da wieder rauszukriegen. Und wenn die Leber nicht mehr arbeitet, dann ist finito, Honey. Aus und vorbei!«

Ruth streichelte ihm zärtlich über die Stirn und verzichtete auf weitere Tröstungsversuche; sie wußte, daß er da selbst wieder rausfinden mußte. Er vergrub das Gesicht in ihrer Halsbeuge, wie ein Kind, das Schutz und Zuflucht bei der Mutter sucht, während ihre Gedanken um dieses schreckliche Paradoxon kreisten, um die tragische Verquickung der Umstände, die ihren Mann, der doch nur das Beste gewollt hatte, in solche Seelenqual stürzte.

Gott, dachte sie, schenkt dem Menschen Fähigkeiten und Talente und den freien Willen, sie zu benutzen oder brachliegen zu lassen. Warum muß dann ein Mensch, der in gutem Glauben handelt, in solche Tragik verstrickt werden?

Als schließlich in den frühen Morgenstunden der Schlaf sein Recht meldete, überlegte sie, ob sie jetzt ihr Talent dazu einsetzen sollte, Lajos vor solchen Präkogs zu bewahren. Nein, dachte sie schläfrig, ich habe kein Recht, so in sein Leben einzugreifen. Man muß immer positiv denken. Man ist seines Bruders Hüter, nicht sein Gefängniswärter!

»Ich hätte eher einen Anruf von dir erwartet, Dave«, sagte Joel Andres. Sein grinsendes Gesicht auf dem Bildschirm flimmerte ein wenig aufgrund atmosphärischer Störungen. »Und das ist keine Präkog, echt nicht«, schnatterte er weiter, ohne op Owen zu Wort kommen zu lassen. »Der gute Senator aus dem großen Staat im mittleren Westen hat mich extra angerufen, um mir zu sagen, daß ich der nächste Spatz bin, der fällt, weil mein von mir so gehätschelter Hexendoktor aus Versehen in die falsche Kristallkugel geguckt hätte. Also, Dave, ich glaube daran nicht eine Sekunde, weil ich sowieso nicht glaube, daß dieses blöde Kunstproteinzeugs noch rechtzeitig geronnen oder zu Gelee erstarrt oder was auch immer wäre, um mein vergeudetes Leben noch zu retten.« Die Worte waren locker dahingeplappert, aber in seiner Stimme schwang eine Schärfe mit, die seine Munterkeit als gekünstelt entlarvte.

»Wie lange noch, Joel?«

»Wahrscheinlich noch lange genug, um den Gesetzentwurf durch diesen verdammten Ausschuß zu boxen, Dave. Zeusman kann die erdrückende Menge an Beweisen, die für die Psionik sprechen, nicht länger unterdrücken oder aus der Welt reden, dazu sind sie einfach zu augenfällig. Allein die Menschenleben und Sachwerte, die erwiesenermaßen durch den Einsatz von Psi-Talenten bisher gerettet werden konnten! Übrigens, Welch sagte mir, Horvaths Präkog wäre um zehn nach zehn reingekommen. Weißt du, um wieviel Uhr Zeusman seinen Piloten angewiesen hat, zur North East University zu fliegen?«

»Um zehn nach zehn?«

»Richtig. Und das steht im Logbuch! Und ein Freund von mir hat es in Verwahrung, weil der Pilot die Psionik nicht so verächtlich abtut wie Zeusman. Dieser Pilot hat schreckliche Angst gekriegt, als ihm die zeitliche Übereinstimmung auffiel. Und glaub ja nicht, daß ich das Zeusman nicht unter die Nase halten werde.«

»Er wird nie und nimmer zugeben, daß ihm unsere Warnung das Leben gerettet hat.« Op Owen gab sich skeptisch.

»Er braucht es gar nicht zuzugeben. Die Fakten beweisen es auch so. Aber ich muß sagen, Dave, einen Fehler hast du damit doch gemacht.« Joels Kichern klang feist.

»Hätte ich da gewußt, was ich jetzt weiß, nun, ich glaube, dieses eine Mal hätte ich mich zurückgelehnt, Däumchen gedreht und abgewartet.«

»Ha! Das nehme ich dir nicht ab ... oder ... nun ja, wer weiß, vielleicht hättest du's tatsächlich getan.« Joel kicherte vor Vergnügen. »Wenn das eine kleine Delle in deinen altruistischen Panzer gehauen hat, dann war es die Sache schon wert. Wert dafür zu sterben, weil es nichts gibt, was schwieriger festzunageln ist als ein ehrenwerter Mann, der schlecht geworden ist! So, und jetzt laß mich an die Arbeit gehen.«

»Joel, ich möchte wissen ...«

»Take it easy, mein Freund. Raub mir nicht meine Gelassenheit! Nicht jetzt!«

Der Senator hängte ein. Daffyd op Owen saß da und starrte trübsinnig auf die Wand gegenüber seinem Schreibtisch, zum ersten Mal in seinem Leben unfähig, den Strom seiner Gedanken abzulenken. Sein Geist wand sich in Schuldgefühlen, die so bitter waren wie eine mittelalterliche Inquisitionsbuße.

»Dave?« Welchs munteres Organ riß ihn aus seinem Grübeln. »Ich habe hier eine Anomalie in... Oh, entschuldige, ich komme später noch mal vorbei, so dringend ist es nicht...«

»Nein, ist schon gut, Lester, komm ruhig rein.«

Welch schaute seinen Freund prüfend an, entrollte dann aber die Diagramme ohne Kommentar.

»Ruth Horvath!« Op Owen war überrascht, fast verärgert darüber, daß sie der Grund für die Störung war.

»Ein paar Sachen. Hier... auf dem Diagramm des Babys... ein Vorfall nach dem anderen... Und jetzt vergleich das mal mit dem Diagramm von Ruth. Nichts. Nicht einmal ein papierbedingtes Abweichen der Nadel. Hattest du nicht gesagt, sie könne das Baby blockieren?«

Mit plötzlich erwachter Neugier studierte op Owen die beiden Diagramme. »Was ist das hier?« Er deutete auf eine ausgeprägte, anhaltende empathische Abweichung.

»Das ist die Anomalie, die ich dir zeigen wollte. Ist letzte Nacht passiert. Es handelt sich um eine spontane Abweichung. Alle ihre bisherigen Abweichungen sind durch andere ausgelöst worden, normalerweise durch Lajos. Und wenn du dir die Scheitelpunkte und die Täler im Diagramm von letzter Nacht anguckst, wirst du feststellen, daß das Muster kinetisch ist.«

»Es ist zu eng für ein echtes kinetisches Muster.«

»Nun, TP ist es nicht und ›Finden‹ ist es auch nicht, und was in aller Welt sollte sie versuchen zu machen, während sie fest schläft? ›Finden‹ ist sowieso eine bewußte Handlung. Nein, dies hier ist eindeutig ein kinetisches Muster.«

»Aus welchem Grund? Wogegen?«

»Keine Ahnung. Fest steht, daß sie zwar aufgehört hat, ihren Mann zu blockieren, gleichzeitig aber nicht angefangen hat, ihre Tochter zu blockieren. Und das könnte bald zu einem ernsten Problem werden. Ich meine, ein zahnender Telepath, der sein körperliches Unbehagen hinausschreit, ist nicht gerade was Angenehmes.«

»Zahnend?«

»Ich vergesse, daß du kein Vater bist«, sagte Welch nachsichtig. »Wenigstens nicht von *kleinen* Babys.«

Op Owen war schon wieder in das Studium der Muster vertieft. Aus den Diagrammen ging eindeutig hervor, daß Ruth Horvath nicht reagierte und daß sie nicht in der Lage zu sein schien, bewußt zu blockieren. Und das war gar nicht gut. Stirnrunzelnd betrachtete er das ungewöhnliche kinetische Muster aus der vorausgegangenen Nacht.

»Sie hat es. Sie hat es benutzt.«

»Nicht bewußt.«

»Es widerstrebt mir, therapeutisch einzugreifen. Das birgt die Gefahr in sich, daß sie es niemals bewußt anwenden kann.«

»Wenn du aber nicht therapeutisch eingreifst, wird das Baby über kurz oder lang beide Elternteile tyrannisieren. Und das ist genauso schlimm. Ein Kind, das so stark und robust ist, muß Grenzen gesteckt kriegen, und zwar sofort, ehe seine Widerstandskraft zu groß wird.«

Op Owen betrachtete die Diagramme ein letztes Mal.

»Es könnten berechtigte Rufe sein...«

»Weich nicht aus, Dave! Ich weiß, du haßt es, an Talent herumzumanipulieren. Aber Ruth Horvath scheint nun einmal eine von denen zu sein, die ihr

Talent nicht bewußt einsetzen können. Dreh ruhig ein bißchen dran.«

Op Owen stand auf. »Ich gehe heute zu ihnen rüber. Wollen wir hoffen, daß sie auf Hypnose reagiert.«

»Tut sie. Ich habe mir ihren Trainingsbericht durchgelesen.«

Zwei Tage später kam Welch wieder in einer Geste des Triumphs, zwei Millimeterpapierstreifen schwenkend.

»Du hast's hingekriegt, Dave. Guck hier, blockiert, immer wieder, mit einem Minimum an Anstrengung von seiten Ruths. Aber verdammt, sie ist keine reine Telekinetin. Was könnte sie mit einer so winzig kleinen Berührung bewegen? Wie bringt sie die Blockierung zuwege?«

»Unbewußt«, antwortete op Owen mit einem verschmitzten Grinsen. »Es kann jedoch sein, weil die Berührung so winzig klein ist, daß sie sie nicht bewußt tun kann. Ich habe nicht sehr tief in sie hineingeschaut. Aber viele Arten von Talent sind ziemlich plump, ungestüm. Als ob man anstelle einer Mikronadel eine Ahle benutzt.« Er zuckte innerlich ein bißchen zusammen, als er sich daran erinnerte, wie seine mentale Berührung Ruths Mangel an Selbstvertrauen in ihr Talent aufgedeckt hatte. Alle ihre Vorfälle geschahen, ohne daß sie es merkte, in den tiefen Schichten ihres Unterbewußtseins, in die vorzudringen Daffyd keine Notwendigkeit sah. Sie war eine nette, hübsche, frauliche Person. Ihre Oberflächengedanken drehten sich um ihren Mann und um ihre Tochter. Alle ihre Ängste waren im Grunde genommen überflüssige Schuldgefühle wegen irgendwelchen Nichtigkeiten. Es war deshalb relativ leicht, ihre Idee abzublocken; sie würde unabsichtlich Dorotea Schaden zufügen oder versuchen, Lajos zu unterdrücken. Es war leicht, das Wissen um ihr Talent auszulöschen und es durch ein Gefühl von

Erfüllung und Wohlbehagen zu ersetzen: durch den posthypnotischen Befehl, auf Doroteas telepathische Forderungen zu reagieren und sie ins Sprachzentrum zu kanalisieren. Er befreite sie auch von ihrem Widerwillen, weitere Talentierte Kinder zu bekommen, der in ihrem Gefühl begründet war, unzulänglich zu sein. Ruth brauchte viel Selbstvertrauen. Er pflanzte es ihr ein.

Op Owen wandte sich an Welch. »Frag Jerry Frames, wann Ruth Horvath soweit ist, das nächste Kind kriegen zu können. Ich möchte, daß sie das nächste möglichst bald kriegt, bevor sie kalte Füße bekommt.«

»Kalte Füße nennt er das!« sagte Welch grinsend, bevor er ging.

»Tut mir leid, Daffyd«, sagte die Präkog in Washington. »Ich habe mehrere Stunden Joel Andres' Bild angestarrt. Ich habe seine Reden gelesen, ich habe seine Memoiren gelesen. Ich habe in seinem Außenbüro gesessen, bis die Senatspolizei vor der Tür stand, um mich zu fragen, was ich da so lange zu suchen hätte. Und dann kam er rein und erkannte mich natürlich. Und drückte mir einen Schal in die Hand.« Mara Helm hielt einen Moment inne. »Als Andenken, sagte er.«

»Und all das hat zu keiner Stimulation geführt?«

»Doch. Aber ich habe nichts Unheilvolles gesehen.«

»Wie meinst du das, ›nichts Unheilvolles‹?«

»Genau so, wie ich's sage. Jedenfalls nichts, was auf seinen baldigen Tod hindeutet. Und wie du weißt, ist meine Treffsicherheit leider sehr hoch.«

»Das verstehe ich nicht, Mara.«

»Ich auch nicht, wenn ich so höre, was in der Stadt getratscht wird.«

»Und das wäre?«

»Daß Senator Andres seine letzten Tage damit verbringt einer Minderheitengruppe zu helfen, die nicht nur sein baldiges Ableben prophezeit hat, sondern auch noch seine einzige Chance, geheilt zu werden, zerstört hat.« Ihre Stimme klang nicht verändert, als sie diese Worte äußerte, aber ihr Widerwille, diesen Tratsch weiterzuerzählen, blieb op Owen nicht verborgen. Mara räusperte sich lautstark. »Aber eine Präkog habe ich doch«, sagte sie mit einem Schmunzeln.

»Eine gute, wenn ich dein Schmunzeln nicht mißdeute. Ich würde wirklich zur Abwechslung gern auch mal eine angenehme Nachricht hören. Also, schieß los!«

»Ich werde dich in Kürze sehen.« Sie lachte schelmisch. »Leibhaftig, meine ich. Hier!«

»In Washington?« Daffyd op Owen schaute sie erstaunt an. Er verließ das Zentrum nur sehr selten, und im Moment verspürte er nicht die geringste Lust, ausgerechnet nach Washington zu reisen.

Zwei Wochen später stieg Daffyd op Owen in einem Zustand höchster Beunruhigung auf der Laderampe des Senats aus dem Heli-Jet. Mara Helm und Joel Andres empfingen ihn. Daffyd hatte für nichts und niemanden Augen außer für den Senator, der mit einem breiten Grinsen auf ihn zugeeilt kam und ihm freudig erregt die Hand schüttelte, im Überschwang seiner Wiedersehensfreude ganz vergessend, daß Daffyd in der Regel oberflächlichen Körperkontakt vermied.

Heute jedoch wünschte op Owen sich nichts sehnlicher, als seinen Freund zu berühren und in ihn hineinzufühlen. Und eine wahre Zentnerlast fiel ihm vom Herzen, als er die Kraft spürte, die körperlich wie geistig von Joel Andres ausging. Seinen Augen hätte er vielleicht mißtrauen können, als er Andres' klare Pupillen sah, seine gesunde, sonnengebräunte Haut, auf der auch nicht der leiseste Hauch der für Leberkranke typischen Gelbtönung zu entdecken war – nicht aber dem intensiven Gefühl von kraftstrotzender Gesundheit und Energie, das aus dem herzlichen Händedruck des Senators zu ihm herüberfloß.

»Was ist passiert?« fragte er heiser.

»So genau weiß ich das auch nicht«, antwortete Joel. »Die Ärzte nannten es ›spontane Remission‹. Sie sagten, mein Körper hätte plötzlich wieder begonnen, die richtigen Enzyme zu produzieren. Hat irgendwas mit einer Veränderung in den RNA-Proteinen zu tun. Jedenfalls, keine Amyloide mehr im perivaskularen Gewebe – wenn dir das irgendwas sagt. Die gute alte Leber und Milz sind wieder auf Normalgröße geschrumpft, und das kann ich spüren. *Ich,* mein Freund, bin also nicht mehr auf dieses Neo-Protein-Projekt angewiesen, das Zeusman hat platzen lassen.«

Mara Helm stand derweil ein wenig abseits, den beiden Männern wohlwollend zulächelnd, bis sie sich schließlich ihrer Anwesenheit entsannen.

»Nun, siehst du, Dai?« Sie legte flüchtig einen Finger auf seinen Ärmel. »Jetzt bist du doch da, wie ich es dir prophezeit habe!«

»Hast du die Diagramme und Dokumente mitgebracht, um die ich dich gebeten hatte?« fragte Joel.

»Hier sind sie.« Daffyd reichte ihm die Papiere hinüber.

»Gut. Sehr gut.« Spitzbübische Freude leuchtete in den Augen des Senators auf. »Diesmal werden wir Senator Mansfield Zeusman in seiner eigenen Falle fangen. Jedoch« – jetzt flammte Wut in seinen Augen auf – »ist da noch etwas, wofür ich dich um Nachsicht bitten muß, Dave. Gewisse ... wie würdest du das nennen, Mara ... Sicherheitsvorkehrungen?«

Maras Lippen zuckten, aber in ihren Augen loderte die gleiche Entrüstung.

»Ein Schutzkäfig?« fragte Daffyd.

»Ja.« Es hörte sich eher wie ein Donnergrollen an.

»Glaub mir, ich habe schärfstens gegen diese entwürdigende Behandlung protestiert...«

»Und wie«, bestätigte Mara. »Er hat so laut gewettert, daß ganz Washington es gehört hat. Ich habe beschlossen, dir in dem goldenen Käfig Gesellschaft zu leisten.« Sie blinzelte op Owen kokett zu.

»Dann habt ihr mir gegenüber wenigstens einen Vorteil«, sagte Andres. »Ihr könnt den Klang von Zeusmans Stimme abstellen.«

»Wer? Ich?« fragte Daffyd, und die drei betraten lachend das Senatsgebäude.

Für op Owen war die beleidigende Art, mit der Mansfield Zeusman sie behandelte, keine Überraschung. Er hatte nichts anderes erwartet. Der Senator hatte die Überprüfung aller Zentren beantragt, aber noch nie eines von innen gesehen. Offenbar gehörte Zeusman zu denen, die glaubten, daß jeder Telepath von jedem die Gedanken lesen konnte; er würde kaum glauben, daß Telepathen ähnlich vorgingen wie ein Chirurg, der eine Probeoperation vornimmt in der Hoffnung, die bösartige Krankheit eines Patienten zu entdecken. Zeusman nutzte auch jede Gelegenheit, um die psychiatrischen Wissenschaften schlechtzumachen; also war er in seiner Engstirnigkeit wenigstens konsequent.

»Noch etwas«, sagte Andres, als er ihnen die Tür zum abgeschirmten Raum aufhielt. »Ihr seid auf Wunsch des Ausschusses hier, nicht auf Zeusmans oder meinen. Sie werden euch vielleicht Fragen stellen wollen. Bitte, Dave, sag nicht alles, was du weißt.«

»Ich werde ein verbaler Geizhals sein, das verspreche ich dir.«

»Hoffentlich.« Offensichtlich mißtraute er op Owens ungewohnter Willfährigkeit.

»Sieht Joel nicht wunderbar aus?« flüsterte Mara, als sie sich setzten.

»Ja«, antwortete Daffyd, hielt dann aber den Mund. Selbst dieser kurze Wortwechsel, der in den anliegenden Raum übertragen wurde, zog alle Blicke auf sie. Op Owen schlug die Beine übereinander, verschränkte die Arme und gab sich nach außen hin ruhig und gelassen.

Zeusman war nicht so groß, wie op Owen gedacht hatte. Er war jedoch auch nicht von kleiner Statur, was vielleicht seinen aggressiven, mißtrauischen Charakter hätte erklären können. Er ähnelte mehr einem Professor als einem Senator, jedoch verriet seine ausgefeilte, kunstvoll eingesetzte Gestik den geschulten Parlamentsredner. Und gestenreich ließ er sich jetzt aus, lang und breit, demonstrativ Joel Andres ignorierend, als dieser jetzt seinen Platz am Konferenztisch einnahm.

Die anderen fünf Mitglieder des Ausschusses nickten Andres zu, als würden sie seine Ankunft begrüßen. Das Lächeln schwand jedoch wieder aus ihren Gesichtern, als sie sich wieder dem Redner zuwandten. Es war für Daffyd offensichtlich, daß Zeusmans Rede sie zu Tode langweilte; offenbar hatten sie dieselben Argumente schon hundertmal gehört.

»Diese Experten behaupten...« – Zeusman legte eine Kunstpause ein, um das Gift, das er dem Wort ›Experten‹ eingespritzt hatte, auf seine Zuhörer wirken zu lassen –, »...sie behaupten, daß schon die Bekanntmachung ihrer Prophezeiungen den Gang der Ereignisse verändert. Nun, ich sehe darin nichts anderes als das feige Ausweichen vor den Konsequenzen ihres schädlichen Einmischens.«

»Wir haben dieses Argument bereits mehrfach von vorne bis hinten durchgekaut, Mansfield«, sagte ein lang aufgeschossener Mann mit Glatze und Hakennase. Op Owen identifizierte ihn als Lambert Gould McNabb, den dienstältesten Senator von Neu-England. »Sie haben diese außerordentliche Sitzung beantragt, weil Sie behaupten, Sie hätten handfeste Belege.«

Zeusman starrte McNabb wütend an. McNabb stopfte ruhig seine Pfeife nach, zündete sie wieder an, klemmte die Nase zwischen Daumen und Zeigefinger und blies einmal heftig, um den Druck auf den Ohren loszuwerden, zog ein- oder zweimal die Nase hoch, steckte die Pfeife wieder in den Mund und blickte erwartungsvoll, in seinen Sessel zurückgelehnt auf Zeusman.

»Nun, Mansfield, entweder hängen Sie sie jetzt, oder Sie knüpfen sie los.«

»Dürfte ich jetzt fortfahren, Senator McNabb?«

»Ich bitte darum.«

»Mein Einwand gegen dieses Gesetz war immer der, daß gesetzlicher Schutz für diese zwielichtigen Kaffeesatzleser, die ihre Nase ungefragt in anderer Leute Angelegenheiten stecken, gegen den gesunden Menschenverstand, gegen alle Ethik und gegen alle menschlichen und göttlichen Gesetze ist. Sie maßen sich die Stellung des Allmächtigen an, indem sie entscheiden, wer leben und wer sterben soll.«

»Kommen Sie zur Sache, Mansfield!« bat McNabb.

»Senator McNabb, würden Sie bitte aufhören, mich ständig zu unterbrechen?«

»Gern, Senator Zeusman – wenn Sie endlich mit dem Schwafeln aufhören würden.«

Zeusman ließ seinen Blick durch die Runde schweifen, um Beistand von den anderen fünf Ausschußmitgliedern zu erheischen, aber er fand keinen.

»Am 14. Juni verließ ich mein Büro in diesem Gebäude, um einige von den Universitäten aufzusuchen, die Weiterbewilligung von Forschungsgeldern beantragt haben. Wie Ihnen bekannt ist, pflege ich zu solchen Besuchen unangemeldet zu erscheinen. Deshalb gab ich meinem Piloten genaue Anweisungen erst, als wir in der Luft waren.«

»Um wieviel Uhr war das?« fragte Andres rasch dazwischen.

»Die Uhrzeit ist irrelevant.«

»Nein, das ist sie nicht. Ich wiederhole: Um wieviel Uhr sagten Sie Ihrem Piloten, wohin er Sie fliegen sollte?«

»Ich sehe nicht, welchen Zusammenhang...«

»Ich habe hier eine Kopie der Logbucheintragung Ihres Piloten aus den Akten der Flugbereitschaft des Senats.« Andres reichte McNabb die Kopie hinüber.

»Zehn nach zehn Sommerzeit, steht hier«, sagte McNabb mit affektiert klingender Stimme, und seine Augen funkelten, als er die Kopie mit einer lässigen Handbewegung quer über den Tisch den anderen zuschob.

Zeusman verfolgte das Ganze mit skeptisch gerunzelter Stirn.

»Ich habe hier«, fuhr Joel fort, bevor Zeusman wieder das Wort ergreifen konnte, »beglaubigte Diagramme von vier präkognitiven Vorfällen: je einem vom ostamerikanischen Zentrum, vom Washingtoner Büro, vom Delta-Zentrum und aus Quebec. Die Zeitspanne, die Zeitzonen mit eingerechnet, in denen diese Präkogs auftraten, ist zwischen zehn Uhr zehn und zehn Uhr vierzehn. Entschuldigen Sie die Unterbrechung, Zeusman, aber ich versuche nur, die Ereignisse in ihrem chronologischen Ablauf zu rekonstruieren.«

Zeusman bedachte Andres mit einem boshaften Lächeln, verharrte dann einen Moment und schaute ihn noch einmal an, diesmal etwas länger. Op Owen fragte sich, ob Zeusman erst jetzt aufgefallen war, daß Andres' Gesundheitszustand sich deutlich verbessert hatte.

»Ahem. Als mein Heli-Jet auf dem Gelände der North East University landete, wurden ich und meine Begleiter mit physischer Gewalt von Dr. Henry Rizor, dem Rektor, und Angehörigen seines Mitarbeiterstabes daran gehindert, unsere Untersuchung durchzuführen, und dies mit der Begründung, man habe sie soeben von einem präkognitiven Vorfall in Kenntnis gesetzt, demzufolge ich und meine Begleiter den Flammentod erleiden würden, und zwar durch einen defekten Wärmekonverter, der zu explodieren drohe. Nun, meine Herren, ich durchschaute diese kleine Falle natürlich sofort.«

»Ha, ha, Mansfield!« schnaubte Robert Teague und tippte mit dem Zeigefinger auf das Material, das jetzt vor ihm lag. »Die Präkog-Diagramme, die ich hier habe... bei Gott, ich werde allmählich schon selbst zum Experten, so daß ich schon keinen mehr brauche, der sie mir deutet... besagen, daß genau das passiert wäre, und zwar um... eh, kurz vor zwölf. Wann sind Sie in der North East University eingetroffen?«

»Um Viertel vor zwölf.«

»Dann wären Sie so etwa gegen zwölf im Laborgebäude gewesen. Ich würde sagen, Sie verdanken diesen Präkogs Ihr Leben.«

»Mein Leben? Seien Sie nicht albern!«

»Ich nicht; Sie sind derjenige, der hier albern ist«, erwiderte Teague, sichtbar entrüstet.

»Ich bin kein Dummkopf, Bob. Ich merke, wenn man versucht, mich zum Narren zu halten, da nützen auch hundert gefälschte Dokumente nichts. Die ganze Geschichte war fingiert. Wärmekonverter explodieren nicht.«

»Richtig, und wieso konnte dann einer so präpariert werden, um pünktlich um zwölf Uhr mittags in der North East University durchzugehen, wenn niemand, sie selbst eingeschlossen, bis zehn Uhr zehn an dem betreffenden Morgen wußte, ob, und wenn, wohin Sie überhaupt an dem Tag fliegen würden?«

»Der Defekt wurde entdeckt, als man den Wärmekonverter auseinandernahm: eine Luftblase im Stahltank«, sagte Joel Andres, wobei er Teague eine weitere eidesstattliche Zeugenaussage hinüberschob. »Die Hauptkammer mußte ausgetauscht werden. Sie hätte, bedingt durch die Luftblase, explodieren können, und zwar bei einer Überladung, unter genau den Umständen, wie sie vorausgesagt wurden.«

»Aber sie ist nicht explodiert!« brullte Zeusman.

»Nein, und zwar deshalb, weil der Konverter rechtzeitig abgeschaltet wurde, um genau das zu verhindern.«

»Genau. Die ganze Sache war ein dilettantisch aufgezäumter Schwindel. Zehn vor zwölf, zwölf Uhr, was für eine Rolle spielt das schon? Und« – Zeusman redete so laut und so schnell, daß niemand ihn bremsen konnte – »durch das Abstellen des angeblich defekten Konverters wurde das zu dem Zeitpunkt laufende – und, wie ich noch einmal betonen darf, aus Steuermitteln finanzierte – Projekt ruiniert, und zwar kurz vor seiner erfolgreichen Vollendung. Auch ich habe einige Dokumente vorzulegen.« Mit einer dramatischen Gebärde warf er einen Stapel Papiere auf den Tisch. »Zeugenaussagen von hochqualifizierten, hochangesehenen Wissenschaftlern, die in der Neo-Protein-Forschung tätig sind. Und genau in diesem Punkt sind diese... diese selbsternannten Halbgötter zu weit gegangen. Das Neo-Protein-Forschungsprojekt, das aufgrund ihrer Einmischung kurz vor dem Durchbruch so rüde abgebrochen wurde, hätte mit wissenschaftlichen Methoden – exakt akkurat wiederholbar, hieb- und stichfest – eine Substanz hervorgebracht, die den qualvollen Tod vieler Menschen durch Leberversagen verhindern könnte. Denselben schrecklichen Tod, der einem gewissen Mitglied dieses Ausschusses unmittelbar bevorsteht. Wenn diese... diese Präkogs so allwissend, so gütig, so altruistisch, so klug sind, wie sie immer von sich behaupten, warum, frage ich Sie, meine Herren, warum haben sie dann nicht die Auswirkungen ihres schändlichen Treibens auf die Gesundheit und das

Wohlergehen ihres eigenen erklärten Fürsprechers vorausgesehen?«

Op Owens Altruismus und Güte gingen nach diesem Tiefschlag für einen Moment k.o., und er fühlte sich geradezu besessen von dem Wunsch, Telekinet zu sein und Zeusman die Gurgel zuzudrücken.

»Aha!« rief Joel Andres triumphierend und sprang auf, »wieso sollten Sie mein Ableben voraussehen, mein lieber Herr Kollege? An Leberversagen also. Wie interessant! Natürlich haben Sie auch ein Dokument, um das zu belegen, wie ich Sie kenne, Herr Senator! Vielleicht meinen Totenschein?«

»Beruhigen Sie sich, Joel!« sagte McNabb und musterte Joel mit prüfendem Blick. »Jeder kann sehen, daß Sie vor Gesundheit strotzen, obwohl ich zugeben muß, daß Sie in der letzten Zeit wirklich etwas gelbsüchtig ausgesehen haben. Aber jetzt sehen Sie wirklich wie das blühende Leben aus.«

»Aber ich hatte ein Gutachten, daß er an Leberversagen sterben würde«, sagte Zeusman trotzig.

»Und? Haben Sie das auch beglaubigen lassen?« fragte Teague sarkastisch.

»Langsam, Bob! Wir wissen, daß Mansfield den Job ausgeführt hat, zu dem er gewählt wurde, nämlich seiner Wählerschaft und diesem Land zu dienen und Schaden von ihnen abzuwenden. Was ungefähr so schwierig ist« – McNabb machte eine Pause, um an seiner Pfeife zu ziehen –, »wie ordentlichen Tabakersatz zu finden. Aber damals *bewies* Mansfield, daß Tabak schädlich für die meisten von uns ist.«

»Wir diskutieren über die Aussagen von Experten, nicht über Tabak«, erinnerte ihn Zeusman.

»Nein, wir diskutieren über den Fortschritt, auf einer Ebene, die einige von uns so schwierig finden, wie das Rauchen aufzugeben. Daß Tabak ungesund war, war jedoch bewiesen. Und diese Leute haben bewiesen, daß ihre Zentren Gesundheit und Leben der Leute schützen, und sie haben das wissenschaftlich bewiesen. Alles, was ich heute hier gehört habe« – McNabb stocherte mit seinem Pfeifenstiel in Richtung Zeusman, als dieser Anstalten machte, ihm ins Wort zu fallen –, »beweist mir schlüssig, daß Sie die falschen Eier in den richtigen Korb gelegt haben. Diese Präkog war zu *Ihrem* Nutzen, zu *Ihrem* Wohl, Mansfield, das zu schützen diese Leute, die Sie hier so verächtlich als ›Kaffeesatzleser‹ bezeichnen, sich verpflichtet haben. Sie hätten die Warnung ja nicht...«

»Ich wurde gezwungen...«

»Viele von uns wurden auch dazu gezwungen, das Rauchen aufzugeben«, erwiderte McNabb grinsend. »Dieses künstliche Zeug schmeckt immer noch nicht so ganz wie richtiger Tabak, aber ich *weiß,* daß es sicher besser für mich ist.

Aber am wichtigsten, Mansfield, und das scheint Ihrem ach, so logischen, wissenschaftlichen, einspurigen Geist völlig entgangen zu sein, ist die Tatsache, daß diese Leute Sie gewarnt haben! Ob ihnen die Folgen, die der Abbruch des Experiments für Joel haben würde, bewußt waren oder nicht, sie mußten *Sie* und Ihre Begleiter warnen! Also hören Sie endlich mit Ihrem Gefasel von Ethik und Moral und diesem ganzen Kram auf. *Ich* an ihrer Stelle hätte Sie verbrennen lassen!«

Zeusman ließ sich auf seinen Stuhl sinken, wobei er geflissentlich an McNabb vorbeisah.

Dann stand der Senator aus Neu-England auf, ein mildes Lächeln auf den Lippen.

»Meine Herren, wir haben diesen Gesetzentwurf nun fast zwei Jahre hin- und hergeschoben. Wir haben uns jetzt davon überzeugt, daß die Bestimmungen zum Schutz der parapsychologischen Berufe, wie sie in den Artikeln IV und V umrissen sind, die Sicherheit der Bürger dieses Landes nicht bedrohen, die Freiheit der

Bürger nicht gefährden und so weiter und so fort, und deshalb sollten wir ihn verdammt noch mal jetzt endlich auf die Tagesordnung setzen und damit anfangen, diese armen idealistischen Teufel vor denen zu schützen, die nicht von ihnen geschützt werden wollen.«

McNabbs Grinsen war voller Schadenfreude, aber er guckte nicht in Zeusmans Richtung, den ohnehin im Moment nichts anderes beschäftigte als diese seine unerwartete Niederlage.

Op Owen erreichte das Zentrum spät am Abend. Das angenehme Gefühl des Sieges erfüllte ihn noch immer mit großer Zufriedenheit. Er ging jedoch nicht in seine Wohnung, sondern steuerte die Apartments an. Die Nachricht, daß Joel Andres' Gesetzentwurf den Ausschuß passiert hatte und in der nächsten Sitzungsperiode dem Senat vorgelegt werden würde, war bereits zum Zentrum durchgedrungen. Ganz Beechwoods schien zu feiern.

Ein bißchen voreilig, dachte er, denn das Gesetz muß erst noch den Senat und den Kongreß passieren. Es würde hitzige Debatten geben, aber die Präkogs sagten, daß es durchkommen würde. Der Präsident war für gesetzlichen Schutz für Talente, da er bereits mehrfach persönlich Nutzen aus ihrer Arbeit gezogen hatte.

Op Owen betrat das Gebäude, in dem die Horvaths wohnten. Er steuerte auf den Fahrstuhl zu, zögerte und entschied sich dann, die Treppe zu benutzen. Mit Befriedigung registrierte er, daß er kein bißchen außer Atem war, als er vor ihrer Wohnungstür ankam.

Für den Bruchteil einer Sekunde kam ihm der Gedanke, daß er das junge Paar vielleicht stören könnte, aber seine Sorge erwies sich als unbegründet, denn Lajos war noch angezogen, als er ihm die Tür öffnete.

»Mr. op Owen!« Die Miene des Präkogs spiegelte ungläubiges Erstaunen wider. »Guten Abend, Sir!«

»Entschuldigen Sie, daß ich so spät noch bei Ihnen eindringe. Erwarten Sie Besuch?«

»Nein, niemanden. Aber kommen Sie doch herein. Es ist nur ... nun, wir haben heute abend alle ein bißchen gefeiert, als wir die freudige Nachricht hörten ...«

»Und Sie glauben, der Direktor ist immun gegen Siegesfreude?«

Lajos blieb die Notwendigkeit zu antworten erspart, weil in diesem Moment Ruth aus der Küche kam und mit strahlendem Gesicht auf ihren Gast zueilte, um ihn zu begrüßen. Op Owen war erleichtert, als er sah, wie sie sich freute, ihn wiederzusehen. Insgeheim hatte er befürchtet, daß sie nach ihrer letzten Sitzung vielleicht unbewußt eine Antipathie gegen ihn entwickelt haben könnte.

»Ich glaube, damit hat keiner gerechnet, daß Sie schon heute abend wieder zurückkommen, Sir«, sagte Lajos und bot op Owen einen Drink an.

»Wir sind alle so stolz auf Sie, Sir«, fügte Ruth schüchtern hinzu.

»Dabei habe ich überhaupt nichts getan«, wehrte op Owen ab. »Ich habe in einem abgeschirmten Raum gesessen und zugehört. Es war Lajos' Präkog ...«

»Da waren auch noch drei andere Präkogs, Sir«, wehrte seinerseits Lajos ab. »Aber sagen Sie, steht es wirklich fest, daß Senator Andres von seiner Lebererkrankung genesen ist?«

»Ja. Er ist wieder völlig gesund. Ich weiß, das hat uns allen doch ziemlich zugesetzt, dieser Aspekt an der North East-Geschichte, das Gefühl, indirekt mit Schuld zu tragen am möglichen Tod eines Freundes. Aber das ist eben eine unausweichliche Begleiterscheinung der Präkognitionsgabe.«

»Und Dr. Rizor kriegt weiterhin seine Zuschüsse?«

Op Owen sah sich peinlich überrascht. »Ich muß ehrlich gestehen, ich habe ganz vergessen, mich danach zu erkundigen.« Er spürte, daß ihm die Röte in den Kopf schoß.

»Man kann ja auch nicht an alles denken, nicht wahr?« sagte Ruth, und ihre Lippen verzogen sich zu einem spitzbübischen Lächeln.

Op Owen brach in Lachen aus, und nach einer Schrecksekunde fiel auch Lajos mit ein.

»Ich wette, er kriegt sie«, sagte Ruth. »Und das ist keine Präkog, sondern schlichte Gerechtigkeit.«

»Wie geht es Dorotea?« erkundigte sich op Owen.

»Sie schläft.« Und in Ruths Gesicht war nichts als Stolz und Freude, als sie einen kurzen Blick auf die geschlossene Kinderzimmertür warf. »Es ist bezaubernd, ihr *zuzuhören*, wenn sie laut überlegt, wie sie unter dem Tisch herauskrabbeln soll.«

Ihre Freude spiegelte sich auch auf Lajos' Gesicht wider. Op Owen erhob sich. Er spürte plötzlich deutlich die sanft knisternden Schwingungen zwischen den beiden jungen Leuten. Es war Zeit, daß er sie alleinließ.

»Ich wollte, daß Sie wissen, daß mit Joel Andres wieder alles okay ist, Lajos.«

»Danke, Sir. Das hat mich wirklich gefreut.«

»Es war gut, daß Sie uns das gesagt haben. Sie müssen jetzt wirklich sehr müde sein«, sagte Ruth und schmiegte sich an ihren Mann.

»Heben Sie sich Ihre Muttergefühle für Ihre Kinder auf, Ruth«, erwiderte op Owen freundlich lächelnd und ging hinaus.

Wieder draußen in der linden Nachtluft, überkam op Owen ein Gefühl tiefer Freude. Einem Impuls gehorchend, drehte er sich noch einmal um und sah, daß das Licht in der Wohnung der Horvaths bereits gelöscht war. Er hatte sie also doch gestört. Manchmal drangen, so gut er sich auch abschirmen mochte, die stärkeren Emotionen, zu denen auch der Sex gehörte, doch zu ihm durch.

Er ließ sich Zeit für den Rückweg zu seiner Wohnung. In gemächlichem Schlenderschritt durchquerte er das Anwesen, gestattete sich den seltenen Luxus, die Atmosphäre von Glück und Frieden, die über dem Zentrum lag, in sich aufzusaugen. Er speicherte in sich den Duft dieses glücklichen Frühlingsabends, sog sich voll mit seinem mildsüßen Aroma, das die Dunkelheit durchdrang, mit der Hoffnung, die die Kühle der Brise linderte, um zehren zu können von ihnen in jenen tristen Stunden der Verzweiflung, die das alltäglichere Los des Menschen sind. Augenblicke wie dieser, der Harmonie, des Friedens, des inneren Einklangs, kamen nur allzu selten im Leben der Talente vor. Sie waren kostbar, und es galt sie zu bewahren.

Aus Gewohnheit blieb er vor dem riesigen Kontrollraum stehen. Und Verblüffung veranlaßte ihn, hineinzugehen – denn Lester Welch, in einen Morgenmantel gehüllt und einen Drink in der rechten Hand haltend, beugte sich gerade über die Diagramm-Kontrolltafel. Seine Haltung war, wie die des diensthabenden Ingenieurs, von gespannter Konzentration.

»So was habe ich noch nie auf einem Koitus-Diagramm gesehen«, murmelte Welch kopfschüttelnd.

»Bist du jetzt neuerdings Diagramm-Voyeur, Lester?« fragte Daffyd mit augenzwinkerndem Spott.

»Von wegen, Voyeur. Schau dir mal diese Kurven an. Ruth Horvath macht es schon wieder. Aber wieso ausgerechnet in einem solchen Augenblick? Wieso ausgerechnet beim Beischlaf?«

Welch war nicht gerade der Typ von Mann, den man als Lüstling bezeichnen würde. Seinen eigenen Widerwillen gegen ein solch unbefugtes Eindringen in die Intimsphäre anderer Menschen unterdrückend, schaute op Owen auf die zwei Diagramme. Das heftige, zuckende Auf und Ab der über das Papier huschenden Nadeln widerspiegelte fast symbolisch den Erregungszustand der beiden sich liebenden Partner. Lajos' Diagramm zeigte das normale Erregungsmuster. Ruths Muster entsprach dem seinen, bis auf die rasend schnelle Bewegung der Nadel, die sich tapfer bemühte, die zerebralen, miteinander im Widerspruch stehenden Signale wiederzugeben, die ihre empfindlichen Transistoren auffingen. Die Nadel drückte sich tief in das empfindliche Papier, wild hin und her zuckend. Das Muster der Abweichung trat in den Höhen deutlich sichtbar zutage – ein stark ausgeprägtes, eindeutig kinetisches Muster.

Schlagartig ließ jetzt das wilde Auf und Ab der Nadel nach, und die Kurven pendelten sich allmählich wieder auf normale Erschöpfungsmuster ein.

»Das war unglaublich. Die erstaunlichste Vorstellung, die ich je erlebt habe!«

Op Owen warf Welch einen tadelnden Blick zu; erst dabei wurde ihm bewußt, daß Welch die elektronische Aufzeichnung gemeint hatte. Für einen kurzen Augenblick war er peinlich berührt von seinen eigenen Hintergedanken.

»Was tut sie?« fragte Welch, und der diensthabende Ingenieur schaute erschrocken auf und errötete. »Aus welchem Grund wendet sie die kinetische Energie auf? Wozu?«

»Wozu?« sagte op Owen leise. »Zur Ausübung eines sehr fraulichen Talents.« Er wartete, dann seufzte er über ihre Begriffsstutzigkeit. »Was ist der grundlegende Zweck des Geschlechtsverkehrs zwischen Partnern entgegengesetzten Geschlechts?«

»Hä?« Jetzt war es Welch, der geschockt war.

»Nun, die Erhaltung ihrer Art«, beantwortete op Owen seine eigene Frage.

»Du meinst ... du meinst doch nicht wohl ...« Welch sank wie betäubt auf einen Stuhl, als er plötzlich zu begreifen begann.

»Ich bin selbst erst jetzt darauf gekommen«, fuhr op Owen in lockerem Plauderton fort, »daß es ziemlich, sagen wir mal, ungewöhnlich ist, daß ein schwarzhaariger Vater mit braunen Augen und eine braunhaarige Mutter mit grauen Augen ein blondes blauäugiges Kind kriegen. Ungewöhnlich, aber nicht unmöglich. Nur ziemlich unwahrscheinlich. Nun ist Lajos aber Präkog, und Ruth, wie wir jetzt sicher wissen, Telekinetin. Wie kommt es nun, daß diese Gene eine starke, eine ungemein starke Telepathin produzieren?«

»Was hat sie getan?« fragte Welch leise. Seine Augen sagten, daß er die Antwort wußte, aber er wollte, daß op Owen sie aussprach.

»Sie gruppierte die Proteinbausteine der Chromosomenpaare um, die als Genschlösser dienen, und nahm die Gene für blaue Augen und die für blonde Haare aus dem Zellen-Vorratslager. Und alle anderen Anlagen, mit denen sie Dorotea ausstatten wollte. Auf die gleiche Weise, wie sie die Boten-RNA für ...« Op Owen zögerte: nein, daß Ruth auch an Joel Andres' Boten-RNA herummanipuliert und damit die wundersame Genesung des Senators herbeigeführt hatte, das brauchte nicht einmal Lester Welch zu wissen. »... für all die Anlagen, mit denen sie *dieses* Kind ausgestattet sehen will, aufgeschlossen hat.« Welch war sein Zögern offenbar nicht aufgefallen. »Es wird bestimmt interessant sein, das Endprodukt zu sehen.«

Welch war sprachlos, und der Techniker heuchelte Betriebsamkeit an einer anderen Kontrolltafel. Op Owen lächelte mild.

»Das ist eine Geheimsache, meine Herren. Ich wünsche, daß diese Aufzeichnungen gelöscht werden«, sagte er zu dem Techniker.

»Ich bin froh darüber«, sagte Welch sichtlich erleichtert. »Ich bin froh, daß du das nicht in alle Welt hinausposaunst. Wirst du es Lajos sagen?«

»Nein«, antwortete Daffyd nach kurzem Überlegen. »Er hat offensichtlich die Absicht zu kooperieren. Und ohne dieses Wissen werden die beiden glücklichere Eltern sein.« Welch stieß ein zufriedenes Schnaufen aus, wieder ganz der alte.

»Hört sich ganz so an, als ob du allmählich vernünftig würdest, Dave. Gott sei dank!« Er runzelte die Stirn, als die letzten Spuren des Vorfalls auf der Spule verschwanden. »Sie kann tatsächlich die Gene aufschlüsseln!« Er stieß einen leisen Pfiff aus.

>»*Dem Genius ist's genug, kommt er mit einer Wissenschaft zurand,
Wie weit ist doch die Kunst, wie eng der menschliche Verstand!*«<*

»Was ist das nun wieder, Dave?«
»Noch ein bißchen was von Pope«, sagte op Owen beim Hinausgehen.

---

* ›*One science only will one genius fit.
So vast is art, so narrow human wit!*‹

TEIL 3

Ein fauler Apfel

Der Diebstahl war die Hauptmeldung in den Morgennachrichten und verdarb Daffyd op Owen gründlich den Appetit. Als er der Beschreibung des unschätzbaren Zobelmantels, der Saphirhalskette, des französischen Modellkleids und der juwelenbesetzten Schuhe lauschte, hatte er das Gefühl, als erstarre er bis in die Haarspitzen, so wie sein Frühstück auf dem Teller erkältete und hart wurde. Wie betäubt wartete er auf die einzig mögliche Schlußfolgerung des Kommentators: eine Schlußfolgerung, die alles das, was das Ostamerikanische Parapsychologische Zentrum in so mühevoller, zäher und geduldiger Kleinarbeit aufgebaut hatte, mit einem Schlag zunichte machen würde. Denn alle diese wertvollen Gegenstände konnten der Schaufensterpuppe in dem mit Sicherheitsglas geschützten und von TV-Augen bewachten Schaufenster an einer stark frequentierten Einkaufsstraße nur in der fünf Minuten dauernden Pause zwischen den einzelnen von der Kamera gelieferten Rasterbildern ausgezogen worden sein – und zwar ausschließlich durch telekinetische Energie.

»Die Polizei hat mehrere Anhaltspunkte und rechnet damit, den Fall bis heute abend gelöst zu haben. Kommissar Gillings leitet persönlich die Untersuchung.«

»Ich erfülle meine vertraglichen Verpflichtungen gegenüber der Stadt«, betonte Gillings am frühen Morgen gegenüber der Presse, als er persönlich die Untersuchung des Schaufensters des Kaufhauses

Coles, Michaels & Charney überwachte. »Seit meinem Amtsantritt«, so Komissar Gillings weiter, »hat sich die Zahl der Einbruchsdiebstähle und Raubüberfälle drastisch verringert, und auch die Bandenkriminalität ist zurückgegangen. Jerhattan ist ein sicherer Ort für den ordnungsliebenden Bürger, der die Gesetze befolgt, aber ein äußerst unsicheres Pflaster für Gesetzesbrecher.«

Die Einblendung von Gillings' hartem, verrissenem Gesicht reichte, um op Owens Starre aufzubrechen. Er stand auf und ging zum Intercom, das im gleichen Moment lospiepste.

»Daffyd, hast du gerade die Nachrichten gesehen?« Das lange, ungewöhnlich grimmig dreinblickende Gesicht von Lester Welch erschien auf dem Bildschirm. »Diese verfluchten Pressefritzen! Sie haben hoch und heilig versprochen, noch nichts davon zu bringen!« Seine Miene verhieß nichts Gutes für den ersten unachtsamen Reporter, der ihm in die Nähe zu kommen wagen würde. Hinter Les' Schulter sah op Owen das nicht minder saure Gesicht von Charlie Moorfield, dem diensthabenden Ingenieur im Kontrollraum des Zentrums.

»Wie lange weißt du denn schon von dem Diebstahl?« Op Owen gelang es nicht vollkommen, den Vorwurf aus seiner Stimme herauszuhalten. Les hatte die hingebungsvolle Angewohnheit, seinen Chef zu schonen, besonders im Moment, da er wußte, daß op Owen sich mit der Informations- und Bildungssendereihe, die vom Zentrum durchgeführt wurde, ziemlich aufrieb.

»Ted Lewis hat uns einen vorsichtigen Hinweis gegeben, gleich als das Hauptquartier das Verschwinden entdeckte. Er kann auch nichts von den Sachen ›finden‹. Und es gab zwischen sieben Uhr drei und sieben Uhr acht auf keinem einzigen Diagramm auch nur eine Abweichung oder Unebenheit zu sehen, die nicht hätten da sein dürfen – bei keinem einzigen Talent!«

»Das stimmt, Boss«, bestätigte Charlie. »Nicht ein einziger Vorfall, der vielleicht als Erklärung für den kinetischen ›Lift‹ herhalten könnte, der für den Diebstahl gebraucht wurde.«

»Gillings ist auf dem Weg hierher«, sagte Les und verzog das Gesicht zu einer Miene der Empörung.

»Wieso denn das?« Daffyd op Owen explodierte. »Hat Ted ihm denn nicht klargemacht, daß wir damit nichts zu tun haben?«

»Ja, sicher, klar doch, aber Gillings war bei Coles, und seine ersten Fahndungsergebnisse beweisen ihm schlüssig, daß einer von unseren Leuten ein Dieb ist. Eine von unseren Frauen, genauer gesagt mit einem geheimen Faible für Zobel, Seide und Saphire.«

Daffyd zwang sich, die in ihm aufkochende Wut zu unterdrücken. Er konnte es sich nicht leisten, seine Vernunft jetzt von Gefühlen trüben zu lassen. Nicht, da soviel auf dem Spiel stand, da das Gesetz, das den Talenten endlich den ersehnten Rechtsschutz bescheren würde, so kurz vor der Verabschiedung stand.

»Du wirst mir niemals glauben, nicht wahr, Dave«, fragte Les, »daß Psi-Talente den Leuten immer suspekt bleiben werden?«

»Gillings hat nie was an der Mitarbeit auszusetzen gehabt, Lester.«

»Er wäre auch wahrlich ein gottverdammter Esel, wenn er was auszusetzen hätte.« Lesters Augen funkelten wütend. Er tippte sich mit dem Zeigefinger an die Brust. »Schließlich waren *wir* es, die die Verbrechensquote senkten. Die Talente haben diesen Job doch für ihn verrichtet. Und jetzt kommt er her, um uns fertigzumachen. Mit so einer Publicity können wir uns das Gesetz doch abschminken. Wirklich, schlimmer hat's nicht kommen können! Und das zwei läppische Wochen vor der Verabschiedung!«

»Les, wenn auf den Diagrammen kein entsprechender Vorfall aufgezeichnet ist, dann muß auch Gillings zugeben, daß wir mit der Sache nichts zu tun haben.«

Welch verdrehte die Augen. »Wie kannst du nur so naiv sein, Dave? Ganz gleich, was unsere Aufzeichnungen beweisen, fest steht, daß dieser Diebstahl von einem Talent verübt wurde.«

»Aber von keinem der unseren.« Auch Daffyd op Owen konnte schulmeistern.

»Toll. Dann beweis das Gilling! Er ist auf dem Weg hierher, und er ist fest entschlossen, uns fertigzumachen. Wir haben ihm seinen bis dato makellosen Ruf als erfolgreicher Wahrer von Recht, Sicherheit und Ordnung ruiniert – zumindest sieht er das so. Das schmälert seinen Kredit, seinen finanziellen wie seinen persönlichen.« Lester machte eine kurze Pause, um Atem zu holen. »Ich habe dir ja gesagt, daß dieses Bildungsprogramm uns mehr schadet als nützt. Laß mich wenigstens die Morgensendung absetzen!«

»Nein.« Daffyd schloß für einen Moment müde die Augen. Er hatte keine Lust, diese Debatte mit Les jetzt wieder aufflammen zu lassen. Trotz dieser neuesten unglücklichen Entwicklung war er nach wie vor von der Notwendigkeit der Kampagne überzeugt. Die Öffentlichkeit mußte lernen, daß sie nichts zu befürchten hatte von denen, die mit einem parapsychischen Talent begabt waren. Die so überaus sorgfältig geplante Sendereihe diente mehreren lebenswichtigen Zwecken: zu demonstrieren, wie die vielen Facetten von Psi-Talent dem Interesse der Gemeinschaft dienten; jene besonderen Züge zu identifizieren, die auf den Besitz eines Talents hindeuteten; und – das wichtigste von allem – die Unterstützung der Öffentlichkeit für das im Senat zur Verabschiedung anstehende Gesetz zu gewinnen, das die Berufsimmunität der Talente bei der Ausübung ihrer mannigfachen Pflichten sicherstellen würde.

»Ich habe nicht einen Hauch von Talent, Dave«, fuhr

Les erregt fort, »aber auch ohne das gehe ich jede Wette ein, daß irgendein Schlaumeier aus der breiten Masse der Habenichtse sich jedes Wort aus deinen Sendungen genau angehört hat und das, was du niemals an die Öffentlichkeit hättest bringen dürfen, angewendet hat... zu seinem eigenen Nutzen. Und jetzt komm mir nicht damit, wie viele glückliche Tölpel gehorsam zur Klinik getigert sind, um sich ihre unbedeutenden Talente identifizieren zu lassen. Du brauchst nur einen faulen Apfel im Korb zu haben, und schon sind alle anderen auch verdorben!«

»Nimm die Morgensendung raus, und laß statt dessen das Standard-Anwerbungsband laufen. Die ganze Serie einzustellen, wäre noch weit schlimmer. Ich komme gleich rüber.«

Daffyd op Owen schaute eine Weile auf den leeren Bildschirm und sammelte sich. Es bedurfte keiner Präkog, um zu wissen, daß dies ein schwerer Tag werden würde. Seltsam, dachte er, daß keiner der Präkogs das vorausgesehen hatte. Nein. Genau *das* deutete ja auf ein wildes Talent hin, das ohne Überlegung handelte, auf einen spontanen Impuls hin. Was hatte Les gesagt? ›Die breite Masse der Habenichtse?‹ Auch wenn die Grundbedürfnisse wie Essen, Trinken, ein Dach über dem Kopf, Kleidung und Schulbildung für jedermann garantiert waren – der Appetit des Habenichts wurde ständig angeregt vom Überfluß um ihn herum, der nicht der seine war. Beziehungsweise in diesem Fall, der *ihre.* Daffyd op Owen seufzte. Wenn ein solches Talent doch nur dazu hätte bewegt werden können, zu ihnen zu kommen, zum Zentrum, wo man es hätte ausbilden und verfeinern können, wo man es gebraucht hätte. Wo hatte ihr so sorgfältig ausgearbeitetes Programm versagt? Wäre sie zu ihnen gekommen, sie hätte den Pelzmantel, die Juwelen, das Modellkleid bald ganz legal erwerben können... und sich ganz offen daran erfreuen können. Das Zentrum war finanziell gut genug ausgestattet, um seinen Mitgliedern jeden materiellen Wunsch erfüllen zu können. Das zuzugeben, würde auch Gillings nicht umhinkönnen.

Op Owen tat einen tiefen Atemzug und atmete Bedauern und Spekulation aus. Er mußte einen klaren Kopf behalten, mußte seine Sensibilität schärfen für jede Nuance, die eine Richtung zum Erfolg zeigen konnte.

Als er seine abgeschirmte Wohnung auf der Rückseite der ausgedehnten Anlagen des Zentrums verließ, spürte er sofort die Spannung, die die Atmosphäre erfüllte. Die meisten Talente zogen es vor, im Zentrum zu wohnen, in den speziell abgeschirmten Gebäuden, die sie vor dem ›Lärm‹ der ständigen psychischen Erregung schützten, indem sie diesen auf ein Minimum reduzierten. Auch das Zentrum hatte sie lieber dort; konnte es ihnen in seinen Mauern doch den größtmöglichen Schutz und die größtmögliche Hilfe bieten. Psi-Talent war ein zweischneidiges Schwert; es konnte das Böse in Stücke hacken, aber mit einem sauberen Schnitt trennte es auch den, der es zu schwingen vermochte, von seinen Mitmenschen. Deshalb waren diese Sendungen so lebenswichtig. Um der Öffentlichkeit zu beweisen, daß Psi-Begabte keineswegs Übermenschen waren. Die Forschung hatte gezeigt, daß die Dunkelziffer derer, die Psi-Talent besaßen, es sich aber nicht eingestehen wollten, sehr hoch war. Freilich war das Talent der meisten Menschen sehr beschränkt.

Die Psi-Forschung war zu Daffyds Lebzeiten in den Rang einer Wissenschaft aufgestiegen mit der Entwicklung des Gänseeis, eines ultra-sensiblen Elektro-Enzephalographen, der anhand der winzigen elektrischen Impulse, die bei der Aufwendung psychischer Kräfte in der Hirnrinde erzeugt werden, den exakten Typ von ›Talent‹ identifizieren konnte. Wie lange, dachte Daffyd op Owen, mochte es noch dauern, wie viele Generationen, bis die Menschen ihre archaischen Ängste vor denen, die dieses ihr Talent sinnvoll einzusetzen und zu gebrauchen verstanden, endlich verlieren würden und die Existenz solchen Talents als etwas Normales akzeptieren würden, das nichts mit übernatürlichen Mächten oder Hexerei zu tun hatte?

Der rasch anschwellende Rotorschlag eines Helikopters riß Daffyd aus seinen Gedanken. Er bog auf den Fußpfad ein, der direkt zum Hauptverwaltungsgebäude führte, und sah, wie der Helikopter des Kommissars auf dem Dachlandeplatz aufsetzte, links vom Kontrollturm mit seinem Antennenwald.

Sofort spürte er eine Reaktion von Überraschung, Empörung und Angst. Kein Talent, das die Morgennachrichten gesehen und die Tragweite des Geschehnisses begriffen hatte, konnte von Gillings' Ankunft jetzt dermaßen überrascht sein. Op Owen beschleunigte den Schritt.

»*Orley ist ausgerissen!*« Der Gedanke war so laut wie ein Schrei.

Leute blieben stehen, drehten sich mit unfehlbarem Instinkt zu dem langen flachen Bau der Klinik um, in dem Bewerber auf ihre Sensibilität getestet wurden und in dem das Zentrum seine Grundlagenforschung in der Psionik betrieb.

Eine große schwere Gestalt kam aus der breiten Eingangspforte der Klinik gestürzt und rannte quer über den Rasen in direkter Linie auf den Kontrollturm zu. Der Mann trampelte querbeet durch den Ziergarten, brach durch die Hecken, schwang sich über die Kühlerhaube eines dort geparkten Lieferwagens, drückte überhängende Baumäste, die ihm den Weg versperrten, mit bloßen Händen beiseite, um unter ihnen hindurchzuschlüpfen, und fegte mehrere Männer, die versuchten, ihn aufzuhalten, wie Bowlingpins zu Boden.

»Projiziert Beruhigung! Projiziert Beruhigung!« quäkte der Lautsprecher auf dem Turm. »Projiziert Glücksgefühl!«

»Schafft die Bullen in mein Büro!« projizierte Daffyd und verfiel in Laufschritt. Er hoffte, daß Charlie Moorfield oder Lester bereits selbst so geistesgegenwärtig gewesen waren, die Polizisten hereinzuholen. Orley sah nicht so aus, als ob ihn außer einem Tranquilizer-Projektil noch irgend etwas bremsen könnte. Wer konnte so dämlich gewesen sein, den Telempathen ausgerechnet in einem solchen Augenblick aus seinem abgeschirmten Raum entwischen zu lassen? Der schwachsinnige Orley war das empfindlichste Barometer für jede Art von Emotionen, das Daffyd je gesehen hatte, und er war physisch gefährlich, wenn er erregt war. Der Geschwindigkeit und Wucht seines Vorwärtsstürmens nach zu urteilen, war er so vollgesogen mit Furcht und Grimm, daß er die Objekte, auf die er sich eingepeilt hatte, in Stücke risse, sollte es ihm gelingen, sie zu erreichen.

Die einzigen Laute, die jetzt auf dem Gelände zu hören waren, waren das Klappern der Absätze op Owens auf dem Permaplast des Fußweges und das dumpfe Trappeln von Orleys Schuhen auf dem Rasen. Vorteile des Talentiertseins sind die effektive Kommunikation und das totale Verstehen von knappen, präzisen Befehlen. Aber die Woge von Heiterkeit/Glücksgefühl/Beruhigung vermochte Orleys blinde Wut nicht zu übertönen: Durch die Offenheit des Geländes verpuffte ihre Kraft.

Drei Männer traten jetzt aus dem Verwaltungsgebäude und kamen langsam die Stufen herunter. Alle drei trugen schlankläufige Handwaffen. Der Mann zur Linken hob seine Waffe und zielte auf den wütend heranstürmenden Schwachsinnigen. Der Schuß traf Orley am rechten Arm, aber er rannte mit unverminderter Geschwindigkeit weiter. Jetzt feuerte der zweite Mann seine Waffe ab. Orley geriet ins Taumeln, als das Projektil in seinen Oberschenkel schlug, fing sich aber wieder und stürmte weiter. Der dritte Mann (op Owen sah, daß es Charlie Moorfield war) wartete ruhig, bis Orley ganz nahe heran war. Noch wenige Schritte, und der Schwachsinnige würde ihn über den Haufen rennen. Charlie wich einen Schritt zur Seite, hob die Waffe und zielte auf Orleys Brust, doch er brauchte nicht mehr abzudrücken. Wenige Schritte vor ihm geriet der Schwachsinnige ins Taumeln, machte noch ein paar staksige Schritte und sank mit einem furchterregenden Stöhnen auf die Knie. Er versuchte, wieder aufzustehen, die geballte Faust gegen das Gebäude reckend.

Sofort war Charlie bei ihm, um zu verhindern, daß er sich das Gesicht auf dem rauhen Permaplastbelag des Fußwegs blutig scheuerte.

»Er hat zwei doppelte Dosen abgekriegt, Dave!« rief Moorfield fast ehrfürchtig, während er den Kopf des Schwachsinnigen in seinen Armen barg.

»Wer, zum Teufel, hat zugelassen, daß er einem solchen Ansturm ausgesetzt wurde?«

Charlie zog eine Grimasse. »Sally hat ihn auf der Terrasse gefüttert. Sie hatte die Nachrichten nicht gesehen. Sie sagt, sie habe sich darauf konzentriert, ihn sauberzuhalten, und seine wachsende Unruhe lediglich als Reaktion auf ihre Anwesenheit interpretiert, bis er dann plötzlich aufgesprungen und losgestürmt sei.«

»Wäre wohl zuviel gehofft, daß unsere unerwarteten Gäste das nicht mitgekriegt haben.«

Charlie verzog das Gesicht zu einem säuerlichen Grinsen. »Sie waren doch der Anlaß für Orleys Ausflippen, Boss. Standen da oben auf dem Dach, machten Les die Hölle heiß und strahlten nichts als Haß und Mißtrauen aus. Sie hätten mal den Zeigerausschlag auf dem Atmosphärenmesser sehen müssen. Kein Wunder, daß

Orley da durchdrehte!« Charlies Züge wurden weich, als er auf den bewußtlosen Schwachsinnigen hinabschaute. »Armer Kerl! Wo bleibt bloß das verdammte Med-Team? Ich habe es gerufen, gleich als er losgestürmt war.«

Daffyd blickte hinauf zu den großen Fenstern im dritten Stock, wo sein Büro lag. Sechs Männer starrten zurück. Er legte sofort einen Dämpfer auf seine Gedanken und Gefühle und stieg die Treppe hinauf.

Die Besucher standen noch immer am Fenster, als er hereinkam, und schauten dem Med-Team zu, wie es den schlaffen, bewußtlosen Körper Orleys auf die Trage hob.

»Orley fungiert als menschliches Barometer, meine Herren. Er reagiert wie ein Seismograph auf die emotionale Atmosphäre um ihn herum«, erläuterte Les gerade in seinem trockensten, nüchternsten Ton. Op Owen, der seine Sinne weit geöffnet hatte, spürte jedoch sofort, daß diese Nüchternheit bloße Fassade war, hinter der sich eine rasende Wut verbarg, die so stark war, daß sie fast die von den Besuchern projizierte Aura überdeckte. »Er hat einen Intelligenzquotienten von weniger als 50 auf der Neuen Skala und ist somit unerziehbar. Er ist jedoch von unschätzbarem Wert bei der Identifizierung der dominanten Emotion schwer gestörter, halluzinogener Patienten, die einen rationalen Telepathen einfach überwältigen würde.«

Kommissar Frank Gillings war die Hauptquelle der haßerfüllten Wut, die Harold Orley hatte ausrasten lassen. Op Owen empfand tiefes Mitleid mit Orley, daß er ein solches Haßgefühl hatte ertragen müssen, und ein noch tieferes für sich und seine optimistischen Hoffnungen. Er fand im Moment keine Erklärung für eine solch heftige Reaktion seitens Gillings', selbst wenn er

Lester Welchs Vermutung in Rechnung stellte, daß Gillings sich davor fürchtete, sein Gesicht und seinen Kredit wegen dieser Affäre zu verlieren.

Er versuchte, in Gillings' Gedanken einzudringen, um den verdeckten Gründen auf die Spur zu kommen, und mußte feststellen, daß der Mann über einen starken natürlichen Schutzschild verfügte – ein nicht außergewöhnliches Phänomen bei hochgestellten Persönlichkeiten, die in die Psi-Problematik eingeweiht waren. Der beleibte Kommissar wirkte nach außen vollkommen ruhig und gelassen, so als wäre sein Besuch nichts weiter als eine reine Routineangelegenheit. Seine tiefliegenden, von dichten Brauen fast verdeckten Augen, denen nichts entging, huschten zwischen Daffyd und Lester hin und her.

Op Owen nickte Ted Lewis zu, dem Polizei-›Finder‹, der die offizielle Gruppe begleitet hatte. Er stand ein wenig abseits von den anderen. Er war von allen Besuchern der einzige, dessen Geist weit geöffnet war. An vorderster Stelle stand bei ihm die Hoffnung, Daffyd werde in seinem Geist den warnenden Hinweis lesen, daß Gillings in Orleys Amoklauf ein weiteres Indiz dafür sah, daß das Zentrum nicht in der Lage war, seine eigenen Mitgliedern unter Kontrolle zu halten oder zu disziplinieren.

»Guten Morgen, Herr Kommissar. Ich bedaure es außerordentlich, daß solche Umstände Anlaß für Ihren ersten Besuch bei uns im Zentrum sind. Die Nachricht von heute morgen hat uns alle sehr bestürzt, und uns ist sehr daran gelegen, daß unser Berufsstand von jedem etwaigen Verdacht möglichst rasch reingewaschen wird.«

Gillings' flüchtiges Lächeln zeigte, daß er die in op Owens Worten enthaltene stillschweigende Erklärung für Orleys Ausflippen entweder nicht wahrgenommen hatte oder nicht akzeptieren wollte.

»Ich will gleich zur Sache kommen, Owen. Unsere Ermittlungen haben klar ergeben, daß die Sicherheitssysteme und Alarmanlagen des Kaufhauses während der Tatzeit in Betrieb waren und einwandfrei funktionierten. Es gibt keinerlei Hinweise, daß in irgendeiner Form an ihnen manipuliert wurde, noch gibt es irgendwelche Spuren, die auf einen gewaltsamen Einbruch hindeuten. Es gibt nur eine Möglichkeit, wie der Zobel, die Halskette, das Kleid und die Schuhe in der Fünfminutenspanne zwischen den einzelnen Rasterbildern des TV-Auges aus dem Fenster entfernt worden sein können.

Wir bedauern außerordentlich, daß alle Indizien auf einen Täter hindeuten, der über Psi-Talente verfügt. Wir müssen darauf bestehen, daß Sie uns den Täter sofort übergeben und das Diebesgut Mr. Grey, dem Beauftragten von Coles, aushändigen.« Er wies auf einen Mann in einem konservativen, aber teuren grauen Anzug.

Op Owen nickte und schaute erwartungsvoll zu Ted Lewis.

»Lewis kann nirgends eine Spur von der Beute ›finden‹; also ist sie ganz offensichtlich abgeschirmt.« Ein Unterton von Ungeduld schlich sich in Gillings' Baßstimme. »Und dieses Anwesen *ist* abgeschirmt.«

»Die gestohlenen Gegenstände sind nicht hier, Herr Kommissar. Wenn sie es wären, wären sie in dem Moment, als die Meldung durchkam, von einem Mitglied gefunden worden.«

Gillings' Augen verengten sich, und seine Lippen wurden zu einem schmalen Strich.

»Ich sagte Ihnen bereits, ich kann auf diesem Anwesen ›lesen‹, Herr Kommissar«, sagte Ted Lewis mit verständlicher Empörung in der Stimme. »Die gestohlenen...«

Mit einer knappen, herrischen Geste schnitt ihm der

Kommissar das Wort ab. Op Owen unterdrückte die ob dieser Unverschämtheit erneut in ihm aufwallende Wut.

»Sie sind ein verdammter Idiot, Gillings«, schnaubte Welch, der offenbar keine Lust hatte, sich ebenfalls im Zaum zu halten, »wenn Sie glauben, daß wir ausgerechnet jetzt einen Dieb decken würden.«

»Ach ja, das Gesetz, das zur Verabschiedung durch den Senat ansteht!« sagte Gillings mit einem unangenehmen Lächeln.

Daffyd hatte große Mühe, seinen Ärger über die selbstgefällige Zufriedenheit und die neue Woge von Feindseligkeit, die Gillings aussandte, hinunterzuschlucken.

»Ja, Herr Kommissar, das Gesetz«, wiederholte op Owen, »das jedes Talent schützen wird, das bei einem parapsychologischen Zentrum *registriert* ist.« Op Owen entging nicht das Funkeln in Gillings' tiefliegenden Augen bei seiner bewußten Betonung des Wortes ›registriert‹. »Wenn Sie mir nun bitte zu unserem Diagramm-Fernkontrollsystem folgen wollen, meine Herren ... Ich denke, daß wir Ihnen zu Ihrer absoluten Zufriedenheit beweisen können, daß kein bei uns registriertes Talent für die Tat verantwortlich ist. Sie sind zum ersten Mal hier, Herr Kommissar, deshalb ist Ihnen unsere Methode nicht vertraut, Vorfälle aufzuzeichnen, bei denen parapsychische Kräfte im Spiel sind.

So, da wären wir. Charles Moorfield ist der diensthabende Ingenieur, und er war zur Tatzeit mit der Überwachung und Kontrolle der Diagramme betraut. Wenn Sie nun einen Blick auf diese Diagramme werfen wollen, werden Sie feststellen, daß die betreffende Zeitspanne – zwischen 7.03 und 7.08 Uhr, sagte der Nachrichtensprecher – noch nicht aufgespult ist. Bitte, Sie können sich selbst ein Bild machen.«

Gillings würdigte die Diagrammstreifen keines Blickes. Statt dessen starrte er Charlie an.

»Das nächste Mal zielen Sie gleich auf die Brust, Mister.«

»Tut mir leid, daß ich ihn überhaupt aufgehalten habe... Mister«, erwiderte Charlie mit einer so kalten, wohlüberlegten Gehässigkeit, daß Gillings rot anlief und auf ihn zuging.

Op Owen trat mit einem schnellen Schritt zwischen sie. »Herr Kommissar«, sagte er mit mühsam beherrschter Stimme, »Sie hassen und mißtrauen uns. Für Sie und Ihre Leute stand von vornherein fest, daß wir mit dem Einbruch zu tun haben, obwohl Sie in diesem Moment mit dem Beweis unserer kollektiven Unschuld konfrontiert werden. Aber das wollen Sie nicht wahrhaben. Sie kommen hier hereingeschneit und senden Haß, Mißtrauen und Wut aus. Nein, ich lese *nicht* in Ihren Gedanken, meine Herren.« Daffyd sah die gespannte Aufmerksamkeit in Gillings' Gesicht bei der Erwähnung dieser Worte. »Das brauche ich gar nicht. Sie provozieren Reaktionen selbst bei den Beherrschtesten von uns – ganz zu schweigen von dem armen schwachsinnigen Telempathen, den wir ruhigstellen mußten. Und wenn Sie nicht sehr bald Ihren Haß und Ihre Ängste unter Kontrolle bringen, werde ich keine Bedenken haben, Sie ebenfalls mit Tranquilizern vollpumpen zu lassen.«

»Sie nehmen den Mund sehr voll für einen Mann in Ihrer Lage, Owen«, schnarrte Gillings. Sein Körper war jetzt sichtlich angespannt.

»Sie sind es, der den Mund zu voll nimmt, Gillings. Gucken Sie mal auf die Anzeige hinter Ihnen.«

Gillings wollte sich nicht umdrehen, schon gar nicht auf op Owens Geheiß hin, aber es gibt eine bestimmte Qualität von rechtschaffenem Zorn, der man sich nicht widersetzen kann.

»Dieses Gerät registriert – genau wie Harold Orley – die psychische Intensität der Atmosphäre. Das Hirn sendet elektrische Impulse aus, wie Ihnen sicher bekannt sein dürfte, Gillings. Die Lügendetektoren, die die Polizei früher verwendete, basieren ebenfalls auf diesem Prinzip. Gegen unsere heutigen Instrumente nehmen sich die früheren Meßgeräte freilich so altertümlich aus wie ein Ochsenkarren gegen ein Raumschiff. Wir verfügen über ultraempfindliche Geräte, die auch die winzigsten elektrischen Impulse messen können. Und dieses PA-Meßgerät, auf das Sie jetzt schauen, registriert in diesem Moment eine gefährliche Hochspannung. Diesem Faktum werden Sie sich gewiß nicht verschließen können.

Und auf den Kontrollpulten dort wird die psychische Aktivität jedes einzelnen Mitglieds, das in diesem Zentrum registriert ist, überwacht und aufgezeichnet. Wie Sie sehen, registrieren die meisten Diagramme in diesem Moment Erregung. Diese roten Trennlinien hier markieren jeweils eine Zeitspanne von sechzig Minuten. Hier, sehen Sie, die Diagrammausschnitte von heute morgen zwischen 7 und 8 Uhr. Sehen Sie den Unterschied? Nicht ein einziges Diagramm zeigt die kinetische Aktivität, die für einen solchen ›Lift‹ erforderlich wäre, wie ihn der Diebstahl darstellt. Aber fast alle Diagramme verzeichnen eine starke Reaktion auf Ihre Anwesenheit.

Es gibt für ein hier registriertes Talent keine Möglichkeit, sich dieser Überwachung in irgendeiner Form zu entziehen. Charlie, war irgendein Telekinet zur Tatzeit außer Kontrolle?« Charlie schüttelte langsam den Kopf, den Blick fest auf Gillings gerichtet.

»Keines unserer Talente hat sich jemals bisher auch nur des geringsten Vergehens schuldig gemacht. Weder außerhalb noch innerhalb des Zentrums. Es gibt kein Verbrechen, das vor den Mit-Talenten verborgen werden könnte.

Und können Sie sich wirklich ernsthaft vorstellen, daß wir wegen einer Perlenkette und eines Pelzmantels alle die Jahre aufs Spiel setzen, die wir gekämpft haben, um von der Öffentlichkeit als vertrauenswürdige Mitbürger von unbestreitbarer Integrität anerkannt zu werden? Da wir doch Geld genug haben, damit jedes Talent, wenn es wollte, sich derlei Plunder problemlos selbst leisten könnte?« Die Verächtlichkeit mit der op Owen seine kostbaren Luxusartikel als ›Plunder‹ titulierte, ließ den Abgesandten des Kaufhauses zusammenzucken.

»Und jetzt gehen Sie, Gillings. Sehen Sie zu, daß Sie Ihre überschäumenden Gefühle in den Griff kriegen, und überdenken Sie noch einmal Ihre voreiligen Schlüsse. Und dann wenden Sie sich auf dem üblichen Dienstweg an uns und bitten uns um Unterstützung. Wir sind nämlich aus verständlichen Gründen weit mehr entschlossen und besser gerüstet, den echten Täter zu finden, als Sie es je sein könnten, ganz egal, was für ein *persönliches* Interesse Sie daran haben, einen Schuldigen zu präsentieren.«

Op Owen lauerte auf eine Reaktion auf seine Bemerkung, aber Gillings, der mit zusammengepreßten, vor Wut fast blutleeren Lippen dastand, verriet sich nicht. Mit einer knappen Handbewegung winkte er den einzigen seiner Männer zu sich, der die blaue Polizeiuniform trug.

»Lassen Sie die Vorladung stecken, Gillings!« sagte op Owen in ruhigem Ton. Aus dem Augenwinkel sah er das hektische Hochschnellen der Nadel auf dem PA-Messer.

»Gehen Sie! Gehen Sie sofort! Rufen Sie an! Wenn Sie Ihre Gefühle nämlich nicht unterdrücken können, Herr Kommissar, tun Sie besser daran, ganz schnell möglichst großen Abstand zwischen sich und das Zentrum zu legen.« Erst jetzt wurde Gillings sich der fast körperlich fühlbaren Gegenwart der im Korridor Versammelten bewußt. Eine breite Gasse war freigehalten worden, eine Gasse, die direkt zur offenstehenden Tür des Fahrstuhls führte. Niemand sprach oder bewegte sich oder hustete. Die Kraft, die von den Talenten ausging, war weder hörbar noch physisch. Aber sie war unbestreitbar einmütig. Es dauerte genau vierundvierzig Sekunden, dann hatte sie die Oberhand gewonnen.

»Meine Firma wünscht über alle Schritte, die Sie zu unternehmen gedenken, unterrichtet zu werden«, sagte der Mann von Coles mit heiserer, quäkender Stimme, während er sich mit unsicheren, immer schneller werdenden Schritten auf den Fahrstuhl zubewegte.

Gillings' drei Untergebene waren nicht so unabhängig, aber es war deutlich zu sehen, wie erleichtert sie waren, als Gillings sich umdrehte und mit ruhigem, gelassenem Schritt zum wartenden Fahrstuhl ging.

Keiner bewegte sich, bis das sichelnde Dröhnen der Helikopterrotoren verklungen war. Erst dann löste sich die Starre, und alles wartete auf Anweisungen von op Owens.

Bürgermeister Julian Pennstrak, der eine Metropole von immerhin rund vier Millionen Einwohnern zu verwalten hatte, hatte gleichwohl die Angewohnheit, sich um jeden Störfall persönlich zu kümmern, der das reibungslose Funktionieren seiner Stadt beeinträchtigte. Er traf am Nachmittag im Zentrum ein.

»Ich würde meine linke Niere und eine Million Kredite hergeben, wenn ich wenigstens soviel Talent hätte, daß ich einen Menschen exakt einschätzen könnte, Dave«, sagte er, als er auf Daffyd op Owen zusteuerte. Er verzichtete darauf, Daffyd die Hand zum Gruß hinzuhalten, da er wußte, daß Talente körperliche Berührung scheuten und daß man warten mußte, bis sie selbst die Hand zum Gruß boten; aber auch so spürte

Daffyd, der Pennstrak mochte, daß dieser ihm in irgendeiner Weise sein persönliches Bedauern über den Vorfall vermitteln wollte. Er blieb einen Augenblick neben dem angebotenen Sessel stehen, auf seinem hübschen Gesicht keine Spur von seinem berühmten heiteren Lächeln. »Ich hätte geschworen, daß Frank Gillings positiv zu den Talenten steht«, fuhr er fort, wobei er sich mit den Fingern durch das dichte gewellte schwarze Haar fuhr, ein weiteres Indiz für seine Besorgnis. »Immerhin hat er Ihre Leute oftmals bis an die Grenze ihrer Belastbarkeit in Anspruch genommen, seit er RuO-Kommissar ist.«

Lester Welch, der gerade dabei war, einen Stadtplan mit Fahndungsrastern zu versehen, blickte von seiner Arbeit auf und schnaubte: »Man benutzt eben jedes Werkzeug, das funktioniert ... bis man sich daran weh tut, jedenfalls.«

»Aber ihr konntet doch beweisen, daß kein registriertes Talent irgendwas mit dem Diebstahl zu tun hatte.«

»Jemand, der gegen seinen Willen überzeugt wird, bleibt in der Regel bei seiner alten Meinung«, knurrte Lester über seinem Stadtplan.

»Les!« Op Owen konnte jetzt keinen Zynismus gebrauchen, egal aus welcher Ecke er kam. »Kein *registriertes* Talent.«

Pennstraks Miene hellte sich auf. »Ihr habt also Gillings davon überzeugen können, daß der Diebstahl das Werk eines unentdeckten Talents sein muß?«

Welch gab ein rüdes Grunzen von sich. »Der ist erst dann überzeugt, wenn wir ihm den Täter und die Beute präsentieren. Nichts anderes wird Gillings oder Coles zufriedenstellen.«

»Stimmt«, nickte Pennstrak mit sorgenvoll gerunzelter Stirn. »Und die schwankenden Mitglieder meines eigenen Stadtrats auch nicht. Oh, ich weiß, es ist eine falsche Reaktion, aber der Zeitpunkt konnte blöder wirklich nicht sein, Dave. Gerade jetzt, da ihr eure Kampagne durchzieht...«

»Da will uns einer ganz bewußt was anhängen...«, begann Welch düster.

»Dasselbe hab ich mir auch schon gedacht«, unterbrach ihn Pennstrak, »und deshalb habe ich die Rasterbilder der TV-Überwachungsanlage aus dem Schaufenster sofort von meinem eigenen Experten untersuchen lassen. Ihr wißt ja, wie diese Anlagen arbeiten: ein fest installiertes TV-Auge, das alle fünf Minuten ein Rasterbild liefert. Nun, auf dem einen Rasterbild war die Puppe bekleidet; auf dem nächsten stand sie nackt da, in ihrer ganzen Plastikschönheit. Es war einwandfrei ein ›Lift‹. An dem Film hat niemand herumgepfuscht, ganz ausgeschlossen.« Pennstrak beugte sich zu Daffyd hinüber, als wollte er ihm ein Geheimnis mitteilen. »Außerdem habe ich Pat kommen lassen. Sie hat jeden einzelnen aus dem Kaufhaus ›abgelesen‹ und auch Gillings' Leute. Gillings selbst jedoch nicht. Sie sagt, er hätte einen natürlichen Schutzschild. Die anderen waren alle sauber... zumindest was unsere Verschwörungstheorie angeht.« Pennstraks spöttisches Grinsen verschwand rasch wieder aus seinem Gesicht. »Ich habe ihr frei gegeben, damit sie sich ausruhen kann. Deshalb bin ich auch allein hier.«

Op Owen nahm die Information kommentarlos auf. Er hatte ein wenig gehofft... es war eine für ihn uncharakteristische Spekulation. Jedenfalls sparte es Zeit und Talent, daß Pennstrak sowohl das Kaufhaus als auch die Polizei hatte überprüfen lassen.

Es war allgemein übliche Praxis geworden, daß Prominente oder umstrittene Persönlichkeiten des öffentlichen Lebens einen starken telepathischen Empfänger als ständigen Begleiter hatten. Die Identität dieses Talents wurde natürlich, wenn irgend möglich, vor der Öffentlichkeit geheimgehalten. Er hatte in der Regel offiziell die Stelle eines Sekretärs oder eine ähnliche Funktion inne, so daß ihre ständige Anwesenheit leicht zu erklären war. Pat Tawfik war offiziell Pennstraks Redenschreiberin.

»Ich habe jedoch«, fuhr Pennstrak fort, »mein Amtsprivileg dazu benutzt, die Jagd zu überwachen. Es gibt genug Gleichgesinnte in den öffentlichen Medien, die auf meine Bitte hin die Sache hinunterspielen; aber Sie wissen selbst, wie leicht diese Art von Gegenpropaganda auch nach hinten losgeht. Wie auch immer, die ganze Geschichte wird Ihnen, dem Zentrum und der Sache der Talente ziemlichen Schaden zufügen. Ein Abtrünniger kann hundert Ehrliche in Verruf bringen. Also, was kann ich tun, um Ihnen zu helfen?«

»Wenn ich das nur wüßte. Im Moment haben wir jeden verfügbaren Empfänger draußen, auf die winzig kleine Chance hin, daß diese – eh – Abtrünnige vielleicht zufällig ihre Freude über den gelungenen Coup aussendet.«

»Sie meinen, es handelt sich um eine Frau?«

»Wir sind übereinstimmend zu der Auffassung gekommen, daß ein Mann vielleicht den Pelz und die Juwelen, meinetwegen auch noch das Kleid geklaut hätte, aber nicht die Schuhe. So was läßt nur eine Frau mitgehen. Im Moment sind Top-›Finder‹ von anderen Zentren auf dem Weg hierher ...«

»Gerade wird ein ›Fund‹ gemeldet, Boss«, meldete Charlie über das Intercom. »Block Q.«

Als Pennstrak und op Owen zum Stadtplan hasteten, verkündete Welch mit einem tiefen Stöhnen: »O Gott, ausgerechnet Block Q! Apartment Hochhäuser, die sich gleichen wie ein Ei dem anderen!«

»Eine Habenichts-Gegend«, fügte op Owen hinzu.

»Gil Gracie hat den ›Fund‹ gemacht, Boss«, fuhr Charlie fort. »Und der Pelz ist nicht das einzige, was er fand; aber er hat ein Problem.«

»Das kann ich mir gut vorstellen«, sagte Les leise, während er mit einer Grimasse auf die Karten-Koordinaten blickte.

»Charlie, schicken Sie alle Finder und Empfänger zu Block Q. Wenn sie die Stelle fixieren können...«

»Boss, wir haben ein paar Fixpunkte, aber es gibt unheimlich viele Ähnlichkeiten.«

»Wo liegt das Problem?« fragte Pennstrak.

»Wir müssen uns einfach Zeit lassen und in Ruhe aussondern, Charlie. Schicken Sie jeden hin, der dabei irgendwie helfen kann.« Dann wandte sich op Owen Pennstrak zu. »Wenn ein Finder einen ›Fund‹ macht, dann bedeutet das erst einmal nur, daß er eine gewisse räumliche Beziehung zwischen dem gesuchten Gegenstand und seiner unmittelbaren Umgebung wahrnimmt. Es ist beileibe nicht so, als hätte er den Gegenstand so gesehen, wie eine Kamera ihn sieht. Ich versuche, es Ihnen mal an einem Beispiel zu erklären: Ist es Ihnen schon einmal passiert, daß Sie in einen Raum kamen oder eine Straße hinuntergingen und plötzlich das Gefühl hatten, einen bestimmten Ausschnitt« – er formte mit den Händen eine Klammer – »dieser Szenerie schon einmal gesehen zu haben, mit exakt derselben Beleuchtung, exakt denselben Bestandteilen? Jedoch nur diesen kleinen Ausschnitt, alles andere drumherum undeutlich und verschwommen?«

Pennstrak nickte.

»Ungefähr so muß man sich ›Finden‹ vorstellen. Manchmal sieht das Talent den gesuchten Gegenstand klar und scharf konturiert vor sich, manchmal vage und verschwommen, oder aber es gibt, wie in diesem Fall, buchstäblich Hunderte von Möglichkeiten... Apartments mit den gleichen Lichtverhältnissen, mit der gleichen Szenerie vor dem Fenster, dem gleichen Grundriß und den gleichen Möbeln. Was in diesem Fall sehr gut möglich ist, da es sich um möblierte Apartments handelt. Wo es keine Anhaltspunkte gibt, anhand derer wir mit Bestimmtheit sagen können, sagen wir mal, Apartment 44E, Buhler Street 18.«

»Zufällig gibt es eine Hausnummer 18 in der Buhler Street Dave«, sagte Les Welch langsam, »mit achtundvierzig Stockwerken à zehn Wohneinheiten.«

Pennstrak schaute op Owen fast ehrfurchtsvoll an »Unsinn, dieses Büro ist sorgfältig abgeschirmt, und ich bin *kein* Präkog!«

»Bevor ihr Burschen das Ganze zu einer nüchternen Wissenschaft gemacht habt, gab es noch so schöne altmodische Dinge wie Vorahnungen«, sagte Pennstrak.

Zu op Owens Beruhigung war es weder Hausnummer 18 noch Buhler Street noch Apartment 44. Es war Apartment 1E, fast genau im Zentrum von Block Q. Niemand hatte es betreten oder verlassen (zumindest nicht auf normalem Weg), seit Gil Gracie und zwei andere Finder es präzise fixiert hatten. Gil gab op Owen den Hauptschlüssel, den er sich in der Zwischenzeit beim Hausmeister besorgt hatte.

»Mein Gott!« sagte Pennstrak, und seine Stimme sank vor Erstaunen fast zu einem Flüstern herab. »Das ist ja fast wie in einem orientalischen Basar!«

»Wahllos zusammengeklaut, ein richtiges Warenlager«, sagte op Owen, während er den Blick von den dicken glänzenden Samtvorhängen, die das trübe Fenster einrahmten, zu den farblich in schreiendem Widerspruch zueinander stehenden Kissenabscheulichkeiten auf dem eleganten Empire-Sessel schweifen ließ. Auf einem Wohnzimmertisch mit Marmorplatte lagerte ein wildes Sammelsurium aus Kitschvasen, Silberdöschen und Pokalen. In kostbaren Schalen aus Meißner Porzellan vergammelten Essensreste. Unter dem Tisch standen leere Konservendosen mit den Etiketten sündhaft teurer Feinkosthersteller. Zwei leere Champagnerflaschen starrten mit blinden grünen

Augen in ihre Richtung. Unter einem Kleiderhaufen lugte ein fabrikneuer Farbfernseher hervor. Ein durchsichtiger schwarzer Bodystocking war in obszöner Pose über den Bildschirm drapiert. »Eher ein Elsternnest«, korrigierte er sich mit einem Seufzer, »und ich wage zu behaupten, daß unsere Elster sehr jung ist und ihr Leben lang arm gewesen ist, bis...« Er blickte einen Moment lang in die freundlich lächelnden Augen Pennstraks. »Bis unser Bildungsprogramm ihr die Tips lieferte, die sie brauchte, um ihr Talent zu entdecken und zu entfalten.«

»Gillings wird in dieser Sache mit Ihnen zusammenarbeiten müssen, Dave«, sagte Pennstrak zögernd, während er nach dem Intercom an seinem Gürtel griff. »Aber erst einmal muß er sich bei Ihnen entschuldigen.«

Op Owen schüttelte heftig den Kopf. »Ich will seine Kooperation, Julian, egal ob zähneknirschend oder freiwillig. Wenn er wirklich an Psi-Talente glaubt, wird er sich ganz von selbst entschuldigen... und unter vier Augen.«

Zu op Owens Verblüffung und Entsetzen tauchte genau im selben Moment Gillings mit lärmendem Getöse, Blaulicht und Sirene im dickbauchigen Lab-Kopter auf.

»Bitte nicht hier und jetzt«, bat op Owen Pennstrak, als er sah, daß der Oberbürgermeister Luft holte, um Gillings mit einem geharnischten Anschiß zu begrüßen. »Sie ist wahrscheinlich durch die Aktivität der Finder sowieso schon gewarnt und hat sich aus dem Staub gemacht.«

»Wenn sie's bisher nicht war, dann spätestens jetzt«, seufzte Pennstrak und entfernte sich, um sich mit einem seiner Assistenten zu beraten. In dem Moment kam Gillings mit seinen Technikern von der Spurensicherung in den Flur gestapft.

Er begrüßte op Owen und Gracie mit einem flüchtigen Nicken und setzte sofort mit knappen, präzisen Anweisungen seine Crew in Trab. Er verstand sein Geschäft, dachte op Owen, und *diesen* Fachleuten schien er offenbar zu vertrauen; denn er machte sich nicht die Mühe, sich in das winzige Apartment zu zwängen, um sie bei ihrer Arbeit zu beaufsichtigen.

»Sobald Ihre Leute Abdrücke und ein physisches Profil haben, würden wir die Daten gern in unseren Computer geben, Herr Kommissar. Es besteht die Möglichkeit, daß das Mädchen tatsächlich an dem offenen Talenttest teilnahm, für den das Zentrum Reklame machte.«

»Wollen Sie damit sagen, Sie *wissen noch nicht*, wer sie ist?«

»Ich konnte den Mantel bloß deshalb ›finden‹, weil ich *wußte*, wie er aussah«, knurrte Gil Gracie, sichtlich empört über Gillings' Auftreten.

»Und wo ist er jetzt?« Gillings deutete mit einer herrischen Geste auf das Apartment.

»Hier sind die Schuhe, Herr Kommissar!« rief einer aus seinem Team und hielt ihm die zierlichen juwelenbesetzten Pumps hin, die jetzt sauber versiegelt in einem durchsichtigen Plastikbeutel verstaut waren. »Leichte Schmutzspuren, Staub, Spuren von Fußnagellack. Scheinen ihr zu groß gewesen zu sein.«

Gillings starrte desinteressiert einen Moment auf die Schuhe. »Keine Spur von dem Kleid?«

»Wir haben noch nicht alles durchsucht.«

»Finden Sie das nicht seltsam, daß Ihre Leute es nicht schaffen, ein Mädchen ausfindig zu machen, das barfuß in einem Nerzmantel und einem hellblauen Seidenkleid in der Stadt herumläuft?«

»Nicht seltsamer als die Tatsache, daß Ihre Hundertschaften von Streifenpolizisten, die über die ganze Stadt verteilt sind, es offenbar ›schaffen‹, eine so bizarr gekleidete Person zu übersehen, Herr Kommissar«, erwiderte op Owen humorig. »Als Sie den Mantel ›gesehen‹ haben, Gil, wo war das?«

»Er lag auf dem Empire-Sessel; ein Ärmel hing auf den Fußboden. Ich konnte einen Teil des Fenstersimses ausmachen und draußen den Baum, ein paar Falten des Vorhangs und den Heizkörper. Ich rief sofort an, und ihr schicktet genügend Finder rüber, so daß wir die Ähnlichkeiten eliminieren konnten. Wir brauchten fast eine Stunde ...«

»Haben Sie den Mantel die ganze Zeit dabei im ›Auge‹ behalten?« fragte Gillings mit einer Stimme, die so bar jeden Ausdrucks war, daß seine Verachtung um so deutlicher durchklang.

Gil stieg die Zornesröte ins Gesicht. Er biß sich auf die Lippen und fauchte zurück: »Versuchen Sie mal, Ihr *physisches* Auge eine Stunde lang auf einen Gegenstand zu richten!«

»Ruhen Sie sich jetzt erst mal ein bißchen aus, Gil«, sagte op Owen väterlich-beruhigend. Er wartete, bis der Finder um die Ecke verschwunden war, dann wandte er sich wieder Gillings zu. »Wenn Sie so entschlossen sind, den Täter zu finden, wie Sie sagen, Kommissar Gillings, dann schwächen Sie nicht die Effektivität meines Mitarbeiterstabes mit solch unberechtigter, mutwilliger Kritik! Immerhin haben wir in weniger als vier Stunden allein auf der Basis von Fotografien der gestohlenen Gegenstände dieses Apartment entdeckt ...«

»Aber nicht den Täter, der auf und davon ist mit einem Zobelmantel, den Sie schon gefunden hatten und dann auf unerklärliche Weise wieder verloren haben.«

»Es reicht jetzt langsam, Gillings«, sagte Pennstrak, der inzwischen wieder zu ihnen gestoßen war. »Dank Ihres ›unauffälligen‹ Erscheinens weiß das Mädchen jetzt, daß es gesucht wird, und schirmt sich ab.«

Pennstrak zeigte auf die schmutzigen Fenster des Apartments, durch die die Rotorblätter des riesigen Helikopters zu sehen waren. Eine Schar Kinder war vom nahegelegenen Spielplatz herübergelaufen und hatte sich in respektvollem Abstand um das imposante Monstrum versammelt.

»In Anbetracht der Vielseitigkeit ihrer Talente«, wandte op Owen ein, bewußt darauf verzichtend, Pennstraks Verärgerung über Gillings zu seinem Vorteil auszunutzen, »gehe ich davon aus, daß sie bereits vor dem Erscheinen des Kommissars wußte, daß sie entdeckt worden war, Julian. Ist irgendeine von den anderen gestohlenen Sachen in ihrem Apartment schon gemeldet worden, Herr Kommissar?«

»Die Konsole. Vor zwei Tagen.«

»Danach wurde sie immer dreister«, fuhr op Owen fort, deprimiert über die Tatsache, daß ein solch fähiges Talent so pervertiert und egoistisch war. Warum? Warum bloß? »Wenn Ihre Dienststelle jemals den chronologischen Ablauf der verschiedenen Diebstähle rekonstruieren kann, dann hätte ich gern eine Kopie davon.«

»Wieso?« Gillings starrte op Owen an, in seinem Blick eine Mischung aus Überraschung und Gereiztheit.

»Ein Talent braucht Zeit, um sich zu entwickeln – bei normalen Menschen. Es kommt nicht, wie die antike Göttin Athene, voll ausgewachsen und entwickelt aus der Stirn gesprungen. Dieses Mädchen hätte zum Beispiel nicht den Farbfernseher klauen können, als es sein Talent zum ersten Mal benutzte; für einen Gegenstand von der Größe und dem Gewicht hätte es größere Erfahrung und Übung bedurft. Je mehr Daten wir haben, desto... aber das ist wohl jetzt nicht der richtige Moment für einen Vortrag.«

Gillings' unausgesprochenes ›Sie sagen es‹ ließ diesmal op Owen verdutzt dreinblicken.

»Nun, Ihre ›Finder‹ sind keine Anfänger«, sagte der Kommissar laut. »Wenn sie den Mantel einmal aufgespürt haben, warum dann nicht ein zweites Mal?«

»Alle Empfänger, die wir haben, sind auf der Suche«, erwiderte op Owen. »Aber wenn sie in der Lage war, dieses Apartment zu verlassen, nachdem Gil den Mantel gefunden hatte, und ihn sogar mitzunehmen (denn das hat sie ja offensichtlich, sonst hätten wir oder Ihre Leute ihn ja gefunden), dann ist sie auch in der Lage, sich und diesen Mantel abzuschirmen. Und solange sie diesen Schutzschirm nicht verläßt, werden wir wohl weder sie noch den Mantel aufspüren.«

Der Laborbericht war ausführlich und erschöpfend. Finger- und Fußabdrücke waren in großer Anzahl gefunden worden. Keiner davon stimmte mit denen in den Karteien des RuO-Amtes, der Bundesbehörde oder der Einwanderungsbehörde überein. Sie war niemals im Zentrum getestet worden. Lange krause schwarze Haare waren in ihrem Apartment gefunden worden. Die Analyse von Hautpartikeln deutete auf olivfarbene Gesichtshaut hin. Infrarotfotos zufolge hatte sie sich ungefähr zu der Zeit zum letzten Mal in ihrem Zimmer aufgehalten, als die vier ›Finder‹ sich auf ihre Wohnung festgelegt hatten, was op Owens Vermutung erhärtete. Aus den Infrarotfotos ging ebenfalls hervor, daß sie von schlankem Körperbau war, ungefähr einen Meter sechzig groß war und knapp hundert Pfund wog. Die Analyse der Blutspuren an einem Kartoffelschälmesser, das die Spurensicherung in ihrer Spüle gefunden hatte, ergab, daß sie Blutgruppe 0 hatte. Innerhalb der letzten acht Tage – soviel ließ sich anhand der bei den Aufnahmen verwendeten Infrarottechnik rückverfolgen – hatte sich außer ihr niemand in dem Apartment aufgehalten.

Anhand dieser Daten fertigte der RuO-Zeichner eine grobe Skizze von ›Maggie O‹ an, wie sie in Ermangelung eines besseren Namens genannt wurde. Die Skizze wurde in der Nachbarschaft herumgezeigt, jedoch ohne Erfolg. Die Bewohner von Block Q scherten sich nicht um Leute, die sich nicht um sie scherten.

Es war Daffyd op Owen, der sich der Kinder erinnerte, die um den Polizeihubschrauber herumgestanden hatten. Von ihnen erfuhr er, daß sie neu in dem Haus war. (Laut Einwohnermeldeverzeichnis hätte das Apartment eigentlich leerstehen müssen.) Ferner erfuhr er, daß sie ständig sang, tanzte und jeden Tag neue Kleider anhatte. Hin und wieder spielte sie mit ihnen und brachte ihnen Leckereien zum Naschen; interessanterweise hatte sie den Kindern gesagt, sie könnten sich solche Leckereien selbst verschaffen, wenn sie nur ganz fest an sie denken würden. Während die Kinder ihm das erzählten, ›sah‹ Daffyd Maggies Gesicht deutlich in ihren Gedanken abgebildet. Der RuO-Zeichner hatte mit seiner Skizze mächtig danebengehauen. Maggie O war selbst kaum älter als die Kinder, mit denen sie gespielt hatte. Sie war nach normalem Standard kaum als hübsch zu bezeichnen, aber so ›ausgefallen‹, daß sich ihr Bild scharf in der Erinnerung der Kinder eingeprägt hatte. Das schmale Gesicht, die leuchtenden Augen, die ausgeprägten Wangenknochen, der kleine spitze Mund und das spitze Kinn waren selbst in einer Gegend außergewöhnlich, die von sehr vielen verschiedenen ethnischen Gruppen bevölkert war.

Ein auf der Grundlage von op Owens Beschreibung rasch angefertigtes Phantombild nebst einer kurzen Personenbeschreibung wurde an allen Zufahrts- und Ausfallstraßen der Stadt sowie an alle Verkehrsgesellschaften verteilt. Höchstwahrscheinlich würde sie versuchen, im Gewühl der allabendlichen Rush-hour die Stadt zu verlassen.

Die Luftkorridore nach Süden und Westen wurden

bereits seit Beginn der Fahndung von Empfängern überwacht; somit existierte jetzt keine Lücke mehr.

Gil Grazie ›fand‹ den Mantel wieder.

»Sie muß ihn in einem Koffer haben«, meldete er über das von der Polizei zur Verfügung gestellte Hand-Comunit von seinem Standort auf dem Hauptbahnhof der Stadt. »Er ist zusammengefaltet und von Dunkelheit umgeben. Er bewegt sich auf und ab. Aber hier sind so viele Leute und so verdammt viele Koffer. Ich werde mal ein bißchen rumlaufen. Vielleicht kann ich den Fund fixieren.«

Gillings gab seinen Einheiten Anweisungen über das Zentral-Comunit, das im Kontrollraum des Zentrums installiert worden war, um die Operationen zu koordinieren.

»Vielleicht testen Sie Gil mal auf Präkog«, murmelte Charlie op Owen zu, nachdem sie die Meldung an alle Sensitiven weitergegeben hatten. »Er hat nämlich darum *gebeten*, auf dem Hauptbahnhof postiert zu werden.«

»Das hätten Sie mir eher sagen müssen, Charlie. Dann hätte ich ihn mit einem Sensitiven zusammengetan.«

»Sehen Sie sich das an!« rief Charlie und deutete auf die wild ausschlagende Nadel auf einem der Fernkontrolldiagramme.

Lester Welch war sofort zur Stelle. Im selben Moment setzte die Audio-Übertragung des Vorfalls ein.

»Nicht das Gleis! Oh! Achtung! Gepäck. Auf dem Handkarren! Paß auf! Beweg dich, Mann! Beweg dich! Nach rechts. Nach rechts! Ahhhh!« Die Frauenstimme erstickte in einem gequälten Schrei.

Daffyd stieß Charlie zur Seite, um an das Sprechgerät zu kommen.

»Gil, hier ist op Owen. Nicht weitergehen! Verfolgen Sie das Mädchen nicht weiter, hören Sie? Sie weiß, daß

Sie hinter ihr her sind. Kommen Sie zurück ins Zentrum! Antworten Sie, Gil!... Charlie, probieren Sie's weiter! Gillings, nehmen Sie Kontakt mit Ihren Leuten im Bahnhof auf! Sagen Sie ihnen, sie sollen Gil Gracie aufhalten!«

»Ihn aufhalten? Warum das denn?«

»Die Präkog. Das Gepäck auf dem Handkarren!« schrie Daffyd. »Lester, erklär es ihm genauer!« Ohne eine Antwort abzuwarten, sprintete er zur Nottreppe, hastete die Stufen hinauf und gelangte aufs Dach. Schweratmend klammerte er sich an den Rand der hohen Stützmauer und konzentrierte seine Gedanken fest auf Gil.

Er kannte Gil so gut, hatte ihn ausgebildet, als ein Angestellter ihn als Kind zu ihm gebracht hatte, weil er so eine ausgeprägte Spürnase für verlegte und verlorengegangene Gegenstände hatte. Op Owen konnte förmlich ›sehen‹, wie Gil sich durch die zu den Zügen strömenden Menschenmassen zwängte, wie er Koffer berührte, ohne Rücksicht auf die verdutzten oder wütenden Blicke ihrer Besitzer; jeder Nerv, jede Faser von ihm auf Empfang eingestellt, voll und ganz ausgerichtet auf das ›Fühlen‹ eines zusammengefalteten dunklen Zobelpelzes. Und so zielstrebig und konzentriert, daß Daffyd nicht zu ihm ›durchzudringen‹ vermochte.

Und op Owen mußte mit ›ansehen‹, wie der voll beladene Gepäckkarren heranschoß und das blind auf sein Ziel konzentrierte Talent gegen einen Pfeiler schmetterte und zermalmte. Er senkte den Kopf, überwältigt von der schrecklichen Erkenntnis, daß sich in diesem Moment eine doppelte Tragödie ereignet hatte. Gil war tot... und die Spur des Mädchens war verloren.

Sein Geist fand keinen Frieden, nicht einmal, als er in den abgeschirmten Kontrollraum zurückkehrte. Lester und Charlie taten so, als wären sie sehr beschäftigt. Gillings war es wirklich. Er dirigierte die Durchsuchung des Bahnhofs, zeterte auf den Bahnhofvorsteher ein, daß die Züge unbedingt aufgehalten werden müßten, blaffte Befehle. Das Dröhnen seiner Baßstimme begann op Owens Kummer zu durchdringen.

»In Ordnung. Wenn die Talente den Zug durchsucht haben und keine weibliche Person entdeckt haben, auf die die Beschreibung paßt, dann können Sie ihn abfahren lassen... Habt ihr schon auf den Herrentoiletten nachgeguckt?... Nein, Sam, du kannst jede festhalten, die dir auch nur im geringsten verdächtig vorkommt. Das Mädchen ist clever, stark und äußerst gefährlich. Wir wissen nicht, wozu es sonst noch alles fähig ist. Jedenfalls ist sie, verdammt noch mal, nicht dazu fähig, ihre Größe, ihr Gewicht und ihre Blutgruppe zu verändern!«

»Daffyd... Daffyd!« Lester Welch mußte ihn am Ärmel zupfen, um seine Aufmerksamkeit zu bekommen. Er zeigte auf Charlie, der ihm das Handsprechgerät hinhielt.

»Es ist Coles, Sir.«

Daffyd nahm den Hörer und lauschte dem vor lauter Dankbarkeit übersprudelnden Kaufhaus-Manager. Er gab artig die richtigen Antworten an den richtigen Stellen, doch erst als er den Hörer wieder an Charlie übergeben hatte, begriff er mit einem Mal den Sinn von Coles' aufgeregtem Monolog.

»Der Mantel, das Kleid und die Halskette sind wieder an der Schaufensterpuppe aufgetaucht«, sagte op Owen. Er räusperte sich und wiederholte seine Worte so laut, daß jeder ihn verstehen konnte.

»Wieder aufgetaucht?« fragte Gillings ungläubig. »Einfach so? Also, diese kleine Hexe! Sam, durchsuch sofort die Damentoiletten im Bahnhof. Warte mal, gibt's da nicht auch ein Damenoberbekleidungsgeschäft in dem Bahnhof? Sag ihnen, sie sollen überprüfen, ob irgendwas fehlt. Falls ja, möchte ich eine detaillierte Liste der fehlenden Kleidungsstücke. Und laß dir die entsprechenden Duplikate aus dem Lager holen und zeig sie den Sensitiven. Wir haben sie jetzt soweit, daß ihre Nerven ganz schön am Flattern sind und sie über kurz oder lang einen Fehler macht.«

Gillings' selbstgefällige Worte klangen unheilvoll in Daffyds Ohren. Eine plötzliche Vision schoß ihm durch den Kopf. Über eine Projektion von Maggies schmalem spitzen Gesicht schob sich das Bild der leblosen Schaufensterpuppen, wieder bekleidet mit dem eleganten blauen Modellkleid und dem dunklen Zobelmantel.

»Hier, da habt ihr sie zurück. Ich will sie nicht mehr. Ich wollte ihn nicht töten. Seht, ich habe euch zurückgegeben, was ihr wolltet. Und jetzt laßt mich in Frieden!«

Daffyd schüttelte den Kopf. Wunschdenken. Genauso sinnlos wie Maggies verspätete Geste der Buße.

»Wir wollen nicht, daß sie in Panik gerät«, sagte er laut. »Und sie war in Panik, als sie den Gepäckkarren auf Gil Gracie lenkte.«

»Sie hat damit einen Menschen getötet, op Owen!« Gillings schrie die Worte fast hinaus.

»Und wenn wir nicht äußerst behutsam vorgehen, wird sie noch mehr töten.«

»Wenn Sie glauben, ich fasse eine wahnsinnige Mörderin mit Samthandschuhen an, dann irren Sie sich ...«

Das durchdringende Summen des Sprechgeräts zwang Gillings, seine Tirade zu unterbrechen und den Hörer abzunehmen. Er holte schon Luft, um den Anrufer zusammenzustauchen, aber was dieser ihm mitzuteilen hatte, ließ ihn entsetzt innehalten.

»Wir können die väterliche Tour vergessen, op Owen. Soeben hat sie alle Ihre und meine Leute umgenietet, die am Eingang Oriole Street postiert waren. Ihre Leute sind bewußtlos. Meine und ungefähr zwanzig unschuldige Pendler leiden unter rasenden Kopfschmerzen.

Haben Sie irgendeinen praktikablen Vorschlag, wie wir dieses Ungeheuer, das Sie da geschaffen haben, einfangen und zur Strecke bringen können?«

»Oriole Street, sagen Sie? Ist sie in östlicher oder westlicher Richtung weitergelaufen?« Er mußte unbedingt verhindern, daß diese haßerfüllte Stimmung noch weiter eskalierte.

»Spielt das irgendeine Rolle?«

»Wenn wir sie kriegen wollen, ja. Und wir müssen sie kriegen. Sie steht im Moment unter psychischer Höchstspannung. Wer weiß, wozu sie noch fähig ist. Ein solches Talent war bisher nur eine theoretische Möglichkeit ...«

Gillings verlor jegliche Kontrolle über sich. Seine Furcht und sein Haß brachen mit solcher Heftigkeit aus ihm hervor, daß Charlie Moorfield, von ihrer Wucht überrumpelt, von seinem Stuhl hochschoß und sich in einer instinktiven Abwehrreaktion auf Gillings stürzte.

»Gillings!« – »Charlie!« schrien Les und Daffyd gleichzeitig und sprangen hinzu, um die beiden Kampfhähne auseinanderzuzerren. Aber Charlie, der vor Schreck über seine eigene Reaktion ganz weiß im Gesicht war, hatte sich schon wieder im Griff. Er sank zitternd auf seinen Stuhl und stammelte eine Entschuldigung.

»Sie meinen, Sie *wollen* mehr Ungeheuer wie sie und ihn haben?« schnarrte Gillings mit einer solch haßtriefenden Stimme, daß Daffyd die Schwingungen seiner Emotionen als stechenden körperlichen Schmerz wahrnahm. Er hatte für einen Moment das Gefühl, sein Kopf berste.

»Seien Sie doch kein Narr, Gillings«, sagte Lester mit zitternder Stimme und packte den Kommissar beim Arm. »Sie können doch in der Gegenwart eines Telepathen nicht solche Gefühle auskotzen, ohne eine solche Reaktion auszulösen. Sehen Sie sich Daffyd an! Sehen Sie sich Charlie an! Mann, Sie sind genauso schlimm wie

dieses zu Tode erschrockene, völlig verwirrte Kind...«
Und dann ließ Lester Gillings' Arm plötzlich los und
starrte ihn mit vor Erstaunen weit aufgerissenen Augen
an. »Jesus! Sie sind ja selbst ein Telepath!«

»Ruhe! Beruhigt euch, alle miteinander!« sagte op
Owen leise, aber mit solcher Eindringlichkeit, daß sich
sofort alle Augen auf ihn richteten. »Ich habe die Lösung. Und wir dürfen keine Zeit vergeuden. Charlie,
sorgen Sie dafür, daß Harold Orley sofort mit dem
Klinik-Helikopter nach Süden geflogen wird, Richtung
Hauptbahnhof. Gillings, ich brauche schnellstens zwei
Ihrer kräftigsten, stabilsten Streifenpolizisten, die Sie
auf Ihrem Dienstplan haben, bewaffnet mit Schnellschuß-Tranquilizer-Gewehren. Rendezvous mit dem
Klinik-Kopter über dem Hauptbahnhof!«

»Harold?« fragte Les verdutzt. Erleichterung trat in
sein Gesicht, als er Daffyds Absicht erkannte. »Na klar
doch! Nichts kann Harold Orley aufhalten. Und niemand kann sein Herannahen ›lesen‹.«

»Nichts. Und niemand«, bestätigte op Owen entmutigt.

Gillings gab sofort die entsprechenden Befehle durch.
Als er den Klinik-Kopter aufsteigen und nach Westen
entschwinden sah, wandte er sich zu op Owen um.

»Fliegen wir ihm nach?«

Daffyd nickte und bedeutete Gillings mit einer Geste,
ihm auf das Dach vorauszusteigen. Er drehte sich nicht
um, als er hinter dem Kommissar die Treppe hochstieg,
aber er wußte auch so, was Les und Charlie nicht aussprachen.

Sie war die Oriole Street hinunter nach Osten weitergelaufen. Und ihre Spur war leicht zu verfolgen: Sie bestand aus Passanten, die sich, von Krämpfen geschüttelt, unter rasenden Kopfschmerzen schreiend am
Boden wälzten. Das heißt, bis sie den Boulevard überquerte. Dort verlor sich ihre Spur.

»Wir fliegen nach Süd-Südosten und schneiden ihr den Weg ab«, wies Gillings seinen Piloten an und ließ ihn die Korrektur zum Klinik-Kopter übermitteln. »Ob sie zum Meer will?« fragte er rhetorisch, während er nach der Luftkarte der Stadt kramte. »Hier. Wir können am Seman's Park runtergehen. So weit kann sie noch nicht gekommen sein... es sei denn, sie kann inzwischen auch schon fliegen.« Die letzte Bemerkung war an op Owen gerichtet.

»Möglicherweise könnte sie sich teleportieren«, antwortete Daffyd und sah, daß sich die Augen des Kommissars verengten. »Aber auf diese Idee ist sie noch nicht gekommen. Solange, wie wir sie am Laufen halten können, ist sie zu verstört, um daran denken zu können...« Der Gedanke bereitete Daffyd op Owen Kopfschmerzen. Sie würden sie hetzen müssen, bis sie vor Angst und Erschöpfung den Verstand verlor. Eine beängstigende Vorstellung...

Gillings wies alle Polizei-Schweber an, das Gebiet anzusteuern, wo sie zuletzt gesehen worden war: ein Wohnviertel mit kleineren Geschäften aller Art.

Als die drei Helikopter schließlich an dem kleinen Park zueinander stießen, war die Spur von Maggie O verlorengegangen.

Als Gillings Anstalten machte, aus dem Helikopter zu steigen, hielt op Owen ihn zurück.

»Wenn Sie sich nicht absolut unter Kontrolle haben, Gillings, haben Sie Harold auf dem Hals.«

Gillings starrte den Direktor lange an, die Kinnlade trotzig vorgeschoben. Dann ließ er sich langsam in seinen Sitz zurückgleiten und drückte op Owen ein Sprechfunkgerät in die Hand.

»Danke, Gillings«, sagte op Owen und stieg aus dem Helikopter. Er signalisierte der Besatzung des Klinik-Kopters, Harold Orley aussteigen zu lassen, und dann ging er hinüber zu den wartenden Beamten.

Die zwei größten von ihnen besaßen genau die Statur, die er sich gewünscht hatte. Sie wirkten kräftig und durchtrainiert genug, um einen Koloß wie Harold Orley im Notfall bändigen zu können. Op Owen sondierte behutsam ihre Gedankenstruktur und war mit dem zufrieden, was er vorfand. Sie besaßen den natürlichen Schutzschild der Gleichmütigen, Temperamentlosen und waren somit relativ unempfindlich gegen Gefühlsstürme. Sie waren jedoch keineswegs dumm zu nennen, weder Webster noch Heis; außerdem waren beide genauestens über die Entwicklung unterrichtet worden.

»Orley hat keine verwendbare Intelligenz. Er ist ein menschliches Barometer; er mißt die Intensität und den Typ der auf ihn einwirkenden Emotionen und reagiert instinktiv darauf. Er selbst sendet jedoch keine Impulse aus. Er vermag nur zu empfangen. Deshalb kann ihn Maggie O weder identifizieren noch ihm etwas tun. Er ist das einzige Talent, dessen Herannahen sie nicht ›lesen‹ kann.«

»Aber wenn er sie findet, wird er sie dann nicht...«, begann Webster, während er Harold mit dem Kennerblick eines Boxsportfans taxierte. Doch dann zuckte er die Achseln und wandte sich wieder höflich op Owen zu.

»Sie haben die Tranquilizer-Gewehre mitgebracht? Gut. Ich hoffe, Sie werden damit umgehen können, wenn es soweit ist. Aber das wichtigste ist, daß sie gefaßt wird, bevor sie noch mehr Schaden anrichten kann. Sie hat schon einen Mann getötet...«

»Wir verstehen, Sir«, sagte Heis, als op Owen keine Anstalten machte fortzufahren.

»Wenn Sie können, verpassen Sie ihr eine Ladung. Wenn sie erst einmal zu senden aufhört, verfällt er rasch wieder in einen Zustand, in dem man ihn leicht lenken kann.« Nun, so rasch nun auch wieder nicht, korrigierte sich Daffyd im stillen, als er sich an die Szene vor dem Klinikgebäude erinnerte. »Sie wurde zuletzt auf der Ostseite des Boulevards gesehen, ungefähr acht Blocks von hier. Sie wird müde und erschöpft sein und nach irgendeinem Schlupfwinkel suchen, wo sie sich ausruhen kann. Trotzdem wird sie wahrscheinlich immer noch genügend Emotion ausstrahlen, daß Harold sie orten kann. Sobald er sie ›gewittert‹ hat, wird er auf direktem Wege auf sie zusteuern. Sozusagen in Luftlinie. Hindern Sie ihn daran, zu versuchen, mit dem Kopf durch feste Wände zu rennen. Wenn Sie ihn ansprechen, tun Sie das ganz ruhig, so als würden Sie besänftigend auf ein kleines Kind einreden. Geben Sie ihm einfache, klare Anweisungen. Ich sehe, Sie haben Sprechfunkgeräte dabei. Ich werde die Aktion aus der Luft verfolgen. Der Helikopter ist abgeschirmt, aber ich werde Ihnen helfen, wann immer ich kann.«

Webster und Heis nahmen Harold in die Mitte und gingen die Oriole Street nach Westen hinunter: die zwei Beamten im Gleichschritt, Harold, der sie trotz ihrer hünenhaften Statur noch fast um Haupteslänge überragte, in entgegengesetztem Schritt.

Daffyd op Owen ging langsam zum Helikopter zurück. Er nahm Platz und nickte Gillings zu. Er versuchte, seine Gedanken für den Augenblick ganz abzuschalten.

Als die Helikopter vom Park aufstiegen und langsam im Strom des städtischen Luftverkehrs nach Westen drifteten, schaute op Owen traurig hinunter auf die Menschen in den Straßen. Auf Kinder, die auf den Gehsteigen spielten. Auf die Ströme von Männern und Frauen mit Aktentaschen oder Plastiktüten, die nach Hause hasteten. Auf stumpfnasige Busse und Lastwagen, die sich mühsam durch den Feierabendverkehr schoben. Auf die dickbauchigen Fernlinien-Helibusse, die schwankend an den Straßeninseln anlegten und ihre Passagiere ausspien.

»Er fängt an zu zerren«, meldete Heis nüchtern.

Daffyd drückte auf die Sprechtaste seines Funkgeräts. »Das ist normal. Er beginnt zu registrieren.«

»Er zerrt jetzt heftiger. Will immer geradewegs durch die Häuser marschieren.« Aus dem Unterton in Heis' Stimme las op Owen, daß die beiden Beamten seine Warnung bezüglich Orleys Zielstrebigkeit, die auch vor Betonwänden nicht haltmachte, nicht ganz ernstgenommen hatten. »Er läßt sich von uns dirigieren, aber er drängt ständig nach rechts. Web, nimm du seinen anderen Arm! Ja, so ist's besser.«

Gillings war aufgestanden und zum TV-Kontrollpult an der Längsseite des Helikopters gegangen. Ein kurzer Kameraschwenk, und er hatte das Trio auf dem Bildschirm. Er holte es näher heran, stellte das Bild scharf ein und übertrug es auf den Bildschirm im Cockpit.

»Ganz ruhig, Orley! Nein, Web, versuch nicht, ihn aufzuhalten! Halt den Verkehr an!«

Orleys Marschroute kreuzte jetzt die belebte Nord-Süd-Avenue. Webster rannte in die Straßenmitte, um den Verkehr anzuhalten. Passanten drehten sich neugierig um, blieben stehen und starrten dem seltsamen Trio hinterher.

»Nicht!« sagte op Owen, als er sah, daß Gillings nach dem Lautsprechermikrofon griff. »Sie braucht uns nicht zu hören.«

Auf der anderen Straßenseite angelangt, beschleunigte Orley seinen Schritt abermals. Wieder begann er nach rechts zu drängen, so als wollte er geradewegs durch die Häuserwände brechen.

»Dirigieren Sie ihn nach links auf den Gehsteig, Heis!« rief op Owen. »Ich glaube, er ist noch einigermaßen willfährig. Noch ist er nicht in Laufschritt verfallen.«

»Er atmet schon ganz heftig, Mr. op Owen«, meldete Heis voller Bedenken. »Und sein Gesichtsausdruck hat sich verändert.«

Op Owen nickte. Er kannte dieses Phänomen nur allzugut. Es war immer wieder auch für ihn verblüffend und faszinierend zu sehen, wie sich Orleys völlig leerer Gesichtsausdruck in die klassische Maske der Emotionen verwandelte, die er gerade empfing. Unter den jetzigen Umständen würde die Veränderung besonders erschütternd sein.

»Was drückt sein Gesicht aus?«

»Ich würde sagen... Haß.« Heis' Stimme stockte bei dem letzten Wort. Dann fügte er in normalem Ton hinzu: »Er lächelt auch, aber es ist kein nettes Lächeln.«

Sie hatten Orley wieder auf den Gehsteig bugsiert. Immer wieder versuchte er, nach rechts zu drängen. Gleichzeitig wurde sein Schritt immer schneller; nicht mehr lange, und er würde in Laufschritt fallen. Webster und Heis begannen, die Passanten vor ihnen durch heftiges Winken aus dem Weg zu scheuchen. Lange würde Maggie O die Aufregung, die das Trio unter den Passanten erzeugte, nicht mehr verborgen bleiben. Op Owen überlegte. Sollten sie weitere Polizisten einsetzen, um die Leute zu beruhigen? Oder würde ihr Einsatz die Aufregung eher noch vergrößern?

Orley verfiel jetzt in Laufschritt. Webster und Heis hatten alle Hände voll zu tun, ihn auf dem Gehsteig zu halten. »Was ist im nächsten Block?« fragte op Owen Gillings. Der Kommissar schaute auf den Stadtplan, ohne dabei das Dreigespann unten auf dem Gehsteig auch nur für eine Sekunde aus den Augen zu lassen.

»Wohnhäuser und ein Parkhaus für den Überland-Lkw-Verkehr.« Gillings blickte op Owen an und zog fragend die dichten Brauen hoch.

»Nein, sie ist noch immer da; Orley hätte sich sonst nicht auf sie eingepeilt.«

»Sehen Sie nur! Sein Gesicht! Mein Gott!« rief Heis entsetzt aus. Er war stehengeblieben und zeigte auf Orley. Aber Websters Gesicht war klar auf dem Bildschirm zu erkennen, und was er sah, mußte ihn erschüttern.

Orley riß sich von seinen Führern los. Er rannte jetzt immer schneller, rücksichtslos alles beiseite stoßend, was ihm im Weg stand. Heis und Webster stürzten hinter ihm her, aber beide schüttelten dabei seltsam den Kopf, als ob irgend etwas sie behinderte. Jetzt versuchte Orley, durch eine Ziegelmauer zu brechen. Er prallte von ihr ab und nahm einen neuen Anlauf. Webster war ihm vorausgeeilt und blies in seine Trillerpfeife, um den heranbrausenden Straßenverkehr anzuhalten. Heis brüllte abwechselnd in sein Sprechfunkgerät und in die Richtung der verdutzt gaffenden Passanten. Einige von ihnen ließen jetzt ihre Taschen fallen und faßten sich an den Kopf.

»Setzen Sie uns auf dem Dach ab«, wies op Owen den Piloten an. »Gillings, beordern Sie Leute, die alle Ein- und Ausgänge des Parkhauses besetzen. Und lassen Sie die Hubschrauber an den offenen Seiten des Parkhauses auf Posten gehen.«

Im selben Moment spürte er eine Woge von Furcht gegen sich anbranden. Das Mädchen war sich jetzt der drohenden Gefahr bewußt.

»Schaltet eure Gedanken ab!« schrie er Gillings und dem Piloten zu. »Nicht denken!«

»Mein Kopf! Mein Kopf!« kam ächzend Heis' Stimme aus dem Lautsprecher des Comunits.

»Konzentrieren Sie sich auf Orley!« rief op Owen. Instinktiv preßte er die Fingerkuppen gegen die Schläfen, um den klammernden Druck zu mildern, der ihm den Schädel zusammenzupressen schien. Auf dem Bildschirm sah er, wie Heis hinter Orley hertorkelte, der in diesem Moment in das Parkhaus hineinstürmte.

Op Owen fing den mentalen Druck ab und zerstreute ihn; zugleich sendete er Beruhigung/Hilfe/Schutz/Mitgefühl zurück. *Er* konnte ihr Gil Gracies Tod verzeihen. Jedes Talent hätte es ebenso getan. Wenn sie sich auf der Stelle ergab, würde das Zentrum es schon irgendwie schaffen, sie vor den rechtlichen Folgen ihres Verhaltens zu schützen. Nur mußte sie sich sofort ergeben.

Irgend jemand schrie. Der Helikopter bockte und schleuderte sie fast aus den Sitzen. Der Pilot ächzte und rang nach Luft. Gillings sprang nach vorn und übernahm die Instrumente.

Op Owen, der einen unglaublichen Kampf ausfocht, war blind für physische Realitäten. Wenn er es nur schaffen würde, die ganze Aufmerksamkeit des verwirrten, unter ungeheurem Druck stehenden Geistes von Maggie O auf sich zu lenken... ihn lange genug unter Kontrolle zu halten... Schmerz/Furcht/Schwarz/Rot/Orange... Keuchen... Schock und Panik... Ungläubigkeit... Verlust jeglichen Vertrauens... ungeheure physische Anstrengung.

Beton kratzte op Owens Wange. Seine Finger begannen zu bluten, als er versuchte, eine verschlossene Stahltür auf dem Dach aufzuzerren. Er schaffte es nicht. *Aber er mußte sie als erster erreichen!*

Irgendwie fanden seine Füße die Stufen, als er die Nottreppe hinunterstürmte. Mit aller Kraft schottete er seinen Geist gegen das immer intensiver werdende Pochen ab, das gegen ihn anbrandete.

Und dann sah er sie. Sie stand vor ihm auf dem Treppenabsatz, die Hand um den Treppenpfosten geklammert, gerade im Begriff, sich nach unten auf die nächste Treppe zu schwingen. Eine dünne, knabenhafte Gestalt, stand sie vor ihm, für eine Sekunde starr vor Schreck und Unentschlossenheit. Strähnen schwarzen Haars hingen ihr wirr über das schmale spitze Gesicht, das

211

verzerrt und häßlich war von der ungeheuren physischen und geistigen Anstrengung. Ihre großen, vor Wut und Entsetzen schwarzen Augen, blutunterlaufen vor Verzweiflung und Furcht, blickten ihn an.

Sie erkannte, was und wer er war, und ihr Haß brandete prasselnd gegen seinen Geist. Jene Worte – nach Gil Gracies Tod – waren ihre gewesen, nicht das Produkt seiner Phantasie. Sie hatte in dem Moment ihn als ihren wahren Gegner erkannt. Und erst jetzt war *er* gezwungen zu erkennen, was sie war, alles, was sie war – und, bedauerlicherweise, alles, was sie nicht sein würde.

Er kämpfte mit der unerbittlichen Entscheidung jener nur den Bruchteil einer Sekunde währenden Konfrontation; mehr als alles andere auf der Welt wünschte er sich, daß es nicht so sein mußte.

Sie war die Klügere! Sie wirbelte herum!

Sie war plötzlich hinter der schweren eisernen Feuertür, ohne sie geöffnet zu haben! Harold Orley, der die Treppe heraufgestürmt kam, verfügte über kein derartiges Talent. Er krachte mit vollem Schwung gegen die Tür. Daffyd hatte keine andere Wahl. Sie hatte sich durch die Tür teleportiert. Er fing den benommenen Telempathen auf, beruhigte ihn, so gut er konnte, schob den Riegel zurück und zog die Tür weit auf.

Orley rannte hinter der schlanken Gestalt her. Sie steuerte auf die Abfahrtrampe zu.

»Bleib stehen! Bleib doch stehen!« hörte op Owen seine eigene Stimme in fast flehendem Ton rufen.

Heis kam aus dem Treppenhaus getorkelt.

»Schießen Sie auf ihn! Um Himmels willen, schießen Sie auf Orley, Heis!« brüllte op Owen.

Heis schien nicht mehr in der Lage, seine Motorik zu koordinieren. Op Owen rannte zu ihm und versuchte, seine hilflos nach der Waffe tastenden Hände beiseite zu drücken und die Tranquilizer-Pistole selbst aus dem

Holster zu reißen. Heis' antrainierte Reflexe ließen ihn jedoch die Waffe nur um so fester umklammern. Im selben Moment hörte op Owen den gellenden Schrei des Mädchens.

Zwei Männer waren am oberen Ende der Abfahrtrampe aufgetaucht. Beide feuerten gleichzeitig. Dumpf hallte das Echo ihrer Tranquilizer-Pistolen durch das Parkhaus.

»Nicht auf sie! Auf Orley! Auf den Mann!« schrie op Owen, aber es war schon zu spät.

Als das Mädchen auf dem Boden zusammenbrach, warf Orley sich darauf. Packte sie und schlug und trampelte ein auf den Quell der Emotionen, die ihn so verwirrten und erregten. Schlug und trampelte sie physisch, so wie sie ihn psychisch geschlagen und getrampelt hatte.

Orleys Körper zuckte zusammen, als die Tranquilizer-Geschosse ihn gleichzeitig von allen Seiten trafen, aber es dauerte zu lange, bis sie Wirkung zeigten; zu hoch war der Adrenalin-Spiegel des aufgewühlten Telempathen.

Selbst Gillings' Augen waren erfüllt von Schmerz und Mitleid und Entsetzen, als er auf dem Parkdeck auftauchte und die blutüberströmten Körper sah.

»Großer Gott! Konnte denn niemand ihn aufhalten?« murmelte erschüttert der Hubschrauberpilot, der zusammen mit Gillings gekommen war, und wandte entsetzt den Blick von dem formlosen blutigen Fleischklumpen, der halb zugedeckt war von Orleys bewußtlosem Körper.

»Die Tür hätte ihn aufgehalten, aber er« – Heis zeigte mit grimmiger Miene auf op Owen – »hat sie ihm geöffnet.«

»Sie hat sich durch die Tür teleportiert«, sagte op Owen matt. Er mußte sich gegen die Wand lehnen. Er begann unkontrolliert zu zittern. »Sie mußte aufgehalten werden. Jetzt. Hier. Bevor ihr bewußt wurde, was sie getan hatte. Was sie zu tun imstande war.« Seine Knie knickten ein. »Sie hat sich durch die Tür teleportiert!«

Völlig unerwartet war es Gillings, der ihm zu Hilfe kam, ein Gillings, dessen Geist nicht länger abgeschirmt war, sondern der Mitgefühl, Hochachtung und Verständnis ausstrahlte.

»Das haben Sie auch.«

Op Owen registrierte die Worte des Kommissars gerade noch, bevor er in Ohnmacht sank.

»Das ist alles, was von Solange Boshe übriggeblieben ist«, sagte Gillings und warf die Tonbandspule auf den Tisch. »Alles, was wir über ihr Leben zusammenkriegen konnten. Zigeuner bleiben nie lange am selben Ort.«

»Gibt es überhaupt noch welche?« fragte Lester Welch und starrte mit nachdenklich gerunzelter Stirn auf die drei Zoll breite Komprimierung eines fünfzehn Jahre währenden Menschenlebens.

»O ja, das kann ich Ihnen versichern«, erwiderte Gillings, und sein Ton war zum ersten Mal, seit er das Büro betreten hatte, ein wenig säuerlich. »Auf dem Band befindet sich auch ein Interview mit Bill Jones, dem Vetter von ihr, den der Sozialarbeiter aufgespürt hat, nachdem Solange sich von der Lungenentzündung erholt hatte. Keine Angst«, versicherte ihnen Gillings hastig, »er weiß von nichts. Glaubt, daß es sich lediglich um eine Routinenachforschung nach dem Aufenthaltsort eines ausgerissenen Mündels handelt. Er hatte so einen Verdacht« – Gillings schnitt eine Grimasse, – »daß die Familie nach Toronto weitergezogen war. Was auch stimmte. Er vermutete auch, daß sie sie wahrscheinlich für tot gehalten hatten, als sie auf der Straße zusammengebrochen war. Der Bericht aus Toronto bestätigt das. Es wird Sie also wohl kaum noch überraschen, op Owen, wenn ich Ihnen sage, daß ihre Sippe nach Aussage von Jones die einzige ist, die ihren Lebensunterhalt noch immer mit Kaffeesatzlesen, Handlesen, Kartenlegen und ähnlichem bestreitet.«

»Nun hören Sie mal, Gillings!« brauste Lester auf. Doch als er sah, daß sein Boss und der RuO-Kommissar sich angrinsten, verstummte er.

»Es war also genauso, wie Sie vermutet hatten, op Owen«, fuhr Gillings fort. »Sie war ein wildes Natur-Talent, ein Freak-Talent sozusagen. Wir wissen von den Krankenschwestern, daß sie während ihres Krankenhausaufenthalts Ihre Sendungen verfolgte. Wir können mit ziemlicher Sicherheit davon ausgehen, daß sie wußte, daß wir auf ihrer Fährte waren, entweder als Gil Gracie den Mantel ›fand‹ oder als ihr Apartment fixiert wurde. Warum sie den Diebstahl überhaupt erst beging, ist nicht schwer zu erraten, ebensowenig ihr instinktives Bedürfnis, sich zu verstecken.« Gillings hob den Kopf mit einem heftigen Ruck und stand auf. Er hielt op Owen die Hand hin, besann sich und hob sie zu einer Abschiedsgeste. »Sie wollen diese Sendungen fortsetzen, nicht wahr?«

Lester Welch warf dem Kommissar einen so vernichtenden Blick zu, daß op Owen kichern mußte.

»Ja, mit gewissen Änderungen.«

»Gut. Talent muß identifiziert und trainiert werden. Früh identifiziert und gut ausgebildet werden, damit es später richtig und sinnvoll angewendet werden kann.« Gillings starrte op Owen in die Augen. »Die Boshe war schlecht, op Owen, durch und durch schlecht. Hören Sie sich an, was Jones über sie sagt, und Sie werden das, was am Dienstag passiert ist, nicht allzusehr bedauern. Manchmal sind auch die Jungen starr und verstockt.«

»Da stimme ich Ihnen zu, Gillings«, sagte Daffyd und

begleitete den Kommissar so ruhig zur Tür, als hätte er nicht gehört, was Gillings so klar dachte. »Und wir danken Ihnen sehr für Ihr Entgegenkommen und Ihre Mithilfe bei der Version, die wir der Öffentlichkeit als Erklärung für die seltsamen Ereignisse vom Dienstag aufgetischt haben.«

»Ein Fall von gegenseitigem Einvernehmen«, sagte Gillings mit einem schelmischen Grinsen. »Oh, nicht nötig, daß Sie mich rausbringen! *Ich* kann diese Tür öffnen.« Die Tür war noch nicht ganz hinter ihm geschlossen, als Lester Welch zu seinem Vorgesetzten sagte:

»Und wessen Hand hat jetzt wessen Hand gewaschen? Wag bloß nicht, jetzt das Unschuldslamm zu spielen, Daffyd op Owen! Noch vor zwei Tagen war dieser Mann dein Feind, so voll von Haß und Mißtrauen, daß ich ihm am liebsten den Hals umgedreht hätte.«

»Erinnerst du dich noch, was du Dienstag über Gillings gesagt hast?«

»In den letzten paar Tagen ist hier viel hohles Zeug geredet worden.«

»Frank Gillings ist tatsächlich Telepath.« Als er Lesters verdutztes Gesicht sah, fügte er hinzu: »Und er will keiner sein. Also hat er es unterdrückt. Ganz natürlich, daß er da in einem unheimlichen Widerstreit stand.«

»Ha!«

»Er ist zwar nicht zu alt, aber er ist nicht mehr flexibel genug, um sein Talent anzunehmen, nachdem er es so lange verdrängt hat.«

»Okay, geschenkt. Aber was sollte dieser Spruch, als er rausging ... ›*Ich* kann diese Tür öffnen‹?« Lester äffte die tiefe Stimme des Kommissars nach.

»Ich bin auch schon zu alt, um noch neue Tricks zu lernen, Les. Ich habe mich durch die Stahltür des Parkhauses teleportiert. Er hat es gesehen. Und *sie* sah die

Erinnerung daran in meinem Geist. Wäre Sie am Leben geblieben, hätte sie meinen Geist völlig leergesaugt. Und – ich *wollte* nicht, daß sie stirbt.«

Op Owen wandte sich abrupt zum Fenster um und schaute hinaus auf das Anwesen, in der Hoffnung, daß ihn die Ruhe und der Frieden draußen sein Gleichgewicht wiederfinden ließen. Was auch der Fall war – bis er Harold Orley mit seinem Wärter den Fußpfad entlangstapfen sah. Sofort schob sich ein bleiches, von wirren Haarsträhnen bedecktes Gesicht, aus dem ihn zwei große dunkle Augen entsetzt anstarrten, über die Szene.

Das Intercom summte, und er nahm gelassen den Hörer ab.

»Boss, uns ist ein echtes Talent ins Haus geschneit!« Sally Iselins fröhliche Stimme holte ihn aus seinen düsteren Grübeleien zurück. »Ein starker Präkog mit ausbaufähigen kinetischen Möglichkeiten. Und nun raten Sie mal, wer es ist.« Sally war vor Aufregung ganz außer Atem. »Er sagt, der Polizist in seinem Bezirk hätte ihm geraten, er solle zu uns kommen. Und da er keinen Ärger mehr mit der Polizei haben will, ist er eben gekommen...«

»Könnte es sein, daß er Bill Jones heißt?«

»Woher in aller Welt wissen Sie das?«

»Das ist keine Präkog, Sally«, erwiderte op Owen mit einem leisen Lächeln, und er spürte, daß er sich allmählich wieder freuen konnte. »Eine sichere Sache ist ja keine Präkog, nicht wahr, Les?«

TEIL 4

Ein Zügel für Pegasus

Julian Pennstrak, Oberbürgermeister von Jerhattan, Daffyd op Owen, Direktor des Ostamerikanischen Parapsychologischen Zentrums, und Frank Gillings, Kommissar der Behörde für die Aufrechterhaltung und Durchsetzung von Recht und Ordnung, hatten sich im Büro des letzteren versammelt: ein angemessener Rahmen, denn die vier Wände von Gillings' Büro in der obersten Etage eines Wolkenkratzers waren aus Plexiglas und gewährten den drei Männern einen atemberaubenden Panoramablick über die Stadt, deren Geschicke sie lenkten und die sie schützten.

»Die Maggie O-Geschichte hat schließlich und endlich doch noch ein Gutes gehabt«, erinnerte Daffyd op Owen seine beiden Gesprächspartner. »Ihr ... Verwandter ... in welchem Verwandtschaftsgrad auch immer sie zu Bill Jones stand ... entwickelt sich zu einem vielversprechenden Präkog.«

Gillings grunzte und rieb sich die fleischige Nase, Skeptik zur Schau tragend.

»Eine halbe Stadt gelähmt mit rasenden Kopfschmerzen, zwei Tote, die Öffentlichkeit mit Lügenmärchen abgespeist, und Sie sagen, die Sache hätte was Gutes gehabt! Na, ich weiß nicht!«

»Sie neigen also doch dazu, eine negative Haltung anzunehmen, wie, Frank?« bemerkte der Oberbürgermeister halb amüsiert. Er beobachtete op Owen aus dem Augenwinkel. Er wußte, daß den Direktor des Parapsychologischen Zentrums der Tod von Gil Gracie und Solange Boshe, alias Maggie O, tief erschüttert hatte. Und das seltsame Geplänkel zwischen Gillings und op Owen ging auf diese Begebenheit zurück: Der eine trug widerwillige Bewunderung zur Schau, der andere reuevollen Kummer. Nun, Pennstrak besaß selbst ein gewisses Einfühlungsvermögen, das ihn davon abhielt, zu tief in der Sache nachzugraben. Wie auch immer, die Wahrheit über das plötzliche Auftauchen und den Tod von Maggie O war erfolgreich vor der Öffentlichkeit vertuscht worden, und wenn Daffyd der Auffassung war, daß die Sache letztendlich doch noch ein Gutes gehabt hatte, dann wollte er, Pennstrak, sich damit begnügen und die Affäre auf sich beruhen lassen. »Aber wie auch immer«, fuhr Pennstrak fort, »das Berufsimmunitätsgesetz ist seit gestern mit seinem Erscheinen im Bundesgesetzblatt in Kraft. Wo liegt also nun Ihr Problem, Frank?«

»Ich sehe folgendes Problem: Wenn wilde Talente wie Solange Boshe existieren können, wie spüren wir sie auf, bevor sie Unheil anrichten? Nun« – er hob die Hand, als Daffyd op Owen den Mund öffnete, um etwas zu erwidern – »weiß ich, daß Sie ein subliminales TRI-D-Programm laufen haben, Dave. Die Frage ist nur: Wie erfolgreich ist es im Aufstöbern der Wirrköpfe und Spinner?«

Gillings' Ausdrucksweise ließ op Owen leicht zusammenzucken.

»Das wird uns leider erst die Zeit lehren. Immerhin haben wir aber schon Bill Jones, den Vetter von Maggie O, und er verspricht, ein erstklassiger Präkog zu werden. Sally Iselin in der Testklinik hat es mit mehr als fünfzig Bewerbern pro Tag zu tun.« Er seufzte. »Die meisten davon sind leider Flops, aber hin und wieder ist auch ein Volltreffer dabei. Man kann die Leute nicht dazu zwingen, sich testen zu lassen.«

»Was wir brauchen«, sagte der RuO-Kommissar mit

Grabesstimme, »ist ein Gesetz, das jeden Bürger verpflichtet, sich testen zu lassen.«

»Bei neun Millionen Menschen?« fragte Pennstrak humorvoll entgeistert.

»Die wilden Talente kosten uns mehr«, knurrte Gillings.

Pennstrak konnte nicht umhin, das zuzugeben.

»Noch besser wäre es, gleich nach der Geburt zu testen«, sagte Daffyd op Owen. »Unsere Sensitiven in den Entbindungsstationen arbeiten recht erfolgreich. Aber uns fehlen die entsprechenden Einrichtungen und, was noch wichtiger ist, das Personal. Man braucht eine spezielle Art von Talent, um Talente im Embryo-Stadium aufzuspüren. Sally Iselin ist ein absolutes As auf diesem Gebiet, und ich danke der Vorsehung, daß wir sie in der Klinik haben. Sie hat sich in ihrem Urteil noch nie geirrt. Aber sie ist die einzige Kraft, die wir auf diesem Gebiet haben, und sie ist völlig überarbeitet.« Daffyd lächelte und entschied sich, besser doch nicht zu sagen, was er eigentlich noch sagen wollte. Im Geist sah er das ernste Gesicht von Lester Welch vor sich und hörte ihn mahnen: Um Himmels willen, Dave, erzähl nicht jedem alles, was du weißt. Sie wollen es gar nicht immer hören. So bezweifelte Daffyd zum Beispiel, daß Frank Gillings begeistert wäre zu erfahren, daß Sally Iselins momentane Assistentin die zwei Jahre alte Dorotea Horvath war, die außergewöhnlich talentierte Tochter von zwei seiner Leute. Dorotea kam jeden Morgen und jeden Nachmittag in die Klinik, um in dem Raum zu ›spielen‹, in dem die Bewerber warteten. Dabei näherte sie sich instinktiv jedem, der auch nur die leiseste Spur von Talent hatte, so daß Sally bereits eine Vorauswahl hatte. Die übrigen Bewerber konnten nach den Routineuntersuchungen guten Gewissens wieder nach Hause geschickt werden. Dorotea war sich dessen, was sie konnte, nicht bewußt – sie tat es ganz einfach.

»Ein Talent«, erklärte Daffyd Gillings, »schlummert manchmal im verborgenen, wie bei Solange Boshe, und bricht erst unter starkem psychischen Druck an die Oberfläche. Aber jede Psyche reagiert auf jeden Stimulus anders, und ein starkes Talent wie Solange reagiert wieder auf eine ganz andere Anordnung von Stimuli. Oft war das Talent auch bewußt oder unbewußt unterdrückt, als Schutz gegen den Neid und die Anfeindungen seitens derer, die kein Talent besitzen. Eben dieser feindseligen Haltung versuchen wir mit unseren Informationskampagnen entgegenzusteuern, indem wir die Leute darüber aufklären, wie nützlich ...«

Gillings schnitt ihm mit einer brüsken Handbewegung das Wort ab. Daffyd wußte, daß er Gillings' wunden Punkt getroffen hatte. Der Kommissar war selbst ein ›Latenter‹, der es ablehnte, sein Talent ausbilden zu lassen; deshalb bekam er verständlicherweise ein schlechtes Gewissen, wenn man ihn daran erinnerte.

»Entschuldigung, daß ich schon wieder einen Vortrag gehalten habe«, sagte op Owen mit einem reumütigen Grinsen, »aber ich wollte nur deutlich machen, daß unsere Möglichkeiten begrenzt sind, trotz allen Talents, das wir zur Verfügung haben. Ebensowenig sind wir bis jetzt in der Lage, Fälle wie den von Solange Boshe vorauszusehen. Ihre RuO-Agenten, Frank, haben alle Informationen, die wir bisher gesammelt haben, wie man ein latentes oder unbewußtes Talent aufspürt. Was können wir mehr tun?«

»Bringen Sie Ihren Freund, den Senator, dazu, eine Zusatzklausel in das Immunitätsgesetz zu schreiben«, sagte Gillings mit brummiger Stimme, »daß es illegal ist, ein Talent zu besitzen und es zu verbergen.«

Daffyd erwiderte Gillings' schuldbewußten Blick mit einem überraschten Grinsen. Gillings wußte sofort, was sich hinter diesem Grinsen verbarg, und sein schuldbewußter Blick verwandelte sich in einen wütenden Flunsch.

»Ich werde Joel Andres den Vorschlag gerne unterbreiten, wenn ich ihn das nächste Mal treffe«, sagte op Owen höflich.

»Wie, zum Teufel, wollen Sie eine solche Bestimmung – angenommen, sie kann überhaupt noch in das Gesetz eingebaut werden – unter den Bedingungen, die Sie soeben zitiert haben, praktisch anwenden, Daffyd?« fragte Pennstrak kopfschüttelnd. »Sie haben doch selbst gesagt, Sie hätten für so was weder die Möglichkeiten noch das nötige Personal. Abgesehen davon liegt das Problem ja gerade darin, daß die ›Latenten‹ nicht wissen, daß sie ein Talent haben; sonst wäre es ja logischerweise kein latentes Talent mehr. Und da sie es nicht wissen, könnte man sie wohl kaum dafür bestrafen, wenn sie sich nicht registrieren lassen. Und diejenigen, die um ihr Talent wüßten, könnten einfach behaupten, daß sie es nicht wüßten.«

»Nun, es wäre schon eine gewisse Hilfe für mich«, sagte Gillings, immer noch ziemlich knurrig. Aber er schaute op Owen jetzt nicht mehr ganz so wütend an. Offensichtlich hatte der Telepath dem Oberbürgermeister gegenüber nichts von seinem latenten Talent erwähnt. Der Mann wußte anscheinend, wann er den Mund halten mußte. »Ich könnte Verdächtige in Gewahrsam nehmen und somit verhindern, daß sie plötzlich Amok laufen, so wie dieses Zigeunermädchen.«

Op Owens Lächeln verschwand.

»Sie können ein Talent nicht unterdrücken oder einsperren, Frank. Damit würden Sie genau den psychischen Druck ausüben, den wir ja gerade um jeden Preis vermeiden wollen. Es gibt noch so viel, was wir über parapsychische Kräfte nicht wissen, so ungeheuer viel.«

»Was zum Beispiel?« fragte der RuO-Kommissar und

bereitete sich innerlich auf unangenehme Informationen vor.

Op Owen spreizte die Hände. »Ich kann es Ihnen nicht sagen; ich bin kein Präkog.« In Gedanken fügte er ein inbrünstiges ›Amen‹ hinzu.

Gillings quittierte diese wahrlich erschöpfende Auskunft mit einem unzufriedenen Grunzen. »Nun, wo wir gerade beim Thema ›Präkog‹ sind: Haben Ihre Talente schon irgendwelche neuen Erkenntnisse bezüglich dieses blödsinnigen Stellenzuteilungsprogramms nach ethnischen Gesichtspunkten? Ich gehe doch wohl recht in der Annahme, daß unter Ihren Leuten sämtliche ethnischen Gruppen vertreten sind?«

»Nachweislich.«

Gillings schaute ihn mit einem langen prüfenden Blick an, als hätte er den Verdacht op Owen wolle sich über ihn lustig machen. Julian Pennstrak räusperte sich hastig.

»Nun, schon mal wenigstens ein Punkt weniger, der mir Kopfschmerzen macht«, fuhr der RuO-Mann fort. »Und Ihre Präkogs haben bezüglich dieser Sache wirklich keine weiteren Vorfälle gehabt, außer dieser nebulösen Warnung?« Er tippte mit dem Zeigefinger auf die Vorfall-Aufzeichnungen, die ihm tags zuvor ins Büro geschickt worden waren.

Daffyd schüttelte den Kopf. »Die Präkognition ist von allen parapsychologischen Disziplinen die unsicherste und unberechenbarste. Aber allgemein kann man sagen, je größer die Anzahl der Betroffenen, desto größer die Möglichkeit detaillierter Vorfälle. Oder umgekehrt: Je schwerwiegender die Veränderung für eine prominente Person, desto höher die Wahrscheinlichkeit eines klar umrissenen Vorfalls.

Die alten Kaffeesatzleser und Kartenleser versuchten, die Zukunft vorauszusagen, die Zukunft jedes x-beliebigen, der zu ihnen kam. Und während ich vermute, daß sie für den Durchschnittstyp ganz gut allgemeine Äußerungen über die Zukunft machen konnten, glaube ich, daß sie dann am besten waren, wenn sie die Zukunft von solchen Personen voraussagten, von deren Handeln das Schicksal eines großen Teils der Menschheit abhing. Manche Präkogs brauchen für ihre Arbeit die direkte Konfrontation mit der betreffenden Person. Aus diesem Grund führen wir auch Akten mit persönlichen Daten und Fotos von allen wichtigen Persönlichkeiten. Aber man kann eine Präkognition nicht provozieren.

Nehmen wir das Beispiel Maggie O: Zu Anfang war sie ein völlig unbeschriebenes Blatt, ein isolierter Fall, ohne jeden Bezug zu irgendeiner Gruppe oder irgendeinem übergeordneten sozialen Gefüge, ohne die geringste Verbindung zu irgendeiner prominenten Persönlichkeit, deren Betroffenheit einen Vorfall bei einem unserer Präkogs hätte auslösen können. Das änderte sich erst, als die Umstände sie Gil Gracies Lebenslinie kreuzen ließen. Von da an hatten wir sie im Visier, aber auch nur deshalb, weil der Präkog auf Gil eingepeilt war.

Es gibt – und das kann ich nur ständig wiederholen – eine Menge parapsychischer Manifestationen, über die wir nichts wissen. Jedesmal, wenn ich glaube, ich hätte eine Kombination oder Facette erfaßt, stoße ich sofort wieder auf Ausnahmen, die das soeben Erkannte in Frage stellen.

Henry Darrow sagte einmal, ein Talent zu besitzen ist wie ein Ritt auf einem geflügelten Pferd. Man hat von dort oben einen herrlichen Ausblick, aber leider kann man nicht immer absteigen, wann man will.«

Gillings hatte geduldig gewartet, bis op Owen mit seinem Vortrag fertig war; jetzt rasselte er mit den Kassetten auf seinem Tisch. Pennstrak betrachtete den Direktor mit neuem Verständnis.

»Ich hatte immer gedacht, Pegasus sei das Symbol der Dichtkunst... Höhenflüge der verbalen Phantasie. Aber ich muß sagen, mir gefällt Ihre Analogie, Dave. Ein geflügeltes Pferd ist ein angemessenes Reittier für euch Talente. Ich persönlich hätte bestimmt nicht den Mut, mich auf seinen Rücken zu schwingen.«

»Wenn ihr zwei vielleicht geruht, aus euren luftigen Höhen herabzusteigen und euch wieder mit den weltlichen Problemen der normalen Sterblichen zu befassen...«, sagte Gillings säuerlich. »Wo, zum Teufel, sollen wir Jobs für all diese Matschgräber hernehmen?«

Eines Morgens – etwa zwei Monate waren seit dieser Unterredung vergangen – fand Daffyd op Owen, als er in sein Büro kam, eine Nachricht auf seinem Schreibtisch, er solle, sobald er einen Moment Zeit habe, sofort Sally Iselin anrufen. Für eine semantisch sensible Persönlichkeit war die Wortwahl provokativ. Daffyd tippte ihre Nummer, sobald er die Nachricht zu Ende gelesen hatte, obwohl noch eine ganze Anzahl anderer Papiere und Kassetten mit dem roten Aufkleber ›Eilt‹ auf seinem Schreibtisch warteten. Wenn pro Monat auch nur ein einziger ›Latenter‹ entdeckt wurde, dann war das Informationsprogramm schon sein Geld wert.

»Daffyd hier, Sally. Sie haben versucht, mich anzurufen?«

»Oh, Daffyd!« Sie klang überrascht und eine Spur verlegen. »Ich bin nicht ganz sicher, ob ich Sie damit behelligen soll...«

»Meine Urgroßmutter pflegte zu sagen: ›Wenn etwas zweifelhaft ist, ist es schmutzig.‹«

»Ich rede aber nicht von Wäsche, Daffyd.« Er vermißte ihre übliche Lockerheit. »Ich rede von Menschen.«

»Welchen Menschen?« Es war ganz untypisch für

Sally, daß man ihr jedes Wort einzeln aus der Nase ziehen mußte.

»Also, Daffyd, ich möchte Ihnen wirklich kein Vorurteil einimpfen. Aber ... also, würden Sie heute abend mit mir ausgehen? Es gibt da einen Ort, den ich Ihnen unbedingt zeigen möchte, oder besser, ich möchte, daß Sie ihn fühlen. Ich selbst werde nicht schlau aus dem, was da ist und ich weiß, daß was passiert ist.«

»Das wird ja immer geheimnisvoller. Ich habe schon angebissen...«

»Ach, du meine Güte! Ich will Sie doch nicht *angeln*. Ich habe was getan, was ich nicht hätte tun sollen.«

Daffyd lachte. »Sally, das einzige, was Sie getan haben: mich unheimlich neugierig zu machen.«

»Okay. Dann holen Sie mich um neun Uhr ab. Wir müssen den Helikopter nehmen. Und bringen Sie *Geld* mit!« Bei dem Wort ›Geld‹ senkte sie ihre Stimme zu einem gurrenden Vibrato, in dem die Assoziation von wilden Prassereien und Ausschweifungen mitschwang; aber das ebenfalls darin mitschwingende hintergründige Lachen verriet Daffyd, daß Sally wieder ganz die alte war.

»So viele Bündel, wie Lester mir erlaubt. Also dann, um neun!«

Er hatte den Hörer noch nicht ganz aufgelegt, als die Tür sich öffnete und Lester Welch hereinkam.

»Na, was hat Iselin auf dem Herzen?«

»Ich kann keine Gedanken per Telefon lesen«, erwiderte Daffyd grinsend.

Lester brummelte einen leisen Fluch vor sich hin und blickte seinen Boss mit säuerlicher Miene an. »Okay, du willst also auch nichts sagen. Ich habe zwar vielleicht kein Talent, aber ich brauche auch keins, um zu wissen, daß irgendwas Sally aufgeregt hat. Sie gibt sich mächtig Mühe, kühl und gelassen zu klingen.«

Daffyd zuckte die Achseln und griff nach dem Stapel

Bänder auf seinem Schreibtisch. »Sobald ich was weiß, sage ich dir Bescheid. Sonst noch was auf dem Herzen? Ach so, Sally sagt, ich müßte heute abend Geld mitbringen.« Lester starrte ihn einen Moment überrascht an und schnaubte. Dann zeigte er auf das mit dem Etikett ›Finanzen‹ versehene blaue Band, das sich in dem Stapel mit den Eilsachen befand, den Daffyd gerade durchsah.

»Irgend so ein Kommunalfritze aus East Waterless Ford – ein Kaff irgendwo im Norden des Staates – ist auf die glorreiche Idee gekommen, die Wohnunterkünfte des Zentrums zu besteuern, genauso wie normale Apartmentblocks. Er behauptet, mit den Steuereinnahmen von solchen ›Einwohnern mit hohem Einkommen‹ könnte das Staatsdefizit um neun Prozent gesenkt werden.«

Daffyd stieß einen anerkennenden Pfiff aus. »Wahrscheinlich hat der Bursche sogar recht; er übersieht bloß die Tatsache, daß dies eine staatlich anerkannte Sonderkommune ist, für die gesetzliche Ausnahmeregelungen gelten, und daß seine ›Einwohner mit hohem Einkommen‹ ihr Gehalt bis auf den letzten Kredit an das Zentrum abführen.«

»Hör's dir selbst an, Dave! Der Bursche ist ganz schön clever. Faßt die Sache verdammt geschickt an.«

Op Owen seufzte. Trotz ihrer wohldurchdachten Öffentlichkeitsarbeit gab es immer irgend jemanden oder irgend etwas oder irgendein Komitee, die ihnen etwas am Zeug flicken oder sie diskreditieren oder vernichten wollten und es mit allen Mitteln probierten.

»Dasselbe haben Sie in New Jersey gemacht – vielleicht erinnerst du dich –, als die Princeton-Universität die Akademikerdörfer errichtete, um die hohen Grundstückspreise und Steuern zu umgehen«, erinnerte Lester ihn griesgrämig.

»Ich hör's mir an, Lester, ich hör's mir an. Und jetzt

laß mich bitte allein.« Daffyd schob Welchs Kassette in den Schlitz in der Konsole.

Lester brummte leise irgendwas in seinen Bart, als er hinausging. Und Daffyd op Owen hörte sich das Band aufmerksam an. Was er hörte, gefiel ihm ganz und gar nicht; aber der Senator hatte seine Hausaufgaben gewiß nicht schlecht gemacht. Steuereinnahmen aus den Wohnhäusern des Zentrums würden in der Tat ein stattliches Sümmchen für das chronisch leere Staatssäckel bedeuten. Nur daß das Zentrum noch zum Stadtgebiet von Jerhattan gehörte und die Steuern, wenn überhaupt, an die Stadt und nicht an den Staat fließen würden.

»Verbinden Sie mich bitte mit Julian Pennstrak«, bat Daffyd seine Sekretärin.

Der Oberbürgermeister könnte ihm in dieser Sache vielleicht helfen. Mit Sicherheit interessierte auch ihn, was dieser Hinterwald-Senator, Aaron Greenfield hieß er (daß es immer welche mit ›-field‹ sein müssen, dachte Daffyd in Erinnerung an seine Schlacht mit Senator Mansfield Zeusman und verzog das Gesicht zu einer Grimasse), da ausgeheckt hatte. Wenn er es nicht schon wußte. Nicht viel entging Julian Pennstraks gütigem Adlerauge. Pennstrak war nicht da, aber seine Sekretärin verband Daffyd taktvoll mit Pat Tawfik, Pennstraks Redenschreiberin, die in Wirklichkeit sein persönliches Talent war.

»Ja, Dave, Julian weiß von Greenfields Vorschlag und verfolgt die Sache aufmerksam«, berichtete ihm Pat. »Er hat ihn sogar zu einem längeren gemütlichen Plausch hier in seinem Büro gehabt, gleich als wir Wind von dem Plan kriegten. Greenfield ist wie Zeusman: argwöhnisch und mißtrauisch gegenüber uns ›Übermenschen‹.«

»Hat Julian ihm gesagt, daß die Wohnhäuser Gemeinschaftseigentum des Zentrums sind ...?«

»Ja. Und er hat ihm auch die Zahlen gezeigt, die das Zentrum jedes Jahr vorlegt, und zusätzlich die Berichte der Rechnungsprüfer. Aber das hat auf Greenfield keinen Eindruck gemacht. Wenn überhaupt« – Pat schnitt eine Grimasse, – »hat es ihn nur noch mehr in seiner Auffassung bestätigt, daß das Zentrum eine reiche Quelle für zusätzliche Steuereinnahmen ist.«

»Das Zentrum liegt aber auf dem Stadtgebiet von Jerhattan.«

»Das Argument hat Julian auch ins Feld geführt, aber Greenfield ist einer von diesen ›Wir-sitzen-alle-in-einem-Boot‹- und ›Ziehen-alle-an-einem-Strang‹-Typen: alle für einen und einer für alle ... alles Geld in eine gemeinsame Kasse – in seine. Er ist Vorsitzender des Staatshaushaltsausschusses, müssen Sie wissen.«

Daffyd nickte.

»Ich wollte Ihnen nicht unnötige Sorgen machen, Daffyd«, sagte Pat reumütig.

Daffyd verkniff sich eine bissige Erwiderung und seufzte statt dessen.

»Pat, es ist leichter, ein Unkraut auszurupfen, wenn es noch klein ist.«

»Ein Unkraut? Das ist ein guter Vergleich. Genau das ist dieser Greenfield nämlich.« Pat klang ungewöhnlich giftig. »Ich werde Julian ausrichten, daß Sie angerufen haben und daß Sie sich Sorgen machen.«

»Nein. Ich mache mir keine Sorgen, Pat. Noch nicht.«

»Wenn ich Sie wäre, würde ich mir aber welche machen«, erwiderte sie düster.

»Gibt es irgendeine Präkog?«

»Keine bestimmte. Aber offen gesagt, Dave, was mir viel mehr Kopfzerbrechen macht als alles, was dieser Aaron Greenfield sich da ausbrütet, ist das Klima, das derzeit in der Stadt herrscht. Und Julian geht es genauso. Er streift heute zu Fuß in der Stadt herum, um sich an Ort und Stelle ein Bild zu machen.« Sie hob beschwichtigend die Hand. »Keine Angst, ich habe einen von den RuO-Sensitiven mitgeschickt. Ich selbst bin im Moment etwas unbeweglich.« Sie blickte hinunter auf ihren schon stark gewölbten Bauch. »Haben Sie meinen Bericht gesehen?«

»Sie haben einen geschickt?« Daffyd begann in dem Kassettenstapel zu kramen.

»Er müßte auf Ihrem Schreibtisch sein. Es wäre besser, wenn er auf Ihrem Schreibtisch wäre.«

Daffyd fand nach einigem Kramen das mit einem purpurfarbenen Aufkleber versehene Stadtverwaltungs-Band und hielt es hoch, damit sie es sehen konnte.

»Da ist es. Ich bin noch nicht dazu gekommen, es mir anzuhören, weil Lester Welch gleich als erster heute morgen hier reingeschneit kam und mir sagte, ich müsse mir unbedingt seins als erstes anhören.«

»Und er hat nichts von unserem Band erwähnt?« Sie klang entrüstet. »Dann hören Sie es sich jetzt an, Dave. Glauben Sie mir, es ist wichtiger als Greenfield, auch wenn Lester Welch gegenteiliger Ansicht ist.«

»Ist das eine Präkog, Pat?«

»Wenn Sie sagen, es ist mein Zustand«, sagte sie, plötzlich wütend, »so wie Julian, dann lege ich mein Amt nieder.« Der Zorn verschwand so plötzlich aus ihrem Gesicht, wie er aufgeflammt war. »Gott, als ob ich mir das nicht auch wünschte!«

»Pat, wollen Sie ein paar Wochen ausspannen?«

Daffyd op Owen registrierte die rasch wechselnden Gefühle in ihren Zügen: erst Unmut dann Hoffnung, dann wieder Resignation. »Nicht Dave.«

»Ich würde es auch nicht, und das wissen Sie. Ich kann ein Mayday rausschicken...«

»Und ein anderes armes Talent mit Arbeit überlasten?« Pat hob das Kinn. »Ich werd's schon schaffen, Dave. Ehrlich! Es ist bloß... ach, hören Sie sich den Bericht an. Und denken Sie dran, es ist ein pan-ethnisches Problem dieses Jahr.«

»*Dieses Jahr?*« Daffyd op Owen schob die Stadtverwaltungs-Kassette in die Konsole, und seine Sorge wegen des Greenfield-Vorstoßes verblaßte sehr schnell zur Bedeutungslosigkeit angesichts der drohenden Gefahr von Rassenunruhen, die über der Stadt hing. Er begann sich zu fragen, wer sonst noch gedacht haben mochte, er erspare ihrem Direktor Ärger, indem er nicht die harten Tatsachen meldete, die er jetzt hörte. Wenn der Korrelationsstab sich beim Lesen der Präkogs vertan hatte, würde er den ganzen Haufen degradieren.

Die kurzen, heftigen Auseinandersetzungen zwischen einzelnen ethnischen Gruppen um das Arbeitszuteilungsprogramm während des Winters waren geschlichtet worden, aber innerhalb der einzelnen ethnischen Sektoren der Stadt gärte es noch immer: Jede Gruppe war sicher, daß eine andere die besten Rosinen aus dem Kuchen gekriegt hatte. Und fast jedesmal, wenn es irgendwo zu Unruhen kam, hatte ein gewisser Vsevolod Roznine, ein junger pan-slawischer Führer, die Hände im Spiel. In dem Bericht hieß es, daß Roznine bei seinen Wählern und Anhängern mehr gefürchtet als beliebt war und daß mehrere Versuche, den Agitator auszuschalten, daran gescheitert waren, daß er geschickt allen Fallen aus dem Weg gegangen war. Der Bericht endete mit dem Vermerk, daß Roznine möglicherweise ein Latenter war. Jedoch war der bisher einzige mentale Kontakt mit ihm für das Talent, dem es gelungen war, ihn herzustellen, so unangenehm gewesen, daß es ihn abgebrochen hatte, bevor es ihm hätte einsuggerieren können, sich zwecks eines Tests zum Zentrum zu begeben.

»Der Geist dieses Mannes ist wie eine Kloake«, war der abschließende Kommentar.

Daffyd op Owen preßte die Fingerspitzen zu einer

Pyramide zusammen, schwenkte seinen Drehstuhl herum und starrte hinaus aus dem Fenster auf die gepflegten Anlagen draußen. Er fühlte sich unerklärlich deprimiert, obwohl er zu Recht stolz sein konnte auf das, was das Talent im allgemeinen und das Ostamerikanische Zentrum im besonderen in den vergangenen Jahrzehnten zuwege gebracht hatte. Er sah jedoch auch – und dazu bedurfte es keines seherischen Talents –, wie viel noch zu tun war, und das in allen Bereichen: im öffentlichen, im privaten, im städtischen, im militärischen und, am wichtigsten, im internen. Egal, welcher Art das Talent war, ob Präkog, Telepathie, Teleportation, Telekinese oder Empathie: Die Talente waren immer noch zuallererst Menschen, ungeachtet ihrer besonderen Gabe, die so oft einer Anpassungstherapie im Wege stand.

Sie hatten endlich und nach langem zähen Kampf die ersehnte berufliche Immunität erlangt. Ein weiterer Riesenschritt nach vorn. Im kommerziellen Bereich waren sie seit vielen Jahren akzeptiert und begehrt, zahlten sich ihre Dienste hier doch oft genug in barer Münze aus. Seit es den ersten Körper-Talenten gelungen war, Attentäter auch aus großen Menschenmengen herauszupicken, wurden sie von den intelligenten Menschen akzeptiert. Aber die Mehrheit, die breite Masse, war noch immer mißtrauisch, und sie galt es noch immer zu überzeugen, daß die Talente keine Bedrohung darstellten.

Er hatte über alles dies schon oft nachgegrübelt, aber er wußte auch, daß er damit nicht die anderen drückenden Probleme löste, die vor ihm lagen. Eine Stadt, die zerrissen war von Rassenquerelen. Der Sommer nahte, und trotz aller Fortschritte in der Wetterregulierung bedurfte es nur einer längeren Hitzewelle, die die für die Klimasteuerung der Stadt notwendige Stromversorgung zusammenbrechen ließ, und schon waren die Bedingungen dafür geschaffen, daß der schwelende Konflikt sich in offenen Rassenunruhen entlud.

Bisher lagen noch keine Präkogs über größere Krawalle vor, und für eine so große Stadt wie Jerhattan war eine solche Präkog statistisch wahrscheinlicher als für eine Kleinstadt oder gar für einen einzelnen Bürger. Ein schwacher Trost...

Zum Glück waren unter den Talenten alle Rassen vertreten, dachte Daffyd. So brauchte das Zentrum wenigstens von dieser Seite her nichts zu befürchten.

Er nahm das Mikrofon und sprach eine Anweisung an alle Talente auf Band, sich auf das Klima der Stadt zu konzentrieren. Die großen Geister hätten nun alle einen einzigen Gedanken. Vielleicht fänden sie auch eine Antwort.

Als er Sally Iselin um neun Uhr an der Klinikpforte abholte, musterte sie ihn erst einmal abschätzend. Dann verwandelte sich ihr besorgter Blick in ein strahlendes Lächeln.

»Ich wußte es. Ich wußte es.«
»Was?«
»Sie sind genau richtig angezogen. Woher wußten Sie das? Ich bin sicher, daß ich Ihnen keinen Anhaltspunkt gab. Sind Sie ganz sicher, daß Sie nicht vielleicht doch ein Präkog sind, Daffyd?«
»Ich bin froh, daß ich keiner bin.«

Ihre Munterkeit legte sich schlagartig. Sie streckte die Hand aus, zögerte und wartete, bis er von sich aus die Geste mit einer sanften Berührung ihrer Fingerspitzen erwiderte.

»Kein Grund zur Sorge. Ich hatte bloß einen anstrengenden Tag. Und da hatte ich eben Lust, mich in feinen Zwirn zu werfen.«

Sie legte den Kopf schief, spitzte den Mund und schaute ihn lächelnd an. »Steht Ihnen wirklich ausgezeichnet«, sagte sie keß, während sie eingehend seinen königsblauen Coverall begutachtete.

»Das läßt sich hören«, erwiderte Daffyd und schaute grinsend auf Sally hinunter, die in ihrem lindgrün und schwarz gemusterten Kleid und den dazu passenden hohen Stiefeln einen reizenden Anblick bot. Ihr teenagerhafter Charme wirkte wie ein Tonikum auf ihn, und er fragte sich, wie so oft, wenn er in ihrer Gesellschaft war, wieso er eigentlich nicht häufiger die Gelegenheit wahrnahm, seine erfrischende Wirkung zu genießen.

Als er sie beim Arm faßte, um ihr in den zweisitzigen Helikopter zu helfen, warf sie ihm einen verdutzten Seitenblick zu. Er fing noch das mentale Echo ihres Erstaunens auf, bevor sie über die Testpersonen des Tages zu plappern begann.

»Sie kommen zu uns, Daffyd, und schwören heilige Eide, daß sie diese oder jene Wahrnehmung gehabt hätten. Aber Dorotea springt nicht auf einen einzigen von ihnen an. Wir machen die Routinechecks, und nichts – alle taub, stumm und blind.«

Sally redete für ihr Leben gern, aber Daffyd spürte schnell, daß ihre heutige Geschwätzigkeit ein Schutzschild war. Er fragte sich, was sie vor ihm verbergen zu müssen glaubte. Sein Anstand verbot es ihm, sich durch eine rasche Sondierung Klarheit zu verschaffen; er konnte warten. Früher oder später bekäme er die nötigen Hinweise schon. Sally war von ihrem Naturell her zu offenherzig, um sich über längere Zeit verschlossen halten zu können.

Sie dirigierte ihn in Richtung Nordwesten, zum Sektor K, einem ehemaligen Moorgebiet, das nach Norden hin in eine trostlose Hügellandschaft überging: keine besonders gesunde Gegend, trotz aller Trockenlegungs- und Urbanisierungsbemühungen der letzten Jahrzehnte. Es gab noch immer vereinzelte Ruinen von

Fabrikgebäuden und Lagerhäusern aus dem frühen zwanzigsten Jahrhundert, und in der Nähe eines solchen Gebäudes, einer ausgestreckt daliegenden rötlichgrauen Scheußlichkeit aus Glas und Ziegeln, bedeutete Sally ihm jetzt zu landen.

»Scheint ein sehr beliebter Ort zu sein«, sagte Daffyd, der das Gelände mehrere Male umkreisen mußte, um einen geeigneten Parkplatz für den Helikopter zu finden.

Sally wand sich unbehaglich in ihrem Sitz, als ihr Blick über die Massen von privaten und Bus-Helikoptern glitt, die in dichten Reihen rings um das Gelände parkten. »Dauert nicht lange, bis sich eine neue Sensation bei den Leuten rumgesprochen hat, nicht wahr?«

»Oh? Das ist was Neues hier?« Der besorgte Unterton ihrer Gedanken war ihm nicht entgangen. »Stört es Sie, daß so viele Leute da sind?«

»Ich weiß nicht.« Sie war mehr als besorgt. »Ich weiß es nicht. Es ist...« Sie hielt inne und preßte die Lippen fest zusammen.

Sie reihten sich in eine der Schlangen vor dem Eingang ein. Der Eintritt kostete einen Kredit pro Person.

»Ganz schön happig«, sagte Sally mit ungewöhnlicher Bitterkeit in der Stimme, als sie die Eintrittskarten an einer massiven Schiebetür vorzeigten, die die Außenhalle von dem riesigen Fabrikgelände dahinter trennte.

»Dafür werden wir wenigstens gut bewacht«, sagte Daffyd trocken, als er die breitschultrigen Saalordner in ihren engen körperbetonenden Overalls gewahrte.

»Das könnte sich als sinnvoller erweisen, als Sie vielleicht glauben«, sagte Sally düster. Ihr ganzer Geist schrie förmlich ›Ärger‹.

»Werden wir Hilfe brauchen?« fragte Daffyd und überschlug im Geist, wie viele Empathen nötig sein würden, um im Falle eines Falles eine Menschenansammlung von dieser Größenordnung unter Kontrolle zu bekommen.

Sally gab keine Antwort. Sie ließ ihren Blick über die riesige offene Fläche schweifen, die sich jetzt rasch mit Menschen füllte. Man brauchte kein Talent zu sein, um die Atmosphäre gespannter Erwartung zu spüren, die vom Publikum ausging. Die Halle war längst noch nicht voll; die Hälfte der Tische war noch leer, aber der größte Teil der im Halbkreis um die Bühne aufgestellten Sofas war bereits besetzt. Noch nie hatte Daffyd ein so buntes Sammelsurium von Stilepochen gesehen wie bei diesen Sitzmöbeln. Manche waren noch recht gut erhalten, andere präsentierten sich in sperrmüllwürdigem Zustand.

»Die scheinen den ganzen Sektor durchforstet zu haben«, sagte Sally. Dann deutete sie auf einen Tisch am äußeren Rand der Halle; er stand, wie Daffyd sogleich vermerkte, in noch günstigerer Nähe zu einem der beleuchteten Ausgänge.

Sie hatten kaum Platz genommen – Daffyd auf Queen Anne, Sally auf Gelsenkirchener Barock –, als auch schon ein Kellner herbeigespurtet kam, um ihre Bestellung aufzunehmen.

»Was haben Sie denn so zu bieten?« fragte Sally, gelangweilte Gleichgültigkeit mimend. Daffyd war überrascht, daß sie es für nötig hielt, sich zu verstellen.

»Nun sagen Sie schon, was Sie wollen«, drängte der Kellner ungeduldig. Die Tische in seinem Bezirk waren mittlerweile fast gefüllt.

Sally ›sagte‹ Daffyd, daß auch das eine Neuheit war.

»Nimm was Schlichtes, Schatzie«, brummte Daffyd, Sallys Jargon geschickt aufnehmend. »Der Doc hat dich gewarnt, und ich fliege dich diesen Monat nicht noch mal zum Entzug.«

Sally zog einen Flunsch, gab sich dann aber achselzuckend geschlagen und orderte einen Kaffee. Daffyd gab, ganz seiner Rolle entsprechend, standesgemäß einen Cocktail in Auftrag.

»Glaub ja nicht, daß ich dich fliege!«

»Okay, dann also zwei Kaffee, oder am besten gleich 'ne ganze Kanne.«

Als der Kellner weg war, beugte sich Daffyd zu Sally hinüber. »Ist die Gegend hier unzufrieden?«

Sie zog die Nase kraus. »Wir kriegen viele hoffnungsvolle Talente aus diesem Sektor.«

Inzwischen war die Halle von lautem Geräusch erfüllt. Es war mehr das Frequenzdröhnen von Stimmengewirr als ein eigentlicher Ton. Die Lampen an den Tragbalken wurden heruntergedimmt, bis sie ganz erloschen. Bodenscheinwerfer flammten auf und tauchten die Halle in fahles Licht. Sally blickte hinüber auf die halbkreisförmige Bühne, die in geisterhaftem Halblicht dalag. Die Atmosphäre von gespannter Erwartung, von unersättlichem emotionalen Hunger, die die Halle erfüllte, verdichtete sich, bis sie fast körperlich spürbar war. Sally schüttelte sich fröstelnd und verschränkte die Arme vor der Brust, aber Daffyd spürte, daß die Atmosphäre sie eher erzürnte denn bedrückte.

Sie rutschte nervös in ihrem Sessel hin und her, als der Kellner mit der Kanne und den Tassen nahte. Er stellte sie hastig und mit mürrischem Gesichtsausdruck auf den Tisch (er verdiente nicht viel an alkoholfreien Getränken), bedankte sich mit einem ungnädigen Genuschel für das großzügig bemessene Trinkgeld und verschwand wieder.

Die Halle war inzwischen fast voll, und das Stimmengemurmel wirkte auf Daffyds Sinne wie das Magenknurren von Hungrigen. Ja, das Klima in der Stadt war in der Tat sehr unsicher. Er spürte, wie die Spannung sich rasch steigerte. Er bemerkte, daß die Saalordner sich in der Halle verteilten, und seine Sorge wuchs noch mehr. Die Psychologie einer Menschenmenge war theoretisch erforscht und abgesichert, aber zwischen Theorie und Praxis klafft bekanntlich eine große Lücke. Manchmal genügte schon der geringste, unbedeutendste Anlaß, um aus einer Menschenmenge, die unter Spannung stand, eine tobende Meute werden zu lassen. Und Sally und Daffyd kannten die Symptome einer sich langsam anbahnenden Massenhysterie nur zu gut, um sich in diesem Moment nicht unbehaglich zu fühlen.

Daffyd beugte sich gerade über den Tisch, um Sally zu sagen, daß es vielleicht besser sei, wenn sie sich aus dem Staub machten, als die Bühne sich mit einem Schlag erhellte und eine junge Frau vor das Publikum trat. Sie trug ein weißes kaftanartiges Gewand, schlicht und ohne jede Verzierung, und eine altmodische zwölfsaitige Gitarre. Die Gitarre war an keinen Verstärker angeschlossen, was Daffyd ebenso überraschte wie die vornehme Körperhaltung der Frau und ihr schlichtes, schmuckloses Aussehen.

Eine Hand kam aus den Falten des Vorhangs hervor und stellte einen dreibeinigen Hocker auf die Bühne. Das Mädchen setzte sich, ohne einen Blick nach hinten zu werfen.

Daffyd hielt nach Verstärkern und Boxen Ausschau, konnte aber nirgends welche entdecken. Verwundert legte er die Stirn in Falten. Wie gedachte das Mädchen ohne elektrische Verstärkung irgendeiner Art einen solch riesigen Saal mit seiner Stimme und einer akustischen Gitarre auszufüllen, geschweige denn das Publikum in Bann zu schlagen?

Doch dann sah Daffyd das erleichterte, zufriedene Lächeln auf Sallys Gesicht.

Das Mädchen rutschte in eine bequeme Sitzposition, warf seine dunkelblonde Haarmähne zurück und begann, ohne irgendwelche Notiz vom Publikum zu nehmen, leise zu spielen. Es bedurfte keiner künstlichen

Verstärkung, um die zarten Klänge, die es seinem Instrument entlockte, hörbar zu machen. Schon der erste Ton fiel in eine gierig-erwartungsvolle Stille – der wirksamste Verstärker überhaupt.

Nein, es war etwas anderes! Daffyd fuhr hoch und saß kerzengerade auf seinem Sessel: In jedem Nerv seines Körpers spürte er eine feine, unglaubliche Schwingung, die die leise Melodie auffing und verstärkte – telepathisch!

Und genau das war es, von dem Sally gehofft hatte, daß er es auch fühlen würde, weswegen sie ihn hatte mitnehmen wollen. Er sah den Triumph in ihren Augen. Die Stimme des Mädchens, ein warmer, lyrischer Sopran, verstärkte die Schwingung noch, und das telepathische Echo wurde noch eindringlicher, intensiver, als es jetzt das gebannt lauschende Publikum aufforderte, einander zu lieben, über alle Rassenschranken hinweg. Und ... das Publikum gehorchte.

Daffyd hörte zu und ›lauschte‹ physisch und emotional überwältigt von diesem außergewöhnlichen Erlebnis: außergewöhnlich selbst für einen Mann, der sein ganzes Leben der Erforschung ungewöhnlicher mentaler Fähigkeiten gewidmet hatte. Er wußte keine Erklärung für dieses Phänomen. Wie stellte sie nur diese totale Beziehung zwischen sich und dem Publikum her? Wie erzeugte sie diese Schwingungen? Auf mechanischem Wege jedenfalls nicht, dessen war er sich ganz sicher. Woher kam diese verblüffende Echoempfindung?

Das Mädchen mußte ein sendender Empath sein: ein intelligenter Empath, anders als der arme Harold Orley, der nicht die geringste Intelligenz besaß. Diese junge Frau wählte und steuerte bewußt die Emotion, die sie aussandte ... Ja! Das war es ... sie lenkte bewußt die Emotionen ... aber auf wen? Nicht auf die individuelle Psyche der einzelnen Zuhörer: Sie reagierten, aber sie konnten nicht verantwortlich sein für die ›Erzeugung‹ von Emotionen, die die Gesamtheit des Publikums erfaßten. Um ein solches Gefühl zu erzeugen, bedurfte es sensitiver Psychen, und diese Leute waren parapsychologisch gesehen stumpf. Und doch manipulierte die Sängerin sie auf irgendeine Weise, unter Verwendung einer Methode, die weder elektrisch noch sonisch war.

Das Mädchen setzte sein Programm fort mit einem etwas komplizierteren Lied irgendeiner religiösen Minderheit aus dem frühen neunzehnten Jahrhundert, die sich im Osten der Vereinigten Staaten angesiedelt hatte. Die ›Botschaft‹ des Songs war, wie schon im ersten Lied, die Aufforderung, einander zu lieben und zu akzeptieren. Geschickt lullte sie das Publikum ein, versetzte es in eine andere Welt, in die gute alte Zeit, als alles noch simpel und durchschaubar war, noch nicht beherrscht von der anonymen Macht der Technik. Und das Publikum ließ sich bereitwillig, ja hungrig, in ihren Bann schlagen. Auch Daffyd konnte sich diesem Zauber nicht entziehen; er hatte Mühe, klaren Kopf zu behalten. Immer wieder kreisten seine Gedanken um eine Frage: Wie stellte sie es an, ihre Zuhörer derart geschickt zu manipulieren?

Das Lied war zu Ende. Die Sängerin schlug versonnen ein paar Akkorde an, stimmte ihre Gitarre neu. Der dritte Song war ein flotter, übermütiger Stimmungsmacher, einer von der Sorte, der einen in gute Laune versetzt und zum Tanzen animiert.

Daffyd wurde jetzt klar, daß sie ihr Publikum vorbereitete, geschickt und sorgfältig. Er begann sich zu entspannen, oder besser: Sein aufgescheuchter Intellekt gab sich dem bestrickenden Zauber ihrer Vorstellung hin.

Plötzlich spürte er Angst. Ein heftiger, schmerzhafter Stich, eingehüllt in einen Blitz, aufgeladen mit Sorge und panischer Furcht. Auch Sally hatte den Stich gespürt; sie blickte sich nervös um. Der Rest des Publikums schien nichts gespürt zu haben: Es war vollkommen im Bann der Sängerin, gefangen in der Illusion schönerer, besserer Zeiten.

Die Furcht war die der Sängerin, und sie war kein Bestandteil ihres Songs, schlußfolgerte Daffyd; denn er konnte keinen anderen Auslöser entdecken: Kein Neuankömmling hatte den Saal betreten, und auch die Beleuchtung war nicht verändert worden. Auch Sally konzentrierte sich auf das Mädchen.

Wovor sollte es sich fürchten? Das Publikum fraß ihm quasi aus der Hand. Es konnte mit ihm machen, was es wollte. Es konnte ...

Das Lied war zu Ende. Das Mädchen erhob sich mit einer geschmeidigen Bewegung von seinem Hocker, lehnte die Gitarre dagegen und verschwand hinter dem Vorhang.

Sally schaute Daffyd mit angsterfüllten Augen an, und er wußte, daß sie beide dasselbe dachten. *Sie ist es, die Angst hat. Sie flüchtet von der Bühne.*

Und das ist das gefährlichste, was sie tun konnte, ›sagte‹ Daffyd zu Sally.

Niemand im Publikum regte sich, und Daffyd wagte es nicht. Die Beleuchtung veränderte sich kaum merklich; es wurde etwas heller, und die Leute begannen aus ihrem tranceartigen Bann zu erwachen. Zigaretten wurden angezündet, hier und da griffen welche nach ihren Drinks; leises Gesprächsgemurmel erhob sich.

»Sie wissen noch nicht, daß sie nicht mehr wiederkommt. Wenn sie es merken ...«

Daffyd gab Sally ein Zeichen. Es war höchste Zeit, daß sie verschwanden: Sie konnten es nicht riskieren, sich dem psychischen Druck eines Tumults auszusetzen, und wenn das Publikum erst einmal merkte, daß die Sängerin nicht auf die Bühne zurückkommen würde, würde sein momentanes Hochgefühl in wilde

Empörung umschlagen. Jetzt war höchste Vorsicht geboten. Sie konnten nicht einfach so aufstehen und hinausgehen. Aber sie mußten ...

Daffyd langte über den Tisch nach seiner Tasse und stieß dabei wie unbeabsichtigt die Kaffeekanne um.

»Kannst du nicht aufpassen, du Tolpatsch!« schrie Sally in stilechtem Keifton, sprang auf und hielt ihren vollgekleckerten Rock mit spitzen Fingern von sich.

Daffyd stand ebenfalls auf, tausend Entschuldigungen und Beschwichtigungen murmelnd. Sie ernteten gereizte Blicke von den um sie herum sitzenden Pärchen, die sich in ihrer angenehmen Stimmung gestört fühlten. Während sie sich durch die Stühle und Tische einen Weg Richtung Ausgang bahnten, meckerte Sally weiter auf ihren linkischen Begleiter ein, was für ein ausgemachter Tölpel er wäre, und überhaupt, immer würde er ihr die Stimmung verderben, und ähnliche zu einer solchen Situation passende Phrasen. Sie erreichten die Schiebetür. Die Atmosphäre, die die Sängerin erzeugt hatte, war im Vorraum nicht mehr ganz so intensiv, und die Männer, die in einer Gruppe neben dem Kassenhäuschen zusammenstanden und palaverten, unterbrachen ihre Unterhaltung und starrten Daffyd und Sally mißtrauisch an.

»Ich kann mich doch nicht in diesem nassen Rock wieder da hinsetzen«, jammerte Sally weinerlich. »Den Flecken krieg ich doch nie im Leben wieder raus! Weißt du, wie teuer der Rock war?«

»Honey, das trocknet doch schnell wieder. Ich konnte doch nichts dafür ...«

»Daß du nie aufpassen kannst! Und wie fies sich das anfühlt ...«

»Komm, laß uns ein bißchen nach draußen gehen. Da ist's wärmer. Dann trocknet dein Rock ganz schnell, und du verpaßt nichts von dem Auftritt ja? Komm, sei ein Schatz.«

»Ich sag dir, wenn ich deinetwegen auch nur einen Song von Amalda verpasse, das verzeih ich dir nie ...«

Auf diese Weise schafften sie es bis nach draußen, ohne Verdacht zu erregen. Doch kaum waren sie draußen, da empfing Daffyd einen Schwall von solch fürchterlichen, schreckenerregenden Gedanken, daß er sich hastig abschottete.

»Sally, wie viele Minderheiten waren Ihrer Schätzung nach dort vertreten?«

»Zu viele, im Hinblick auf Ihr Memorandum von heute morgen. Ich habe Angst, Daffyd. Und es ist diesmal nicht Amaldas Furcht!«

»Ich rufe Frank Gillings an.«

Sally nickte. »Ich suche das Mädchen. Es braucht Schutz ...«

»Können Sie es finden?«

»Ich bin mir nicht sicher. Aber ich muß es versuchen. Wenn die Menge erst mal kapiert, daß sie abgehauen ist ...«

Sally ging nach rechts, auf die Rückseite der Fabrik zu. Wenig später war sie hinter den Reihen der parkenden Helikopter verschwunden. Daffyd ging zu seinem Helikopter und rief über Funk das Zentrum an.

Charlie Moorfield, der an diesem Abend Dienst tat, stellte sofort für Daffyd eine Direktverbindung zum RuO-Büro her und alarmierte dann die Notfall-Einsatzgruppe des Zentrums. Wenn es ihnen gelang, rechtzeitig genügend Telepathen zu der Fabrik zu schaffen, konnten sie den zu befürchtenden Tumult vielleicht noch eindämmen, bevor RuO gezwungen war, zum unpopulären Mittel des Gaseinsatzes zu greifen.

»Sagen Sie Frank Gillings, daß Roznine auch hier ist«, sagte Daffyd dem diensthabenden Beamten.

»Roznine? Was in aller Welt sucht der bei einer Gesangsvorstellung?« fragte der Mann erstaunt.

»Wenn Sie erlebt hätten, welche Wirkung diese Sängerin auf die Leute hat, würden Sie verstehen, warum er sich da herumtreibt.«

Der Beamte stieß einen Fluch aus, in Ermangelung einer besseren Antwort. Daffyd wünschte sich, daß Fluchen bei ihm eine ähnlich therapeutische Wirkung hätte.

»Halten Sie das Frequenzband offen, Charlie...«

»Dave, Sie können da nicht bleiben...« Charlies Stimme erreichte Daffyds Ohren selbst noch auf mehrere Meter Entfernung zum Helikopter. Daffyd wünschte, er würde still sein. Er mußte sich jetzt ganz darauf konzentrieren, das Mädchen aufzuspüren. Sallys ungefähren Standort auszumachen, fiel ihm nicht schwer; aber auf Sallys Geist war er auch eingepolt; sie hätte er auch auf weit größere Entfernung jederzeit aus einer Menschenansammlung heraus›hören‹ können. Aber die Sängerin war ihm unbekannt, beängstigend unbekannt, wie ihm plötzlich klar wurde; denn eigentlich hätte er in der Lage sein müssen, auch sie zu ›finden‹. Er war mehr als eine halbe Stunde in ihrer Nähe gewesen, mit ihr in ›Berührung‹ gewesen, eine Zeitspanne, die normalerweise für ihn ausreichte, um sich das Psychoprofil eines Menschen so einzuprägen, daß er ihn jederzeit im Umkreis einer Meile wieder aufspüren konnte. Weit konnte sie in so kurzer Zeit noch nicht gekommen sein.

Von Osten her näherte sich das dumpfe Rotorengeräusch schwerer Hochleistungshelikopter. Sie kamen ohne Blaulicht und ohne Sirene. Daffyd wandte den Blick besorgt nach Osten. Er konnte nur hoffen, daß die schnellen Helikopter des Zentrums noch vor den RuO-Einsatzgruppen eintreffen würden. Tagsüber war es so gut wie unmöglich, genügend Telepathen zum Besänftigen einer erregten Menge zusammenzubekommen, falls nicht gerade eine entsprechende Präkog vorlag.

Abends jedoch waren sämtliche Telepathen des Zentrums verfügbar... Wenn es nun gelang...

Aus dem Gebäude drang langsam anschwellendes Stimmengemurmel zu ihm herüber. Die Leute begannen unruhig zu werden. Hoffentlich hatten sie noch nicht gemerkt, daß die Sängerin nicht bloß eine kurze Pause eingelegt hatte.

Ein Flügel des großen Eingangstores glitt ein Stück auf, und eine Gestalt erschien für einen kurzen Moment im erleuchteten Rechteck der Öffnung. Sie verharrte einen Augenblick reglos und starrte nach draußen in die Nacht. Es war Roznine. Plötzlich zuckte der Minderheitenführer zusammen und trat ein, zwei Schritte vor, mit hochgerecktem Kopf Richtung Osten spähend. Unter wüsten Flüchen und Verwünschungen stürzte er wieder in das Gebäude zurück. Daffyd hastete sofort los, Sally zu suchen. Was würde Roznine nun, da er wußte, daß eine RuO-Truppe unterwegs zu dem Gelände war, unternehmen? Nur... und Daffyd hielt erschrocken mitten im Schritt inne, wie *konnte* Roznine wissen, falls er es wußte, daß die großen Helikopter vom RuO-Amt waren? Viele Frachtfirmen benutzten den gleichen Typ. Und doch wußte op Owen mit absoluter Gewißheit, daß Roznine die Hubschrauber richtig erkannt hatte.

Daffyd bog gerade um die Ecke des alten Fabrikgebäudes, als die Personentür im riesigen rückwärtigen Tor der Fabrik auflog und fünf von den muskelbepackten Saalordnern herauskamen. Sie blieben einen Moment stehen, sprachen leise miteinander, und dann verstreuten sie sich in verschiedene Richtungen.

Jetzt tauchte ein sechster Mann in der Tür auf. Es war Roznine. Mit schneidender Stimme rief er ihnen nach, sie sollten ja zusehen, daß sie diese verdammten Ausreißer zu fassen kriegten, sonst würden sie ihr Lebtag Wohlfahrtsempfänger bleiben.

›Diese verdammten Ausreißer.‹ Mehrzahl, dachte Daffyd. Wen außer Amalda mochte er sonst noch damit meinen? Aber jetzt war nicht die Zeit zum Spekulieren. Daffyd sendete eine kurze Warnung zu Sally, die Suche abzubrechen und zum Helikopter zurückzukommen. Sie war bereits da, als er ankam; den Muskelboys aus dem Weg zu gehen, hatte ihr keine Schwierigkeiten bereitet: Die Burschen verbreiteten mental mindestens ebensoviel Lärm wie mit ihren schweren Stiefeln.

»Das Publikum verliert allmählich die Geduld«, empfing Sally ihn mit einem besorgten Blick auf das Fabrikgebäude, das sich düster gegen den Nachthimmel abhob. Sie kuschelte sich instinktiv in sich zusammen, als ein Angstschauer ihr über den Rücken rieselte.

Daffyd schaute nach Osten, sah die Positionslichter der schlanken Helikopter des Zentrums aufblinken und rasch näher kommen.

»Es dauert nicht mehr lange, bis sie hier sind.«

Aber die Zeit würde nicht mehr reichen. Die Enttäuschung und der Frust des Publikums entluden sich explosionsartig in blinder Zerstörungswut. Die Türen auf der Daffyd und Sally zugewandten Seite der Fabrik flogen auf, und ein Teil der Leute kam schreiend und johlend herausgestürmt, um nach der Sängerin zu suchen. Drinnen zerdepperte der Rest der wütenden Meute derweil die Einrichtung. Gläser und Tassen zerklirrten an der Wand oder an den Köpfen zufällig in der Wurfbahn Stehender; Sessel, Sofas, Tische, kurz, alles, was nicht niet- und nagelfest war, wurde durch die Gegend geworfen und zertrümmert, Prügel wurden verteilt und eingesteckt, Menschen wurden niedergetrampelt oder ohnmächtig gequetscht, als alles in Panik versuchte, die Ausgänge zu erreichen.

Daffyd schaltete sofort. Er schubste Sally in den Helikopter, sprang auf den Pilotensitz, hieb auf den roten Notschalter, der den düsenunterstützten Blitz-Senkrechtstart auslöste und brüllte: »Festhalten, Sally!« Noch bevor er seine Positionslichter einschalten konnte, blies der erste RuO-Helikopter schon das Signal zum Ausschwärmen. Daffyd schaffte es gerade noch mit Mühe und Not, sich aus der Reichweite der Gaswerfer zu retten.

Sobald er außerhalb der Gefahrenzone war, blieb er in der Luft stehen und wies die Zentrums-Kopter über Funk an, die Aktion abzubrechen und umzukehren. Die Lage hatte sich zu einem Punkt verschärft, der ihre Möglichkeiten überstieg. Als er nach unten schaute, sah er, wie die RuO-Helikopter gerade begannen, eine Gaswolke über das Gelände zu legen. Es war das einzige, was ihnen noch übrigblieb angesichts der tobenden, völlig aus den Fugen geratenen Meute. Sally weinte still vor sich hin, als er nach Osten schwenkte und Kurs auf das Zentrum nahm.

»Ich war mir nicht hundertprozentig sicher, Daffyd«, sagte Sally, als sie später zu einem zerknirschten Häufchen Elend zusammengesunken auf der Hängecouch in seinem Wohnquartier hockte. Sie starrte auf ihr Glas, als ginge von der bernsteinfarbenen Flüssigkeit darin irgendeine geheimnisvolle Faszination aus. Sie wirkte wie ein kleines Mädchen, das versucht, sich der bevorstehenden Standpauke seines Vaters zu entziehen. Ihr Geist war weit geöffnet und erlaubte Daffyd eine Rückschau auf ihre anfänglichen Eindrücke von der Sängerin. »Ich meine, ich konnte mir einfach keinen Reim darauf machen. Es bestand ja immerhin noch die Möglichkeit, daß es sich doch um irgendeine Art von elektrischer Verstärkung handelte. Sie wissen ja, was ein geschickter Toningenieur heutzutage alles machen kann.«

»Um so mehr Grund, mich von der Sache sofort in Kenntnis zu setzen, Sally. Diese Art von Manipulation ist genau der Grund, warum elektrische Verstärkung nur von eigens lizensierten, gewissenhaften und zuverlässigen Toningenieuren gehandhabt werden darf.«

»Und es gibt keinerlei Anhaltspunkt bezüglich der Identität des Mädchens?«

»Bis jetzt noch nicht.« Die lizensierten Besitzer der Fabrik waren unter denen, die, noch benommen vom Gas, im Büro im Vorraum des Gebäudes von den RuO-Leuten festgenommen worden waren. Sie waren selbstverständlich sofort von Gillings' Leuten verhört worden: Rädelsführer von Aufruhren und Tumulten konnten wenig Nachsicht seitens der Behörde für die Aufrechterhaltung und Durchsetzung von Recht und Ordnung erwarten.

»Wir müssen das Mädchen unbedingt finden, Sally.«

»Wenn ich Ihnen bloß früher Bescheid gesagt hätte...« Sally zerfloß fast vor Kummer und Gewissensbissen.

»Wie oft habe ich Ihnen und den anderen Mitgliedern meines Stabs schon gepredigt, daß Sie sich nicht scheuen sollen, mich auch mit sogenannten ›Kleinigkeiten‹ zu behelligen. Weil diese ›Kleinigkeiten‹ nämlich ganz und gar nicht immer so unbedeutend sind, wie *Sie* auf den ersten Blick vielleicht glauben.«

»Ich weiß, ich weiß. Ich hab einfach nicht genügend nachgedacht.« Das war das, was Sally sagte, aber was sie dachte, auch so, daß er es ›lesen‹ konnte, war, daß sie Angst gehabt hatte, ihn – und auch sich selbst – zu enttäuschen, falls sie mit ihrem ersten Eindruck von der Sängerin falsch gelegen hätte. Das Mädchen war fast zu toll gewesen, um wahr zu sein.

»Hatte sie Angst vor der Menge, Daffyd? Es waren bestimmt dreimal so viele Leute da, wie als ich das erste Mal da war. Ehrlich gesagt, allein die Menge der Leute hat mir schon Angst gemacht.«

»Wann haben Sie sie zum ersten Mal gehört?«

»Erst vor zwei Tagen. Ich habe versucht, hinter die

Bühne zu kommen, um sie zu sehen...« Sie zuckte die Achseln. »Ging nicht.«

»Saalordner?«

»Nein.« Sally war erstaunt. »Alle wollten zu ihr. In dem Durcheinander hätte ich nie eine Chance gehabt, was Genaueres rauszukriegen, geschweige denn, ihr einzusuggerieren, daß sie zum Zentrum kommen soll.«

Daffyd schlenderte im Raum auf und ab, die Arme vor der Brust verschränkt, den Kopf gesenkt.

»Wir haben beide ihre Angst gespürt?«

Sally nickte.

»Wir sind beide der Auffassung, daß sie ein sendender Empath ist?«

Sally nickte, diesmal noch heftiger. »Wäre es möglich, daß sie auch empfangen kann? Das würde, meine ich, dieses ›Echo‹-Phänomen erklären, nicht wahr? Sie sendet die Emotionen aus und verstärkt sie dann, sobald sie sie wieder auffängt. Könnte es so sein?«

»Das wäre eine mögliche Erklärung.«

»Hmmm, aber Sie stimmen ihr nicht gerade mit Begeisterung zu.«

Daffyd grinste Sally an. »Sie paßt nicht auf alle Einzelheiten. Außerdem sprach Roznine im Plural... ›diese verdammten Ausreißer‹.«

Sally riß verdutzt die Augen auf. »Sie koppelt! Das würde die Verstärkung und das Echo-Phänomen erklären.« Daffyd nickte. »Aber wer ist dann der andere Empath... oder die anderen Empathen?« Daffyd zuckte die Achseln. »Ist ihr gar nicht klar, was sie ist?«

»Wahrscheinlich nicht. Wir müssen es ihr sagen.«

»Und wie beabsichtigen Sie das zu machen?«

»Am besten, wir bitten Frank Gillings um Hilfe...«

»Aber... aber... sie hat den Tumult ausgelöst. Sie wissen, was mit Unruhestiftern geschieht.«

»Ja. Aber ich weiß auch, daß Frank Gillings will, daß alle Leute, die Talent besitzen, registriert und ausgebildet werden, um so kontrollierbar zu sein. Wenn er also die Chance gehabt hat, die schlafenden Schönheiten zu verhören...«

»Dann können wir Cinderella aufspüren und sie mit gläsernen Schuhen ausstatten...« Sally grinste frech, als sie die Analogie aufnahm.

»Bevor Pegasus mit ihr davonfliegt.«

»Pegasus? Er ist ein Mythos, kein Märchen. Das ist nicht fair, Daffyd!«

»Aber die Analogie ist in höchstem Maße passend.« In op Owens Miene lag jetzt wieder grimmiger Ernst. »Und wir müssen ihrem Pegasus Zügel anlegen, sonst endet sie mit versengten Flügeln.«

Obwohl der RuO-Kommissar und der Direktor des Ostamerikanischen Parapsychologischen Zentrums auf gutem Fuß miteinander standen, vermied der Kommissar es, wenn irgend möglich, ins Zentrum zu kommen. So rief Daffyd, der diese Macke respektierte, gleich am nächsten Morgen in Gillings' Büro an und bat den Kommissar um ein Treffen.

»Wieso waren Sie eigentlich da, Dave?« begrüßte ihn Gillings und bot ihm einen Sessel an.

Daffyd genoß erst einmal den Rundblick aus Gillings' Büro über die riesige, noch dunstverhangene Metropole, ehe er antwortete: »Ich war einem ziemlich einzigartigen Talent auf der Spur.«

»Sie meinen diese Sängerin?« Gillings fluchte leise, als Daffyd nickte. »Wissen Sie, was diese Geschichte gekostet hat?«

»Nein, aber mit Sicherheit eine Menge weniger, als sie gekostet hätte, wenn wir nicht Ihr Einsatzkommando alarmiert hätten.«

Gillings runzelte die Stirn. »So jemandem dürfte man eigentlich keine Lizenz für öffentliche Auftritte geben.«

»Wer weiß, ob sie überhaupt eine besitzt.«

Mit einem wütenden Blick hieb Gillings auf die Taste

seines Schreibtischsprechgeräts und verlangte, sofort mit der Meldebehörde verbunden zu werden. Es stellte sich heraus, daß an keine Person, auf die die Beschreibung der Sängerin Amalda paßte, jemals eine Lizenz ausgegeben worden war; ebensowenig war der Fabrik eine Lizenz für Soloauftritte von Künstlern erteilt worden. Was jedoch vorlag, war eine Liste mit genauen Durchführungsbestimmungen für öffentliche Veranstaltungen in der besagten Fabrik: welche Art von Verstärkung die Veranstalter verwenden durften, in welchen Abständen und an welchen Abenden Veranstaltungen welcher Art durchgeführt werden durften und wie vielen Besuchern höchstens Einlaß gewährt werden durfte. Die Aufführung vom Vorabend, so stellte sich heraus, war nicht genehmigt gewesen. Gillings ließ sofort die Besitzer der Fabrik vorladen, zwei Brüder namens Dick und Harry Ditts, die am Abend zuvor bei ihrer Vernehmung eine völlig andere Geschichte zum besten gegeben hatten. Fünf Minuten später erfuhr Gillings, daß weder Dick noch Harry Ditts an ihren gemeldeten Wohnsitzen aufzufinden waren.

»Gibt es irgendeine aktenkundige Verbindung zwischen ihnen und Roznine?«

»Roznine?« Gillings schaute Daffyd mit einer Mischung aus Ekel und verdutztem Erschrecken an, das einem Ausdruck nachdenklicher Besorgnis wich. »Sie haben ihn dort gesehen?«

»Ja. Er war in der Fabrik. Als wir vor dem drohenden Tumult flüchteten, unterhielt er sich gerade mit mehreren Typen im Vorraum. Kurz darauf entdeckte er die RuO-Helikopter und machte sich aus dem Staub. Komisch, daß er den Ditts-Brüdern nicht vorgeschlagen hat, mit ihm abzuhauen.«

»Seien Sie nicht naiv. Roznine sorgt immer zuerst für sich selbst, sonst hätte ich ihn schon längst mal zu fassen gekriegt. Aber Sektor K ist weit von seinem Revier entfernt...« Gillings starrte aus verengten Augen hinaus auf die Stadt. »Der Bursche gewinnt mir langsam zuviel Einfluß in der Stadt und nicht nur bei den Slawen. Der Kerl ist größenwahnsinnig, jawohl, größenwahnsinnig, und solche Typen besitzen die seltsame Fähigkeit, kleinere Mißgeschicke zu vermeiden... bis sie irgendwann allzu überheblich werden. Roznine hat diesen Fehler bis jetzt noch nicht begangen... noch nicht...«

»Ich würde mich nicht wundern, wenn in einem Größenwahnsinnigen irgendein Talent steckt, abgesehen von seiner Verrücktheit.«

»Talent?« fuhr Gillings hoch, genau, wie Daffyd es vorausgesehen hatte. »Jesus, das hätte mir gerade noch gefehlt: ein panethnischer Aufwiegler mit Psi-Talent! Verdammt, warum setzt ihr Jungs vom Zentrum nicht mal endlich eure Ärsche in Bewegung und treibt alle diese verfluchten wild sprießenden Freak-Talente zusammen, bevor sie noch mehr Unheil anrichten. Wir haben wahrlich schon genug Probleme damit zu verhindern, daß diese Stadt da unten...« und er beschrieb mit seinem Wurstfinger einen weiten Kreis um die in alle Himmelsrichtungen auswuchernden Häuseragglomeration hinter der Plexiglasscheibe seines Büros »... auch ohne unnatürliche Risikofaktoren wie latente Talente explodierte.«

»...Dann helfen Sie uns, Amalda zu finden. Sie könnte ungeheuer nützlich sein...«

»Sie ist eine Unruhestifterin. Sie hat einen Aufruhr angezettelt...« Rachsucht blitzte in Gillings' zu Schlitzen verengten Augen.

»Wollen Sie mir helfen, Frank, oder mich behindern? Das Mädchen ist für uns beide von unschätzbarem Wert, aber nicht, wenn es in Ihrem Knast hockt. Amalda ist ein intelligenter sendender Empath von ungeheurer Stärke und Reichweite. Ich glaube nicht, daß sie sich ihrer Fähigkeiten bewußt ist... jedenfalls bis gestern abend nicht. Irgend etwas hat ihr gestern plötzlich ungeheure Angst eingejagt, etwa in der Mitte ihres dritten Songs. Solche Angst, daß sie nach dem Song aufstand und die Flucht ergriff. Ich weiß nicht, was es war, noch kann ich mit Bestimmtheit sagen, wie sie das mit dem Senden bewerkstelligt. Ich weiß nur eins: Das Zentrum muß sie unbedingt finden und unter seine Fittiche nehmen.«

Gillings setzte eine Miene ironischen Erstaunens auf. »Sie und die Iselin waren doch da. Ich verstehe nicht, wieso sie dann die Gelegenheit nicht genutzt haben, um mit ihr in Kontakt zu treten? Was hat Sie denn davon abgehalten?«

»Unter anderem ein gefährlicher Tumult. Manche Menschen schotten sich automatisch ab, Frank, und wenn man ihren Geist nicht aufspüren kann, dann kann man auch ihren Körper nicht aufspüren.«

»Ist ja gut, ist ja gut«, sagte Gillings, gereizt Daffyds milden Tadel abwehrend. »Aber wie kommt es, daß sie nicht weiß, was sie ist? Schon gut, schon gut. Die Antwort darauf kenne ich auch schon. Also gut, was soll ich jetzt unternehmen?«

»Ich möchte, daß Sie sofort eine Personenbeschreibung an sämtliche Behörden im ganzen Land rausgehen lassen, falls sie irgendwo eine Auftrittslizenz beantragen sollte. Und ich will wissen, wo sie bisher gesungen hat, wo sie ihre Ausbildung bekommen hat, wo sie herstammt. Sie ist untergetaucht, und das Wasser wird ihr bis zum Hals stehen. Erstens, weil sie noch unter dem Schock der Ereignisse von gestern abend steht. Zweitens kann sie sich sehr gut ausmalen, was passiert ist, als das Publikum merkte, daß sie nicht wiederkommen würde. Sie hat zwei sehr gute Gründe, sich rarzumachen. Ich möchte aber unbedingt vermeiden, daß sie noch mehr in Panik gerät und sich womöglich zu irgendeiner Verzweiflungstat hinreißen läßt; deshalb sollten Sie die eigentliche Suche mir und meinen Leuten überlassen. Ich werde mein Propagandateam anweisen, an den nächsten Informationssendungen ein paar Änderungen vorzunehmen, dahingehend, daß sie einen unterschwelligen Appell an Amalda einbauen, sich an uns zu wenden. Vielleicht klappt es, und wir kriegen sie dazu, daß sie sich von sich heraus bei uns meldet, was sicherlich das beste wäre.« Daffyd erhob sich aus seinem Sessel.

»Okay, Sie nehmen die Suche in die Hand, aber ich will, daß das Mädchen gefunden und ausgebildet wird, oder was immer Sie da mit den Leuten anstellen. Und ich will, daß das schnell passiert. Ich werde den Bericht über sie auf Ihren Computer nebenschalten, sobald ich ihn hab. Dürfte eigentlich nicht lange dauern, bis wir ihre Spur zurückverfolgt haben.«

Es dauerte zwei Tage, bis der Bericht über das Mädchen Amalda vorlag. Und der Computerausdruck wies viele Lücken auf.

Geboren und aufgewachsen war sie in einer kleinen Landgemeinde in den Appalachen. Sie hatte dort bis zu ihrem sechzehnten Lebensjahr die Schule besucht und war danach weggegangen, um ›mal ein bißchen was anderes zu sehen‹ ... ein nicht ungewöhnliches Verhalten für eine führungslose oder unmotivierte Jugendliche. Angaben über eine formale musikalische Ausbildung lagen keine vor, wohl aber Hinweise dafür, daß sie Musik mochte. Danach klaffte eine Lücke von mehreren Jahren, bis sie eine Stelle als Aushilfskraft in einer Lebensmittelfabrik in Florida annahm. Zwei Anträge auf eine Auftrittslizenz in Florida waren von den zuständigen Behörden abschlägig beschieden worden. Auf einen dritten Antrag hin war ihr eine zeitlich befristete, provisorische Lizenz gewährt worden, die sie jedoch nach Ablauf der Gültigkeitsdauer hatte verfallen lassen, ohne einen Antrag auf Verlängerung zu stellen. Es gab jedoch Unterlagen über diverse kurzfristige Engagements als Folksängerin. Vor vier Monaten dann hatte sie in Washington D.C. erneut einen Antrag eingereicht, diesmal jedoch nicht auf eine Lizenz als Sängerin, sondern als Schauspielanfängerin. Aus den Unterlagen ging hervor, daß sie ein unbefristetes Engagement erhalten hatte. Die Nachforschungen, die Daffyd daraufhin angestellt hatte, hatten ergeben, daß Amalda zunächst als Statistin engagiert worden war und dann ganz plötzlich aus unerfindlichen Gründen eine wichtige Nebenrolle in dem Stück bekommen hatte. Die Erstaufführung in der Metropole sollte in drei Wochen stattfinden.

Obwohl Daffyd nur oberflächliche Kenntnis von den Gepflogenheiten in der Unterhaltungsbranche besaß, fielen ihm sofort die Widersprüche in dem Bericht auf. Und er fand keinerlei Erklärung für Amaldas plötzliches Auftreten als Solosängerin in einer Minderheiten-Vergnügungsstätte von zweifelhaftem Ruf.

In der Zwischenzeit arbeitete das Propagandateam mit seiner und Sallys Hilfe einen unterschwelligen Appell in die Informationssendungen ein, zugeschnitten auf Personen in Amaldas Situation. Außerdem nahm Daffyd Kontakt mit dem Produzenten des Stückes auf, in dem Amalda aufgetreten war.

»Ich hab genug Ärger mit der Göre gehabt, das können Sie mir glauben«, erzählte Norman Kabilov op Owen. »Falls sie sich tatsächlich noch einmal hier blicken lassen sollte, dann werd ich ihr ganz klar sagen, daß sie mit keinen Engagements mehr rechnen kann und daß sie sich die Hoffnung auf eine Schauspielerlizenz aus dem Kopf schlagen kann, jedenfalls, so lange ich Verbindungen in der Branche habe.«

»Welches Problem hatten Sie mit Amalda?« fragte

Daffyd und flößte dem kleinen Mann erst einmal ein paar besänftigende Gedanken ein.

»Problem? Probleme, Plural«, knurrte Norman Kabilov und starrte op Owen mit düsterem Blick an.

Daffyd wußte, daß der Mann erheblich verblüfft war über das Interesse des Zentrums an seiner Ex-Schauspielerin.

»Erst hängt sie sich an meinen Bühnenmanager, Red Vaden ... ein guter Mann, Vaden. Solide. Zuverlässig. Alter Hase in dem Geschäft. Und ausgerechnet der fährt voll auf diese Pipigöre ab und tanzt nach ihrer Pfeife, als wäre er ein blutiger Anfänger, der noch nie eins von diesen bühnengeilen Teenies abgewimmelt hat. Red bittet einen nicht häufig um einen Gefallen, und als er kommt und fragt, ob das Mädchen bei dem Stück mitspielen kann, damit er was zum Bumsen hat, wenn wir auf Tournee sind, sag ich, okay, warum nicht. Plötzlich kommt er und bettelt mich fast an, daß ich mir mal 'ne Sprechprobe von ihr in einer der Nebenrollen angucke. Ich hatte zwar schon eine gute Schauspielerin für die Rolle ausgesucht ...« – Kabilovs Gesichtsausdruck verriet Daffyd, daß bei dieser Wahl eher persönliche als künstlerische Gründe den Ausschlag gegeben hatten –, »... aber ich muß die Leute bei Laune halten, und deshalb hab ich mir das Mädchen angehört.« Der kleine Produzent legte jetzt die Stirn in Falten; seine Gedanken lagen offen vor Daffyd. Der Mann war von der Qualität von Amaldas Vortrag höchst überrascht gewesen und hatte ihr trotz des zu erwartenden Krachs mit der designierten Kandidatin spontan die Rolle gegeben. »Wissen Sie, die Rolle war eigentlich nichts Dolles, nichts sonderlich Aufregendes ... bis diese Göre sie vortrug.« Wieder schüttelte er verblüfft den Kopf, als die Erinnerung an diesen Augenblick wieder lebhaft in ihm wurde. »Ich weiß echt nicht, wie sie das gemacht hat, weil sie mit Sicherheit keine Schauspielausbildung gehabt hatte, aber nach diesem Vortrag konnte ich einfach nicht mehr anders, als ihr die Rolle geben. Und dann kommt der Autor zu den Proben, sieht sie spielen und ist so angetan von ihr, daß er die Rolle umschreibt, damit sie noch mehr glänzen kann. So sehr, daß Carla Jacobs, die die Hauptrolle in dem Stück spielt, um ein Haar die Brocken hingeschmissen hätte. Aber Red hat auf sie eingeredet und sie wieder besänftigt. Weiß der Himmel, wie er das hingekriegt hat. Sie müssen nämlich wissen, die Jacobs geht hart auf die fünfzig zu und sieht in jeder Neuen natürlich eine Bedrohung für sich. Komisch«, und Kabilov starrte kopfschüttelnd über Daffyds Kopf hinweg ins Leere, und durch seinen Kopf schossen hundert verschiedene Momentaufnahmen von Carla Jacobs, wie sie vor Wut fast platzte, von Carla Jacobs, als sie wieder besänftigt war, vermengt mit ein paar Bildern von Amalda. »Sobald die Jacobs mit der Göre zusammenarbeitete, war alles wieder Friede, Freude, Eierkuchen. Wollen Sie mal die Kritiken sehen, die wir gekriegt haben?«

Daffyd nickte eilfertig, ergatterte aber kaum mehr als einen flüchtigen Blick auf ein paar Überschriften in den Zeitungsausschnitten, die Kabilov in einem Schnellhefter gesammelt hatte und stolz vor ihm durchblätterte.

»Solange wir in Washington waren, lief alles bestens. Aber kaum sind wir in Jerhattan, geht der Trouble los! Die Jacobs kommt hier reingestürmt mit ihren Anwälten und ihrem derzeitigen ständigen Begleiter und sagt, sie will mit dieser ›Kreatur‹, wie sie sich ausdrückte, nicht mehr zusammen auftreten. Die hat sich tatsächlich so ereifert, daß wir ihr eine Tranquilizer-Dröhnung verpassen mußten. Nun kann ich aber nicht die Jacobs rauswerfen, sonst geht mir das Theater flöten *und* das Stück; so lautet der Vertrag. Also geh ich zu Red und sag ihm, er soll seinem Vögelchen ein neues Nest suchen. Ich kann mir keinen Trouble leisten. Und was passiert? Sie hauen *beide* ab!« Er war richtig entrüstet. »Einfach so! Haut einfach so ab. Ein Bursche, für den ich meine Hand ins Feuer gelegt hätte, haut einfach so mir nichts dir nichts aus der Show ab, zwei Wochen vor der Aufführung. Wegen einer dürren Rotzgöre!«

Wenn Norman Kabilov nach außen hin auch das Bild gekränkter Unschuld verkörperte, so ›klang‹ er aber eher wie jemand, der von einer unbekannten Heimsuchung noch einmal verschont worden war. Er besaß ein paar Werbeaufnahmen von Amalda und Red Vaden, die er Daffyd fast mit einem Gefühl von Erleichterung aushändigte, wie als könne er dadurch die Erinnerung an diese unschöne Episode aus seinem Gedächtnis tilgen.

Daffyd op Owen gab die Fotos seinen besten Findern, schickte Abzüge an die RuO-Behörde und gab einen Abzug seinem besten Präkog.

»Sehen Sie zu, daß Sie die Frau finden«, sagte Gillings zu op Owen, »sonst finde ich sie und ziehe sie – offiziell – für den Krawall in der Fabrik zur Verantwortung.«

»Frank, provozieren Sie nicht einen zweiten Fall Maggie O.«

Obwohl der Bildschirm des Comunit nicht farbig war, glaubte Daffyd zu sehen, wie Gillings' Gesicht sich verfärbte.

»Wir tun, was wir können«, fuhr er beschwichtigend fort, »um sie zu finden. Aber es gibt leider keine Möglichkeit, sie zu zwingen, zu uns zu kommen.«

Gillings knurrte noch etwas Muffiges, bevor er die Verbindung unterbrach.

Es gab Tage, an denen Gillings nicht Daffyds einziges Kreuz war. Er und Sally hatten den größten Teil des Vormittags damit verbracht, sich eine Methode auszuknobeln, wie sie Amalda dazu bringen konnten, zu ihnen zu kommen. Irgendwann kam Lester Welch herein, hörte ihnen ein paar Minuten schweigend zu und schnaubte dann verärgert.

»Wieso versucht ihr nicht einfach rauszukriegen, wo dieser Red Vaden wohnt? Wenn er so verrückt auf die Göre war, daß er ihretwegen sogar eine erfolgreiche Show verlassen hat, dann dürfte man davon ausgehen können, daß er fest mit ihr zusammen ist. Und wenn er zur Zeit ohne Job ist, dann hat er sich mit Sicherheit irgendwann in den letzten Tagen bei der Schauspielagentur gemeldet.«

Op Owen schloß kurz die Augen, bevor er Lester mit freundlicher Miene dankte.

»Manchmal weiß ich wirklich nicht, wie wir klarkommen würden, wenn wir dich nicht hätten, Lester.«

»Ach, dann würde dir schon irgend jemand anderes sagen, daß dein Kopf auf deinen Schultern sitzt.« Und Les ging grinsend hinaus.

»Das ist einer der Augenblicke, in denen ich wünschte, ich wäre ein Telekinet«, sagte Daffyd mit einem sehnsüchtigen Seufzen und malte sich genüßlich aus, wie er dem sturen Neu-Engländer beim Hinausgehen die Tür seines Büros ins Kreuz krachen lassen würde oder ihm draußen auf dem Flur den Schuh am Fußboden festkleben lassen würde. Er sah, wie Sally ihn angrinste und ihm zuzwinkerte. »Und wehe, Sie sagen ihm auch nur ein Sterbenswörtchen von dem, was ich gerade gedacht habe ...«

Sie setzte eine ernste Miene auf und hob feierlich die Hand. »Dai, Sie wissen doch, daß ich Gedanken nicht so akkurat lesen kann.« Aber in ihrem Geist sah er sehr plastisch die Szene, wie sich Lesters Papierkorb selbständig machte und sich ihm mit vollem Inhalt über den Kopf stülpte.

Daffyd ließ sich mit der Schauspielagentur verbinden. Bruce Vaden hatte sich in der Tat als derzeit verfügbar gemeldet und eine neue Adresse hinterlassen. Diese Adresse sei jedoch, so beschied die Agentur Daffyd, selbstverständlich nur für den Dienstgebrauch und somit vertraulich. Daffyd erklärte, wer er sei und daß er dringend mit Vaden Verbindung aufnehmen müsse, woraufhin die Agentur ihm versicherte, man würde sobald wie möglich Kontakt mit Vaden aufnehmen und ihm ausrichten, er möge zurückrufen, falls er interessiert sei.

»›Falls er interessiert sei‹«, äffte Daffyd den Ton der Sekretärin nach, »wirklich, Sie machen mir Spaß!« Und er hängte mit einer für ihn uncharakteristischen Gereiztheit ein.

»Sollen wir lesterisch denken und vielleicht mal zaghaft bei unserem Herrn Stadtoberhaupt anklopfen?« schlug Sally mit einem schelmischen Grinsen vor.

Es dauerte nicht ganz fünf Minuten, bis sie die Adresse hatten, und kaum eine weitere halbe Stunde, bis sie mit dem Helikopter über der kleinen, seeverwitterten Hütte an einer abgelegenen Stelle der Küste schwebten. Das Häuschen war fest verschlossen und offensichtlich unbewohnt. Ziemlich niedergeschlagen flogen Sally und Daffyd zum Zentrum zurück. Auf dem Dachlandeplatz empfing sie Lester.

»Du bist ja ganz schön aufgeregt«, sagte Sally.

»Da hab ich auch allen Grund zu.«

Vor der Tür von Daffyds Büro zögerte Sally. Daffyd, der über die Umstände eher verärgert war als Sally, packte sie fest beim Arm und schob sie in den Raum. Sofort überschwemmten ihn mehrere intensive Eindrücke: Der Kontakt mit Sally sagte ihm, daß ihre Gefühle in höchstem Maße schwankend waren: Intensive Haß/Liebe-Schwingungen erfüllten den Raum, und darin vermengt die Gewißheit, daß das Mädchen mit dem kastanienbraunen Haar, das der Tür zugewandt auf einem Stuhl saß, ein starker und heftig erregter Empath war; daß der rotbärtige Mann, der neben der Frau am Fenster stand, durch verzweifelte, hoffnungslose Bande an sie gekettet war.

»Ich bin Daffyd op Owen«, stellte Daffyd sich vor, »und das ist Sally Iselin, die Chefin unserer Testklinik. Wir haben nach Ihnen gesucht.« Daffyd sendete Wellen von Mitgefühl/Beruhigung/Liebe/Respekt aus.

»*Wir* haben Sie gefunden«, erwiderte der Mann. »Ich bin Bruce Vaden.«

»Wir haben versucht, Sie gestern abend in der Fabrik anzupeilen«, sagte Daffyd, an Amalda gewandt. Sein zweiter Eindruck war der, daß das Mädchen kurz davor war zu explodieren.

In dem Moment stöhnte Sally auf und machte eine hastige Bewegung auf Amalda zu, als eine Woge von Furcht/Verwirrung/Haß/Liebe/Entsetzen/Abscheu/Zuneigung mit ungeheurer Wucht über die beiden Talente brandete.

»Das ist nur eine Kostprobe von dem, was ich kann.« Obwohl die Frau sehr leise sprach und ihre Stimme einen südländisch weichen Klang hatte, schrillte sie ihnen schmerzhaft in den Ohren und hallte nach als heftiger mentaler Aufschrei, der Sally und Daffyd einen Schauer über den Rücken jagte. »Ich will das nicht. Es ist inzwischen egal, ob Red mit im Raum ist oder draußen. Es funktioniert mittlerweile überall, egal wo.« Sie war erfüllt von Schmerz und Erbitterung, aber in dem Blick, mit dem sie die am ganzen Körper zitternde Sally beobachtete, war auch Mitleid und eine seltsame Befriedigung zu lesen.

Daffyd bedeutete Sally mit einer knappen Geste, hinauszugehen. Als sie sich weigerte, verlieh er der Anweisung auf mentalem Wege Nachdruck und befahl ihr gleichzeitig, Jerry Frames auszurichten, er solle auf dem schnellsten Wege herkommen. Mit einigem Unwillen nahm er zur Kenntnis, daß sie über seine Entscheidung, sie hinauszuschicken, verärgert war und sich gar nicht die Mühe machte, ihren Unmut zu verhehlen. Er zuckte leicht zusammen, als sie die Tür hinter sich zuknallte.

»Sie sind ein Empath«, sagte Daffyd zu Amalda und versuchte gleichzeitig, beruhigend auf sie einzuwirken.

»Das ist mir ganz gleich, was ich bin, hören Sie! Ich will nur noch eins: daß das aufhört, und zwar sofort! Machen Sie doch endlich irgendwas, daß das aufhört!«

»Ich kann nichts dagegen machen, meine Liebe«, sagte er in seinem freundlichsten Ton, während er gleichzeitig die Vision eines geflügelten Pferdes hatte, das zügellos durch den Himmel raste.

Amalda erhob sich in einer einzigen fließenden Bewegung von ihrem Stuhl und schaute ihn mit lodernden Augen an. »Dann werde ich dem ein Ende machen!« Ihre Worte waren ein einziger verzweifelter Schrei. Sie wirbelte herum und stürzte zum Fenster. Daffyd sprang vor, um ihr den Weg abzuschneiden, gleichzeitig ein intensives mentales »Halt!« aussendend. Aber noch schneller als er reagierte Red Vaden. Zwar hätte sie ihre Absicht ohnehin nicht in die Tat umsetzen können, da die Fensterscheibe aus bruchfestem Glas war, aber so prallte sie mit voller Wucht dagegen und sackte benommen in die Arme des Rotschopfs, hysterisch schluchzend und eine Woge von solch widerstreitenden und heftigen Emotionen aussendend, daß Daffyd aus Mitleid nach der Tranquilizer-Pistole in seinem Schreibtisch griff und auf sie abdrückte.

Absolute Stille, akustisch wie mental, herrschte im Raum, als die beiden Männer auf die schlaffe Gestalt in Vadens Arm hinunterstarrten.

»Ich nehme an, das war unumgänglich«, sagte der Mann mit heiserer Stimme.

Daffyd las die Erleichterung im Geist des Mannes, der zermartert gewesen war von Verwirrung, Angst und blinder Ergebenheit an das Mädchen. Op Owen deutete auf die Couch.

»Okay, Mr. op Owen. Und was nun?« fragte Vaden, nachdem er Amalda behutsam auf die Couch gebettet hatte. Seine blauen Augen schauten op Owen mit einem besorgten Ausdruck an.

Daffyd erwiderte den Blick. Durch vorsichtiges Tasten erfuhr er, daß der Vorschlag, sich an das Zentrum zu wenden, von Vaden gekommen war, als letzte Möglichkeit, Hilfe zu bekommen, da Amalda fest entschlossen war, ihrem Talent ein Ende zu machen, selbst wenn das bedeutete, auch ihrem Leben ein Ende zu machen.

»Als erstes werden wir ihr vom Arzt des Zentrums Ruhe und nochmals Ruhe verordnen lassen«, sagte Daffyd und fügte mit einem Blick auf die mitleiderregend dünnen Arme des bewußtlosen Mädchens hinzu: »Und ordentliche Kost.« Vaden schnaubte, als wären praktische Ratschläge das letzte, was er vom Direktor des Parapsychologischen Zentrums erwartet hätte, aber dann nahm er doch auf dem Stuhl Platz, den op Owen ihm anbot.

»Und dann bringt das Zentrum ihr bei, ihr Talent kontrolliert einzusetzen.«

»Talent?« explodierte Vaden. »Talent nennen Sie das? Das ist ein gottverdammter Fluch, das ist es! Nach dieser Nacht neulich hat sie soviel Angst, daß sie sich nicht mehr aus dem Haus traut. Sie wird nie wieder auftreten... sie wird nicht einmal mehr...« Er biß die Zähne zusammen und sprach das letzte Wort nicht aus, aber er hatte bereits gedacht, ›hörbar‹ für Daffyd, und der Direktor empfand noch mehr Mitleid mit den beiden als vorher.

»Jedes Talent ist ein zweischneidiges Schwert, Vaden«, sagte op Owen und drehte seinen Stuhl langsam hin und her, was eine beruhigende Wirkung auf Vaden hatte.

»Was für eine Art von Monstrum ist sie?«

»Sie ist keineswegs ein Monstrum, alles andere als das«, antwortete Daffyd in ziemlich ernstem Ton. »Sie ist ein sendender Telempath...«

»Und ich bin dann wohl so was wie die Verstärkerstation...«

»Ich denke, das ist eine gute Analogie.«

»Hören Sie, op Owen, ich habe eine Menge über euch Talente gelesen, aber nirgendwo stand was von dem, was Amalda macht...«

»Durchaus wahrscheinlich. Wir stecken, was das Erkennen und Einschätzen dessen, was in der Parapsychologie möglich ist, erst in den Anfängen. Wir haben nur einen echten Telempathen hier bei uns. Leider besitzt er nicht mehr Verstand als ein Eichhörnchen, und er kann auch nur empfangen. Amalda hingegen kann offenbar genau das senden, was sie will. Ich gehe wohl recht in der Annahme, daß dieses Phänomen erst in Erscheinung trat, als sie Ihnen begegnete?«

An die Oberfläche von Vadens Geist tauchte die lebhafte Erinnerung an ihre erste Begegnung: eine Art verschwommenen Begreifens, daß sie ›füreinander bestimmt‹ waren. Ihre erste Liebesumarmung war eine Offenbarung für den blasierten, sexmüden Vaden gewesen, und jeder darauffolgende Tag hatte ihre gegenseitige Abhängigkeit noch verstärkt.

»Sie war völlig mittellos und heruntergekommen«, sagte Vaden mit ausdrucksloser Stimme. Das, was er nicht sagte, ging ihm in lebhaften Bildern durch den Kopf. »Gott sei dank war ich es, an den sie sich wandte...« Hinter den Erinnerungsblitzen sah Daffyd, daß Vaden sich niemals den Luxus gestattet hatte, jemanden zu lieben oder gern zu haben, aus Angst, verletzt und ausgenutzt zu werden. In seinem unsteten Beruf, ständig unterwegs, permanent belagert von theaterbegeisterten Teenagern, die glaubten, eine Schauspielerlizenz wäre alles, was sie brauchten, um zu

Ruhm zu gelangen, war er mit der Zeit immun gegen körperliche Reize und Verführungstricks geworden. Aber er war absolut schutzlos gewesen gegen die Wirkung von Amaldas Geist auf seinen. Nervös fuhr er sich jetzt mit den Fingern durch krausrotes Haar. »Wir gingen überall nur noch zusammen hin.« Er war ständig von der Angst verfolgt gewesen, sie könnte ihn verlassen oder ihm weggenommen werden. »Selbst zu den Proben. Eines Tages hatte sich das Mädchen, das die Rolle der Charmian spielen wollte, verspätet, und ich bat Amalda, für sie einzuspringen und ihren Text zu lesen, bis sie kommen würde. Ich habe nie eine bessere erste Leseprobe gehört. Sie verlor sogar jede Spur von ihrem regionalen Akzent und traf hundertprozentig den Ton der hartmäuligen Schlampe, den die Rolle erfordert. Wir haben uns alle richtig vor ihr geekelt, so lebensecht füllte sie die Rolle aus. Ich habe so was in all den Jahren, die ich am Theater bin, noch nie gesehen. Ich hätte eine solche Könnerschaft allenfalls vielleicht von jemandem wie Mathes oder Crusada erwartet, aber von einer blutigen Anfängerin? Einer Ex-Sängerin?« Vaden blickte zu dem bewußtlos daliegenden Mädchen hinüber und schüttelte ungläubig den Kopf. »Sie hat sich so gefreut, als ich ihr sagte, wie toll sie gewesen wäre. Sie hatte schon geglaubt, sie würde zu nichts taugen, nachdem sie sich mehrmals vergeblich um eine Lizenz als Sängerin bemüht hatte.« Vaden gab ein zorniges Knurren von sich. »Als sie mir der erste Mal was vorsang, konnte ich einfach nicht glauben, daß man ihr die Lizenz verweigert hatte.« Er wandte sich wieder Daffyd zu. »Es ergab einfach keinen Sinn.«

»Ich wage zu behaupten, daß Sie der fehlende Faktor waren.«

»Ein moderner Svengali?« Vadens Stimme klang bitter.

»Nicht gerade das. Aber das Gehirn erzeugt elektrische Ströme. Und genauso, wie ein Empfänger auf seine bestimmte Wellenlänge eingestellt sein muß, um eine Botschaft auf derselben Wellenlänge empfangen zu können, müssen auch Gehirne auf der gleichen Frequenz senden. Und genau das ist bei Ihnen und Amalda der Fall. Ist einer von Ihnen beiden schon einmal bei einem parapsychologischen Test gewesen?«

»Nicht daß ich wüßte.«

»Nun, die pure Mechanik können wir später bei den Tests heraussondieren, aber es gibt da noch eine andere drängende Frage, die ich Ihnen stellen muß.«

Vaden besaß Talent; ob es nun erst durch den Kontakt zu Amalda aufgeblüht war oder nicht, war unwesentlich, denn er erkannte sofort, was Daffyd meinte, und er erstarrte. Daffyd ließ sich nichts anmerken: Er hielt es für klüger, wenn Vaden nicht merkte, daß er einem starken Telepathen gegenübersaß... zumindest jetzt noch nicht.

»Setzen wir einmal als gegeben voraus, daß Sie als Verstärker fungieren für die Stimmungen, die Amalda erzeugt; was geschah dann neulich abends in der Fabrik? Was hat ihr so eine Angst eingejagt, daß sie fortlief, obwohl der Abend auf einen Bombenerfolg hinauslief? Das Publikum fraß ihr doch förmlich aus der Hand.«

Ein Ausdruck, der dem des Entsetzens sehr ähnlich war, huschte über Vadens Gesicht.

»Saßen Sie mit im Publikum?« fragte Vaden abwartend.

»Ja. Sally Iselin hatte Amalda zwei Abende vorher gehört und wollte ihren Verdacht, daß Amalda ein hochgradiger Empath sein könnte, von mir bestätigt haben. Was war es, das Amalda solche Angst gemacht hat, daß sie die Flucht ergriff? Und Sie beide sich versteckten?«

Daffyd vermochte aus Vadens Gedanken nichts herauszulesen, was ihm irgendwie hätte weiterhelfen können, nur eine exakte Wiederholung dessen, was er und Sally schon in Amaldas Projektion gefühlt hatten. Statt dessen schwappte ihm plötzlich eine Welle von Verzweiflung und Hoffnungslosigkeit entgegen.

»Genau deshalb müssen Sie uns ja helfen, op Owen! Tun Sie doch irgendwas! Können Sie das denn nicht irgendwie abschalten?«

Vaden gab sich jetzt nicht mehr die Mühe, seine Furcht zu verbergen. Und er machte auf op Owen bestimmt nicht den Eindruck von jemandem, dem man leicht Angst einjagen konnte. Er war ein harter, zäher Bursche, ein Kerl wie ein Baum, einer, der durchaus in der Lage war, sich seiner Haut zu wehren. Und das, den Narben an seinen Knöcheln und in seinem Gesicht nach zu urteilen, auch oft genug hatte tun müssen.

»Zum Glück kann niemand Amaldas Talent ›abschalten‹. Ich sehe auch nicht die Notwendigkeit.« Nur eine unbestimmte, aber überwältigende Furcht sowohl in Vaden als auch in Amalda.

»Nicht die Notwendigkeit?« schrie Vaden und beugte sich ruckartig zu op Owen herüber. Seine Augen loderten vor Wut, Furcht und hilfloser Ohnmacht. »Sehen Sie denn nicht, wie fertig sie ist? So fertig, daß sie sich lieber umbringen wollte, als so weiterzuleben?«

»Sie haben mir noch nicht gesagt, *was* ihr solche Angst eingejagt hat und was, wenn ich offen sprechen darf, Sie ebenso beunruhigt.«

Vaden hatte sich jetzt wieder einigermaßen im Griff. »Da war noch jemand im Publikum«, sagte er mit harter, kontrollierter Stimme, »der sich plötzlich bei uns einschaltete. Jemand, der versuchte, uns zu beherrschen. Der entschlossen war, Amalda unter seine Kontrolle zu bekommen. Sie kriegte natürlich die volle Wucht seines Angriffs ab, danach traf es mich.«

Op Owen wußte jetzt mit sicherem, schrecklichem Instinkt, daß Roznine dieser Dritte war. Und die Verästelungen, die sich aus dieser Prämisse ergaben, waren äußerst beunruhigend. Er schaffte es, Bruce Vaden beruhigend anzulächeln. Mit gespielter Gelassenheit schwenkte er langsam seinen Stuhl hin und her. Solange Boshe hatte er verloren, aber er würde nicht Amalda verlieren... und Vaden... *und* Roznine.

»Das ist sehr interessant«, sagte er zu Vaden. »Hat Amalda irgendeine Idee, wer der Mann sein könnte?«

»Wie sollte sie?« fragte Vaden höhnisch. Es kostete ihn beträchtliche Mühe, seine Unruhe zu verbergen. Er konnte nicht einmal die Vorstellung ertragen, Amalda mit irgend jemand teilen zu müssen. »In dem Moment, als sie merkte, was passierte, wie stark der Kerl war und was er von ihr wollte, tat sie so, als wolle sie eine kurze Pause einlegen. Und sagte mir, ich solle nachkommen. Aber sie wird nie wieder singen. Sie können sich nicht vorstellen, was in so einem Moment in einem vorgeht...«

»Ich vielleicht mehr als jeder andere«, sagte Daffyd mit einem milden Lächeln.

Vaden wischte diese Behauptung mit einer heftigen Handbewegung weg.

»Sie müssen begreifen, daß Amalda von diesem Fluch befreit werden muß.«

Seine Stimme klang jetzt schneidend; seine Erregung wuchs von Sekunde zu Sekunde. Daffyd tastete verstohlen nach der Tranquilizer-Pistole auf seinem Schreibtisch.

»Unterstehen Sie sich!« Vaden schoß mit verblüffender Behendigkeit von seinem Stuhl hoch und packte op Owens Hand.

»Ich dachte, Sie würden begreifen, was das bedeutet, op Owen. Wer immer dieser Kerl ist, er ist doppelt gefährlich, solange Amalda diese schreckliche Fähigkeit besitzt!«

»Sie werden jeden erdenklichen Schutz bekommen, den das Zentrum und jedes andere Zentrum in der Welt Ihnen bieten kann, Vaden«, erwiderte Daffyd, und seine Stimme klang fest, ohne laut zu sein. »Und dieser Schutz ist nicht unbeträchtlich, das kann ich Ihnen versichern. Was *Sie* nicht verstehen, Vaden, ist daß Amaldas Hauptproblem nicht ihr Talent an sich ist, sondern ihre Unfähigkeit, diese wahrhaft atemberaubende Gabe kontrolliert einzusetzen.«

»*Sie* sind es, der nicht versteht!« Vaden war jetzt fast außer sich vor Verzweiflung. »Das ist es ja gerade! Sie *kann* kontrollieren! Sie kann ganze Menschenmassen kontrollieren. Diese Leute neulich in der Fabrik... die hätten, wenn sie gewollt hätte, alles getan. Und genau das ist es, was ihr Angst und Schrecken macht. Und mir auch. Und dieser andere ausgeklinkte Geist... *Er* wollte sie als Werkzeug mißbrauchen, um über sie den Mob in seinem Sinne zu steuern. Glauben Sie mir, ich weiß, was ein Massenaufruhr ist. Ich habe welche erlebt. Und ich habe selbst schon mittendrin gesteckt. Ich weiß, was da abläuft. Und Amalda könnte jederzeit einen verursachen. Wenn ja sogar schon einer ausbricht, nur weil sie *nicht* da ist... Sie könnte das ganze verdammte Jerhattan aufwiegeln.«

»Wie?« fragte Daffyd ruhig.

»Indem... indem... sie das tut, wozu dieser kranke Geist sie an dem Abend neulich in der Fabrik zwingen wollte.«

»Aber«, und Daffyd sprach jetzt mit ebensolcher Eindringlichkeit wie Vaden, »sie hat es nicht getan! Und sie konnte es nicht! Und nichts auf dieser Welt, nicht einmal ein kranker, größenwahnsinniger Geist könnte sie jemals dazu bringen. Und wenn sie erst einmal gelernt hat, ihr Talent zu zügeln und zielgerichtet einzusetzen, dann, da bin ich sicher, werden Sie beide nicht mehr finden, daß es ein schrecklicher Fluch ist.«

»Ich glaube Ihnen nicht.«
»Wie alt ist Amalda?«
»Wie bitte? Was hat das damit zu tun?«
»Wie alt ist sie?«
»Zweiundzwanzig.«
»Zweiundzwanzig. Und ziemlich jung für eine Zweiundzwanzigjährige, wie ich annehme. Das ist immer noch ein zartes Alter.« Daffyd hätte sich einiges von Amaldas empathischer Kraft gewünscht, aber er drang auch so zu Vadens grundlegender Vernunft durch. »Und sie verliebt sich in jemanden wie Sie ... Bitte, das ist nicht abwertend gemeint, Mr. Vaden. Aus einer ziemlich öden, eintönigen Existenz heraus gelingt ihr plötzlich der Sprung auf die Theaterbühne, ins Rampenlicht im wahrsten Sinne des Wortes... Selbst eine reifere, gefestigtere Persönlichkeit hätte da ihre Probleme, das zu verkraften. Und dann wird sie in eine Situation äußerster Hochspannung geworfen – das Konzert in der Fabrik –, es war selbst für mich, der ich das Ganze nur aus der Position des Beobachters mitbekommen habe, äußerst nervenaufreibend, und ich habe meine Gefühlsreaktionen sehr wohl im Griff. Ihr gehen die Sicherungen durch, und sie ergreift panikartik die Flucht! Was ich ihr absolut nicht übelnehmen kann. Auf einen Nenner gebracht: Amalda hat sich schon eine ganze Weile in einem Zustand hochgradiger Erregung befunden, in einem emotionalen Stresszustand. Wir sind immer noch sehr schwache, fehlbare Geschöpfe, was die Beherrschung unserer besonderen Kräfte angeht, Mr. Vaden. Und die Empfänger/Sender-Einheit, die Amalda ist, ist im Moment einfach überlastet.

Nein, Mr. Vaden, wir können sie nicht ›abstellen‹. Wir wollen es auch gar nicht, selbst, wenn es ginge. Aber was wir sehr wohl können, ist sie lehren, wie sie ihr Talent kanalisieren, es disziplinieren kann, damit es nicht mehr mit ihr durchgeht, so wie es jetzt passiert ist. Und Ihnen können wir zeigen, wie Sie ihr helfen können, die Bremse anzuziehen. O ja, Sie können durchaus lernen, die Funktion eines Trennschalters zu übernehmen, eines Stromkreisunterbrechers sozusagen. Sie wird Ihre Kraft brauchen, Mr. Vaden. Tatsächlich, und das sag ich Ihnen unter uns, ist Amalda allein nicht so wichtig wie Sie beide zusammen. Ich werde Sie also als ein Team betrachten, denn genau das sind Sie.«

»Dann können Sie uns also doch helfen?« fragte Vaden. Er glaubte op Owen augenscheinlich noch immer nicht so recht, aber zumindest war er jetzt nicht mehr gar so verzweifelt.

»Ich habe es doch gerade gesagt.«

»Nein«, und Vaden schüttelte wütend den Kopf.

»Mr. Vaden, Gefühl ist genauso ein Werkzeug wie ein Kugelschreiber oder ein pneumatischer Bohrer...«

Vaden starrte ihn an und fing plötzlich und unerwartet an zu kichern. »Und Amalda hat den Bohrer benutzt?«

Op Owen jubelte innerlich. Gott sei Dank hatte der Mann Sinn für Humor.

»Genau. Amalda hat, wenn man so will, die Finesse eines blutigen Anfängers. Wenn Sie der Brennpunkt gewesen wären anstelle dieser noch unfertigen, leicht beeindruckbaren jungen Frau, dann, glaube ich, hätten sich die Dinge womöglich behutsamer entwickelt. Aber wie die Dinge nun einmal lagen...«

»Ich glaube nicht, daß Amalda Ihnen glauben wird, op Owen«, sagte Vaden mit einem traurigen Blick auf das immer noch bewußtlos daliegende Mädchen.

»Ich glaube, sie wird keine andere Wahl haben«, erwiderte Daffyd ernst. Vaden zog die Stirn kraus, seine Augen verengten sich, aber op Owen erwiderte den Blick und verlieh ihm zusätzlich mentale Verstärkung. »Sie macht einen erschöpften Eindruck; das passiert, wenn man eine Maschine über einen längeren Zeitraum hinweg mit voller Leistung arbeiten läßt. Wir werden ihr ausreichend Zeit zur körperlichen und geistigen Erholung geben. Und wir werden sie solange ruhiggestellt halten, bis sie beginnt zu erkennen, daß sie nicht alles um sie herum mit dem Griff eines Tyrannen kontrollieren kann... denn genau das scheint mir ihre größte Angst zu sein. Sehr lobenswert im übrigen.«

»Und dann?« fragte Vaden mit matter Stimme.

»In der Zwischenzeit werden Sie lernen müssen, ihr zu helfen. Bisher sind Sie mehr oder weniger passiv gewesen. Sagen wir«, und Daffyd lächelte mild, als er sich zu Vaden hinüberbeugte, »Sie werden beide für einen langfristigen Vertrag ohne Optionsrecht engagiert.«

Die Tür ging auf, und herein kamen Jerry Frames, der Arzt des Zentrums, und Sally Iselin, die noch immer ein wütendes Gesicht machte. Daffyd lächelte, als er zur Seite trat, um die beiden zu Amalda durchzulassen.

»Warum habt ihr so lange gebraucht?« fragte er Sally.

»Was glauben Sie, was ich bin? Etwa ein lausiges Poptalent?«

»Sie ist jetzt in der Lage, völlig abzuschirmen, Daffyd«, sagte Sally mit verständlichem Stolz in der Stimme.

Sie beobachteten durch die Spiegelscheibe, wie Amalda Harold Orley fütterte. Der einfältige Empath aß mit Appetit, ein vergnügtes Lächeln auf den kindlichen Zügen.

»Ich hätte nie gedacht, daß wir Harold mal als Ausbilder benutzen würden«, sagte op Owen. Sally grinste ihn mit funkelnden Augen an. »Harold ist ein nützliches altes Werkzeug.«

Daffyd dachte flüchtig an Solange Boshe.

»Nicht, Dai!« Sallys mahnender Ausruf wurde verstärkt durch ihren mentalen Befehl, hinter dem Daffyd Sympathie, Mitgefühl und, seltsamerweise, Ärger spürte.

»Sie ist jetzt von allen Tranquilizern runter?« fragte er.

»Ja. Sie muß sich ja jetzt ganz auf Harold Orley konzentrieren.«

»Dann sollten wir jetzt mal langsam damit anfangen, sie nach draußen zu lassen.«

»Ich würde es, wenn ich Sie wäre. Der Rote Bär kriegt sonst bald einen Koller.«

»Der Rote Bär?«

Sally zog die Nase kraus. »So nenne ich Vaden.«

»Dann ist Amalda Goldköpfchen?«

»Lieber Himmel, nein. Sie ist Aschenbrödel, erinnern Sie sich?«

»Aschenbrödel und der Bär?«

»Aschenbrödel, der Bär und... der Wolf!« Daffyd runzelte die Stirn. »Ich dachte, ich wäre ein besserer Therapeut.«

»Oh, es ist bloß ein Kummer im Hinterkopf. Sie wird erst dann richtiges Vertrauen zu sich selbst haben, wenn sie dem Wolf wirklich begegnet und ihn bezwingt. Und dann können wir alle glücklich sein bis an unser Lebensende.«

In Sallys fröhlicher Stimme schwang eine Spur von Bitterkeit mit, die Daffyd veranlaßte, sie scharf anzuschauen. Für einen Moment war er versucht, ihre Gedanken zu lesen, aber das war unmoralisch, zumal Sally sein Eindringen sofort merken würde. Statt dessen beobachtete er Amalda noch eine kurze Weile und verließ dann die Klinik.

In dem Monat, seit Amalda im Zentrum war, war aus dem abgemagerten, überspannten, kindlichen Mädchen eine zwar immer noch schlanke, aber ruhige und gefaßte junge Frau geworden. Ihre Ängste waren unter Daffyds geschickter Therapie langsam und allmählich geschwunden, nicht zuletzt auch durch ihre eigene Fähigkeit, ihre Gefühle zu zügeln, ihre Lebensenergien in die richtigen Bahnen zu lenken.

Während der ersten Sitzungen mit Harold Orley hatte Amalda noch unter starken Beruhigungsmitteln gestanden. Die vollkommene Geistlosigkeit des Empathen hatte sie anfangs heftig abgestoßen. Es hätte keinen klareren Spiegel für ihre Reaktionen geben können. Ihr Mitleid für den schwachsinnigen Empathen lernte sie rasch unterdrücken, da Harold jedesmal sofort in Tränen ausbrach und haltlos zu schluchzen begann. Zuerst hatte sie dagegen rebelliert, mit Harold arbeiten zu müssen, aber sie konnte nicht die Tatsache abstreiten, daß er prompt auf ihre Emotionen reagierte, und daß, solange sie sie nicht in seiner Gegenwart unter Kontrolle zu halten imstande war, sie nicht hoffen konnte, sie in der Öffentlichkeit in ausreichendem Maße unter Kontrolle halten zu können.

In den ersten Tagen im Zentrum hatte sie, sogar noch unter dem Einfluß starker Sedativa, verlangt, daß man eine Leukotomie an ihr vornehmen solle: eine Operation, die, wie Amalda fälschlicherweise annahm, ihr unerwünschtes Talent ausradieren würde. Bei ihrer ersten Begegnung mit Harold gelangte sie dann jedoch zu der Einsicht, daß ein solcher Eingriff den psionischen Teil ihres Gehirns unversehrt lassen würde. Der nächste Schritt in Amaldas Rehabilitation war ihre Begegnung mit dem Jungstar-Talent des Zentrums, der zweijährigen Dorotea Horvath. Amalda brauchte nicht lange, um die Lektion zu begreifen, die ihr bei dieser Begegnung auf sehr anschauliche Weise vermittelt wurde.

Die kleine Dorotea spielte gerade vergnügt mit ihren Bauklötzen. Sie hatte mehrere davon zu einem kleinen Turm aufgeschichtet. Als der Turm plötzlich umkippte, bekam sie einen richtigen Wutanfall ... der sofort unbewußt aber wirksam, von ihrer Mutter eingedämmt wurde. Die Gedanken der kleinen Telepathin waren so laut und klar, daß Amalda gar nicht umhin konnte, die Analogie zu erkennen.

»Ich habe also ein feines neues Spielzeug in meinem Geist entdeckt, und nun will es nicht mit mir spielen, ist es das?«

»Sie müssen lernen, die Klötze richtig aufeinanderzuschichten, genau wie Dorotea ...«, sagte Daffyd freundlich.

»Damit sie nicht runterfallen und ›bum‹ machen?«

»Und Sie womöglich drunterliegen«, fügte Sally hinzu. »Wie an dem Abend in der Fabrik.«

Trotz des Beruhigungsmittels wurde Amalda bleich und begann zu zittern.

»Er kann mich doch nicht finden, oder?«

»Nicht hier hinter abgeschirmten Wänden, meine Liebe«, beruhigte Daffyd sie.

Sobald Amalda so weit war, daß sie ihre Gefühle beherrschen konnte, wurde Vaden in die Übungen mit einbezogen. Während dieser Sitzungen gelang es ihnen, dem Phänomen des zweiten Fabrikkonzerts auf die Spur zu kommen und es experimentell zu reproduzieren. Amalda konnte im Zusammenspiel mit Red die emotionale Atmosphäre jedes großen Raums bestimmen, sie konnte jedes beliebige Gefühl in den Köpfen der Anwesenden erzeugen. Aber die Kraft, die ungeheure Wucht, die Daffyd und Sally in der Fabrik gespürt hatten, fehlte.

»Das Team, so wie es jetzt ist, ist in seinen Möglichkeiten beschränkt«, sagte Daffyd ein wenig traurig zu Sally.

»Beschränkt?« Sally war überrascht.

»Ja. Solange keine dunklen Gefühle gegengesendet werden, kann sie von den helleren projizieren, was sie will. Aber ich hatte eigentlich gehofft, daß sie und Vaden zusammen stark genug sein würden, um ...«

»Um einen Krawall im Anfangsstadium zu neutralisieren?«

»Ja«, und Daffyd beugte sich ruckartig in seinem Sessel vor. »Das würde Frank Gillings besänftigen und ihn veranlassen, die Anklage wegen Anstiftung zum Aufruhr, die er sich noch immer gegen sie vorbehält, fallenzulassen. Und stellen Sie sich vor, was das für einen Fortschritt in der Aufruhrbekämpfung bedeuten würde: zwei Leute anstelle von zwanzig Sensitiven, falls wir die überhaupt zur Verfügung haben, wenn wir sie brauchen, oder anstatt Gas.«

»Aha, das hatten Sie also im Sinn.«

»So, wie die Dinge liegen, denke ich, daß wir sie als Team bei solchen Veranstaltungen einsetzen, bei denen es erfahrungsgemäß häufig zu Krawallen oder Keilereien kommt: Tagungen, Messen, Industrieausstellungen und dergleichen.«

»Und was ist mit dem Wolf?«

»Ach ja, aber sehen Sie, ich will, daß er aus dem Wald kommt.«

»Und Amalda?« Sally ›klang‹ wütend.

»Auf was würden Sie setzen? Auf einen Wolf oder einen Bären?«

Daffyd op Owen war indes, was Amaldas Sicherheit anging, keineswegs so gleichgültig, wie Sally vielleicht annahm: Er hatte alle Sensitivitäten angewiesen, sofort Alarm zu schlagen, falls irgend jemand Erkundigungen über Amalda oder Bruce Vaden einziehen sollte und falls Roznine irgendwelche ungewöhnlichen Aktivitäten entfalten sollte. Ted Lewis, das Chef-Polizeitalent, gab ihnen den ersten interessanten Hinweis. Ein bekannter und angesehener Theateragent, der rein zufällig auch noch Pole war, hatte sich an die Zentrale Künstlervermittlungsbehörde gewandt mit der Bitte, ihm bei der Suche nach einem verschwundenen Schauspieler zu helfen, einem gewissen Bruce ›Red‹ Vaden, der angeblich ein Engagement vermittelt bekommen habe, jedoch offensichtlich bei keiner zur Zeit in der Stadt auftretenden Theatergruppe aufgetaucht sei.

»Nun, das braucht nicht unbedingt was zu bedeuten«, meinte Ted Lewis. »Der Bursche organisiert tatsächlich gerade eine Varietévorstellung für den Borscht-Bezirk, aber andererseits bräuchte er dafür nicht gerade einen Regisseur von Vadens Klasse.«

»Und braucht er nicht zufällig auch eine Folksängerin?«

Ted Lewis schüttelte den Kopf. »Roznine mag zwar inzwischen vielleicht rausgekriegt haben, daß Amalda Vadens Freundin ist, aber es ist auch allgemein bekannt, daß Gillings noch immer hinter der Folksängerin her ist, die den Krawall in der Fabrik ausgelöst hat. Roznine mag ja verrückt sein; dumm ist er jedenfalls nicht.«

Es kam Daffyd gar nicht so ungelegen, daß Gillings die Anklage noch nicht hatte fallenlassen, denn solange Amalda sich noch erholte und lernte, ihr Talent zu kontrollieren, bot ihr die Anklage sogar einen gewissen Schutz.

Was Daffyd indes stutzig machte, war, was Roznine mit Amalda vorhaben mochte, falls, und wenn, er ihrer habhaft wurde. Gewiß, die Öffentlichkeit war in groben Zügen über die Fähigkeiten von Talenten informiert, aber nichts war je veröffentlicht worden über die ausgefalleneren, phantastischeren Möglichkeiten psionischer Kräfte. Und ganz bestimmt nichts, was in die Richtung von Amaldas Fähigkeit hätte deuten können, aus dem einfachen Grund, weil bis zu dem Tag, an dem Amalda Bruce Vaden begegnet war, ein solches Talent nicht einmal in den kühnsten Träumen für auch nur denkbar gehalten worden wäre. Deshalb, was mochte Roznines rege Phantasie ihm einsuggeriert haben? War ihm klar, daß er, Roznine, talentiert war? Plante er, da er nun schon die Vorherrschaft über seine ethnische Gruppe hatte, über Amalda die Herrschaft über die gesamte Stadt zu erringen?

»Vsevolod Roznine ist alles andere als ein Dummkopf, Boss«, sagte Ted Lewis zu Daffyds weiterer Beunruhigung. »Er pickte aus allen Beschäftigungs- und sonstigen Hilfsprogrammen stets die besten Rosinen für seine Slawen raus. Oh, alles ganz legal; ein bißchen gewagt, wenn man es aus irgendeiner anderen ethnischen Ecke sieht, aber legal. Und er dehnt seine Aktivitäten immer häufiger über die Grenzen seines eigenen Reviers aus. Er hat schon Kooperation gekriegt, wo kein Pan-Slawe sie bisher je gekriegt hat. Wie, warum, was er tut, wissen wir nicht. Kann sein, daß er mit ganz ordinärer Erpressung arbeitet, kann aber auch sein, daß er über echtes Talent verfügt. Obwohl Gillings ausklinken wird, wenn er sich mit einem Minderheitsführer mit Psi-Talent rumschlagen muß!«

»Es gibt Schlimmeres«, sagte Daffyd, obwohl Ted Lewis da offenbar anderer Meinung war. »Haben Sie die RuO-Präkogs auf Roznine und Amalda angespitzt?«

Ted Lewis schaute seinen Vorgesetzten fast beleidigt an. »Selbstverständlich.«

»Und?«

»Boss, Sie wissen doch selbst, daß man eine valide Präkog nicht erzwingen kann.«

»Kein einziger Vorfall?«

»Nicht einer. Nur vage Gefühle von Unbehagen.« Er wiederholte offenbar eine schon hundertmal benutzte Floskel, was ihn genausowenig wie Daffyd befriedigte.

»Behalten Sie Roznine im Auge. Und sagen Sie Gillings bloß nichts davon, daß wir vermuten, daß Roznine Psi-Talent besitzt. Ich habe vor, Amalda und Vaden schon bald als Team einzusetzen. Früher oder später wird Roznine sie wieder aufspüren.«

»Wollen Sie das?«

»Sogar sehr.« Und in Daffyds Geist tauchte wieder das Bild von Solange Boshes wirrem, wahnsinnigem Gesichtsausdruck auf, bevor sie sich durch die Stahltür in dem Parkhaus teleportierte.

Gillings war hocherfreut, Amalda und Bruce Vaden als Krawallverhütungsteam benutzen zu können. Er bot sogar an, die Anklage aus den Akten zu streichen, aber Daffyd empfahl, damit noch eine Weile zu warten. Das Team wurde sofort auf eine Reihe von Massenversammlungen, Tagungen und Konferenzen angesetzt. Solche Versammlungen wurden gefördert, um einer Bevölkerung mit zuviel freier Zeit Zerstreuung zu bieten, aber wenn geschickte Agitatoren am Werk waren, bedurfte es oft nur eines winzigen Funkens, und die hochgeputschten Emotionen der Menge entluden sich in wilden Krawallen. Zwar waren in allen Versammlungs- und Tagungsstätten, einschließlich der Kirchen, Dezibel-Alarmanlagen vorgeschrieben, die bei Überschreitung einer bestimmten Lärmschwelle Betäubungsgas sprühten, aber clevere Agitatoren verstanden es immer wieder, diese Anlagen zu sabotieren, so daß die Gassprüher nicht ausgelöst wurden, wenn der Geräuschpegel den Schwellenwert überschritt. Zudem hatten die meisten Berufsagitatoren inzwischen gelernt, die Stimmung so geschickt zu manipulieren, daß der Lärmpegel sich stets unterhalb der Gefahrenschwelle bewegte, und ihre Opfer dann in Sekundenschnelle so aufzustacheln, daß die angestaute Spannung sich quasi per Selbstzündung in einer solch gewaltigen Explosion entlud, daß weder Gassprühanlagen noch Wasserwerfer dagegen ankamen. Und die kein Präkog so exakt vorauszusehen mochte, daß rechtzeitig Gegenmaßnahmen getroffen werden konnten.

Zufällig hatte Amalda, während sie lernte, sich selbst zu kontrollieren, auch gelernt, Harold Orley zu ›lesen‹, und dies mit einer Genauigkeit und Schärfe, die inzwischen sogar die von Sally übertraf. Daffyd entschied daraufhin, Harold zusammen mit dem Team einzusetzen, als Meßgerät für die allgemeine Atmosphäre in einer Versammlungsstätte und, im Notfall, als Leibwächter für Amalda. (Man lernt immer, selbst und gerade aus Unglücken, dachte Daffyd.) In ständigem Kontakt mit dem Empathen stehend, saß Amalda entweder mitten im Publikum oder ging in der Menge herum, während Vaden sich an der Peripherie bewegte, bereit, sofort zu ›senden‹, wenn es nötig wurde. Sie konnten auch mit vereinten Kräften eine bestimme Hintergrundatmosphäre erzeugen und aufrechterhalten, je nach Wunsch der RuO-Behörde oder des Veranstalters, vorausgesetzt, es handelte sich nicht um eine Werbe- oder Verkaufsveranstaltung. Unterschwellige Beeinflussung zu kommerziellen Zwecken war selbstverständlich ungesetzlich und widersprach den ethisch-moralischen Prinzipien der Talente.

Das Team war außerordentlich erfolgreich, in einer Weise, die niemand vorher erwartet hätte. Die Motorbootausstellung verzeichnete die niedrigste Rate von Kleindiebstählen in ihrer Geschichte. Die Wohnwagenausstellung meldete, zum ersten Mal seit ihrem Bestehen seien keine Kinder abhanden gekommen; noch nie wären so viele wohlerzogene ruhige Kinder ihren Eltern brav durch die Ausstellungshallen gefolgt. Zwei Jahrestreffen, die berüchtigt waren für den Hang ihrer Teilnehmer, sich vollaufen zu lassen und anschließend kräftig zu randalieren, erhielten zum ersten Mal ihre zuvor hinterlegte Schadenskaution in voller Höhe zurück.

Und Amalda gewann allmählich wieder soviel Selbstvertrauen, daß man sogar auf Bruce Vadens

Gesicht gelegentlich wieder ein Lächeln aufblitzen sehen konnte.

Hatte ich also doch recht mit dem Menü heute, dachte Amalda, als der Kellner das falsche Brathähnchen, die matschigen Kartoffeln und die verschrumpelten Bohnen auf den Teller klatschte. *Nun denn, stellen wir uns vor, es wären alles leckere Köstlichkeiten,* fügte sie in Gedanken hinzu und begann unbekümmert, Empfindungen auszusenden, die den Anwesenden im Saal beim Anblick des Fraßes das Wasser im Munde zusammenlaufen ließen. Harold, der neben ihr saß, begann sofort zu strahlen und machte sich mit Appetit über seinen Teller her.

Sie ließ beiläufig den Blick über ihre Tischnachbarn schweifen: die typischen, wichtigtuerischen Gesichter, wie man sie auf jedem Kongreß sah, und sie war, was Kongresse betraf, inzwischen eine Autorität und konnte das beurteilen. (Setzten die Leute immer dieselben ›Masken‹ bei Kongressen auf? Oder waren es womöglich dieselben Leute wie bei der Plastikdosenherstellerversammlung letzte Woche oder bei der Jahresversammlung des Bauunternehmerverbandes Dienstag vor zwei Wochen?) Jedenfalls reagierten sie auf ihre Manipulation genauso prompt wie Harold und vertilgten mit sichtlichem Appetit unter zufriedenem Schmatzen das fade Pappzeug auf ihren Tellern. Amalda seufzte leise in sich hinein. Zu schade, daß sie und Bruce kein Schmiergeld von der Hoteldirektion für die ›Veredlung‹ ihres Kantinenfraßes verlangen konnten; schließlich gehörte solcher Sonderservice nicht zu ihrem Aufgabenbereich.

Nun ja, dachte sie, *warum den Leuten nicht hin und wieder mal eine kleine Freude machen. So was hebt schließlich auch die allgemeine Stimmung.*

Sie war heute mit ihrem Senden sehr zufrieden; es machte ihr richtig Spaß. Sie hatte vor einiger Zeit damit begonnen, sich bei ihrer Arbeit auch um solche kleinen Feinheiten zu kümmern, einfach aus Spaß an der Freude. Zum Beispiel, als sie auf der Bootsmesse die quengelnden Kinder beruhigt hatte. Aber es war dabei auch ein bißchen Eigennutz im Spiel. Das Gequengel hatte sie einfach an zu Hause erinnert, wenn alle ihre Brüder und Schwestern gleichzeitig auf einmal herumgeplärrt hatten. Und Speisen zumindest schmackhaft ›erscheinen‹ zu lassen, war ein Akt schierer Selbstverteidigung. Sie enthielten zwar alle lebenswichtigen Nährstoffe und Vitamine, aber sie mochte es einfach lieber, wenn die Sachen auch schmeckten. Das machte diesen Kantinenfraß, wie er auf Kongressen üblich war, wenigstens einigermaßen erträglich. Was für eine Art, seinen Lebensunterhalt zu verdienen!

Und dennoch fand sie es, wie sie widerstrebend zugeben mußte, nicht schlecht. Wenn bloß... Nein, jetzt nicht daran denken. Es würde ihr bloß den Appetit verderben. Immerhin, jetzt wo sie den Bogen raus hatte, wo sie gelernt hatte, mit ihrem Talent umzugehen, konnte sie ganze Hundertschaften von Menschen dazu bringen, das zu fühlen, was sie wollte. Und wenn der entscheidende Moment kam, würde sie es auch schaffen, *ihn* unter ihre Kontrolle zu zwingen. Bruce war stets in ihrer Nähe. Sie lächelte. Seine unendliche Liebe, seine Wärme, machte sie stark, verlieh ihr die Kraft, mit jeder Angst fertigzuwerden. Manchmal, wenn sie mit Bruce Liebe machte, verspürte sie den unwiderstehlichen Wunsch, die ganze Welt an der Tiefe ihres Gefühls teilnehmen zu lassen, aber solche Gefühle auszusenden war unmoralisch: Das war etwas, das nur sie und Bruce anging, und... *Er* hatte an jenem Abend Dinge gedacht... Dinge, an die sie nicht einmal zu denken wagte...

Harold wurde unruhig. Sie unterdrückte ihre Erinnerungen.

Und dann, ein plötzlicher Stich. So schmerzhaft, daß sie leise aufstöhnte, fast so, als hätte sie ihn körperlich gespürt. Aber es war kein körperlicher Schmerz, es war ein psychischer Schmerz... ein Schmerz, der ihr nur allzu bekannt war. *Er war hier!*

Harold neben ihr begann leise zu wimmern. Er fühlte mit ihr. Hastig dämpfte sie ihre Erregung. Er war so plötzlich wieder aus ihrem Geist verschwunden, wie er gekommen war. Sie zitterte, unfähig, das Gefühl von Abscheu und Ekel, das die Berührung in ihr ausgelöst hatte, zu unterdrücken. Sie riß sich zusammen und verdrängte das Gefühl. Es gelang ihr, ein mattes Lächeln zustandezubringen. Beruhigend tätschelte sie Harolds Arm. Er grinste, wieder im Lot. *Gut,* dachte sie. *Ich muß das für mich behalten.*

Sie hielt Ausschau nach Bruce. Er saß am Tisch 4, dem Vorstandstisch. Er schaute auf, nickte ihr zu, mußte sich aber gleich wieder abwenden, um seiner Tischnachbarin, die ihn geziert anlächelte, eine Frage zu beantworten.

Manchmal, dachte Amalda, *hat Red die schwerere Rolle zu spielen.*

Ein Teil ihres Geistes wollte nach *ihm* suchen, aber ihr sehnlichster Wunsch war, nie wieder von *ihm* berührt zu werden. Sie blickte forschend durch den Saal, sicher, daß sie ihn erkennen würde, wenn er tatsächlich anwesend war. Sie musterte die Kellner, die zwischen der Küche und den Tischen hin und her eilten. Er war keiner von ihnen. Und unter den Versammlungsteilnehmern konnte er auch nicht sein. Dann hätte sie ihn schon längst entdeckt. Sie öffnete ihren Geist, stellte sich vor, er wäre die Linse einer Kamera, die sich langsam weitete. Es erfüllte sie mit Unbehagen: zuviel von einer schrecklichen, abstoßenden Natur strömte herein. Sie fragte sich, wie Dave, der ein echter Telepath war und wirkliche Gedanken ›hören‹ konnte, nicht bloß Gefühle wie sie, das aushalten konnte. Sie fragte sich, wie weit er sie darauf ›konditioniert‹ hatte, ihr Talent zu akzeptieren. Sie wußte, daß er das getan hatte: er hatte es ihr gesagt. Es machte ihr nichts aus ... Vielleicht hatte auch das Dave bewirkt. Aber er war so freundlich, so gütig. Wenn er doch nur ...

Nein, ermahnte sie sich streng, *diese Gedanken darfst du nicht haben. Sally liebt Daffyd op Owen.* Sie zog eine Grimasse. *Für ein wahrnehmendes Talent konnte Dave schrecklich begriffsstutzig sein. Mein Gott, man brauchte wirklich kein Telepath zu sein, um zu sehen, daß Sally Iselin schrecklich verliebt in ihn war. Aber vielleicht wußte Daffyd es auch und konnte nur nichts damit anfangen. Konnte nicht jemand Dave konditionieren? Hmmmm. Vielleicht sollte ich da mal was unternehmen. Aber nein*, und Amalda schüttelte bedauernd den Kopf, *das wäre eine Einmischung, und so was ist unmoralisch.*

Sie seufzte. Ein Talent zu sein bedeutete, sich bestimmten Regeln und Gesetzen zu unterwerfen, die absolut bindend waren. Gegen sie zu verstoßen war unmöglich, schon allein deshalb, weil man zu schnell ertappt wurde ...

Der Kellner beugte sich über sie. Amalda beugte sich zur Seite, damit er Platz hatte, ihren Teller abzuräumen. Statt dessen murmelte er irgendwas in seinen Bart.

»Entschuldigung, ich habe Sie nicht verstanden«, sagte sie und lächelte ihn an.

Er starrte ihr ins Gesicht und murmelte erneut irgend etwas Unverständliches. Sie konnte den Druck spüren, unter dem er stand. Wollte er irgendwas von ihr?

»Entschuldigen Sie vielmals, aber würden Sie Ihre Frage bitte noch einmal wiederholen? Ich kann Sie beim besten Willen nicht verstehen?« Sie deutete mit entschuldigendem Achselzucken auf die laut miteinander schwatzenden Tischgäste.

Der kleine Mann schien jetzt richtig wütend. Mit lauter, deutlich zu verstehender Stimme bat er den Kellner am Nebentisch, herüberzukommen.

»Ich stelle ihr eine einfache Frage, und sie tut so, als würde sie mich nicht verstehen«, beschwerte er sich bei seinem Kollegen. Er schien über irgend etwas entzürnt. Und seine Erregung wurde von Sekunde zu Sekunde größer.

»Wirklich, es herrscht einfach zuviel Lärm hier«, verteidigte sich Amalda.

Der zweite Kellner, ein stämmiger, untersetzter Mann, stierte sie grimmig an.

»Was ist los, Miss? Stimmt irgendwas mit Ihnen nicht? Leiden Sie unter Wahnvorstellungen oder was? Leuten wie Sie kann man es wohl nie recht machen, was? Tun Sie, was er sagt, dann gibt's auch keinen Ärger.«

»Es liegt nicht in meiner Absicht, irgendwem Ärger zu machen.« Amalda sandte besänftigende Gedanken aus.

Plötzlich zog ein dritter Kellner den Stuhl unter ihr weg, und die beiden ersten packten sie bei den Armen.

»Sie kommen jetzt mal mit, Miss. Sie kommen jetzt mal schön mit uns mit.«

Sie hatten vor irgend etwas Angst: etwas, das sie unter Druck setzte und sie zwang, so zu handeln. Etwas, das von außen kam. *Er* steckte dahinter!

Harold sprang auf. Der arme, geistlose Dummkopf war im Moment genauso verwirrt wie sie. Sie spürte, wie Bruce reagierte. Aber sie wurde mit physischer Gewalt von den zwei Kellnern von ihrem Tisch weggeschleift. Wenn es ihnen gelingen würde, sie aus dem Saal zu zerren – bis zur Küche war es nicht weit... Amalda versuchte, die in ihr hochsteigende Panik zu unterdrücken. Plötzlich spürte sie, wie jemand die beiden Kellner packte und von ihr wegriß. Sie drehte sich um und sah gerade noch, wie Harold Orley die beiden beim Schopf packte und mit den Köpfen zusammenhieb.

Dann waren auf einmal Bruce und zwei Männer da, und irgendwie waren die zwei bewußtlosen Kellner plötzlich aus dem Saal verschwunden.

»Beruhige sie, Mally!« zischte Bruce ihr zu, und sie sandte Gefühle von solcher Süße und Wohligkeit aus, daß alle schlagartig ihre Messer und Gabeln sinken ließen, den Blick hoben und einander freundlich anlächelten. Sie schwächte die Ausstrahlung ein wenig ab und nahm wieder an ihrem Tisch Platz. Auch Harold Orley setzte sich wieder. Irgendwie schaffte sie es, ihre innere Erregung nicht nach außen dringen zu lassen.

Als das Mittagessen zu Ende war, begann die Anstrengung, die sie diese Selbstbeherrschung kostete, jedoch langsam ihren Tribut zu fordern, was sich in Harold Orleys zunehmender Nervosität widerspiegelte. Sie fühlte sich körperlich erschöpft und ausgelaugt. Was, wenn es *ihm* geglückt wäre, sie aus dem Saal zu kriegen, bevor Harold reagieren konnte? Bevor Bruce von der anderen Seite des Saales zu ihr durchdringen konnte? Angenommen, *er* hätte ...

Bruce war jetzt bei ihr, an ihrer Seite. Seine Miene strahlte Ruhe und Entschlossenheit aus. Sie kannte diesen Gesichtsausdruck. Aber sie fürchtete sich jetzt davor, den relativen Schutz, den die Anwesenheit so vieler Menschen darstellte, zu verlassen. Wenn er tatsächlich so dreist gewesen war zu versuchen, sie mitten aus einem vollbesetzten Konferenzsaal heraus zu entführen ...

Ein RuO-Beamter in Zivil steuerte jetzt auf sie zu. Sie erhob sich von ihrem Stuhl und lächelte freundlich. Auch Harold stand auf, in seinem Gesicht stand kindliche Angst.

Amalda fühlte, wie ihre Knie zitterten, aber ihr Abscheu und ihre Wut über ihre Rückgratlosigkeit verlieh ihr die Kraft, sich einen inneren Ruck zu geben und sich aufrecht zu halten. Als Red schützend seinen Arm um sie legte, verkroch sie sich fast in ihn.

»Los, verschwinden wir von hier«, sagte Red und bedeutete dem RuO-Mann, Harold zu führen.

»Kommen Sie hier entlang«, sagte der RuO-Mann und deutete auf den Vorhang an der Längsseite des Saals. Eine Tür in der Wandtäfelung hinter dem Vorhang führte in einen kleinen Nebenraum. »Die Kellnergewerkschaft schreit Zeter und Mordio wegen der beiden eingeschlagenen Köpfe. Wir müssen Sie unbemerkt hier rausschaffen. Was, zum Teufel, ist denn bloß passiert, Amalda?«

»Ich weiß es auch nicht genau«, murmelte sie, und sie spürte, daß die Erschöpfung jetzt doch die Oberhand über ihren Willen zu gewinnen schien. »Ist es denn in Ordnung, wenn wir jetzt schon gehen?« Sie blickte über die Schulter zurück in den Saal, wo die Gäste sich jetzt langsam zerstreuten.

»Zum Teufel mit ihnen«, sagte Bruce wütend.

»Es tut mir so leid, so schrecklich leid.« Amalda hatte das Gefühl, versagt zu haben. Schon bei der ersten Konfrontation mit ihm war sie regelrecht auseinandergefallen. Am liebsten hätte sie geweint. Sie war eine Versagerin. Nach allem, was Daffyd und die anderen für sie getan hatten ... in Ohnmacht zu sinken wie ein ganz gewöhnliches schwaches Weib ...

Ich krieg dich. Das nächste Mal krieg ich dich. Die Stimme klang ihr so laut in den Ohren wie Bruces erschrockener Ausruf, als sie in seine Arme sackte.

»Bruce ...«

Charlie Moorfield kam ohne anzuklopfen in Daffyds Büro gestürmt.

»Sie haben es tatsächlich versucht«, schrie er und

schaffte es gerade noch, seinen Schwung zu bremsen, bevor er mit dem Oberschenkel gegen die Schreibtischkante gerannt wäre.

Daffyd empfing die Bilder, die Charlie durch den Kopf rasten, so gestochen scharf, daß er, obwohl er gleichzeitig ›sah‹, daß die Gefahr vorüber war, von seinem Stuhl aufsprang.

»Wer hat was versucht?« fragte Sally aufgeregt. Sie hatte in ihrem Schreck die Bilder nicht in ihrem genauen Ablauf lesen können.

»Sie haben versucht, Amalda beim Mittagessen bei dem Kongreß im Morcam zu kidnappen«, sagte Daffyd zu ihr.

»Nur, daß Harold ihnen dazwischengekommen ist und ihnen die Köpfe aneinandergehauen hat.«

Sally gab ein erschrockenes Ächzen von sich.

»Gillings sagt, der Entführungsversuch und die Festnahme wären so blitzschnell vonstatten gegangen, daß niemand am Tisch von Amalda und Harold überhaupt mitgekriegt hätte, was passiert ist«, fuhr Charlie fort. »Die Kellnergewerkschaft protestiert lauthals gegen die – ich zitiere: ›ungerechtfertigte und willkürliche‹, Zitat Ende – Verhaftung von drei ihrer Mitglieder. Das wird verdammt teuer für uns.«

»Nicht unbedingt«, sagte Lester Welch, der soeben zur Tür hereingekommen war. Er zog sie sorgfältig hinter sich zu, bevor er fortfuhr: »Das ist ein klarer Fall von Berufsimmunität.«

»Wie willst du das denn zurechtkonstruieren?« fragte Daffyd.

Lester seufzte und schaute seinen Boss mit nachsichtigem Gesichtsausdruck an.

»Ganz einfach: Amalda ist ein registriertes Talent, richtig? Sie hat in rein dienstlicher Funktion an dem Essen teilgenommen. Daher hat niemand das Recht, *niemand*, sie bei der Ausübung ihres Berufs zu behindern. Genau das aber haben die Kellner gemacht, indem sie nämlich versucht haben, sie aus dem Saal zu entfernen. *Sie* haben gegen das Gesetz verstoßen. Nicht Amalda. Und Harold auch nicht, auch wenn er vielleicht ein bißchen über das Ziel hinausgeschossen sein mag. Er genießt den gleichen gesetzlichen Schutz wie jedes andere Talent auch.«

»Augenblick mal, Lester«, wandte Charlie ein; »dieses Immunitätsgesetz besagt doch nur, daß du nicht verklagt werden kannst wenn...«

»Es besagt aber auch«, und Lester hob den Finger wie ein Oberlehrer und schaute erst Charlie, dann Daffyd an, »es besagt aber auch, so wie Senator Andres und unsere Rechtsexperten es *mir* gegenüber interpretiert haben, daß jeder, der versucht, ein registriertes Talent bei der Ausübung seines Berufs zu behindern, sich strafbar macht.«

»Das wäre das erste Mal, daß wir das Gesetz in Anspruch nehmen müssen«, sagte Daffyd.

Lester hob überrascht die Augenbrauen. »Na und? Was ist da so schlimm dran? Oder hast du dir vielleicht den A...« – er brach ab und starrte abrupt auf Sally, die nur mit Mühe ein Lachen unterdrücken konnte –, »die Beine für dieses Gesetz ausgerissen, um es dann im Ernstfall *nicht* in Anspruch zu nehmen?«

Op Owen machte eine wegwerfende Geste. Lester Welch murmelte ärgerlich etwas in seinen Bart.

»Ich dachte, inzwischen hättest du gelernt, was für ein teurer Spaß Idealismus sein kann, Dave. Wir haben uns dieses Gesetz schwer erkämpft; um ein Haar hätte es Joel Andres das Leben gekostet. Wir haben hier einen klaren Fall von Übertretung vorliegen, und bei Gott du wirst dieses Gesetz in Anspruch nehmen. Falls Gillings es nicht schon getan hat.«

Das Comset auf Daffyds Schreibtisch summte, und das rote Lämpchen blinkte. Er drückte auf die Taste.

»Kommissar Gillings, Sir. Es ist dringend.« Daffyd nickte.

»Op Owen, die Kellnergewerkschaft macht einen Heidenstunk wegen der Sache mit Amalda. Polizeiterror, willkürliche Verhaftung und das übliche Geheul«, begann Gillings ohne Vorrede. »Bis jetzt habe ich als Grund angeführt, ihr Mitglied hätte der besagten Dame ein unsittliches Angebot gemacht, und sie hätte erfolglos versucht ihn abzuwimmeln. Sie wäre so empört und erregt, daß sie erwäge, Klage zu erheben. Natürlich können wir die Geschichte regeln, indem wir das Berufsimmunitätsgesetz in Anspruch nehmen, aber...« – Gillings wackelte mit seinem dicken Zeigefinger in Richtung Daffyd – »...ich bin ganz und gar nicht erpicht darauf, daß das Team enttarnt wird. Bruce Vaden hat meinen Leuten gesagt, irgendwas hätte Amalda große Angst eingejagt, und das einzige, von dem ich weiß, daß es ihr Angst gemacht hat, war das, was damals in der Fabrik passiert ist. War das heute nachmittag im Morcam wieder dasselbe wie in der Fabrik?«

»Ich hab noch nicht mit Amalda gesprochen, Frank«, antwortete Daffyd. »Ich nehme an, sie ist mit Vaden auf dem Weg hierher?« Gillings nickte. »Geben Sie mir noch ein wenig Zeit.«

»Aber lassen Sie sich nicht zuviel Zeit. Die Kellnergewerkschaft macht ganz schön Ärger.«

Kaum war das Gesicht des Kommissars vom Bildschirm verschwunden, ließ Daffyd sich mit Ted Lewis im RuO-Gebäude verbinden.

»Ted, haben Sie schon von dem Entführungsversuch gehört?«

»Aber sicher doch. Im Augenblick redet hier keiner von was anderem. Sagen Sie, warum berufen Sie sich nicht einfach auf das Immunitätsgesetz... Nein?« Ted war genauso perplex wie Lester.

»Hat Roznine irgendwelche Beziehungen zur Kellnergewerkschaft?«

»Und ob. Es gibt zur Zeit überhaupt keine Gewerkschaft, zu der er nicht Beziehungen irgendwelcher Art unterhalten würde.«

»Besteht die Möglichkeit rauszukriegen, ob er sich heute nachmittag im Morcam-Kongreßhotel aufgehalten hat?«

»Einen Augenblick, Boss.« Ted Lewis drückte auf eine Taste und führte ein kurzes Gespräch mit jemandem auf einer anderen Leitung. Den Inhalt des Gesprächs konnte Daffyd nicht verstehen, da Lewis sich zur Seite gedreht hatte und in eine andere Richtung sprach. Als er sich Daffyd wieder zuwandte, sah er noch verwirrter aus.

»Wir haben ihn von Croner ein bißchen beschatten lassen. Croner sagt, er wäre in einem TRI-D auf dem Market and Hall. Häh, wie kann das gehen, Croner? He, Boss, Roznine hat in der letzten Zeit eine Menge TRI-D geguckt.«

»Dann vermutet er, daß er beschattet wird und verduftet durch den anderen Ausgang des TRI-D. Fein.« Das war eine sehr beunruhigende Entwicklung, weil es bedeuten konnte, daß Roznine als Talent Fortschritte machte. Wenn er sich in die Enge getrieben fühlte ... ein kalter Schauer lief op Owen bei dem Gedanken über den Rücken. »Hören wir uns mal an, was Amalda zu berichten hat.«

»Es war *er*«, sagte Amalda. Sie stand noch immer ganz unter dem Eindruck der Ereignisse vom Nachmittag. Blaß und zusammengekauert hockte sie, den Kopf an Vadens Schulter gelegt, auf der Couch im Wohnzimmer ihres gemeinsamen Apartments.

»War er dicht in Ihrer Nähe?« fragte op Owen.

Sie schüttelte den Kopf. »Er war nicht im Saal. Ich hätte ihn gesehen. Aber er war nahe genug, um mich wiederzuerkennen. Meinen Geist meine ich.« Sie schauderte zusammen. Hatte er sie wiedererkannt, weil sie an ihn gedacht hatte? Sie wollte Daffyd fragen, aber sie traute sich nicht. Sie hatte ihn schon genug enttäuscht.

»Haben Sie irgendwas gespürt, Red?« fragte Daffyd.

»Zuerst nicht. Dann nur Amaldas Überraschung. Als ich dann zu ihr hinüberblickte, sah ich, wie die Kellner sie packten. Aber bevor ich quer durch den Saal zu ihr rüberlaufen konnte, war Harold schon in Aktion getreten.« Aus seiner Stimme klang Bewunderung für das Manöver heraus. »Ich sollte mich bei dem Burschen entschuldigen. Ich glaube, wir haben die Sache schon wieder im Griff gehabt, bevor irgendeiner von den Versammlungsteilnehmern überhaupt was mitgekriegt hat.«

»Haben Sie danach noch einmal Roznines Geist gespürt, Amalda?«

»Erst, als wir den Saal verließen.« Sie schloß die Augen. »Er sagte: ›Ich krieg dich. Das nächste Mal krieg ich dich.‹«

Daffyd schaute Red fragend an, doch der schüttelte den Kopf.

»*Hatten Sie irgendwann vorher schon einmal Worte empfangen, Amalda?*« fragte Daffyd.

Amalda schaute ihn verwirrt an, dann schüttelte sie den Kopf und lächelte schüchtern. »Nur von Ihnen. Bis jetzt.« Sie spürte seine Besorgnis. »Das ist schlimm, nicht wahr?« Ihr leichter Südstaaten-Tonfall ließ ihr Bedauern noch stärker durchklingen.

»Nicht unbedingt. Wir haben ein Problem«, begann er, seine Worte sorgfältig wählend. »Wir wissen, daß Roznine Sie gerne ... in seine Gewalt bekommen würde, Amalda, um sein eigenes Ziel zu verwirklichen; und das kann, da er um Ihre Fähigkeit weiß, nur die illegale Kontrolle über die Emotionen von Menschen sein. Wir müssen annehmen, daß er seit einiger Zeit schon versucht,

Sie aufzuspüren. Des weiteren müssen wir annehmen, daß er wahrscheinlich nicht weiß, daß Bruce einen Teil Ihrer Fähigkeit ausmacht. Und das ist eine Verbindung, die Sie schützen kann und wird, Amalda.« Daffyd verstärkte die letzte Bemerkung durch einen intensiven telepathischen Impuls. »Roznine ist es nicht gelungen, Sie heute zu entführen. Und es wird ihm auch in Zukunft nicht gelingen.«

»Das ist nicht so sicher, Daffyd«, sagte sie mit sehr leiser, ängstlicher Stimme.

»Ich habe nicht die Absicht, es darauf ankommen zu lassen, Amalda«, fuhr Daffyd in ruhigem Ton fort, wobei er dem Mädchen beruhigend zulächelte, »aber vergessen Sie nicht, daß Sie sich ihm nun schon zweimal erfolgreich entzogen haben. Einmal, indem Sie weggelaufen sind und sich versteckt haben – mit Erfolg. Und heute durch direktes Handeln gegen seine Agenten.«

Amalda nickte zustimmend.

»Nun, und so wie Roznine scharf darauf ist, Sie zu kriegen, genauso sind wir ... und ich schließe hier den Kommissar mit ein ... scharf darauf, Roznine zu kriegen.« Es war Bruce Vaden, der sich plötzlich straffte und Daffyd op Owen mit einer Intensität anschaute, die an Haß grenzte. Der Telepath erwiderte den Blick gelassen; er wußte in diesem Moment, daß Vaden die Tragweite dessen, was er soeben gesagt hatte, begriffen hatte.

»Roznine ist offensichtlich ein latentes Talent. Wir wissen, daß sein Geist zu dem von Amalda ›paßt‹. Wir wissen nicht, was er sonst noch alles kann, und er ist in einer besonders sensiblen Position in der ethnischen Situation dieser Stadt: in einer Position, in der er eine Menge Schaden anrichten oder eine Menge Gutes tun kann. Wir können ihn weder zu weit in die Enge treiben, noch können wir ihn gewähren lassen. Auf jeden

Fall wollen wir, daß er hier zu uns ins Zentrum kommt, wobei es uns am liebsten wäre, wenn er aus eigenem Antrieb käme, so wie Sie beide das getan haben. Sie wissen selbst nur zu gut, wie es ist, wenn man ein Talent hat und damit nicht klarkommt...«

Daffyd hatte mehr zu Bruce Vaden gesprochen als zu Amalda, aber es war sie, die antwortete.

»Es ist schrecklich... schrecklich einsam, schrecklich wundervoll.« Sie schaute Daffyd lächelnd an, aber obwohl sie den Kopf in einer Pose des Selbstvertrauens und der Zuversicht hochhielt, konnte er ihre Unsicherheit und ihre Angst spüren.

»Nun«, fuhr er in munterem Ton fort, »indem er die Kellnergewerkschaft dazu benutzt hat, Sie zu kidnappen, hat er uns in eine schwierige Situation gebracht: Wir können uns ohne weiteres auf das Berufsimmunitätsgesetz berufen, um Sie zu schützen, aber das würde Ihr Erscheinen vor Gericht erforderlich machen. Und glauben Sie mir, jeder, der an unseren V-Leuten interessiert ist, würde dort erscheinen, um Ihre Identität zu erfahren. Das würde Ihre Effektivität als Team erheblich einschränken, wenn nicht gar zunichte machen...«

»Muß *Amalda* vor Gericht erscheinen?« fragte Red plötzlich.

»Nun, gewiß. Oh, ich verstehe, worauf Sie hinauswollen«, und Daffyd fing an zu grinsen. Er schaffte es, sein Lächeln normal zu halten, ungeachtet dessen, was er in Bruces Vadens Gedanken hinter diesem konstruktiven Vorschlag gelesen hatte. »Sehr guter Gedanke. Es gibt zwei Möglichkeiten. Die erste wäre, Amalda so zurechtzumachen, daß niemand sie erkennt. Die zweite wäre, ein Double hinzuschicken. In dem Fall müßte Amalda trotzdem physisch präsent sein, weil Roznine auch hinkommen würde und sofort merken würde, wenn sie nicht da wäre, was uns Minuspunkte einbringen würde, falls die Anklage ein EEG-Diagramm beantragen sollte. Hmmm. Guter Gedanke.«

»Was kann sich Roznine davon erhoffen, wenn er uns vor Gericht zwingt?« fragte Red. Er bemühte sich jetzt, seine früheren Gedanken vor Daffyd abzuschirmen. Das einzige, was jetzt hinter seiner Stirn zu lesen war, war ein Gefühl von Hoffnungslosigkeit, eine düstere Vorahnung, daß das intensive Glücksgefühl, die innige Beziehung, die er mit Amalda genoß, schon bald zerstört werden würde, daß es wohl zu schön gewesen war, um von langer Dauer sein zu können. Daffyd konnte nur die gesprochene Frage beantworten.

»Nun, da bin ich überfragt.«

»Ein Double?« Gillings schien die Idee spontan zu verwerfen, doch dann zog er die Stirn kraus und überlegte. »Warum? Glauben Sie tatsächlich, jemand wäre so verrückt zu versuchen, Amalda aus dem Gerichtssaal zu entführen? Glauben Sie das im Ernst? Obwohl...« – er blickte nachdenklich aus dem Fenster –, »die Atmosphäre ist verdammt gespannt...«

»Ich weiß«, pflichtete ihm Daffyd bei. Sogar während des kurzen Fluges zum RuO-Gebäude war ihm die allgegenwärtige ›Dunkelheit‹ der emotionalen Atmosphäre der Stadt aufgefallen. Das Wetter war miserabel; die Arbeitslosenquote war gewohnt hoch; es hatte die üblichen Klagen über die Qualität der Nahrungsmittel gegeben; das übliche Gemeckere über die TRI-D-Programme. Nichts Außergewöhnliches also... und dennoch... es schien sich da etwas zusammenzubrauen.

Es würde zwei Wochen dauern, bis eine Verbesserung der Nahrungsmittelqualität eine spürbare Wirkung zeitigen würde, und was die TRI-D-Programme betraf, so wurden diese zwar laufend verändert, aber selbst die empfindlichsten und fähigsten Talente konnten niemals exakt voraussagen, was die Leute in der

Glotze haben wollten. Die Auswahl der vorrätigen Programme war fast so unbegrenzt wie die Geschmäcker im Essen, und trotzdem wußte man nie genau, was den Appetit der breiten Masse befriedigen würde. Op Owen nahm sich vor, noch einmal alle Präkogs genauestens durchzuchecken. Vielleicht hatte er ja irgend etwas übersehen, irgendeinen kleinen, unbedeutenden Hinweis vielleicht. Seltsam, daß, obwohl eine so große Bevölkerung betroffen war, kein einziger definitiver Vorfall vorlag.

»Hören Sie op Owen«, riß Gillings' Stimme ihn aus seinem Grübeln. »Ich brauch das Team zur Aufruhr-Prävention. Besonders und gerade jetzt. Ich kann es mir nicht leisten, die Preisgabe ihrer Identität zu riskieren.«

»Dann schicken wir Amalda eben verkleidet zu der Verhandlung.«

Gillings murmelte leise etwas von ›lächerlichem Mummenschanz‹ und ›Pappnasen‹, und dann wirbelte er plötzlich in seinem Stuhl herum und fixierte op Owen mit einem alarmierten Blick. Daffyd hatte gewußt, daß er Gillings nicht lange im Dunkeln tappen lassen konnte.

»Okay, op Owen, und jetzt sagen Sie mir mal, was steckt hinter dieser ganzen Geheimniskrämerei? Wer wollte Amalda im Morcam kidnappen? War es wieder derselbe Bursche, der auch in der Fabrik war? Wenn das nämlich der Fall ist, dann schnappen wir uns ihn und buchten ihn ein. Ich brauche das Team. Und außerdem hängt da immer noch die Anzeige wegen Anzettelung eines Krawalls in der Luft...«

Op Owen holte tief Luft. »Ich glaube nicht, daß es ratsam wäre, Roznine einzubuchten.«

»*Roznine?*« Gillings schoß aus seinem Stuhl hoch mit der ganzen frustrierten, verblüfften, erbitterten Ohnmacht des starken Mannes, der mit einem Schlag entdecken muß, daß er sich in einer unhaltbaren Position befindet. »Roznine! Großer Gott, op Owen, haben Sie eine Ahnung, was mit dieser Stadt passieren würde, wenn ich jetzt, in der derzeit herrschenden Stimmung, den Führer der Pan-Slawen festnehmen würde?« Er zeterte in diesem Stil noch eine Weile weiter, bis entweder Daffyds besänftigende Gedanken oder die Tatsache, daß ihm einfach die Luft ausging, sein Wettern verstummen ließ.

»Ich habe nicht vorgeschlagen, daß Sie Roznine festnehmen sollen. Das wäre nicht nur politisch töricht, sondern überdies auch gefährlich.«

Gillings starrte ihn an, und dann bellte er ein einziges kurzes explosives Wort. »Wieso?«

»Weil Roznine ein latentes Talent ist. Das ist es, was Amalda solche Angst eingejagt hat.«

Wieder schoß Gillings aus seinem Stuhl hoch, rasend vor Wut. Diesmal glitt der Schutzschild, der sein Innerstes vor der Außenwelt abschirmte, weit genug zur Seite, daß Daffyd hinter dem Zorn die Panik sehen konnte, die sein Geständnis ausgelöst hatte.

»*Nein!*« Daffyds Einspruch, zwingend und gebieterisch auf mentaler wie akustischer Ebene, blockierte die Handlungswege, die er Gillings in diesem Moment in Gedanken einschlagen sah. »Roznine sind die Hände gebunden... im Moment noch. Aber – diesmal treiben wir kein latentes Talent so in die Enge, daß es für eine ganze Stadt zur tödlichen Bedrohung werden kann. Ich will einen zweiten Fall Maggie O um jeden Preis vermeiden!«

Gillings hatte jetzt keine Chance mehr, sich der zwingenden Kraft von Daffyds Geist zu entziehen. Daffyd hielt den Druck so lange aufrecht, bis er sich Gillings' – wenn auch widerstrebend – Kooperation sicher war.

»Roznine stellt – noch – keine Bedrohung für uns dar. Aber er ist eine reale Bedrohung für Amalda«, fuhr Daffyd fort. »Und es wäre dumm« – er ließ eine Pause eintreten, um das Wort wirken zu lassen, denn Gillings war alles andere als dumm –, »Roznine so in die Enge zu treiben, daß womöglich weitere Facetten seines Talents – was immer es für ein Talent ist – stimuliert werden.«

Gillings' Gesicht war eine Studie in Frustration. Erneut machte er seiner Wut und Enttäuschung mit einem Schwall von Flüchen und Verwünschungen Luft, die op Owen erheiterten, daß er darüber hinwegsehen konnte, daß er ihre Zielscheibe war. Aber mit diesem Ausbruch fand Gillings zu seinem inneren Gleichgewicht zurück.

»Ich hab Ihnen schon vor ein paar Monaten gesagt, was ihr Burschen braucht, ist ein Gesetz, das das Verbergen von Talent unter Strafe stellt.«

Daffyd verzog den Mund zu einem schiefen Grinsen. »Vielleicht ist Roznine gar nicht bewußt, daß das, was er benutzt, ein Psi-Talent ist!«

»Nicht bewußt? Daß ich nicht lache. Nach all der Reklame, mit der ihr die TRI-Ds vollgestopft habt, muß er einfach wissen, was er ist – erst recht, nachdem er nun schon zweimal seine mentalen Spielchen mit Amalda gemacht hat. Op Owen, ich kann keinen Roznine in dieser Stadt gebrauchen! Steckt ihn in euer Zentrum und zähmt ihn oder schält ihm das Gehirn raus oder macht meinetwegen sonstwas mit ihm. Sonst suche ich mir irgendwas Passendes aus dem Gesetzbuch raus und buchte ihn ein. Ich kann nicht zulassen, daß sich diese Stadt in ein Schlachtfeld verwandelt. Oder haben Sie Belfast schon vergessen?«

Sein Intercom summte. Gillings hob die Faust, so als wolle er das Gerät zerdeppern, stieß einen wütenden Fluch aus und hieb dann auf die Taste.

»Ja?«

Der Anrufer zögerte einen Moment. Daffyd sah ihn förmlich vor sich, wie er hastig schluckte und sich wahrscheinlich wünschte, er bräuchte die Meldung nicht zu machen.

»Herr Kommissar, die Anwälte der Kellnergewerkschaft sind hier, mit einer Kaution für ihre Mitglieder. Lassen wir sie raus?«

»Ich möchte sie mir mal schnell ansehen«, flüsterte Daffyd dem Kommissar zu.

»Halten Sie sie noch einen Moment hin. Es kommt gleich jemand aus meinem Büro nach unten. Danach können Sie sie auf freien Fuß setzen.«

Gillings warf op Owen einen seltsam verschnörkelten Mantelknopf zu.

»Damit kommen Sie im ganzen Haus überall rein. Sie können ihn ruhig behalten.«

Daffyd bedankte sich bei dem Kommissar und ging hinaus. In den RuO-Büros herumzustreifen würde sicherlich kein häufiger Zeitvertreib von ihm werden: der ›neutrale‹ Lärmpegel, der in dem Gebäude allgegenwärtig war, war mehr, als ein Telepath von Daffyds Sensibilität ertragen konnte.

Die Kellnergewerkschaft hatte eine ganze Armee von Anwälten aufgeboten, um ihre inhaftierten Mitglieder herauszupauken. Man hatte sie in ein Wartezimmer geschickt, das gleich neben dem Aufnahmeraum des Zellenkomplexes des RuO-Gebäudes lag.

Daffyd schlenderte langsam an ihnen vorbei und inspizierte dabei rasch die Gedanken jedes einzelnen der Männer. Was er ›hörte‹, gefiel ihm gar nicht, aber es bestätigte, daß Roznine die Sache organisierte. Keiner dieser Männer kannte mehr als seinen eigenen Auftrag. Aber jeder von ihnen war von dem Wunsch durchdrungen, ihn schnell und erfolgreich zu erfüllen, sonst ... Das ›Sonst‹ enthielt düstere und schreckliche Konsequenzen.

Daffyd kehrte auf schnellstem Wege in die abgeschirmte Stille von Gillings' Büro zurück. Der Kommissar war im Moment nicht da. Daffyd nutzte die kurze Ruhepause zum Nachdenken.

Es gab Zeiten, entschied er, wo ein Mann allein nach dem Gefühl handeln mußte. Er war, Gott behüte, kein Präkog, aber es gab Zeiten, wo ein Mann auf rationales Denken und all seine Konsequenzen verzichten mußte. Besonders, wenn er es mit einer unabhängigen Person wie Roznine zu tun hatte, deren Reaktionen auf bestimmte Stimuli oder auf Druck nicht vorhersehbar waren.

Die Paralellen zwischen Roznine und Maggie O waren unübersehbar, aber diesmal hatte Daffyd ein Werkzeug und eine Lösung.

»Wir haben bisher Feuer mit altmodischem Wasser bekämpft, Frank«, sagte er zu dem Kommissar, als dieser in sein Büro zurückkam. »Von jetzt an wenden wir moderne Methoden an: Schaum und Tranquilizer.«

»Was faseln Sie da?«

»Ich kann es nicht erklären, aber wollen Sie mir trotzdem vertrauen?«

Gillings starrte ihn an, aber durch seinen dichten natürlichen Schutzschild sickerten einander widerstreitende Gefühle wie der Wunsch, ihm zu glauben, Mißtrauen und gereizte Frustration.

»Mir wird wohl nichts anderes übrigbleiben. Aber verdammt noch mal, Dave, wenn ihre Talente Roznine nicht in den Griff kriegen ...«

»*Wir* können ihn in den Griff kriegen«, und Daffyd op Owen begann voller Schadenfreude zu grinsen bei dem Gedanken an die hinterlistige, unmoralische Weise, in der er diesmal Talent einzusetzen gedachte. Nicht einmal Lester würde das gutheißen, aber, nun, er hatte auch nicht die Absicht, Lester Welch einzuweihen.

Sein Plan erforderte die Inspruchnahme des Immunitätsgesetzes. Was Daffyd indes nicht mit eingerechnet hatte, war das Zetergeschrei, das die Ankündigung der Voruntersuchung durch die Medien auslöste. Auch Aaron Greenfield fiel lautstark mit ein in den empörten Aufschrei der Kellnergewerkschaft gegen die ›unkontrollierte Macht der Talente, die für ihre Übergriffe gegen unbescholtene, nicht-talentierte Bürger jetzt auch noch gesetzliche Rückendeckung verlangen‹, wie die Gewerkschaftspresse zeterte. Die Organisatoren der Versammlung im Morcam-Hotel versuchten, sich jeglicher Verantwortung zu entziehen, indem sie behaupteten, sie hätten kein Talent für das Mittagessen angeheuert; die Mitglieder ihres Verbandes seien ordnungsliebende, friedliche Bürger; der Einsatz eines RuO-Teams sei daher völlig überflüssig gewesen und somit eine Beleidigung ihres guten Namens, etc. Auch daraus schlug Greenfield politisches Kapital. Er sei niemals für das Immunitätsgesetz gewesen, weil es ›ganz offensichtlich als Deckmantel für das illegale, unmoralische und unethische Eindringen in die Intimsphäre‹ diene: »Ein weiteres Beispiel für die völlig ungerechtfertigte Bevorzugung einer elitären Minorität.« – »Weg mit dem Immunitätsgesetz! Keine Extrawürste für bestimmte Minderheiten!« – »Steuergerechtigkeit für alle!«

Die Präkogs begannen beunruhigende Vorfälle zu melden. Um die Umstände zu ändern, begann das Team Amalda/Vaden verkleidet und in Begleitung von in Nahkampftechnik ausgebildeten RuO-Beamten aufzutreten. Die beiden waren jetzt rund um die Uhr in Bereitschaft und hetzten von einer Versammlung zur andern, um Krawalle zu verhindern – meistens handelte es sich dabei um Versammlungen, die ihren eigenen Sturz forderten. Zweimal spürte Amalda, wie Roznines Geist nach ihr suchte. Sofort brach sie ihr Senden ab, und das Team verließ die Versammlung auf der Stelle.

Das Wetter blieb weiterhin zu heiß und zu feucht für die Jahreszeit. Es ereigneten sich beispiellose Pannen in der Lebensmittelversorgung, und die durch die Hitzewelle bedingten Engpässe in der Energieversorgung machten Kürzungen in den Unterhaltsprogrammen erforderlich. Das führte zu noch mehr Spannungen.

Roznine stellte sich indes mit seinem Übereifer selbst ein Bein: Als der Tag des Hearings kam, wollten so viele Leute diesem ›Test‹ des Immunitätsgesetzes im Gerichtssaal beiwohnen, daß an einen erneuten Entführungsversuch nicht zu denken war. Der Ansturm der Schaulustigen lieferte der RuO-Behörde einen wohlfeilen Vorwand, das Publikum am Eingang zum Gerichtssaal handzuverlesen, und natürlich bestand ein großer Teil dieses Publikums aus ortsfremden Talenten, die Daffyd eingeladen hatte. Am Eingang postierte Sensitive gaben den RuO-Beamten rechtzeitig einen Wink, wem sie den Eintritt verweigern sollten, und auf diese Weise wurde das pan-slawische Kontingent zu einer kleinen Gruppe dezimiert. Roznine selbst, der unmittelbar hinter den Vertretern der Anklage erschien, wurde der Eintritt gestattet in seiner Eigenschaft als Führer der pan-slawischen Minderheit, da einer der Kellner Angehöriger seiner Volksgruppe war. Zum ersten Mal bot sich Daffyd op Owen die Gelegenheit, den Mann ausgiebig und in Ruhe zu studieren, und er war einigermaßen überrascht von seiner äußeren Erscheinung. Er hätte den Pan-Slawen natürlich liebend gern telepathisch unter die Lupe genommen, aber die emotionale Atmosphäre ließ das nicht zu. Op Owen grübelte über die unterbewußten Eindrücke nach, die er von Gillings und Amalda empfangen hatte, denn Roznine war ein absolut ansehnlicher, stattlicher Bursche, unauffällig und durchaus geschmackvoll gekleidet, mit schulterlangem schwarzem, sorgfältig frisiertem Haar und einem dichten schwarzen Schnauzbart. Seine Gesichtszüge wirkten kraftvoll und energisch. Roznine ließ sich auf einem Stuhl an der Wand nieder und ließ seinen Blick abschätzend über die bereits im Saal Sitzenden schweifen.

Op Owen bedauerte zutiefst, daß es ihm nicht möglich war, die Gedanken des Mannes zu lesen. Er mußte irgend etwas geplant haben. Er hatte etwas Abwartendes an sich, ein ruhender Pol der Gelassenheit inmitten einer hektischen Szenerie.

Aber es gab keine spezifischen Präkogs zu der Situation. Es hatte ein paar verschwommene, Nebenaspekte betreffende Vorahnungen gegeben, aber von zu unterschiedlicher Natur, als daß man aus ihnen einen auch nur halbwegs zuverlässigen Trend hätte herauslesen können. Daffyd konnte daraus nur den Schluß ziehen, und das gleiche hatte auch der Korrelationsstab getan, daß es im Grunde egal war, welchen Verlauf das heutige Hearing nehmen würde. Das an sich war schon beunruhigend. Man hatte jedoch vorgesorgt für solche Eventualitäten, wie sie im Rahmen des gesunden Menschenverstandes denkbar waren. Unter anderem hatte Daffyd Vaden gewarnt, und Amalda hatte er mit starken Dosen von Selbstvertrauen ›konditioniert‹. Zudem saßen im Publikum Talente, die dem Mädchen unbekannt waren, und diese hatten genaue Anweisungen.

Jetzt betrat Bruce Vaden den Saal und nahm auf einem Stuhl am hinteren Ende des Mittelganges Platz. Auch er sah sich suchend im Saal um. Er hält nach Roznine Ausschau, dachte Daffyd, als Vadens Blick für einen kurzen Moment prüfend auf einem stiernackigen Mann haften blieb. Roznine schien er bisher übersehen zu haben. Dessen Aufmerksamkeit richtete sich jetzt auf einen drahtigen kleinen Mann in schlabbrigen, altmodischen Tweedhosen, der auffällig den Gang entlangstolziert kam und sich auf einem eigens für ihn am

Tisch der Anklagevertreter reservierten Stuhl niederließ.

Aha, dachte Daffyd, Aaron Greenfield leidet also an einem Napoleon-Komplex! Aaron Greenfield beugte sich sofort zu einem der Anklagevertreter hinüber, tippte ihm auf die Schulter und verwickelte ihn in ein Gespräch in Tuschellautstärke, wobei sein Blick ständig suchend durch das Publikum huschte. Schließlich zeigte er mit dem Finger auf die leeren Stühle auf der Seite der Beklagten.

Die Lichter gingen an, und der ›Richter‹ rief mit einem durchdringenden Summton das Publikum zur Ordnung. Einer der Anklagevertreter erhob sich von seinem Stuhl und protestierte gegen das Nichterscheinen der Beklagten und ihres Verteidigers, aber das war das Stichwort für Amalda, und sie hielt, in Begleitung der Verteidigung, ihren Einzug in den Gerichtssaal.

Sofort erhob sich der erwartete Protestschrei aus der Ecke der Anklage. Die Beklagte trat nämlich als Japanerin verkleidet auf, in einen bauschigen Kimono gehüllt mit einer riesigen schwarzen Perücke und kunstvoll geschminkten Schlitzaugen, eskortiert von zwei Frauen, die ihr bis aufs Haar glichen. Und als die Ankläger wild mit den Armen fuchtelnd von ihren Stühlen aufsprangen, wechselten die drei Frauen in einer komplizierten, gut einstudierten Abfolge blitzschnell ihre Positionen und machten es so jedem Nicht-Talent unmöglich, zu sagen, welche von ihnen welche war.

Da dies jedoch erst eine Voruntersuchung war, die vor einem Gesetzescomputer stattfand, hatte der Anhörungs-›Richter‹ keine Direktiven, wie die Kleidung des Beklagten oder die seiner Verteidiger auszusehen hatte. Es existierte lediglich die Vorschrift, daß sie bekleidet und sauber gewaschen zu erscheinen hatten. Die Anklage erwiderte darauf, daß die Beklagte, indem sie mit Doubles erschiene, bewußt die Arbeit der Justiz zu behindern trachte. Daraufhin stand eine der Amaldas auf, legte zwei Dokumente vor, die sie und eine der beiden anderen Amaldas als Rechtsbeistände der Beklagten auswiesen und fragte den Anhörungs-›Richter‹, ob er darauf programmiert sei, Verteidiger aufgrund von äußerer Ähnlichkeit mit dem Beklagten abzulehnen. Der Einspruch der Anklage wurde daraufhin abgelehnt.

Die Anklage forderte daraufhin, daß sofort EEGs gemacht werden sollten, um festzustellen, ob es sich bei den drei Frauen tatsächlich um die besagten Verteidigerinnen und die Beklagte handele.

Die Verteidigung hatte dagegen nichts einzuwenden, und die prompt durchgeführten EEG-Messungen wiesen unstreitig nach, wer die Verteidigerinnen waren und wer die Beklagte. Woraufhin die drei Frauen sofort ihr Bäumchen-wechsle-dich-Verwirrspiel wiederholten. Daffyd op Owen sah Wut in den Gesichtern der Ankläger, ein Beweis dafür, daß die List erfolgreich war. Ein Murmeln ging durch das Publikum. Die einen fanden das Ganze lustig, die anderen waren verwirrt.

Die Anhörung konnte beginnen. Die Anklage bezichtigte die Behörde der rechtswidrigen Festnahme und Freiheitsberaubung, die Verteidigung konterte mit der Berufung auf das Immunitätsgesetz und forderte, die Klage gegen das Registrierte Talent Amalda abzuweisen.

In seiner selbstgefälligen Zufriedenheit über den geglückten Coup verpaßte Daffyd das erste leise Zwicken von Amaldas Furcht.

»Daffyd«, sagte sie, und ihre mentale Stimme klang ängstlich und erregt, »*er ist hinter mir her.*«

»Bringen Sie alle zum Lachen«, sagte Daffyd, und sie setzte seine Anweisungen so prompt und mit solchem Ungestüm in die Tat um, daß er die im Saal verteilten

Reserveempathen gar nicht erst um Unterstützung bitten mußte.

Einen Moment lang fragte er sich, ob diese ungeheure Kraft, mit der sie sendete, auf ihre Angst zurückzuführen war; denn der Impuls war so heftig, so unwiderstehlich, daß jeder im Publikum, er selbst und die eingeschleusten Talente eingeschlossen, von einem wahren Lachanfall geschüttelt wurde. Man hätte glauben können, das Publikum versuche, die Anklage buchstäblich aus dem Gerichtssaal hinauszulachen.

Daffyd dämpfte Amaldas Projektion so weit, daß er nicht Gefahr lief, sich selbst durch einen Lachkrampf außer Gefecht zu setzen. Er schaute zu Roznine hinüber. Der Pan-Slawe lachte aus vollem Halse. Er hatte sich gegen die Wand zurückgelehnt, um seinen Körper unter Kontrolle zu bekommen, und versuchte krampfhaft seinen Kopf hochzuhalten, um verfolgen zu können, was im Publikum vor sich ging. Daffyd beugte sich leicht vor, exzessive Heiterkeit mimend, und bemerkte, daß Red Vaden und die anderen Talente das gleiche taten.

Hervorragend! Sollte Roznine ruhig glauben, daß Amalda allein verantwortlich war! Aber konnte Amalda – selbst mit Reds Hilfe – so stark senden? Konnte sie Roznine tatsächlich ohne seine Einwilligung benutzen? Wenn ja ...

Der ›Richter‹ ließ wieder seinen Ordnungsruf ertönen. Als das Gelächter nicht aufhören wollte, steigerte sich der Summton zu einem schrillen Heulen. Seine Computerstimme drohte, wenn nicht sofort Ruhe einkehre, werde er die ›Obstruktionisten‹ aus dem Saal entfernen lassen. Das Gelächter hörte schlagartig auf, und die Leute wischten sich erschöpft die Tränen aus den Augen und ordneten ihre Kleider. Aaron Greenfield blickte sich forschend im Saal um, das Gesicht rot vor Wut. Der Mann war kein Dummkopf, dachte

Daffyd. Er wußte, dies war das Werk von Talenten, und nach dieser Schmach würde er mit Sicherheit seine Anstrengungen, die Talente zu besteuern, verdoppeln. Nun ja, dachte Daffyd philosophisch, man kann nicht ein Omelette machen, ohne dabei Eier zu zerschlagen. Er nickte Amalda, die ihm – gleichzeitig mit ihren Doppelgängerinnen – einen verstohlenen Blick zugeworfen hatte, aufmunternd zu.

Als nächstes erklärte die Anklage, sie befinde sich im Besitz einer eidesstattlichen Erklärung des Organisationskomitees der Versammlung im Morcam-Hotel, daß es keine RuO-Überwachung angefordert hätte. Dagegen hielt die Verteidigung, daß alle Versammlungen oder versammlungsähnlichen Zusammenkünfte unter das Krawallverhütungsgesetz fielen und die RuO-Behörde mithin im Rahmen ihrer Befugnisse handele, wenn sie die Krawallverhütungstechniken anwende, die ihr geboten erschienen. Überdies, erinnerte die Verteidigung den ›Richter‹, unterliege jede Versammlung von mehr als 200 Teilnehmern (und an dem Mittagessen im Morcam-Hotel hätten 525 Personen teilgenommen) automatisch der Überwachungspflicht, sobald das emotionale Klima in der Stadt den behördlich festgesetzten Grenzwert überschreite. Die Anklage wollte daraufhin wissen, welche Krawallverhütungstechnik Amalda anwende. Die Verteidigung antwortete, sie sei eine registrierte Empathin mit einer Sensibilität von +15 und einer Perzeptionsfähigkeit von +12 und erbot sich, Empfehlungsschreiben und positive Beurteilungen von Organisationen vorzulegen, für die Amalda in ihrer Eigenschaft als Talent für Krawallverhütung gearbeitet hatte. Die Anklage wiederholte darauf ihre Forderung nach einer ausführlichen Beschreibung ihrer Massenkontrolltechnik, was die Verteidigung unter Berufung auf die Bestimmungen der RuO-Behörde ablehnte.

Daffyd war sich nicht sicher, ob die Anklage Amalda

von ihren Doubles trennen wollte, oder ob sie darauf hinauswollte, das Geheimnis ihrer Methode zu erfahren.

Erneut beantragte die Verteidigung, die Klage abzuweisen: Sie wolle weder die kostbare Zeit des Gerichts noch weitere Steuergelder verschwenden, wenn alle Anzeichen klar auf eine *nolle prosequi*-Situation hindeuteten.

Die Anklage indes insistierte beharrlich, es handle sich hier um einen klaren Fall von Eingriff in die Persönlichkeitsrechte und Mißbrauch von Privilegien. Noch während der Ankläger seine Argumente vortrug, verkündete ein Summton, daß das Zeitlimit überschritten sei. Jetzt begann der ›Richter‹, seine Speicher nach etwaigen Präzedenzfällen abzufragen. Das dauerte nicht lange. Eine halbe Minute später erschien der Termin für die Hauptverhandlung auf dem Bildschirm: ein Termin sieben Wochen später.

Nicht schlecht, dachte Daffyd, obwohl er halb gehofft hatte, daß der Computer den Fall rauswerfen würde. Aber da es keine Präzedenzfälle gab, war die Chance dafür ohnehin nur äußerst gering gewesen.

Amaldas Furcht traf ihn so unvermittelt und unvorbereitet, daß er das Gefühl hatte, ein Messer drehe sich in seinen Eingeweiden. Er versuchte, zu Roznine durchzudringen, um herauszufinden, was der Mann tat. Bruce Vaden sprang auf und wollte den Mittelgang hinunterlaufen, wurde aber aufgehalten von anderen, die inzwischen aufgestanden waren und den Saal verlassen wollten.

Daffyd spürte, wie durch jedes einzelne Talent im Publikum ein plötzlicher Ruck ging, und dann sah er, wie Roznine, der sich halb von seinem Stuhl erhoben hatte, langsam vornüberkippte und mit einem Ausdruck höchster Verblüffung im Gesicht über die vor ihm Sitzenden sank.

»He, hier ist einer ohnmächtig geworden!« schrie jemand. »Ist hier irgendwo ein Arzt?«

Bruce Vaden versuchte noch immer, zu Roznine vorzudringen. Daffyd signalisierte zwei anderen Talenten, ihm zu helfen. Wenn sie Roznine auf diese Weise ins Zentrum schaffen konnten...

»Ich bin Ärztin«, meldete sich mit lauter Stimme eine Frau, die drei Reihen vor Roznine saß, und hielt ihre Notfalltasche hoch. Es kam zu einer leichten Balgerei, als Bruce Vaden versuchte, ihr den Weg zu versperren. Jetzt wurden auch die Pan-Slawen munter. Sie sprangen auf und bahnten sich, rücksichtslos ihre Ellenbogen gebrauchend, einen Weg durch die hinausströmende Menge, um ihrem Führer zu Hilfe zu kommen.

Daffyd rief Vaden und die zwei anderen Talente zurück.

Der Gerichtsdiener rannte aus dem Saal, um einen Ambulanzkopter zu rufen, während die Ärztin und drei Slawen den Bewußtlosen hochhievten und zum Tisch der Anklage schleppten. Der ›Richter‹ begann erneut, seinen Ordnungsruf hinauszusummen, und seine schnurrende Computerstimme forderte die Zuschauer auf, den Saal unverzüglich für die nächste Verhandlung zu räumen. Als auch mehrfaches Wiederholen seiner Aufforderung nichts fruchtete, kündigte er eine Pause an, bis der Saal geräumt sei.

»Okay, okay, wir haben ihn unter starken Beruhigungsmitteln im Gerichtskrankenhaus«, sagte Frank Gillings, »aber das war ein ziemliches Stück Arbeit. Es wimmelt dort jetzt von Pan-Slawen. Wir können nicht einfach jemanden verhaften, bloß weil er im Gerichtssaal zusammengebrochen ist. Wie haben Sie das überhaupt hingekriegt?«

»Einer unserer Telekineten hat ihm einen kleinen

›Klaps‹ verpaßt«, sagte Daffyd mit einem reumütigen Grinsen.

Gillings starrte ihn voller Ehrfurcht und Respekt an.

»Man muß sehr vorsichtig sein«, erklärte Daffyd fast entschuldigend, »wenn man jemandem gegen die Halsschlagader schlägt. Aber er fing an, Druck auf Amalda auszuüben.«

»Das hatten Sie erwartet! Aber ich hatte erwartet, daß ihr Jungs ihn euch dort packt. Und diese verdammte Anhörung versetzt die ganze Stadt in Aufregung. Jetzt sagen Sie bloß nicht, das hätten Sie auch erwartet!«

Daffyd schaute Gillings an, und für einen winzigen Moment zögerte er, ehe er antwortete.

»Nein, nicht direkt, aber wir tun unser Bestes.«

»Was? Was, zum Teufel, meinen Sie damit?«

»Ich meine, wir haben die Falle aufgestellt und den Köder hineingelegt, und jetzt müssen wir schlicht Geduld haben.«

»Geduld? Wo die Stadt kurz vorm Explodieren steht?«

»Es mag vielleicht komisch für Sie klingen, Gillings, aber ich glaube nicht, daß die Stadt explodieren wird. Sicher, wir haben ein paar Vorfälle gehabt, ein paar unbedeutende Sachen, die sich auf einzelne Talente bezogen...« Daffyd runzelte die Stirn, weil die Vorfälle beunruhigend waren und so vage, daß ihm nichts anderes übriggeblieben war, als alle Talente zu höchster Wachsamkeit zu mahnen.

Gillings gab ein gequältes Knurren von sich. »Ihr Burschen macht mich krank. Ihr könnt ja nicht einmal euch selbst schützen.«

»Wir werden tun, was wir können«, und Daffyd verlieh seiner Stimme genügend Schärfe, daß Gillings den Tadel heraushören konnte. »Was für Sie von Interesse ist, Herr Kommissar, ist allein die Tatsache, daß unsere Präkogs keine größeren Zwischenfälle vorausgesagt haben. Ihrer Stadt wird nichts passieren!«

»Beweisen Sie mir das!« verlangte Gillings, aber Daffyd op Owen drehte sich auf dem Absatz um und verließ wortlos das Büro des Kommissars.

Er brauchte den ganzen Rückweg zum Zentrum, um seiner inneren Erregung Herr zu werden. Natürlich mußte Gillings rücksichtslos sein und durfte nur das Ganze im Auge haben, die Sicherheit der Stadt, aber trotzdem ärgerte es Daffyd, daß der Kommissar so teilnahmslos über die persönlichen Probleme und Anfechtungen der Talente hinwegsah. Es bekümmerte Daffyd, daß es schon innerhalb der nächsten paar Tage weitere Präzedenzfälle für den Gerichtscomputer bezüglich des frisch einprogrammierten Immunitätsgesetzes geben würde. Daß die Talente jetzt wenigstens eine Entschädigung für die vorausgesagten Übergriffe gegen ihre Person erhalten würden, war ihm nur ein schwacher Trost. Es wäre ihm wirklich tausendmal lieber gewesen, er hätte das Gesetz nicht in Anspruch nehmen müssen.

Und nicht ein einziger Vorfall, der mit Amalda oder Red oder Roznine zusammenhing. Und dabei hatte er jeden verfügbaren Präkog auf dieses unheilige Dreigespann sensibilisiert. Wie konnte das möglich sein?

Daffyds Gemütszustand war düster, als er den Helikopter auf dem Dach des Hauptverwaltungsgebäudes des Zentrums landete. Er versuchte, die Bitterkeit und die Wut aus seinen Gedanken zu verscheuchen, als er die Treppe hinunterstieg. Er blieb einen Moment zögernd vor seiner Bürotür stehen, entschloß sich dann aber weiterzugehen. Er mußte innerlich zur Ruhe kommen. Mit dieser übertriebenen Reaktion schadete er sich nur selbst. Gillings mochte zwar selbst ein latentes Talent sein, aber er war dennoch so unsensibel wie eh und je für die Probleme der Talentierten, besonders, wenn sie ihm bei der Durchsetzung von Recht und Ordnung in seiner kostbaren Stadt in die Quere kamen.

Während Roznine noch bewußtlos auf dem Tisch im Gerichtssaal gelegen hatte, war es Daffyd gelungen, ihm ins Unterbewußtsein einzusuggerieren, Amalda im Zentrum aufzusuchen. Es war die einzige praktikable Methode. Wenn der Prophet nicht zum Berg kam, dann mußte der Berg eben zum Propheten kommen. Und zwar mußte er glauben, daß er dies aus freien Stücken tat. Wenn er nun den Propheten dazu bringen konnte, ein bißchen die Lorelei zu spielen ... es würde die Sache beschleunigen, und vielleicht würde es vielen Talenten Schmerz ersparen.

Der Gedanke ließ Daffyds Zorn wieder zu demselben Pegel hochwallen, den er in Gillings' Büro erreicht hatte, und der ganze Gedankenfilm von vorhin spulte sich wieder von vorn ab.

Seine Schritte führten ihn am Spielplatz vorbei. Er hörte, wie sie sich gerade lautstark wegen irgendeiner ungeheuer wichtigen Nebensächlichkeit stritten. Nebensächlichkeit? Für ihn mochte es vielleicht eine Nebensächlichkeit sein; doch sie fochten für ihre jeweilige Seite nicht minder leidenschaftlich und engagiert, als er dies für seine ›große‹ Sache tat ...

»Na?« Sally Iselin trat ihm entgegen, die Fäuste in die Hüften gestemmt, einen Ausdruck von gespielter Wildheit auf ihrem hübschen, kecken Gesicht. »Freuen Sie sich gar nicht über das Ergebnis des Hearings?« Sie spürte seine Unsicherheit und runzelte die Stirn. »Aber es ist Ihnen doch gelungen, Roznine eine Anregung einzuflüstern? Ach, verstehe schon, dieser Gillings. Was ist an einem Bullen dran, daß man sich wegen ihm die Laune verderben sollte?«

Jetzt war es an Daffyd, überrascht zu sein. »Das nenne ich wirklich hervorragend gelesen, Sally.«

Er spürte, wie ihr Geist sich plötzlich wieder verengte und der Kontakt, der gerade angefangen hatte, seine düstere Stimmung aufzuhellen, wieder abbrach.

»Was erwartet Gillings eigentlich von uns?« fragte sie.

»Ein Happy-End!«

Sally schaute ihn nachdenklich an, dann fiel sie grinsend mit ihm in Schritt.

»Nun ja, jedes Märchen muß schließlich ein Happy-End haben. Obwohl ich sagen muß, daß ich so was von Gillings eigentlich nicht erwartet hätte.«

Ihr Stimmungswechsel ließ zwar ihre Gedanken für ihn wieder undurchsichtig werden, aber er bewirkte gleichwohl, daß seine Stimmung sich hob. Trotzdem sagte er ziemlich mürrisch, daß es keine Präkog über irgendein Happy-End für Aschenbrödel gegeben hätte.

»Ach, Sie ... ehrlich!« Sally klang verärgert, und ihre Augen blitzten ihn wütend an. »Ihr Unglück, Daffyd op Owen, ist, daß Sie eigentlich gar nicht richtig an Talent glauben.«

»Wie bitte?« Daffyd blieb stehen und starrte auf sie hinunter.

»Bloß, weil keiner eine Katastrophe von monumentalen Ausmaßen als Ergebnis dieser Märchen-Geschichte prophezeit hat, versinken Sie in Trübsal. Muß denn alles, was mit Talent zu tun hat, unbedingt in der Katastrophe enden? Wollen Sie sich jetzt bis ans Ende Ihrer Tage im Kummer suhlen? Oder sind Sie bereit einzuräumen, daß es deshalb keine Katastrophenpräkog gegeben hat, weil es keine Katastrophe geben wird? Alle Sensitiven sind gereizt, aber deshalb kommen sie nicht gleich vor Gram um. Lieber Gott, müssen wir denn immer in Trübsinn schwelgen? Müssen wir denn immer im Büßergewand herumlaufen und uns fragen, ob wir ein Recht darauf haben, glücklich zu sein?« Daffyd hatte immer gedacht, Sally Iselin recht gut zu kennen, aber das – von einem Mädchen, das geradezu die Verkörperung von jungmädchenhafter Unbekümmertheit und Fröhlichkeit war?

Sie blickte ihn an, und ihre braunen Augen blitzten vor Zorn, als sie mit dem Fuß aufstampfte. »Ich bin kein unbekümmertes Teenie-Püppchen! Ich hab genausoviel von einem Weib in mir wie jede andere Frau!«

In ihrer Empörung und Verletztheit vergaß sie, ihre inneren Gedanken vor ihm abzuschirmen. Es lag alles offen da, all das, was ›wahrzunehmen‹ Daffyd sein Anstand verboten hatte, und was ihm offen zu zeigen ihr Ehrgefühl ihr verboten hatte.

Unvermittelt faßte Daffyd sie bei den Schultern und zog sie in seine Arme. Seltsamerweise sträubte sie sich, doch nun drang Daffyd, alle Höflichkeit beiseite schiebend, tief in ihren Geist ein, vorbei an den Barrieren, die sie so sorgfältig errichtet hatte, vorbei an der schnippischen Geschwätzigkeit, mit der sie ihre innersten Gefühle kaschiert hatte. Mit einem erstickten Schluchzen ließ sie sich an seine Brust sinken und gewährte ihm Einblick in die ganze Tiefe ihres Konflikts. Der ältere Mann/die viel jüngere Frau, ihre Sehnsucht danach, groß/elegant zu sein, eine angemessene Gattin zu sein für einen Mann von seinem Status und seinen Fähigkeiten; das Püppchen-Image, das er von ihr hatte; ihr Gefühl von Unzulänglichkeit, weil sie nicht immer mehr Talente aufspüren konnte, um ihn zu entlasten... all die kleinen Sünden und großen Nichtigkeiten, die in der Seele eines jeden Menschen wohnen. Und was er sah in diesem Moment der tiefen Wahrnehmung, machte sie ihm nur noch liebenswerter.

Mit einer Hand bog er ihren Kopf zurück und zwang sie, ihm in die Augen zu sehen, halb verblüfft, halb belustigt von dem Gedanken, daß ein Telepath des Augenkontaktes bedurfte. Ein Lächeln glitt über ihr Gesicht, als sie seinen Gedanken las. Er verspürte das dringende Bedürfnis, die Gedanken, die er ihrem Geist übermittelte, zu artikulieren, aber alles, was er herauszubringen vermochte, war ihr Name, bevor er sie küßte.

Am darauffolgenden Morgen wurden die nebelhaften Präkogs der Sensitiven Realität in Gestalt handgreiflicher Übergriffe gegen die Talente. Einer der im RuO-Gebäude arbeitenden Finder wurde auf dem Nachhauseweg zum Zentrum brutal zusammengeschlagen. Ein Mechaniker-Talent im großen City-Parkhaus wurde schwer verletzt im Kofferraum eines Autos gefunden. Zwei Heilerinnen im Allgemeinen Krankenhaus wurden vergewaltigt und kahlgeschoren, aber ihre Peiniger wurden festgenommen, weil die Mädchen die Fähigkeit besaßen, um Hilfe zu ›rufen‹.

Im klaren Licht dieses Morgens fragte sich Daffyd, von Bitterkeit erfüllt, ob er wirklich ein Recht auf privates Glück hatte.

»Und wenn das nicht ein Musterbeispiel von vorsintflutlichem puritanischen Unsinn ist, dann weiß ich nicht, was es ist«, sagte Sally, als sie aus dem Bad gestürmt kam, mit dem ganzen fröhlichen Ungestüm einer Miniatur... »Ich *bin* keine Miniatur-was-auch-immer, Dai op Owen!«

Aber sie gab schon ein lustiges Bild ab, wie sie so dastand in ihrer Nacktheit und ihn für seine pessimistischen Grübeleien ausschalt.

»Ich weiß nicht, wozu es gut sein soll, Roznine hierhermarschieren zu lassen«, fuhr sie fort, während sie den Kaffee eingoß.

»Ich hatte gehofft, er würde kommen, sobald er das Bewußtsein wiedererlangt hat.«

Sallys Brauen zuckten hoch. »Du hast mit deinen Prophezeiungen noch nie danebengelegen. Es sei denn...« Sie schürzte die Lippen und runzelte die Stirn.

»Es sei denn, Amalda hindert ihn daran?« Daffyd hatte den halb unterdrückten Gedanken mitbekommen.

»Du weißt, daß sie Angst vor ihm hat. Ich meine, Angst, wie sie eine Frau vor einem sehr dominierenden Mann hat... sexuell, meine ich. Ach, du *weißt* schon, was ich meine... und dann ist da schließlich auch noch Bruce Vaden.«

»Roznine hat gestern Amalda den unwiderlegbaren Beweis geliefert, daß er sie nicht beherrschen kann.«

»Vielleicht... ich meine, intellektuell. Talentmäßig, nein. Aber es ist Bruce, der sie zurückhält. Er ist schon auf dem Gipfel des gläsernen Berges, und Amalda traut sich nicht den anderen Apfel zu rollen.«

Daffyd las die nicht verbal artikulierten Verästelungen von Sallys Gedanken. Ein Teil von Amaldas Widerstreben, sich Roznines Anziehungskraft, die er auf sie ausübte, einzugestehen, lag in ihrer Angst begründet, Bruce Vaden zu verlieren, zu dem sie sich ebenso stark hingezogen fühlte, wenn auch aus anderen Gründen.

»Sie ist nicht der Typ, der den Knochen, den er im Maul hat, für den fallenläßt, den er im Wasser liegen sieht«, sagte Sally.

»Sind jetzt die Fabeln dran?«

»Warum nicht? Ich habe mit den Märchen angefangen, dann kamst du mit deinen Mythen, also bin ich jetzt wieder an der Reihe.«

»Dann bleiben für mich nur noch die Sprichwörter.«

»Na und, fällt dir ein passendes ein?«

Das Summen des Comset enthob Daffyd dieser Denkaufgabe.

»Boss, wir haben Demonstranten draußen vor dem Tor«, meldete Lester in besorgtem Ton. Sie tragen Transparente. »Zahlt euren gerechten Anteil. Alle anderen müssen Steuern zahlen. Wieso ihr nicht? Kein Minderheitenprivileg!«

Daffyd stieß einen langen, tiefen Seufzer aus.

»Pete ist auf Empfang, und er sagt, sie hätten legale

politische Programme, und sie wären eingeschriebene Parteimitglieder.«

»Hast du Gillings schon informiert?«

»Hah! Die haben uns informiert, gleich als die ersten Demonstranten sich vor unserem Tor eingefunden hatten. Was, zum Teufel, ist bei deiner machiavellischen Blödsinnsnummer von gestern abend rausgekommen?«

»›Zwischen Lipp' und Kelchesrand schwebt der finstern Mächte Hand‹!« antwortete Daffyd. Sally seufzte und signalisierte ihre Kapitulation.

»Häh?« bat Lester um eine Interpretation.

»Ich muß Gillings fragen, ob Roznine seit dem Hearing von gestern Besuch von Aaron Greenfield gehabt hat«, war Daffyds Antwort.

»Hast du geträumt, Dave? Na schön, was machen wir denn jetzt?«

»Behalt die Leute im Auge, und setz die Krawall-Kontrolle in Alarmbereitschaft.«

»Amalda und Red?«

»Nein, setz Harold zu Pete ins Pförtnerhäuschen. Und frag Gillings ...«

»Frag ihn selbst: Charlie sagt, er hat ihn gerade an der Strippe.«

Bevor Daffyd ihn um die Zurückstellung des Gesprächs bitten konnte, hatte Charlie es schon durchgestellt, und Daffyd konnte nur noch hoffen, daß der RuO-Kommissar sein Zögern nicht bemerkt hatte.

»Sie haben Ärger?« Gillings Gesicht war teilnahmslos.

»Nichts, womit wir nicht selbst fertigwerden könnten...«

»Ach, die Falle ist zugeschnappt?« Gillings wirkte jetzt fast fröhlich.

»Hmmmm... aber ich hätte trotzdem gern ein paar von ihren Anti-Krawall-Kommandos in der Nähe.«

Gillings' Gesichtsausdruck verwandelte sich schlagartig in den von säuerlichem Mißvergnügen.

»Ach! Ich dachte, Roznine sollte angetrottet kommen wie ein braves Lamm?«

Daffyd warf Sally, die etwas murmelte von wegen, Metaphern wären verboten, einen raschen Blick zu. Ihre Sorglosigkeit paßte nicht zum Ernst der gegenwärtigen Lage, und doch half sie.

»Roznine ist eine starke Persönlichkeit...«

»Ich häng mich an ihn dran...« Gillings sah jetzt aus wie eine Falle, die gerade zugeschnappt war.

»Gillings«, und Daffyds Stimme nahm einen stählernen Klang an, »hängen Sie sich nicht an Roznine. Wir haben das Maximum an Druck auf ihn ausgeübt, das unter den gegebenen Umständen möglich ist. Er wird kommen...«

Der Kommissar sah Daffyd lange an.

»Ich hoffe nur, Sie wissen, was Sie tun, op Owen.«

»Das weiß ich.«

»Nun, du klingst wirklich so, als wüßtest du's«, sagte Sally, als der Bildschirm erloschen war.

»Ich glaube es auch wirklich, Sally.« Daffyd schaute durch sein Fenster auf das Haus, in dem Red und Amalda wohnten. »Zwei Vögel in einem Busch, zwei Körbe mit den gleichen Eiern, zwei Hirne mit demselben großen Gedanken...«

»Verschone mich! Gnade! Ich ergebe mich!«

»Gut, dann laß uns überlegen, wie wir Amalda umstimmen können. Ich habe Roznine nicht einsuggeriert, daß er den Großen Birnam-Wald nach Dunsinane bringen soll.«

»Ich hätte mir eigentlich denken können, daß Shakespeare als nächstes kommen mußte.«

»Das wundert mich, in Anbetracht meiner Vorliebe für Popezitate.«

»Er kommt wegen mir«, sagte Amalda, als sie und Red die Demonstranten und die Ansammlung von neugierig gaffenden Schaulustigen sahen.

Bruce Vaden warf den Kopf zurück und brüllte. Sein Vergnügen war nicht gespielt, auch wenn es einen bitteren Beigeschmack hatte. Aber ihr jammervoller Gesichtsausdruck war einfach drollig, und sein brüllendes Gelächter war nicht das Mitgefühl, das sie erwartet hatte.

»Mein liebes Kind, wenn Roznine sein slawisches Ego retten muß, indem er zu solchen Ausflüchten greift...«

»Was in aller Welt meinst du damit?«

»Ich meine damit, daß Roznine nicht einfach hier hereinspazieren kommen kann, egal, was op Owen ihm einsuggeriert hat, als er bewußtlos war.«

Ihre Verärgerung wich einem Schaudern. Vaden konnte den Widerwillen spüren, den sie fühlte, wenn sie Roznines Geist berührte. Aber ihr Eindruck beherrschte nicht mehr seine Reaktion auf Roznine. Nicht mehr, nachdem er den Mann gestern im Gerichtssaal gesehen hatte.

»Hast du gestern Vsevolod Roznine wirklich richtig angeschaut?«

Amalda starrte ihn mit großen, unschuldigen Augen an, und er spürte, wie sie unempfänglich für ihn wurde, ›tot‹, wie er es nannte. Zuerst dachte Bruce, es wäre deshalb, weil sie Angst vor Roznine hätte, und zensierte alle Anspielungen auf ihn. Doch jetzt wußte er, daß der Grund ein anderer war.

»Mally-Schatz«, und er faßte sie bei den Schultern und zwang sie, ihm in die Augen zu sehen. »Ich habe Roznine angeschaut. Ich habe ihn mir sehr lange und ausgiebig angeschaut, und es mag vielleicht seltsam klingen, aber was ich sah, gefiel mir.« Das erweckte sie wieder zum ›Leben‹, und Red atmete tief durch und öffnete sein Innerstes weit, so daß sie nicht umhin konnte zu sehen, daß seine Worte ehrlich waren. »Er ist die Sorte von Mann, dem ich vertrauen und den ich respektieren würde, selbst wenn ich ihn in einem fairen Kampf wahrscheinlich in Stücke reißen könnte. Oh, ich weiß. Ich habe all dieses Gerede über seine angebliche Kloakengesinnung und seine Macht in der Stadt gehört, und ich weiß nicht, ob mein eigener Geist wirklich ach so sauber und lauter wäre. Ich habe gelernt, meine unanständigen Gedanken sorgfältig nach außen hin abzuschirmen, aber Roznine hat niemand gewarnt, daß es Burschen in seiner Nähe gibt, die hin und wieder mal in seinen Gedanken herumstochern.«

Amalda starrte ihn an. Ihre Augen waren ganz groß geworden, und ihr Mund war leicht geöffnet. Er wollte sie küssen, sie lieben und beruhigen, aber nicht gerade jetzt.

»Wohlgemerkt, ich halte Roznine nicht für einen Heiligen, aber, verdammt noch mal, Mally, er kämpft gegen das Rathaus, und wenn du gegen das Rathaus kämpfst, dann nutzt du halt jeden Vorteil, der sich dir bietet, dann greifst du zu jedem Mittel, sogar zum ...«– er tätschelte ihr zärtlich die Wange – »Kidnappen. Ich kann ihm nicht mal verübeln, daß er so verrückt nach dir ist.« Er hatte Mühe, seine Stimme fest und sicher klingen zu lassen. »Wenn du auf Roznine genau so eine Wirkung hast wie auf mich, dann tut mir der arme Kerl echt leid. Es muß schlimm für ihn sein, dich zu wollen und nicht zu kriegen.«

Amalda gab alle Zurückhaltung auf, und eine Woge von Reue/Liebe/Achtung/Zustimmung/Verständnis/Stolz/Loyalität umschloß ihn.

»Bitte tu das jetzt nicht, Mally. Ich muß nachdenken.«

Sie biß sich reumütig auf die Lippe und ›knöpfte‹ ihre Gefühle zu.

»Danke. Nun, wo war ich stehengeblieben? Ach ja. Ich glaube nicht, daß Roznine dich benutzen kann. Nicht mehr. Höchstens dann, wenn du ihn läßt. Und das wirst du nicht. Falls es das ist, was dir Sorgen macht. Erinnerst du dich nicht mehr daran, wie leicht du ihn ausgeknockt hast? Der Bursche liebt dich, Honey, auch wenn er es selbst nicht weiß.«

»Du bist es, wegen dem ich mir Sorgen mache, Bruce«, sagte sie ganz leise, und in ihren Augen standen Tränen.

Er umarmte sie und drückte ihren schlanken Leib ganz fest an den seinen, damit sie all das, was er mit Worten nicht auszudrücken vermochte, ›fühlen‹ konnte. Daß die Beziehung, die sie zueinander hatten, zu fest war, zu eng und stark, als daß sie durch die Aufnahme eines Dritten hätte zerstört oder geschwächt werden können; daß Talent zu sein bedeutete, Verpflichtungen zu haben, die über das Persönliche hinausgingen und daß dies eine dieser Verpflichtungen war, für Amalda wie für ihn.

Sie streichelte ihm zärtlich über das Gesicht, ihre Finger genossen die seidige, warme Glätte seines Bartes, und mit ihren Fingern brachte sie all das zum Ausdruck, was sie mit Worten nicht sagte. So wie sie gelernt hatte, Bruces Recht zu akzeptieren, für sie beide zu entscheiden, so akzeptierte sie auch diese seine jetzige Entscheidung.

»Die Bühne ist hergerichtet, Honey«, sagte er schließlich. »Die Komparsen irren herum und warten auf den Regisseur. Erlaubst du ihm, hereinzukommen?«

Sie zuckte ungeduldig die Achseln, dann reckte sie die Schultern, atmete tief durch und lächelte ihn an, bereit, Berge zu versetzen. Das war etwas, das er an ihr mochte, neben vielen anderen Dingen, versteht sich. Er gab ihr einen sanften, zärtlichen Kuß.

Roznine rieb sich benommen die Schläfen und fragte sich, was für eine Art von Pülverchen ihm die Ärztin da wohl als Kopfschmerzmittel verkauft hatte.

Sie hatten irgendwas mit ihm angestellt, als er bewußtlos gewesen war. Und genauso wußte er, Vsevolod Roznine, auch, daß *sie* für seinen Blackout bei der Verhandlung verantwortlich waren. Nein, nicht ›sie‹, Mehrzahl! *Sie*, Einzahl!

Die Überzeugung, zu ihr zu müssen, bei ihr sein zu müssen, kehrte mit neuer, unwiderstehlicher Kraft zurück. Und wieder kämpfte Roznine gegen sie an, kämpfte gegen sie an mit vor Schmerz pochenden Schläfen, und seine Hände ballten sich zu Fäusten in seinem verzweifelten Kampf, dem Impuls zu widerstehen.

Er sprang so heftig auf, daß der Tisch umkippte und der Teller mit der unberührten Mahlzeit klirrend auf den Boden viel. Er torkelte zur Tür und hieb die pochende Schläfe gegen den Rahmen. Einmal, zweimal, dreimal. Dann warf er den Kopf zurück und stieß ein bitteres Lachen aus.

»Roznine muß seinen eigenen Schädel gegen die Wand hauen, weil es so schön ist, wenn der Schmerz nachläßt, wenn er aufhört!«

Er grub die Finger in den Rahmen, bis sich die Nägel an dem harten Plastik bogen. Er drehte langsam den Kopf und starrte auf die Wand, als könne er durch Beton und Plastik hindurchgehen, als könne er mit seinem Blick geradewegs bis zum Zentrum sehen, über Meilen hinweg.

»NEIN!« Diesmal schlug er mit den Fäusten gegen die Tür. »Roznine kommt nicht auf den Ruf einer Frau hin. Sie kommt zu ihm!«

Wie hatten sie das gemacht? Was hatten sie mit ihm angestellt? Wie konnte sie ihn rufen? Sobald er ihren Namen herausgefunden hatte und herausgekriegt hatte, daß sie im Zentrum lebte, hatte er seine Leute beauftragt, soviel wie irgend möglich über sie in Erfahrung zu bringen. Sie war als Telempathin registriert.

Roznine hatte sich erkundigt, was ein Telempath war, und die Antwort hatte nur das bestätigt, was er selbst schon vermutet hatte: Sie konnte Gefühle senden und möglicherweise auch empfangen.

Roznine trommelte wie wild gegen die Wand, trommelte den ganzen Haß, die ganze Enttäuschung hinaus, die sich in ihm aufgestaut hatten, weil er sie nicht haben konnte, und die Demütigung, bewußtlos geschlagen worden zu sein ... vor den Augen seiner eigenen Leute ... von einem schmächtigen kleinen Mädchen, das er mit einer Hand in der Luft verhungern lassen konnte, wenn er wollte.

Und wer war der Rotbart, der mit dem Mädchen zusammenarbeitete? Wie eng arbeitete er mit ihm zusammen?

Die siedenden Gefühle des Vsevolod Roznine verstärkten sich um das nagende Gefühl der Eifersucht. Und sein Schädel pochte wie rasend im wütenden Takt seines brennenden Herzens.

Die Heftigkeit seines Verlangens, Amalda zu sehen, erreichte einen neuen Höhepunkt. Er kämpfte das Verlangen nieder. Er würde nicht zu ihr gehen. Sie mußte zu ihm kommen! Er konnte nicht zu ihr gehen. Sie würde sich schon bequemen müssen, zu ihm zu kommen. Sie konnte seine Gedanken lesen: sollte sie auch diesen Gedanken lesen. Sollte sie seine Gefühle lesen ...

»Nein!«

Roznine hielt inne, stockte. Alles in ihm blieb stehen, stockte: sein Herz, seine Lunge, die Sauerstoffmoleküle in seinem Blut. Dann atmete er tief ein, atmete aus, sein weit geöffneter Mund formte ein seltsames Lächeln in einem plötzlich ruhigen Gesicht.

Kein Wunder, daß sie nicht zu ihm gekommen war, die Kleine. *Sie konnte seine Gedanken lesen.* Sie mußte schreckliche Angst vor ihm haben: Angst vor dem Zorn, den er auf sein kleines Vögelchen gehabt hatte. Er hatte ihre Angst schon früher gespürt, hatte gespürt, wie ihr Geist von ihr wegflatterte. Deshalb also war sie von der Fabrik fortgelaufen. Aber sie sollte keine Angst vor ihm haben. Vor jedem Mann, jedem Knaben, jedem Jüngling sollte sie Angst haben, aber nicht vor Vsevolod Roznine. Er würde zu ihr gehen. Er würde es ihr erklären.

Chort vozmi! Würden diese Kopfschmerzen denn niemals aufhören?

Sein Comset summte. Das Geräusch bohrte sich wie ein Messer durch seinen Schädel. Er hieb hastig auf die Taste, um dieses verdammte Gesumme zum Schweigen zu bringen.

»Jeder ist auf seinem Posten, Gospodin.«

»Posten?« Roznine schüttelte seinen gemarterten Kopf, unfähig, sich einen Reim auf die Meldung des Anrufers zu machen.

»Die Demonstranten sind von den Wachen des Zentrums überprüft worden. Es sind zwei alte Männer: kein Grund zur Beunruhigung.«

Demonstranten? Am Zentrum? Ach ja! Er hatte darüber mit dem kleinen Mann, dem Senator, diskutiert. Wie konnte er das nur vergessen haben?

»Und die Anti-Krawall-Eingreiftruppe?«

»Parkt ganz in der Nähe des Zentrums. Die Müllmänner ...«

»Gut, das reicht!« Sein Schädel pochte wie wahnsinnig, aber er erinnerte sich wieder. Wie konnte er das vergessen haben? *Sie* war also ein Krawall-Kontroll-Team? Sollte sie diesen Krawall unter Kontrolle kriegen! Aus der ganzen Stadt würden die Menschen zusammenströmen und sich in hellen Scharen über das ach so private, ach so abgeschiedene, ach so heilige Anwesen des Zentrums ergießen: Menschen aus fast allen Volksgruppen, damit man es nicht seiner Gruppe, den Slawen, allein in die Schuhe schieben konnte. Es hatte ihn die Hälfte aller Dankesschulden, die andere noch bei ihm zu begleichen hatten, gekostet, aber wenn er erst die kleine Krawall-Verhüterin in der Hand hatte ...

Er stieß das verbotenerweise unversiegelte Fenster auf und rutschte durch den Luftschacht hinunter auf den Feuerfluchtweg.

Er öffnete das Fenster der rückwärtigen Wohnung, die bequemerweise einem Verwandten von ihm gehörte, der ohnehin blind war, und verließ sie durch die Hintertür. Er nahm die Brechstange, die an ihrer gewohnten Stelle versteckt lag, hebelte den Gullydeckel zur Seite, stieg ein und zog ihn mit einem geübten Handgriff von innen wieder über das Einstiegsloch. Er ging mit schnellen Schritten an dem dünnen Rinnsal entlang, das sich um diese Tageszeit aus dem Tropfwasser der Rohre sammelte. Nachdem er zweimal nach rechts und einmal nach links abgebogen war, gelangte er in einen breiteren Kanalabschnitt, an dessen Seite ein Steg entlanglief. Noch zweimal nach rechts, dann zweimal nach links, und dann stieg er eine Leiter hinauf. Das Einstiegsloch war getarnt, und kaum war er draußen, fuhr ein Müllabfuhr-Lkw vor. Er sprang behende auf den Beifahrersitz und gab dem Fahrer Anweisung, loszufahren.

Der Fahrer, ein Sensitiver, ›meldete‹ dem RuO-Hauptquartier, daß Roznine seine Wohnung verlassen hatte. Gillings unterrichtete sofort das Zentrum und versetzte alle Reviere in Alarmbereitschaft.

Charlie Moorfield rief unverzüglich Daffyd an, der sich in seiner Wohnung aufhielt.

»Rufen Sie Amalda an und geben Sie ihr Bescheid, daß ich schon unterwegs bin.«

Sally schlüpfte in ihren Overall. Sie war so aufgeregt, daß sie sich verhedderte und Daffyd ihr in die Ärmel helfen mußte.

»Er kommt. Du warst zuviel für ihn.«

»Möglich.«

Daffyd sah aber auch noch eine andere Interpretationsmöglichkeit für Roznines heimlichen Aufbruch. Mit Sorge beobachtete er, wie der Halbkreis der Demonstranten und Gaffer, der sich draußen vor dem Tor des Zentrums gebildet hatte, immer dichter und breiter wurde.

»Ja, ich sehe, was du meinst, Dai.«

»Laß uns Amalda verstärken.«

Erneut summte das Comset. »Boss, ich krieg keine Antwort von Amalda.«

»Sagen Sie Gillings, er soll alle Krawall-Kommandos im Eiltempo hierherschaffen. Und alarmieren Sie unsere auch.«

Daffyd op Owen fluchte, als er Sally bei der Hand packte und sie zur Tür hinauszog. Abgesehen von seinem einen mehr oder weniger unfreiwilligen Teleportie-Abenteuer war er noch nie so schnell eine Treppe hinuntergeflogen. Später berichtete Sally ihm, ihre Füße hätten die Stufen nur dreimal berührt.

Amalda und Bruce waren durch eines der Seitentore hinausgegangen. Sie hatten sich von der Seite dem Halbkreis der Demonstranten genähert und sich unauffällig unter die Schaulustigen gemischt, so daß sie sich jetzt direkt gegenüber dem Haupttor befanden. Die Demonstranten skandierten pflichtschuldig die Slogans auf ihren Transparenten, die vier RuO-Leute, die ordnungsgemäß jedem einzelnen Demonstranten zugeteilt waren, standen gelangweilt in der Gegend herum. Ein Passagierkopter setzte auf dem öffentlichen Landeplatz ein paar hundert Yards vor dem Tor auf, und die Insassen stiegen mit zusammengerollten Transparenten unter dem Arm aus.

»Das sind Radaubrüder, keine gutgläubigen Demonstranten«, flüsterte Bruce Amalda zu.

Sie nickte; denn auch sie hatte mit untrüglichem

Blick den einen Mann entdeckt um den es ging. »*Er* ist unter ihnen.«

»Nun, das hier ist der letzte Ort an dem er uns vermuten würde. Bist du dicht abgeschottet?«

Amalda nickte erneut, aber sie ließ Roznine nicht aus den Augen. Er ist wirklich anziehend, dachte sie. Er hatte so etwas Stolzes und Wildes in seinem Auftreten. Bruce hatte recht: Sie hatte sich ihn nie richtig angesehen. Sie hatte solche Angst vor seinem Geist gehabt...

Sie hörte auf zu denken, weil Roznine plötzlich über seine Schulter in die Menge spähte, die Stirn leicht gerunzelt. Er stand in der Nähe des Helikopters, etwas abseits von der Gruppe der Neuankömmlinge. Sie begannen sich zu verteilen...

»Warn Dave, Amalda, und bleib hier stehen. Siehst du, wie sie sich verteilen?« Noch während er sprach, bewegte er sich in eine für ihr Teamwork günstigere Position.

Jetzt war deutlich zu erkennen, daß die Neuankömmlinge sich gezielt auf die RuO-Männer und die zwei Wachtposten des Zentrums zubewegten, zwei freundliche ältere Herren, die jedoch in Wirklichkeit Top-Telekineten waren und einen ausgewachsenen Mann buchstäblich zur Salzsäule erstarren lassen konnten, ohne auch nur einen Finger zu rühren.

Die ersten Demonstranten lösten sich jetzt aus dem Halbkreis, rollten ihre Transparente zusammen und bereiteten sich zum Aufbruch vor. Ein paar aus der Menge der Schaulustigen, die vom Fußweg aus bisher friedlich das Treiben beobachtet hatten, bewegten sich nun langsam auf das Grundstück zu.

Amalda sandte, zunächst ganz sachte, dann immer stärker, ein Gefühl von ungeheurer Müdigkeit, äußerster Langeweile, verbunden mit dem schier übermächtigen Wunsch stehenzubleiben, aus.

Bruce ging hinüber auf die andere Straßenseite,

nahm ihren Sendeimpuls auf und verstärkte ihn. Aber er behielt dabei Roznine im Auge. Er sah, wie der Mann erstarrte und ganz langsam den Kopf in Amaldas Richtung drehte. Die Gruppe, in der sie gestanden hatte, hatte sich inzwischen zerstreut, so daß sie nun ganz allein stand.

Das Setting der Konfrontation war brillant, sagte sich Bruce Vaden mit dem fachmännischen Blick des erfahrenen Theatermannes. Wie durch Zauberei oder stumme Übereinkunft wichen alle aus dem Spannungsfeld zwischen den beiden Hauptdarstellern zurück, so daß die beiden sich nunmehr auf freier Fläche gegenüberstanden.

»Keine Angst, Honey«, sprach Vaden ihr leise Mut zu, sich mit aller Kraft darauf konzentrierend, das Kraftfeld stabil zu halten und gleichzeitig sein inneres Widerstreben gegen die bloße Vorstellung, Amalda überhaupt mit irgend jemandem teilen zu müssen, zu verbergen.

Plötzlich spürte er einen ungeheuren Auftrieb, fühlte die unbeschreibliche mentale Unterstützung von Daffyd op Owen, der durch Amalda zu ihm sprach. Und es war nicht nur Daffyd, sondern noch etwas ... nein, *jemand* anderes.

Totenstille lag über der Szenerie, hervorgerufen durch Amaldas Projektion, die jetzt leicht zu schwanken begann. Sofort verstärkte Bruce ihr Senden, wobei er sich, wie man es ihn gelehrt hatte, vorstellte, die projizierte Emotion sei etwas Sichtbares, wie eine Art Schirm oder ein Sprühregen, den er bewußt dirigieren und hin und her schieben konnte.

Alle Bewegungen vollzogen sich jetzt im Zeitlupentempo. Roznine zog zuerst das linke Bein nach vorn, dann das rechte, wie jemand, der durch eine zähe, klebrige Masse watet. Sein Gesicht war vor Anstrengung und Konzentration verzerrt.

Amalda stand ganz ruhig da, das Kinn leicht angehoben, in derselben stolzen, aristokratischen Haltung wie auf der Bühne in der Fabrik. Sie wirkte so selbstsicher, daß sie selbst Vaden fast damit getäuscht hätte.

Die Demonstranten, egal ob echt oder unecht, ließen ihre scheinbar unendlich schwer gewordenen Transparente fallen und sanken ermattet zu Boden, wo sie in äußerster Erschöpfung liegenblieben, alle viere von sich streckend. Dieselbe Mattigkeit befiel auch die RuO-Männer, und obwohl sie tapfer dagegen ankämpften, sanken auch sie auf Hände und Knie und kauerten hilflos da, mit hängenden Köpfen.

Nun standen nur noch Amalda, Bruce und Roznine. Amalda holte tief Luft und schaute Roznine direkt in die Augen: Es war das erste Mal.

Und sie fand, daß Bruce recht hatte, wenn er sagte, daß Vascha (Roznines Spitznamen herauszufinden war ein leichtes: Obwohl er sich selbst, wichtig, wie er sich dünkte, nur als Vsevolod Roznine sah, war der Vascha-Anteil seiner Persönlichkeit nicht zu übersehen) ein gutaussehender Mann war, mit einem kräftigen Körper und sensiblen Händen. Sie liebte lange, wohlgeformte Finger bei einem Mann – sie liebte es, solche Hände an ihrem Körper zu spüren.

»Nun, hier bin ich«, sagte sie laut und forderte ihn in ihren Gedanken heraus, sie zu überwältigen.

Er schien ihren Körper mit den Augen geradezu zu verschlingen, so als hungere er nach dem Sein, das sich hinter ihrer fleischlichen Hülle verbarg.

»*Du gehörst mir. Ich, Vsevolod Roznine, sage, du gehörst mir!*« Das war sein Gedanke. Am liebsten hätte sie gelacht oder laut aufgejauchzt, denn dieser Gedanke drang nicht weiter vor als bis zu ihrem Geist. Er drang nicht einmal bis zu Bruce durch, der nur fünf Schritte abseits stand. Nur, wenn sie, Amalda, es wollte, daß er durchdrang!

»Nun, worauf wartest du?« fragte sie ganz leise, weil das Wissen, eine solch totale Macht über einen anderen Menschen zu besitzen, sie erschreckte und ein Gefühl tiefer Demut in ihr hervorrief.

Einige seiner Gefolgsleute erhoben sich jetzt schwankend auf die Beine, denn sie hatte die Intensität ihrer Projektion gesenkt, um sich auf die Kraftprobe mit Vascha konzentrieren zu können. Sofort sendete sie durch Vsevolod Roznine eine flüchtige Vorstellung von Ekel und Übelkeit, woraufhin die Männer würgend und speiend wieder zurück ins Gras sanken. Und ebenso abrupt ›stellte‹ sie das Übelkeitsgefühl wieder ›ab‹. Als dies geschehen war, stellte sie ihr Senden vollkommen ein, da sie wußte, daß der plötzliche Zusammenbruch des Kraftfeldes ein Gefühl solcher Desorientierung bei den Betroffenen auslöste, daß sie für die nächste halbe Stunde erst einmal ausschließlich mit sich selbst beschäftigt sein würden.

»Ich glaube, du kommst besser mit uns, Vsevolod«, sagte sie zu Roznine. Dann ergriff sie seine Hand, drehte sich um und führte ihn zum Zentrum. Er ließ es willenlos mit sich geschehen, so als bliebe ihm keine andere Wahl. Und ihm blieb auch keine andere Wahl, denn Bruce ging auf der anderen Seite neben ihm.

Roznine war wie betäubt. Seine Lippen waren zu einem schmalen Strich zusammengepreßt. Mit düsterem Blick starrte er auf Amalda hinab, die ihn an der Hand führte wie eine Mutter, die ihr Kind vom Spielplatz abholt.

Der Pförtner nickte dem Trio zu, als es durch das Tor ging.

»Wo, zum Teufel, haben Sie Ihren Verstand gelassen, op Owen?« fragte Frank Gillings. »Nicht nur Amalda und Vaden, sondern auch noch Roznine in den Stadtrat zu lassen? Um Himmels willen, op Owen, das ist doch genau das, wofür er Amalda haben wollte!«

»Beruhigen Sie sich, Frank. Das Team tut dort Dienst, ganz legal und offiziell.«

»Aber die Sitzungen des Stadtrates sind doch nicht krawallgefährdet...«

Daffyd zog die Augenbrauen hoch. »Nein? Nach dem, was Roznine berichtet, erhitzen sich die Gemüter dort jedesmal so sehr, daß kaum konstruktive Arbeit geleistet wird. Jede Volksgruppe betont, wie sehr ihre Mitglieder diskriminiert werden, und dann zankt man herum und beschuldigt sich gegenseitig, bis der Vermittler die Sitzung dann in schöner Regelmäßigkeit vertagt und das einzige, was dabei herausgekommen ist, ist eine Demonstration schlechten parlamentarischen Stils. Tut mir leid, daß ich das so hart ausdrücken muß. Das Team hat die Aufgabe, die Atmosphäre während der Sitzungen so weit abzukühlen, daß eine sachliche Debatte möglich ist. Roznines Gründe, warum er Amaldas Talent im Rathaus haben wollte, sind durchaus stichhaltig.« Was Daffyd Gillings allerdings verschwieg, war, daß das der Handel war, den Daffyd mit Roznine abgeschlossen hatte, die Bedingung für seine Aufnahme ins Zentrum. Das einzige, was der Mann wollte, war, sicherzustellen, daß die Arbeitsplatzkontingente gerecht verteilt wurden. Nun ja, wohl nicht das einzige, korrigierte sich Daffyd, aber wenigstens packte er es jetzt auf die richtige Weise an.

Daffyd grinste Gillings' Gesicht auf dem Bildschirm beruhigend an. »Er ist jetzt ein Teil des Teams, und *sie* befolgt die Anweisungen.«

»Aber tut Roznine das auch?« fragte Gillings sarkastisch.

»Wie ich Ihnen bereits erklärt habe, Frank, ist Roznine parapsychologisch taub für jeden anderen außer Amalda. Oh, Bruce Vaden empathisiert bis zu einem gewissen Grade mit ihm, seit sie beide daraufhin ausgebildet worden sind. Aber Roznine ist ein Einbahnstraßentalent, und diese Einbahnstraße führt direkt zu Amalda. Sie ist sozusagen der Brennpunkt der *Gestalt*. Sie führt ihn, wenn man so will, am Zügel.«

Frank Gillings grunzte, offenbar ein wenig besänftigt. Dann reckte er plötzlich das Kinn vor und schaute den Direktor an. »Wie ich höre, sammeln Sie eine Lobby für eine Zusatzklausel zum Immunitätsgesetz?«

»Ganz recht«, und Daffyd setzte sein breitestes, gehässigstes Grinsen auf. »Senator Greenfield hilft uns, einen vorläufigen Entwurf für ein Gesetz durch den Senat zu kriegen, das er in der nächsten Sitzungsperiode auf die Tagesordnung setzen will.«

»Greenfield?«

»Ja. Roznine hat ihn vor einiger Zeit zu einem Gespräch ins Zentrum eingeladen. Der Herr Senator war für unsere Anregungen sehr zugänglich.«

Der RuO-Kommissar runzelte verdutzt die Stirn. »Was habt ihr Burschen denn mit dem armen Kerl gemacht? Ihn mit Liebe und Freundlichkeit zugeschüttet?«

»Lieber Himmel, nein! Wir haben ihn lediglich darauf hingewiesen, daß das Zentrum keine Minorität ist, sondern eine Ansammlung von Minoritäten, da alle Volksgruppen in ihm vertreten sind. Er machte einen Rundgang durch das Zentrum und sah sofort, daß die Wohnquartiere beileibe nicht so luxuriös sind, wie er irrigerweise geglaubt hatte, mit Swimmingpools und Saunen und ähnlichem Firlefanz. Er beglückwünschte uns sogar zu unserer effizienten Wohnraumplanung und lobte die haushälterische und platzsparende Ausnutzung unserer Räumlichkeiten und Gebäude.«

Frank Gillings ließ sich nicht im geringsten von Daffyds sanftem Gesäusel beeindrucken. Er brummelte irgend etwas Unverständliches in seinen Bart.

»Was hatte Roznine sonst noch an sich, Dave?«

»Ich weiß nicht, was Sie meinen, Frank.«

Der RuO-Mann schnitt eine genervte Grimasse.

»Dave, bescheren Sie mir eine Weile mal keine neuen Probleme, ja? Sind Sie so nett?«

»Für die nächste Zukunft liegt zur Zeit nichts Bemerkenswertes vor.«

Der Bildschirm erlosch. Das letzte, was Daffyd sah, war das ungläubig dreinschauende Gesicht von Gillings.

»Daffyd, das war höchst unmoralisch, unethisch und ausgesprochen schmutzig«, sagte Sally tadelnd, als sie von der Couch aufstand, die außerhalb des Sichtwinkels des Comset stand. Sie schlüpfte unter seinen Arm und drückte ihn an sich. Er kraulte ihre Löckchen und gab ihr einen Kuß auf die Stirn.

»Wahrscheinlich. Les sagt mir immer, es sei eine schlechte Politik, alles zu erzählen.«

»Trotzdem; es ist eine Schande um Vascha.« Sally seufzte.

»Warum?«

»Ach, es ist ziemlich traurig, daß er ein psychischer Muli ist und sie Pegasus.«

»Gott sei Dank ist er das«, sagte Daffyd so leidenschaftlich, daß sie ihn verblüfft anstarrte. »Mit dem Ehrgeiz und der Energie, die der Junge hat, würde er in einem halben Jahr die Welt regieren, wenn es nicht Amalda und Bruce geben würde, die ihn bremsen.«

Mission Mars Direct

Robert Zubrin & Richard Wagner
Unternehmen Mars
Der Plan, den Roten Planeten zu besiedeln
448 Seiten. Gebunden
ISBN 3-453-12608-4

Wo alle anderen Sachbücher über den Mars aufhören, beginnt dieses Buch.

Es schildert
1. Eine realistische, kostengünstige bemannte Mars-Expedition direkt von der Erdoberfläche aus, analog zum Apollo-Programm.
2. Die Errichtung einer ständig bemannten Marsbasis, die von den Ressourcen vor Ort existieren kann und ohne Hilfe von der Erde auskommt.
3. Die ersten Schritte zur Terraformung und Besiedelung unseres Nachbarplaneten.

HEYNE

Die Zukunft in Gefahr

Iain Banks
Die Spur der toten Sonne
Roman
559 Seiten. Gebunden
ISBN 3-453-12901-1

Vor zweieinhalb Jahrtausenden tauchte in einem entlegenen
Sektor des Raums eine riesige schwarze Kugel auf, die eine uralte
Sonne umkreiste. Messungen ergaben, daß dieses Gestirn über
tausend Milliarden Jahre alt sein mußte, also mindestens
fünfzigmal älter war als unser bekanntes Universum.
Ein fulminanter Roman, der bis an die Grenzen des sprachlich
Ausdrückbaren vorstößt.

HEYNE